ullstein

Das Buch

Deutschland zur Stauferzeit: Die junge Medica Anna müsste eigentlich auf Wolke sieben schweben. Graf Chassim von Greifenklau, ihre große Liebe, hat ihr einen Heiratsantrag gemacht. Doch obwohl Anna ihn von Herzen liebt, hat sie Bedenken. Sie kann sich nicht vorstellen, von nun an nur noch das höfische Leben einer Gräfin zu führen. Anna ist sich sicher: Ihr Schicksal ist es, Kranke zu heilen und anderen Menschen zu helfen. Deshalb macht sie sich sofort auf den Weg, als sie hört, dass der junge Stauferkönig Konrad IV., genannt Konrad, das Kind, im Sterben liegt. Gemeinsam mit ihrem Gehilfen Bruder Thomas findet sie heraus, dass jemand versucht hat, den jungen König zu vergiften. Anna hat auch schon einen Verdacht, wer dahinterstecken könnte: Ihr großer Widersacher, der Erzbischof von Köln. Anna lässt nichts unversucht, um den Plan des Erzbischofs zu vereiteln, und bringt dadurch sich selbst und alle, die sie lieben, in höchste Gefahr …

Die Autorin

Johanna Geiges hat jahrelang als Drehbuchautorin für große Fernsehproduktionen gearbeitet, bevor sie sich ganz dem Schreiben widmete. Sie lebt mit ihrer Familie in Memmingen.

Von Johanna Geiges sind in unserem Hause erschienen:

Das Geheimnis der Medica
Die Rache der Medica

Johanna Geiges

Die Rache der Medica

Historischer Roman

Ullstein

Besuchen Sie uns im Internet:
www.ullstein-taschenbuch.de

Originalausgabe im Ullstein Taschenbuch
1. Auflage Oktober 2013

Umschlaggestaltung: ZERO Werbeagentur, München
Titelabbildung: © Fine Pic® (Hintergrund); © Bridgeman
(Pflanze und Frau – Detail aus Botticellis Venus
and the Three Graces, ca. 1483, Louvre Paris)
Satz: LVD GmbH, Berlin
Gesetzt aus der Bembo
Papier: Holmenbook Cream von Holmen Paper,
Central Europe Hamburg GmbH
Druck und Bindearbeiten: GGP Media GmbH, Pößneck
Printed in Germany
ISBN 978-3-548-28570-2

DRAMATIS PERSONAE

Anna von Hochstaden – Medica
Chassim von Greifenklau – Graf
Bruder Thomas – Mönch, einst Infirmarius
Claus von Greifenklau – Chassims Vater
Konrad von Hochstaden – Erzbischof
Ambros – Hütejunge
Jeronimus – Knochenhauer auf Greifenklau
Pater Sixtus – Abt
Pater Severin – rechte Hand des Erzbischofs
Konrad IV. – König, Sohn Kaiser Friedrichs II.
Ludolf von Aspelt – Leibmedicus des Königs
Baldur von Veldern – Ritter, nun geächtet
Jakob ben Ascher – heilkundiger Händler
Georg von Landskron – Graf
Ottgild von Landskron – Gräfin, Chassims Schwester
Caspar Ahrweiler – Annas Ziehvater
Berbelin – Dienstmagd

***

Die Schauplätze sind das stolze Zisterzienserkloster Heisterbach an den Hängen der Eifel (nun Trümmerstätte), der Mittelrhein im Herzen Europas, das Rittergut Greifenklau sowie die Städte Köln und Oppenheim in den Jahren 1242/43.

DIE ACHT TÄGLICHEN ANDACHTEN IM KLOSTER

Die genaue Bestimmung schwankt
je nach Jahreszeit und Region

Mette (Vigil): 2.00 Uhr nach Mitternacht

Laudes (Matutin): zwischen 5.00 Uhr und 6.00 Uhr

Prim: gegen 7.30 Uhr, in der Regel kurz bevor es hell wird

Terz: gegen 9.00 Uhr

Sext: 12.00 Uhr mittags

Non: zwischen 14.00 Uhr und 15.00 Uhr

Vesper: gegen 16.30 Uhr

Complet: gegen 18.00 Uhr

DIE NAMEN DER ZWÖLF MONATE IM MITTELALTER

Hartung – Januar

Hornung – Februar

Lenzing – März

Ostaramond – April

Wonnemond – Mai

Brachet – Juni

Heuert – Juli

Ernting – August

Scheiding – September

Gilbhart – Oktober

Neblung – November

Julmond – Dezember

PROLOG

Es war im Monat Brachet im Jahre des Herrn 1242. Baldur von Veldern, einst ein geachteter und ehrbarer Ritter, war nach der Rückkehr aus dem Morgenland vom Kreuzzug im Jahre 1229 so hoffnungslos verschuldet und innerlich verroht, dass er beschloss, nahtlos damit weiterzumachen, womit er die letzten Jahre verbracht hatte: Plündern und Rauben. Das hatte er gelernt, und damit wollte er nun seinen Lebensunterhalt bestreiten, denn seine letzten Gewissensbisse hatte er nach einem blutigen Gemetzel bei Jerusalem gegen die Sarazenen endgültig verloren.

Fortan trieb er im Westen des Heiligen Römischen Reiches zusammen mit einer Bande von Gleichgesinnten jahrelang sein Unwesen, bis er in Acht und Bann getan wurde. Von nun an war er ein Rechtloser, auf den jedermann Jagd machen, ihn gefangen nehmen oder töten konnte, er war ein gefürchteter und unbarmherziger Plackerer geworden.

Mehrmals wurde er beinahe gefasst, konnte aber jedes Mal entkommen und wich dann für eine Weile in andere Gegenden aus, bis es ihn wieder in alte Gefilde verschlug.

Bei einem seiner Spähritte mit zweien seiner Kumpane, Endres und Jobst, auf denen sie lohnende Ziele für einen Raubzug auskundschaften wollten, waren sie bei schlechtem Wetter vom Weg abgekommen. Statt das nächste Dorf zu erreichen, wo sie hätten einkehren können, waren sie in einen dichten, nicht enden wollenden Buchenwald weitab von jeder Behausung geraten und hatten beschlossen, beim nächstbesten Unterschlupf bis zum Morgen unterzukriechen, weil es immer stärker regnete und sie bereits bis auf die Haut durchnässt waren. Die Nacht war wegen der dichten Wolkendecke schnell hereingebrochen, als Endres, der die feinste Nase hatte, behauptete, den Rauch eines Feuers zu riechen. Sie waren von ihren Pferden abgestiegen und führten sie am Zügel, weil sie die Hand vor Augen nicht mehr sehen konnten. Endres folgte seiner Nase, und Baldur und Jobst hatten Mühe, Anschluss zu halten. Er ging querwaldein durch nasses Gebüsch, und sie fluchten leise vor sich hin, weil ihnen ständig Zweige ins Gesicht klatschten. Ein ums andere Mal gerieten sie ins Straucheln, weil sie über Wurzeln stolperten oder in Erdlöcher traten. Baldur fing schon an, Endres zu beschimpfen, weil er sie vom Pfad abgebracht hatte und sie in immer dichteres Unterholz zu führen schien. Endres beachtete ihn nicht und hielt plötzlich an. Baldur und Jobst liefen in der Dunkelheit auf sein Pferd auf. Er bedeutete ihnen, endlich mit dem Fluchen aufzuhören und lieber die Ohren zu spitzen.

Sie lauschten und konnten Stimmen hören. Schließlich entdeckten sie am Rand einer kleinen Lichtung eine versteckte Kate, aus deren Ritzen im Strohdach und in den undichten Lehmmauern Licht drang.

Sie zögerten nicht länger und bewegten sich vorsichtig darauf zu. Aus dem Inneren der Kate vernahmen sie eine laut keifende Frauenstimme.

Baldur hatte keine Lust, auch nur einen Moment länger im strömenden Regen herumzustehen. Er drückte Jobst die Zügel seines Pferdes in die Hand, zog sein Schwert und stieß die Tür mit einem kräftigen Fußtritt auf. Was er sah, ließ ihn kurz innehalten. Ein Riese von einem Kerl erhob sich hinter der offenen Feuerstelle, er war muskelbepackt und trug einen Zottelbart und lange Haare und war so groß, dass sein Schädel beinahe an der Decke anstieß. Aber noch mehr beeindruckte Baldur die fürchterliche Streitaxt, die der Mann in seiner Rechten hielt. Ein Treffer, und jeder Gegner war ausgeschaltet. Neben dem Riesen hockte eine alte Frau am Feuer und rührte mit einem Schöpflöffel in einem großen Kessel herum, der an einer Kette von einem Deckenbalken herunterhing. Sie hatte ein Tuch um ihre grauen, lockigen Haare gebunden, war undefinierbaren Alters und schien von Baldurs überraschendem Auftritt völlig unbeeindruckt zu sein. Baldur und der Riese machten gleichzeitig Anstalten, ihre Waffe zu zücken, aber die Alte winkte genervt ab.

»Kommt herein, setzt euch ans Feuer. Das gilt auch für eure Begleiter. Na los, macht schon, von draußen kommt's kalt herein. Und du – setz dich!«, fügte sie mit einem strengen Blick auf den Riesen mit der Streitaxt hinzu. Sie wartete stumm ab und rührte weiterhin in ihrem Kessel, bis Endres und Jobst auf ein Zeichen von Baldur hin zögernd eintraten, die Tür schlossen und sich, mit misstrauischen Blicken auf den Riesen, der genauso misstrauisch zurückäugte, so an die Feuerstelle setzten, dass sie jederzeit zu ihren Waffen greifen konnten.

»Das ist mein Sohn Karrak«, erklärte die Alte und deutete mit dem Daumen auf den Riesen. »Er tut nur, was ich ihm sage. Also benehmt euch, dann benimmt er sich auch. Wärmt euch am Feuer, und nehmt euch Suppe aus dem Kessel. Es gibt genug für alle, greift nur zu!«

Sie sahen sich an, und als Baldur zustimmend nickte, zögerten sie nicht, nach den Holzschüsseln und Löffeln zu greifen, die die Alte ihnen reichte. Nicht nur, weil sie durchgefroren und ausgehungert waren, sondern weil irgendetwas im Blick der Alten war, das sie gefügig werden ließ. Selbst

Baldur konnte sich nicht dagegen wehren. Mit ihrer Schöpfkelle füllte die Alte großzügig die Schüsseln und wartete, bis sie erst vorsichtig probiert hatten und dann gierig die heiße Suppe mit den Gemüse- und Fleischstücken hinunterschlangen.

Zu Baldurs Überraschung fing der sonst so schweigsame Jobst plötzlich zu sprechen an. »Seid Ihr die, von der man sagt, dass sie seit Jahr und Tag im Wald haust und Zauberkräfte hat? Die Alte vom Wald?«, fragte er.

»Ja, die bin ich wohl. Walburga nennt man mich. Und ihr seid Jobst, Endres und Baldur von Veldern.«

Baldur wunderte sich, dass sie ihre Namen kannte, aber die heiße Suppe, die seinen klammen Leib allmählich mit wohltuender Wärme erfüllte, ließ ihn angenehm müde werden und seine Gedanken schwerfällig. Er konnte auf einmal nur noch mit Mühe die Augen offen halten und bemerkte, dass es seinen Gefährten genauso ging. Er hörte wie von weit her, dass Jobst wieder sprach. »Man erzählt sich, dass Ihr in die Zukunft sehen könnt.«

»Ja, das vermag ich. Aber ich mache das nicht für Gottes Lohn.«

»Daran soll es nicht scheitern«, hörte Baldur sich sagen. »Was verlangt Ihr? Unsere Seelen?« Als er diese spöttischen Worte ausgesprochen hatte, erschrak er über sich selbst. Die Alte lachte meckernd. Der Riese an ihrer Seite stimmte in das Lachen mit ein. In was für eine Hexenküche waren sie da nur geraten? Baldur spürte, wie seine Kräfte schwanden. Es fühlte sich an, als wäre er stark betrunken. So sehr er sich auch bemühte, aufzustehen – es ging nicht. Seine Gliedmaßen gehorchten ihm nicht mehr.

»Was wollt Ihr dann?«, hörte er sich sagen.

»Zehn Silberstücke. Das ist der Preis für deine Zukunft, Baldur. Oder ist dir das zu viel?«

»Nein, nein«, entgegnete Baldur, und es gelang ihm tatsächlich mit größter Mühe, seinen Geldbeutel herauszuziehen und die zehn Silberstücke in die gierig ausgestreckte Hand der Alten zu zählen, die sie sofort an ihren Sohn weitergab, der sie in sein Wams schob. Dann schlug die Alte ein schäbiges Stück Tuch auf. Darin lagen verschiedene Knochenstücke, die sie mit beiden Händen zwei Atemzüge lang mit geschlossenen Augen hochhielt, unverständliche Beschwörungsformeln murmelte und sie anschließend auf das Tuch fallen ließ. Sorgfältig studierte sie Lage und Ausrichtung der bleichen Knochen und sah dann mit bohrendem Blick in Baldurs erwartungsvolle Augen, dem es wie eine kleine Ewigkeit vorkam, bis die Alte endlich anfing zu sprechen.

»Baldur von Veldern, du nimmst dir mit Gewalt, was du willst. Und weil man mit Gewalt fast alles erreichen kann, wirst du so weitermachen.«

Sie lehnte sich zurück und sah ihn durchdringend an. Baldur war nicht sonderlich beeindruckt. Das war nichts Neues. Das hatte er alles schon selbst gewusst. Und dafür hatte die alte Hexe zehn Silberstücke eingesackt? Am liebsten hätte er sich seine Münzen mit dem Schwert wiedergeholt. Doch da war dieser Karrak und die seltsame Schwäche, die er in diesem Moment verspürte. Er hätte der alten Vettel schon gezeigt, was man mit Gewalt alles ausrichten konnte. Aber er war zu keiner Bewegung fähig, es schien ihm, als flösse Blei statt Blut in seinen Adern. Verflucht, sie hatte ihn hereingelegt. Endlich wandte Walburga den bannenden Blick von ihm ab, der ihn zu lähmen schien, und sah noch einmal auf die Knochen auf dem Tuch. Er hörte sich sprechen. »Du siehst noch etwas, habe ich recht?«

Sie zögerte, dann antwortete sie ihm. »Ja. Ja, ich sehe noch etwas. Dein Leben ist in Gefahr. Dein Weg führt dich direkt ins Verderben.«

Jetzt wurde Baldur wütend. Was sagte sie da? Wollte sie ihm etwa Angst einjagen? Ihm, Baldur von Veldern? Aber statt sie zu bedrohen oder sie an ihrem schmutzigen Kragen zu packen, was er eigentlich wollte, brachte er nur ein schwaches »Was soll ich also tun?« heraus.

»Nimm dich vor einer Person in Acht, die dir gefährlich werden kann. Wenn du es nicht tust, wird es dein baldiger Tod sein.«

Baldur schluckte. Es dauerte eine Weile, bis seine schwerfällige Zunge ihm gehorchen wollte. »Wer soll das sein? Los, sag mir, wer das sein soll!«

Die Alte schwieg und wickelte die Knochen sorgfältig wieder in das Tuch. Baldur nahm seine ganze ihm noch verbliebene Kraft zusammen und packte Walburga am Handgelenk. »Sag mir den Namen. Sag ihn mir! Dafür habe ich dich schließlich bezahlt!«

Karrak sprang auf und wollte schon eingreifen, aber mit einer abwehrenden Geste der freien Hand hielt ihn Walburga zurück.

»Glaub mir, manchmal ist es besser, nicht alles zu wissen!«, warnte sie Baldur eindringlich.

»Jetzt hör endlich auf mit dem Gewäsch, und sag mir, was du gesehen hast!«

»Willst du das wirklich erfahren? Du musst wissen, dass diese Erkenntnis gefährlich ist. Es kann dir dein ganzes weiteres Leben vergiften, wenn du nur noch von dem Gedanken besessen bist, dass dieser Mensch deinen Tod bedeuten kann«, sagte die Alte mit Nachdruck.

»Gib mir seinen Namen!«, keuchte Baldur mit einem letzten Rest von Energie und ließ ihr Handgelenk nicht los.

»Den Namen habe ich nicht gesehen. Aber es ist … Es ist eine junge Frau«, antwortete Walburga zögerlich.

»Eine was? Eine junge Frau? Ein Mädchen soll meinen

Tod bedeuten?« Baldur lachte verächtlich und schüttelte den Kopf.

Die Alte wand sich unter Baldurs eisernem Griff, aber er ließ nicht locker. Ihr Schädel schnellte plötzlich wie der Kopf einer Schlange nach vorn, und ihr zahnloser Mund spuckte ihm ihre Antwort förmlich ins Gesicht.

»Ja. Wenn du diesem Mädchen begegnest, sind deine Tage gezählt!«

Jetzt endlich ließ Baldur ihre Hand los. Der Schreck war ihm nun doch in die Glieder gefahren. Er versuchte, einen abgeklärten Eindruck zu machen, indem er schief grinste. »Dein Geschwätz ist keine zehn Silberstücke wert. Gib sie mir wieder!«, sagte er. »Oder verrate mir ihren Namen.«

Die Alte winkte verächtlich ab. »Du wirst sie erkennen, wenn es so weit ist.«

»Was redest du da für einen Unsinn? Woran soll ich sie erkennen?«

Walburga ließ sich Zeit mit der Antwort. Ihr schien es Vergnügen zu bereiten, Baldur ausgiebig schmoren zu lassen.

»Das ist nicht weiter schwierig. Sie hat ein braunes und ein grünes Auge.«

Baldur starrte die Alte an. Was sagte sie da? Er sah sich ungläubig und hilfesuchend nach seinen Gefährten um, ob sie dasselbe gehört hatten wie er. Aber Jobst und Endres lagen schon auf dem Boden, ihre Brustkörbe hoben und senkten sich regelmäßig. Sie waren eingeschlafen. Ausgerechnet jetzt mussten sie ihn im Stich lassen. Baldur fluchte innerlich.

Er kannte keinen Menschen mit einem braunen und einem grünen Auge.

Baldur war verwirrt. Diese vermaledeiten rätselhaften Andeutungen der Alten machten ihn ganz konfus. Er schüttelte sich wie ein Hund, wenn er aus dem Wasser kam, um wieder klar zu werden. Aber das Gegenteil trat ein, seine

Sinne schwanden zusehends. Er blinzelte und rieb sich die Augen, doch es half nichts. Er sah nur noch verzerrt und verschwommen, und ihm war, als stürze er in einen gähnenden, schwarzen Abgrund. Dann kippte er nach hinten weg.

Als die drei Gefährten allmählich wieder zu sich kamen, hatte es längst aufgehört zu regnen, und die Sonne stand schon hoch an einem strahlend blauen Himmel. Die Pferde grasten friedlich neben ihnen, allerdings waren sie nicht abgesattelt.

Baldur, Endres und Jobst lagen am Waldrand neben einem munter plätschernden Bach, und sie fühlten sich, als hätten sie die ganze Nacht durchgezecht und sich geprügelt. So sehr brummten ihre Schädel, und alles tat ihnen weh. Jobst musste sich im Gebüsch übergeben, und Baldur krabbelte auf allen vieren zum Bach, wo er seinen Kopf ins kühle Wasser tauchte, wie ein Verdurstender trank, bis er nicht mehr konnte und sich dann erschöpft ins Gras fallen ließ. Baldur sah sich um. Wo war die Kate? Hatten sie wirklich die halbe Nacht bei der alten Hexe am Feuer verbracht und sich diese vergiftete Suppe eingelöffelt, oder war das alles nur ein schrecklicher Alptraum gewesen? Wenn er seine Gefährten so anblickte, wie sie sich mühsam wieder aufrappelten und zu sich kamen, konnte er sich vorstellen, wie er selbst aussah. Er tastete nach seinem Geldbeutel und fand ihn. Also hatten die Alte und ihr Sohn sie wenigstens nicht bestohlen. Verwirrt nestelte er den Beutel auf und schaute nach. Die zehn Silberstücke fehlten. Dann hatte er doch nicht geträumt! Endres trank jetzt ebenfalls vom Bachwasser und kam mit letzter Kraft wieder auf die Knie. Er sah zu Baldur hoch, das Wasser troff von seinen wirr abstehenden Haaren. »Was machen wir jetzt?«, fragte er. »Gehen wir zurück in den Wald, suchen diese verdammte Kate und brennen sie mitsamt der Hexe und ihrem schwachsinnigen Bastard nieder?«

Baldur dachte nach. Das wäre eigentlich seine normale Reaktion gewesen. Aber zugleich war da die Angst vor dem Unerklärlichen. Er konnte einem Feind oder auch einem Dutzend Auge in Auge mit der Waffe gegenüberstehen und kaltblütig bleiben, bis es zum Kampf kam. Dann verlor er alle Hemmungen und steigerte sich in eine blinde Raserei, bis auch der letzte Gegner vernichtet war und allmählich das Blutrauschen in seinen Ohren wieder nachließ. Aber da gab es ja auch noch eine andere Welt, nicht unbedingt das Jenseits, das die Kirche predigte, und das Fegefeuer, das ihn wegen seiner Todsünden, die er begangen hatte und ohne Reue noch begehen würde, erwartete, das war ihm vollkommen gleichgültig. Nein – es war die Welt der Magie, der Zauberei und des Aberglaubens, die ihm Unbehagen bereitete.

Er atmete tief durch und sah seine beiden gebeutelten Gefährten, die jetzt wieder einigermaßen auf ihren Beinen waren, mit festem Blick an. »Nichts da. Wir steigen auf unsere Pferde und reiten weiter. Und wenn einer von euch diese Geschichte und was da gesprochen wurde auch nur einmal erwähnt, dann schlage ich ihn eigenhändig tot. Diese Angelegenheit bleibt unter uns, die nehmen wir mit ins Grab. Habt ihr verstanden?«

Endres und Jobst konnten sehen, wie ernst es ihrem Anführer damit war. Statt einer Antwort schwangen sie sich auf ihre Pferde. »Worauf wartest du dann noch? Ich habe heute Nacht geschlafen und schlecht geträumt. Das war alles. Wir sollten zusehen, dass wir ein Wirtshaus finden, ich sterbe vor Hunger.« Damit galoppierte Jobst los. Endres wendete sein Pferd und jagte Jobst hinterher. Das konnte der ehrgeizige Baldur nicht auf sich sitzen lassen. Er hatte zwar Mühe, in den Sattel zu kommen, doch dann trieb er sein Pferd an, als wäre der Leibhaftige hinter ihm her. Aber er war überzeugt, dass er dem Teufel auch noch von der Schippe springen würde. Er hatte noch nie von jemandem gehört, der ein grünes und ein braunes Auge hatte.

TEIL I

I

Der Monat Scheiding im Jahre des Herrn 1242 fing so an, wie der Monat Ernting aufgehört hatte. Der Himmel hatte seine Schleusen geöffnet, es goss in Strömen. Die hügelige, bis zu einem fernen Horizont reichende Landschaft, normalerweise ein Flickenteppich aus Buchenwäldern und grünen Wiesen, ab und zu unterbrochen von felsigem Gestein und Nadelholz, verschwand immer wieder hinter einem trüben Vorhang aus Dunst und Regenschauern. Die Sonne blitzte nur gelegentlich zwischen den schwer am schwarzgrauen Firmament dahinjagenden Wolkentürmen auf.

Eine Gruppe Reisender fuhr auf einem Holzwagen einen holprigen, mit Pfützen und Schlaglöchern übersäten, schlammigen Weg entlang, der einem langgezogenen Hügelkamm folgte. Zwei Reitknechte bildeten die Vorhut, dann folgte der vierrädrige, offene Wagen, gezogen von zwei Pferden. Die Zügel führte ein alter Mann mit Brandnarben auf einer Gesichtsseite, er zählte bestimmt über vierzig Lenze. Neben ihm auf dem Kutschbock kauerte, fest in einen wollenen Kapuzenmantel gewickelt, aus dem nur eine Nasenspitze hervorlugte, eine zierliche, junge Frau, die man aus der Entfernung auch für einen Jungen hätte halten können: Anna von Hochstaden, genannt die Medica. Auf der Ladefläche hockten eine junge, blonde Frau, die den Kopf eines verletzten Mönchs im Schoß hielt, dessen Schulter blutdurchtränkt war, und ein junger, kräftiger Mann, dessen rechtes Bein in einer unförmigen Hülle aus einer grauen, mörtelartigen Masse steckte. Die ungewöhnliche Reisegesellschaft musste bis auf die Knochen durchnässt sein, sie wirkten, als wären sie mit ihren Kräften am Ende, aber sie zogen stoisch ihres Weges. Was blieb ihnen anderes übrig, als in der menschenleeren Gegend, wo es weit und breit kein Dach über dem Kopf gab, der widrigen Witterung zu trotzen?

Wenn der Himmel nicht wollte, waren Mensch und Tier eben den Unbilden des Wetters ausgeliefert. Da half kein noch so dicker Mantel oder eine tief ins Gesicht gezogene Kapuze, nur die begründete Hoffnung, ihr Ziel, die Burg Greifenklau, bald zu erreichen und dort in trockene Kleidung zu schlüpfen und die Füße am Kaminfeuer der großen Halle wärmen zu können.

Der Mann auf dem Kutschbock mit den Brandnarben im Gesicht war Caspar aus Ahrweiler, der Ziehvater von Anna, die neben ihm saß. Die blonde Frau auf der Ladefläche war ihre Magd Berbelin, die den Kopf von Bruder Thomas in ihren Schoß gebettet hatte. Und dann gehörte noch Chassim von Greifenklau dazu; er hatte sich bei einem Turnierunfall ein Bein gebrochen, und die Medica hatte es mit einem bislang vollkommen unbekannten Verfahren eingegipst, das sie von ihrem jüdischen Medicus Aaron gelernt hatte. Bruder Thomas war Annas Freund und Infirmarius, der sich bei einem Schwertstreich eine Stichwunde eingehandelt hatte, als er die Medica vor einem tödlichen Angriff schützen wollte. Aber letzten Endes waren sie alle noch einmal mit dem Leben davongekommen und jetzt unterwegs nach Burg Greifenklau, um dort bei Chassims Vater Claus Ruhe und Erholung von ihren Abenteuern zu finden und einen Neuanfang zu machen. Dies war wörtlich zu nehmen, denn Anna und Chassim liebten sich und wollten heiraten.

Chassims Reitknechte bildeten die Vorhut und waren ein gutes Stück vorausgeritten; jetzt kamen sie mit Einhalt gebietenden Gesten zurückgaloppiert. Caspar hielt das Gespann an.

»Was gibt es?«, fragte Anna.

Der Bursche mit den Sommersprossen zeigte nach vorne. »Euer Gnaden … Dort unten im Tal … Es sieht nach einem Überfall aus!«

Chassim, der es verfluchte, dass er mit seinem gebrochenen Bein zur Untätigkeit verdammt war, war kurz davor aufzuspringen, was ihm sein Zustand natürlich nicht gestattete. »Fahrt so weit vor, dass wir sehen können, was da vor sich geht!«, befahl er. »Aber achtet darauf, dass wir nicht bemerkt werden.«

Die beiden Reitknechte stiegen von ihren Gäulen und führten die Zugpferde des Karrens am Zügel, bis sie an eine Stelle kamen, wo sich zur linken Hand eine Senke auftat. Einen Steinwurf entfernt, vielleicht dreißig Fuß unter ihnen, war eine Lichtung, über der, wie aus höherer Fügung, die dicke Wolkendecke aufriss und gleißendes Sonnenlicht auf ein erbittert geführtes Hauen und Stechen zwischen zwei Gruppen Bewaffneter warf. Die Kampfgeräusche, schepperndes Geklirr und Schreie, drangen bis zu ihnen herauf. An der Heftigkeit der Auseinandersetzungen konnte es keinen Zweifel geben, es ging um Tod und Leben. Alle starrten sie angestrengt auf das Scharmützel vor ihren Augen, um auszumachen, wer da gegen wen vorging – und wer den Kürzeren ziehen würde. Es handelte sich offensichtlich um einen

Überfall auf einen Treck mit einem halben Dutzend schwer beladenen Wagen von Kaufleuten, die eine Handvoll berittene Söldner als Begleitschutz hatten. Zur Überraschung aller sprangen schwer bewaffnete Soldaten aus den mit Planen bespannten Fuhrwerken, als die Wegelagerer gerade die Oberhand zu gewinnen schienen, und entschieden das nun ungleiche Gefecht schnell zu ihren Gunsten. Ein paar der Strauchdiebe suchten ihr Heil in der Flucht und wurden verfolgt und niedergemacht; der Rest, ungefähr zehn Mann, ergab sich der Übermacht. Nur einer wehrte sich aus Leibeskräften und schlug um sich wie ein Rasender, bis auch er ins Stolpern geriet, einen Schlag auf den Kopf bekam und endgültig niedergerungen und gefesselt wurde. Das ganze Schauspiel hatte nicht länger als ein paar Minuten gedauert, und die unfreiwilligen Zuschauer auf dem Höhenweg glaubten schon, sich ungesehen zurückziehen zu können, da wurden sie vom Anführer der Soldaten entdeckt, der mit dem Schwert nach oben in ihre Richtung wies und ein paar Befehle bellte. Sofort ritten drei Männer los, um nachzusehen, ob dort auf dem Hügelkamm etwa die Reserve der Wegelagerer lauerte, aber nicht einzugreifen wagte.

Der Pferdeknecht mit den Sommersprossen wurde unruhig und fragte den Grafen: »Herr – was sollen wir tun?«

Chassim zuckte mit den Schultern. »Fahren wir ihnen entgegen. Es sind Männer des Vogtes, wir haben nichts zu befürchten.«

Der Weg gabelte sich ein Stück weiter vorne, sie schlugen den nach unten führenden Passweg ein, auf dem ihnen schon die Reiter mit gezückten Waffen entgegenkamen.

»Wer seid Ihr?«, fragte der vorderste, ein Schwarzbärtiger.

Chassim hob seine Hand, um anzuzeigen, dass er das Gespräch führen würde. »Verzeiht, dass ich nicht aufstehen kann, aber ich habe eine Verletzung, die mich daran hindert. Mein Name ist Chassim von Greifenklau.«

Der Bärtige blieb misstrauisch. »Wie ein Graf seht Ihr mir nicht aus.«

Chassim lächelte zuvorkommend. »Das kann ich Euch nicht verdenken. Aber wir sind seit Tagen bei diesem scheußlichen Wetter unterwegs. Bringt uns zum Vogt. Er kennt mich.«

Der bärtige Soldat umrundete auf seinem Pferd argwöhnisch den Wagen und musterte jeden Einzelnen von ihnen. »Folgt mir!«, rief er ihnen zu, ehe er sein Pferd wendete und mit seinen Männern wieder zur Lichtung hinunterritt.

Am Ende der Wagenkolonne erwartete sie der Vogt, ein stämmiger, glatzköpfiger Mann mit Habichtsblick, schon auf seinem unruhigen Pferd. Er erkannte Chassim und begrüßte ihn mit einer angemessenen Verneigung des Kopfes. »Graf Chassim.«

Anna war zu ihrem Freund auf die Ladefläche geklettert und hatte ihm aufgeholfen, damit er dem Vogt einigermaßen würdevoll gegenübertreten konnte. »Gott zum Gruß, Vogt. Sagt, was ist hier geschehen?«

Der Vogt wies mit dem Kinn auf die gefesselten Männer auf den Planwagen. Sie sahen wie vagabundierende Räuber aus: wild, verwegen und schmutzig. Aber Chassim und seine Reisebegleiter machten auch keinen besseren Eindruck, nass wie sie waren.

»Das sind Plackerer, wir sind ihnen schon eine Weile auf den Fersen. Sie sind uns immer wieder entwischt, aber jetzt haben wir ihnen eine Falle gestellt. Das hier …«, er wies auf die Männer, die wie wohlhabende Kaufleute gekleidet waren und beim Aufladen der getöteten Männer halfen, »… sind alles kampferprobte Männer, keine Kaufleute. Wir haben durchsickern lassen, dass wir mit einer besonders wertvollen Fracht unterwegs sind, und die Wegelagerer sind darauf hereingefallen. Wir haben Glück gehabt – ihren Anführer Baldur von Veldern haben wir auch erwischt.«

Chassim war erstaunt. »Baldur von Veldern war ihr Anführer? Er war mit meinem Vater auf dem letzten Kreuzzug. Vor weit über zehn Jahren.«

Der Vogt nickte. »Ihr habt richtig gehört. Baldur von Veldern ist ein geächteter Ritter. Er ist seit langer Zeit in Acht und Bann. Aber das hier war sein letzter Überfall.«

Anna schob ihre Kapuze in den Nacken, so dass erkennbar wurde, dass sie nicht etwa Chassims Knappe war, und fragte: »Was geschieht mit den Männern?«

Der Vogt runzelte die Stirn und blaffte sie an: »Wer seid Ihr?«

»Mein Name ist Anna von Hochstaden.«

Der Vogt sah Anna skeptisch an, aber dann ließ er sich von Haltung und Gestus überzeugen, bevor Einsicht und Erkenntnis sein Antlitz überzogen.

»Verzeiht mir, Euer Gnaden, das wusste ich nicht. Ihr seid die Medica?«

»Ja. So ist es.«

»Ich habe schon von Euch gehört. Ihr sollt wahre Wunderdinge vollbracht haben.«

»Die Leute erzählen viel. Ich tue nur, was in meiner Macht steht.«

Der Vogt nickte. »Baldur von Veldern und seine Männer werden in Köln vor Gericht gestellt und zum Tode verurteilt. Man wird sie ausnahmslos aufknüpfen. Aber es trifft sich gut, dass Ihr hier seid. Es heißt, Ihr versteht Euch auf alle Arten von Krankheiten und Verletzungen. Könnt Ihr mir den Gefallen tun und einmal nach Ritter Baldur sehen? Er wurde ziemlich übel erwischt und gibt keinen Ton mehr von sich.

Ich möchte nicht, dass er sich im letzten Moment noch der irdischen Gerechtigkeit entzieht, indem er auf der Fahrt nach Köln sein erbärmliches Leben aushaucht. Darf ich Euch bitten?«

Er hielt ihr die Hand hin, aber Anna sprang einfach vom Wagen und gab ihm zu verstehen, dass sie ihm folgen würde. Der Vogt nickte und ritt voraus zum vorletzten Wagen, wo ein Mann mit langen Haaren und Kettenhemd auf der Ladefläche gefesselt lag. Er blutete aus mehreren Wunden, besonders am Kopf, und sah aus, als habe die Seele seinen Leib schon verlassen. Der Vogt sprang vom Pferd und wollte Anna Hilfestellung geben, aber die Medica kletterte schon gewandt wie eine Katze auf den Wagen und kniete sich vor den Plackerer. Sie drehte ihn auf den Rücken und untersuchte ihn so, wie sie das von ihrem Lehrer, dem Medicus Aaron, gelernt hatte. Schnell stellte sie fest, dass sein Herz noch schlug und er atmete. Anna tastete seinen Kopf ab, der Schädel schien nicht gebrochen zu sein, dann wandte sie sich dem Vogt zu. »Er lebt. Und bis auf seine Kopfwunde kann ich keine Verletzung feststellen, die lebensbedrohlich wäre. Besorgt mir ein paar trockene Tücher, dann werde ich ihn verbinden, damit er nicht verblutet.«

Der Vogt stieg auf sein Pferd und ritt zur Spitze der Wagenkolonne. In diesem Augenblick, als Anna mit Baldur von Veldern allein war, schlug dieser die Augen auf und starrte ihr ins Gesicht. »Nein, das kann nicht sein ... Nein ...«, stammelte er bei Annas Anblick, und seine Augen weiteten sich vor Schreck. »Wer bist du?«, brachte er schließlich heraus.

»Ich bin eine Medica. Ihr werdet überleben, aber ich weiß nicht, ob das ein Trost für Euch ist. Der Vogt wird Euch und Eure Männer vor Gericht stellen.«

»Sag mir deinen Namen.«

»Anna von Hochstaden.«

»Anna von Hochstaden. Danke. Dann weiß ich wenigstens, wie meine Todesbotin heißt. Du bist das Mädchen mit den verschiedenfarbigen Augen, das mir den Tod bringen wird.« Er lachte ein müdes Lachen. »Na, ich habe ihn allemal verdient. Anna, du kannst mir einen Gefallen tun …«

Er flüsterte nur noch, so dass Anna ihr Gesicht nahe an das seinige bringen musste, um ihn zu verstehen. »In meinem Gürtel steckt ein Dolch. Wenn du eine Medica bist, weißt du, wo du ihn ansetzen musst, damit es schnell geht. Tu es jetzt, dann haben wir's hinter uns.«

Anna stand auf. »Ich bin nicht Euer Richter. Und Euer Henker schon gleich gar nicht.«

»Aber du bist eine Hexe.«

»Ich weiß nicht, wovon Ihr redet. Ihr schweigt jetzt besser, sonst kann ich Euch nicht verbinden.«

Der Vogt kam mit einem Leintuch zurück, das Anna geschickt in Streifen zerriss. Sie kniete sich wieder hin und hob den Kopf des Plackerers hoch, während der Vogt zusah. Keiner sagte ein Wort. Ritter Baldur hatte wieder die Augen geschlossen, während Anna seine blutende Kopfwunde straff mit einem Leinenstreifen verband. Dann stand sie wieder auf und sah den Vogt an. »Mehr kann ich hier nicht tun. Aber er wird die Fahrt wohl überleben.«

»Das reicht vollkommen. Ich danke Euch.«

Anna sprang vom Wagen, als sich Ritter Baldur, so gut es ging mit seinen gefesselten Händen und Beinen, aufrichtete und brüllte: »Lebt wohl, Medica. Wenn wir uns das nächste Mal über den Weg laufen, sind wir entweder schon direkt in der Hölle oder auf dem Weg dorthin!« Dann lachte er ein hässliches Lachen.

»Kennt er Euch, oder hat er seinen Verstand verloren?«, fragte der Vogt erstaunt.

»Weder noch, ich fürchte, das ist wohl seine Natur«, antwortete die Medica und ging zu ihrem Wagen zurück. Sie stieg zu Caspar auf den Kutschbock. »Was war mit diesem Ritter? Was hat er von dir gewollt?«, begehrte Chassim zu wissen.

»Nichts von Bedeutung. Fahren wir jetzt endlich zur Burg?«

»Ja«, sagte Chassim. »Hier haben wir nichts mehr verloren.«

Caspar trieb die Zugpferde mit den Zügeln und einem Zungenschnalzen an, und sie ließen das Schlachtfeld hinter sich.

Der Vogt sah ihnen nach. Das war also die Medica. Er hatte sie sich ganz anders vorgestellt. Viel größer und eindrucksvoller. Dabei war sie nur eine kleine, schmächtige junge Frau. Fast noch ein Mädchen.

II

Es war am Ende des Monats Scheiding im Jahre des Herrn 1242, als Konrad von Hochstaden, der mächtige Erzbischof von Köln, nach Wochen des selbst auferlegten strengen Fastens und Betens wieder dank Gottes Hilfe in sein normales Leben zurückfand.

Seit er sich nach seiner gescheiterten Mission in Oppenheim in die Abgeschiedenheit seines Klosters Heisterbach im Tal des heiligen Petrus zurückgezogen hatte, kapselte er sich im Wohnbereich des Abtes hermetisch von der Außenwelt ab und hatte zu keiner Menschenseele mehr gesprochen. Niemand hatte Zutritt zu ihm, nicht einmal der Abt des Klosters, Pater Sixtus, dem strengstens jegliche Störung, gleich welcher Art und Wichtigkeit, untersagt wurde. Und wer war Pater Sixtus, dass er sich einer so eindeutigen Anordnung seines Herrn widersetzt hätte? Im Gegenteil, er ging sogar darüber hinaus und befahl, dass von nun an im Umkreis des äbtlichen Aedificiums für alle Mönche und Laienbrüder absolute Schweigepflicht galt. Bei Tag und bei Nacht. Und wenn doch einmal ein Novize im jugendlichen Überschwang eine der schweren Türen im Querhaus zu laut ins Schloss fallen ließ, war eine drakonische Strafe fällig, sollte er dabei erwischt werden.

Der Innenhof des Klosters, dessen Geviert von den Kreuzgängen umschlossen war und in dem der Brunnen friedlich vor sich hin plätscherte, war zur verbotenen Zone erklärt worden, falls Seine Eminenz, der Erzbischof, geruhte, sich dort zur Kontemplation aufzuhalten – was er nicht tat.

Pater Anselm, der Cellerar, brachte auf Befehl seines Abtes einmal am Tag nach der Complet Essen aus dem Refektorium herüber und stellte es im Gang vor der Tür zu den Abtgemächern ab. Dinkelbrei, Kichererbsensuppe, Gersteneintopf, Fischsülze, Forelle im Teigmantel, Aalpastete, zimtbestreuter Reis mit Mandelmilch, sogar Rehpfeffer – alles, was die klösterliche Küche zu bieten hatte. Wenn er dann nach der Mette zurückkam, um nachzusehen, waren der Teller und das dazugehörige Fladenbrot stets unberührt.

Der Erzbischof nahm nur mit Wasser verdünntes Bier zu sich und trug ein Cilicium aus Pferdehaaren und Schweineborsten. Nachts kasteite er sich zusätzlich mit einer neunschwänzigen Katze und betete auf dem harten und eiskalten Steinfußboden, bis er vor Schmerzen in den Knien nicht mehr konnte und vornüberfiel. Aber da auch Schlafentzug zu seiner selbst gewählten Askese gehörte, zwang sich der Erzbischof dazu, wach zu bleiben, indem er endlose Anrufungslitaneien mit sich selbst in den Boden murmelte. Und wenn er damit fertig war, fing er wieder von vorne an, bis er schließlich doch in einen unruhigen Schlaf dämmerte, in dem ihn unzählige wirre Alpträume apokalyptischen Ausmaßes quälten, bis er nur umso erschöpfter wieder erwachte. Dann flehte er Gott an, bettelte um ein Zeichen für eine Läuterung, eine Vergebung. Aber Gott antwortete seinem treuesten Diener nicht.

Abt Sixtus, der heimlich ab und zu an der Tür zu den Abtgemächern horchte und dann einen Blick durch das Schlüsselloch riskierte, machte sich allmählich größte Sorgen um seinen Herrn und die Zukunft des Klosters, des Bistums und des Reiches. Aber an wen sollte er sich wenden, wenn sich der Zustand des Erzbischofs weiter verschlimmerte? Niemand durfte davon erfahren, die Gegner des Erzbischofs, und davon gab es viele, hätten jede Schwäche sofort zu ihrem Vorteil ausgenutzt. Papst Coelestin IV. war nach nur 17 Tagen Pontifikatdauer im Monat Neblung 1241 gestorben. Nach nun über zehn Monaten Sedisvakanz war immer noch kein neuer Papst in Sicht, den man in dieser heiklen Angelegenheit um Rat hätte angehen können. Verzweifelt betete Pater Sixtus vor dem Altar der Klosterkirche darum, dass der Erzbischof wieder zu alter Stärke und Führungskraft zurückfand. Je länger das selbstzerstörerische Hadern des Erzbischofs andauerte, desto mehr befürchtete Abt Sixtus, dass mit Armageddon Heisterbach gemeint war und der Tag des Jüngsten Gerichts nicht mehr allzu fern war.

Der Erzbischof kniete vor seinem Hausaltar, einem Marienbild. Aber er konnte es nicht ansehen, er konnte nur in sein Inneres blicken, das schwarz war, schwarz wie der abgrundtiefe Groll, den er gegen sich selbst hegte. Bei seinem Vorgehen gegen Anna, die häretische Hexe aus Ahrweiler, hatte Konrad von Hochstaden als Erzbischof und selbsternannter Inquisitor auf ganzer Linie versagt. Da hatte ihm Gott diese von einem jüdischen Medicus unterrichtete Medica auf dem silbernen Tablett serviert, und ihm war es nicht gelungen, sie dem Scheiterhaufen zu überantworten, wie es sich gehört hätte, um ihre von teuflischen Irrlehren beherrschte Seele zu reinigen. In seiner Verblendung hatte er auch noch übersehen, dass diese Hexe mit den verschiedenfarbigen Augen seine Nichte war. Die totgeglaubte Tochter seines ermordeten Bruders, die ihm diese unglaubliche Tatsache auch noch ins Gesicht spie, als er schon sicher war, sich ihrer für alle Zeiten entledigt zu haben. Nun war sie unangreifbar für ihn. Er wusste nicht, wie er ihrem ruchlosen ketzerischen Treiben als Wunderheilerin ein Ende setzen sollte. Er selbst war gezwungen gewesen, sie für unschuldig zu erklären, beim Gedanken an diesen erniedrigenden und demütigenden Vorgang schoss der blinde Hass wie schwarze Galle in ihm hoch.

Anna von Hochstaden, wie sie wirklich hieß, musste mit dem Teufel im Bunde sein, anders war es nicht zu erklären, wie sie sämtliche Prüfungen, die das Schicksal und der Wille des Erzbischofs ihr auferlegten, nicht nur schadlos überstanden hatte, sondern, wie er zähneknirschend konzedieren musste, nur noch größer daraus hervorgegangen war. Es ging sogar das Gerücht um, dass Graf Chassim von Greifenklau sie ehelichen wollte. Nach seinem schweren Turnierunfall, den normalerweise niemand überlebt hätte, war er halbtot ins Haus der Medica gebracht und dort behandelt worden – auf welche widernatürliche Art auch immer. Nicht nur, dass Anna eine Buhlschaft des Teufels war – in dieser Zeit hatte sie mit ihrer Hexenkunst das gebrochene Bein des Junkers geheilt und die Gunst der Stunde genutzt, indem sie Geist und Seele des jungen Grafen in ihren Bann geschlagen und ihn zu ihrem Liebhaber gemacht hatte.

Und für diese Metze war auch noch sein übereifriger, aber dummer Neffe Gero in den Tod gegangen. Gero von Hochstaden, den der Erzbischof als den Sohn sah, den er nie gehabt hatte, war davon besessen, Anna ins Jenseits zu befördern. In seinem blindwütigen Zorn, der ihn erfasst hatte, als Anna nicht wie von seinem Onkel geplant auf dem Scheiterhaufen endete, wollte er sie eigenhändig vernichten und kam dabei elendiglich ums Leben. Wenn das nicht ein deutliches Zeichen dafür war, dass sie Hexenkräfte besaß und den Fluchzauber ausüben konnte! Jetzt, im Moment der größten Verzweiflung und tiefsten Seelenpein, wünschte sich Konrad von Hochstaden, er wäre auch dazu in der Lage. Dann hätte er seine ketzerische Nichte dahin gewünscht, wo sie hingehörte: in die ewige Verdammnis!

Es dauerte zwölf qualvolle Tage und Nächte, bis er endlich von seiner inneren Zerrissenheit und Selbstzerfleischung erlöst wurde und die lang ersehnte Vision kam, die Eingebung des Herrn.

In seiner Verzweiflung hatte der Erzbischof schon befürchtet, dass der Herr ihn für immer mit Nichtachtung strafen wollte. Doch dann setzte die göttliche Offenbarung auf einmal und völlig unerwartet mit so einer Wucht ein, dass Konrad von Hochstaden glaubte, er würde von den himmlischen Heerscharen emporgetragen, um sich selbst auf dem nackten Steinfußboden zu sehen, wie er da lag, die Arme von sich gestreckt in seinem Büßerhemd, ein armseliges Geschöpf Gottes, einzig und allein Seiner Gnade überantwortet, die nun nicht länger auf sich warten ließ. Ihm fielen plötzlich die Worte aus dem Evangelium des Johannes ein, Kapitel 9, Vers 25, die auf den Torbogen der Hauptpforte des Klosters in Stein gemeißelt waren: »Eines weiß ich wohl: dass ich blind war und bin nun sehend.«

Schlagartig wurde dem Erzbischof dabei bewusst, dass Gott ihn in Seiner unendlichen Weisheit nur auf die Probe gestellt und seinen Glauben geprüft hatte! Warum hatte er sich nicht an Hiob aus dem Alten Testament erinnert, der auf Betreiben des Satans unmenschlich harte Prüfungen durch den Herrn bestehen musste und daran fast zerbrochen wäre?

Aber war Hiob nicht am Ende doppelt von Gott für seine Standhaftigkeit belohnt worden?

Konrad von Hochstaden begriff auf einmal nicht mehr, wie er auch nur im Geringsten daran zweifeln konnte, dass der Herr ihn dazu berufen hatte, ein Werkzeug Seines göttlichen Willens zu sein!

Schließlich war nur er, der von Gott und der Kirche eingesetzte Erzbischof, dazu imstande, kraft seines Einflusses, seines Standes und seines Amtes endlich die größte Kathedrale der gesamten Christenheit zur höheren Ehre des Herrn in Köln errichten zu lassen!

Nur er, Konrad von Hochstaden, war dazu in der Lage, dem Heiligen Römischen Reich seinen früheren Glanz und seine ihm zustehende Glorie unter der Führung der Heiligen Mutter Kirche zurückzugeben, indem er die Dynastie der Staufer mit dem ketzerischen Kaiser Friedrich II. und dessen Sohn Konrad IV. an deren Spitze zertrat wie eine lästige Schabe.

Und nur er, Konrad von Hochstaden, war dazu ausersehen, die Hexe Anna, die Medica, zu vernichten.

Er wusste auch schon wie.

Es war so einfach.

Schließlich hatte der Herr ihm in einer Vision gezeigt, was er tun musste.

Er würde noch heute damit anfangen, Gottes Eingebung in die Tat umzusetzen.

Langsam erhob er sich, spirituell so gestärkt an Geist und Seele, dass er halbwegs Herr über seine leibliche Schwäche war, die nach Tagen und Wochen des Fastens und Kasteiens nicht ausblieb. Er zitterte am ganzen Körper, und kalter Schweiß quoll ihm aus allen Poren.

Aber dem Zustand konnte schließlich abgeholfen werden.

Konrad von Hochstaden riss die Tür auf und schrie in den Gang hinaus, so dass der Novize, der auf Geheiß des Abtes ständig auf einem Schemel sitzend vor der Tür auf Befehle des Erzbischofs warten musste, zusammenzuckte und von seiner kauernden Haltung auffuhr, als stünde er dem Leibhaftigen gegenüber.

»Cellerar«, rief Konrad von Hochstaden, »Cellerar!«

Und wahrlich, mit seinem härenen Büßerhemd, das zerfetzt und blutbesudelt war, seinem ausgezehrten, unrasierten Antlitz, den Pockennarben und den fiebrig glänzenden, rotunterlaufenen Augen, die tief in ihren Höhlen lagen und aus denen das Feuer des Fanatismus blitzte, wirkte der Erzbischof wie eine fleischgewordene Erscheinung Luzifers.

Der Novize wich instinktiv zwei Schritte zurück, dabei starrte er seinen obersten Dienstherrn schreckensbleich an und bekreuzigte sich unwillkürlich.

Konrad von Hochstaden sah durch ihn hindurch und brüllte, dass es durch das halbe Kloster hallte. »Cellerar, bring mir was zum Essen! Und bring mir Wein. Ich bin von den Toten auferstanden!«

III

Obwohl Ambros, der vierzehnjährige Hütejunge von Burg Greifenklau, scharfe Augen hatte, traute er ihnen nicht ganz, bei dem Anblick, der sich ihm bot. Er war noch im späten Abendlicht und bei strömendem Regen auf dem Zufahrtsweg zur Burg mit zwei bockigen Ziegen unterwegs, die entlaufen waren und die er mühselig wieder eingefangen hatte, als er hinter sich, gerade als er die Ziegen durch das zweiflüglige, offenstehende Tor scheuchen wollte, einen scharfen Pfiff hörte. Als er sich umdrehte, sah er durch den grauen Regenvorhang einen seltsamen Tross, der sich den Weg zur Burg hinaufmühte.

Die Burganlage, bestehend aus steinernem, dreistöckigem Herrenhaus, Stallungen, Gesindehaus, Waschhaus, mehreren geräumigen Vorratsscheunen und ringsum durch eine doppelt mannshohe Palisade aus zugespitzten Holzpfählen mit Wehrgang geschützt, thronte strategisch günstig auf einer Anhöhe. Der Weg zum Tor führte in Serpentinen bergauf, so dass man einen perfekten Blick auf alles hatte, was sich auf die Burganlage zu bewegte. Ambros wusste, dass er sofort Meldung machen musste, wenn sich jemand der Burg näherte – es war schließlich immer wieder Gesindel unterwegs, das darauf aus war, eine gut gefüllte Vorratskammer auszurauben oder Vieh zu stehlen, wenn sich die Gelegenheit bot.

Er überlegte krampfhaft, was er tun sollte. Denn was sich

da jetzt den Weg hochkämpfte, sah ihm irgendwie nicht ganz geheuer aus. Ein von zwei Pferden gezogener vierrädriger Karren quälte sich die schlammige Straße hoch. Zwei junge Kerle gingen voraus, sie führten ihre eigenen Pferde am Zügel, und mit der freien Hand zerrten sie die Zugpferde an der Kandare. Die Zufahrtsstraße war absichtlich steil angelegt, um einem potenziellen Angreifer das Näherkommen zu erschweren, und die Zugpferde hatten Mühe, das klobige Gefährt zu ziehen und in Bewegung zu halten. Sie wurden von zwei jungen Frauen und einem älteren Mann unterstützt, die mit all ihrer Kraft den Wagen schoben. Jetzt erkannte Ambros, wer da vollkommen durchnässt auf dem Kutschbock saß und die Pferde mit Rufen und Zügelschnalzen anfeuerte. Sein junger Herr, Chassim von Greifenklau, der ein unförmiges weiß-graues Gebilde an seinem rechten Bein trug. Auf der Ladefläche des Karrens lag ein riesiger Mönch, erkennbar an seiner schwarzen Kutte. Den hageren Mann mit von Brandnarben entstelltem Gesicht, der sich hinten gegen die Bordwand stemmte, hatte Ambros noch nie gesehen. Genauso wenig wie die zwei jungen Frauen, die beim Schieben halfen, klein, dunkelhaarig und mädchenhaft die eine, blond und kräftig die andere. Alles in allem höchst verdächtige und ziemlich verwahrlost wirkende Gestalten, die den Eindruck erweckten, als wären sie die einzigen Überlebenden, die sich mit Müh und Not von einem weit entfernten Schlachtfeld nach Hause durchgeschlagen hatten. Und nach gewonnener Schlacht sahen sie jedenfalls nicht gerade aus. Wenn er nicht seinen Herrn trotz des dichten Regens erkannt hätte, wäre Ambros jetzt doch schleunigst in den Burghof gerannt, hätte die Torflügel geschlossen und Alarm geschlagen, sicherheitshalber.

Als er Chassim heftig winken sah, wurde ihm die schwierige Entscheidung, was er tun sollte, endlich abgenommen.

Er löste sich aus seiner Erstarrung, trieb die zwei Ziegen mit seinem mitgeführten Zweig in die Burganlage und rief, so laut er konnte, gegen den prasselnden Regen an. »Unser junger Herr ist zurück! Er braucht Hilfe! Schnell, macht schon!«

Und da kamen sie aus den Stallungen, der Scheune und dem Gesindehaus, wo sie im Trockenen je nach Pflicht und Tätigkeit gearbeitet hatten, Mägde und Knechte, und stürmten ungeachtet des widrigen Wetters durch das Tor den Weg hinunter, um dem Wagen und den sieben klatschnassen Ankömmlingen den beschwerlichen Rest des Berges hinaufzuhelfen und sie alle samt Pferden in der großen Scheune erst einmal ins Trockene zu geleiten.

Claus von Greifenklau, Chassims Vater, war alt und gebrechlich, und seine Sehkraft hatte in den letzten Jahren so stark nachgelassen, dass er fast blind war. Aber sein Lebensmut war ungebrochen, sein Gedächtnis und sein Verstand waren scharf wie eh und je, und sein Gehör funktionierte noch ausgezeichnet. Er trug seine dichten, weißen Haare lang und wurde noch immer als die Autorität respektiert, die er seit vielen Jahrzehnten für seine Untertanen darstellte.

In letzter Zeit fror er häufig, und so war sein Lieblingsplatz am Kamin der großen Halle im Herrenhaus, in der früher so viele und fröhliche Feste stattgefunden hatten, wie er jetzt melancholisch dachte, als er zwei Holzscheite in das prasselnde Kaminfeuer warf. Seit sein einziger Sohn Chassim seine Frau und das Kind bei der Geburt verloren hatte, das war jetzt über drei Jahre her, hatte es keinen Anlass für ein Fest mehr gegeben. Und jetzt war auch noch Chassim beim Turnier in Oppenheim schwer verletzt worden, wie er von seinem Schwiegersohn Graf Georg von Landskron wusste, der ihm regelmäßig durch Brieftauben Botschaften schickte. Seit Wochen wartete Claus von Greifenklau auf eine neue

Nachricht. Er wusste nur, dass Chassim zwischen Leben und Tod schwebte und von einer Medica gepflegt wurde, von der es hieß, dass sie es mit dunklen Mächten hielt. Angeblich hatte sie sogar bei hoffnungslosen Fällen eine Heilung bewirkt. Claus von Greifenklau gab nicht viel auf Gerüchte, die einfachen Leute waren oft abergläubisch und redeten viel, wenn der Tag lang war. Er war zeit seines Lebens immer ein Mann der Tat gewesen und nie ein Freund von Intrigen, Kabalen und Verleumdungen. Seine Devise hieß: »Sag ja oder nein, aber nichts dazwischen!« Das hatte sein früherer, im fernen Sizilien weilender Freund und Kampfgefährte, Kaiser Friedrich II., immer so an ihm geschätzt, als er noch an des Kaisers Seite geritten und sein getreuer Gefolgsmann im letzten Kreuzzug gewesen war. Auch heute noch, über ein Jahrzehnt später, war er ein loyaler Anhänger der Staufer und würde es bis in den Tod hinein bleiben.

Bei dem Gedanken an für immer vergangene Abenteuer in fernen Ländern und seine verlorene Jugend wurde ihm dann doch manchmal ein wenig wehmütig ums Herz. Aber dann riss er sich stets gleich wieder zusammen. Bei Gott, er hatte nicht vor, sich in seiner eigenen Sentimentalität und Rührseligkeit zu verkriechen. Seine Sorge galt ganz seinem Sohn, von dem er hoffte, dass er bei dieser Medica, die angeblich Wunder wirken konnte, in guten Händen war und wieder gesund wurde. Er wusste, dass die Medica zusammen mit ihrem jüdischen Lehrmeister das Leben seiner Tochter Ottgild, die mit dem Grafen von Landskron verheiratet war, und deren Sohn bei einer schweren Geburt gerettet hatte und dass Chassim seither ein Auge auf sie geworfen hatte. Das hatte ihm sein Sohn gestanden, bevor er im Sommer mit seinen zwei Pferdeknechten zum Turnier nach Oppenheim aufgebrochen war. Und jetzt war es Herbst geworden. In den langen und einsamen Abendstunden vor dem

Kamin, in denen er vor Sorge um seinen Sohn nicht einschlafen konnte, betete er inständig um die Gnade, Chassim doch noch gesund wiederzusehen, bevor Gott der Herr ihn, Claus von Greifenklau, zu sich rufen würde.

Er warf noch einen Scheit in das Kaminfeuer, als er plötzlich von draußen laute Schreie und Stimmen vernahm. Was war da los? Er stemmte sich aus seinem Lehnstuhl, den ihm der Zimmermann des Dorfes, das zu seiner Grafschaft gehörte, nach seinen Angaben geschreinert hatte, und wollte gerade zur Tür gehen, die ins Freie führte, als sie schon aufgerissen wurde und ein aufgeregter Bursche, es war Ambros, wie er an der Stimme erkannte, ohne das übliche Anklopfen laut hereinplatzte und nach Atem ringend kundtat: »Verzeiht, Euer Gnaden – aber Euer Sohn Chassim ist soeben eingetroffen!«

Der alte Graf konnte es nicht fassen – seine Gebete waren erhört worden! Er vernahm laute Stimmen, Lachen, Schritte und dann ein seltsames Geräusch, das sich anhörte, als komme jemand mit einer Krücke über den Steinboden auf ihn zugehumpelt, und dann wurde er von einem kräftigen, wenn auch patschnassen Kerl umarmt, der nur sein Sohn sein konnte. »Chassim«, war alles, was er herausbrachte, als er ihn an sich drückte und vergeblich versuchte, seine Tränen zurückzuhalten, »Chassim … Gott sei Dank, du lebst!«

»Und wie, Vater!«, war die lachende Antwort seines Sohnes, »was bin ich froh, dich gesund und lebendig wiederzusehen!«

»Und ich erst, mein Sohn, und ich erst!«, flüsterte der alte Graf.

Chassim löste sich und legte seinem Vater den Arm um die Schultern. »Vater, ich möchte dir jemand vorstellen.«

»Du hast sie mitgebracht?« Claus von Greifenklau lächelte unter Tränen, für die er sich nicht schämte. »Deine Medica?«

»Ja, Vater. Das ist Anna. Anna, das ist mein Vater.«

Er schob Anna, die genauso nass war wie er, nach vorne. Anna erkannte sofort den Schleier auf den Augen des Grafen und wusste, dass er kaum etwas sehen konnte. Sie machte einen Schritt auf den Grafen zu. »Euer Sohn hat mir schon so viel Gutes über Euch erzählt. Ich freue mich, Euch endlich zu treffen.«

Dann nahm sie ohne jegliche Scheu die rechte Hand des Grafen und führte sie an ihr Gesicht, so dass der blinde alte Mann ertasten konnte, wie sie aussah, was er mit zitternden Händen behutsam tat. »Du bist jung und du bist schön. Und klug bist du auch, das weiß ich von meinem Sohn. Sei mir willkommen.« Er küsste sie auf die Stirn und umarmte sie. Dann breitete er die Arme aus und befahl, weil er zu Recht annahm, dass genügend Neugierige aus seinem Gesinde zusammen mit den Gästen hereingekommen waren: »Holt Tische und Bänke herein, entfacht das Feuer im Herd, und bereitet alles vor, was man für ein festliches Bankett braucht! Mein Sohn ist zurück, und er hat eine Frau mitgebracht! Wenn das kein Grund zum Feiern ist!«

Seine Stimme ging im Jubel der Anwesenden unter. Im Nu herrschten wieder Leben und Fröhlichkeit in der düsteren Halle, Fackeln und Kerzen wurden zu Dutzenden entzündet, und ein geschäftiges Treiben begann in den Wirtschaftsräumen. In der Küche, die neben der Halle lag und die eine so große Herdstelle hatte, dass man dort einen ganzen Ochsen braten konnte, setzte man den Befehl des Grafen, so schnell es überhaupt möglich war, in die Tat um. Jeder, egal ob groß oder klein, alt oder jung, packte eifrig mit an. Es wurde Wein geholt und geschlachtet, gekocht, gebraten und gerührt, was Stall, Speicher, Vorratskammern und Keller hergaben.

Die durchnässten Ankömmlinge wurden derweil im daneben liegenden Waschhaus mit trockener Kleidung versorgt. Danach kümmerte sich Anna gleich als Erstes um ihren Famulus und Freund Bruder Thomas, dessen tiefe Fleischwunde während der Fahrt auf dem Wagen wieder aufgebrochen war. Die Medica ließ sich von ihrer Magd Berbelin, die stumm war, frisches Linnen, Nadel und Faden bringen und konnte Bruder Thomas jetzt endlich so versorgen, wie es nach ihrem überhasteten Aufbruch aus Oppenheim nicht möglich gewesen war. Leider hatte sie keinen Schlafschwamm zur Verfügung, mit dem sie ihn hätte betäuben können, ihre ganzen Vorräte waren von der Soldateska des Erzbischofs vernichtet worden, so dass Bruder Thomas mit der alten Methode vorliebnehmen musste: Berbelin gab ihm ein mit Stoff umwickeltes Stück Holz, auf das er beißen konnte, während Anna unter den erstaunten Blicken der neugierigen Mägde mit ihren kundigen Händen die klaffende Wunde mit sechs schnell ausgeführten Stichen vernähte. Bruder Thomas hielt sich tapfer. Zwar stand ihm der Schweiß auf der Stirn, aber er hatte seiner Freundin oft genug zugesehen, um zu wissen, dass sie etwas davon verstand und er nicht besser behandelt werden konnte. Anna bedauerte, dass ihr auch kein Aqua Vitae zur Verfügung stand, mit dem sie gute Erfahrungen gemacht hatte. Wenn sie Hände, Wunde und Instrumente vor der Behandlung damit säuberte, entzündete sich die Wunde meist nicht, und auch der gefährliche Wundbrand wurde so verhindert. Aber für dieses eine Mal musste es eben auch so gehen, sie hoffte auf die robuste Natur ihres Gefährten. Sie war sich mit Bruder Thomas darin einig, dass sie, wenn sie weiterhin als Medica arbeiten wollte, sich schleunigst wieder mit den wichtigsten Utensilien und Arzneien eindecken musste – die Frage war nur, wo?

Doch für heute ließ sie es genug sein. Morgen war auch noch ein Tag, und jetzt war es an der Zeit, sich in die Halle zu begeben, um die Heimkehr von Chassim gebührend zu feiern und ihre eigene Rückkehr ins Leben, nachdem sie praktisch schon mit einem Fuß auf dem Scheiterhaufen gestanden hatte, den der Erzbischof für sie hatte errichten lassen.

Als Anna, Bruder Thomas und Berbelin in die Halle kamen, wo bereits zwei Knechte, einer mit Laute und einer mit Sackpfeife, aufspielten, während aus der Küche aufgetragen wurde, was der gräfliche Haushalt hergab, brach die Musik ab, und das Lachen und die Gespräche verebbten. Die Tische bogen sich, und alle, die auf Burg Greifenklau bedienstet waren, waren natürlich eingeladen worden, mitzufeiern. Das war für Graf Claus von Greifenklau selbstverständlich, er wollte, dass alle an seiner Freude Anteil nahmen. Die meisten Männer, Frauen und Kinder hatten schon an den langen Tischreihen ihren Platz gefunden, außer denjenigen, die weitere Speisen vorbereiteten oder bedienten oder draußen auf der Wehrpalisade Wache halten mussten; sie würden später abgelöst werden. Die Anwesenden warteten gespannt darauf, dass die drei Ehrenplätze neben dem Grafen eingenommen wurden, damit das Bankett beginnen konnte. Das wollte sich Bruder Thomas, obwohl er durch den Blutverlust und die Schmerzen geschwächt war, natürlich nicht entgehen lassen. Berbelin half ihm auf seinen Sitz und hockte sich neben ihn. Chassim war bei Annas Anblick aufgestanden und geleitete sie an den Platz zur Rechten seines Vaters. Als endlich alle saßen, trat vollkommene Ruhe ein, weil Claus von Greifenklau aufstand und um Aufmerksamkeit bat.

»Mein Sohn und seine Begleiter haben uns sicher eine ganze Menge zu erzählen, und wir alle sind mehr als gespannt darauf, was er erlebt und wen er uns mitgebracht hat. Aber das hat noch Zeit. Ich habe so lange auf seine Rückkehr gewartet, da kommt es jetzt auf ein paar Stunden auch nicht mehr an. Hauptsache, er ist wieder hier.«

Jubel und Beifall brandeten auf. Chassim war gerührt und freute sich gleichzeitig über die große Zuneigung, die ihm zu Hause entgegenschlug, das sah ihm Anna an. Er erhob sich, nahm seinen Becher, der mit Wein gefüllt war, und stieß mit seinem Vater an. »Auf deine Geduld, Vater. Und danke für deine Worte und euren herzlichen Empfang!« Er stieß auch noch mit Anna und Bruder Thomas an, dann hob er den Becher grüßend in die Runde. »Esst und trinkt, Leute, so viel ihr könnt! Auf euer Wohl und das Wohl unserer neuen Medica, ohne deren Heilkunst ich jetzt nicht mehr unter euch weilen würde!«

Und dann, Anna mochte es kaum glauben, standen sie alle auf, sogar Bruder Thomas, schweigsam und ehrerbietig. Man hörte gerade das Rascheln der Kleidung und vereinzeltes Bankrücken auf dem Steinfußboden. Nur ein kleines Kind plärrte, wurde aber an der Brust seiner Mutter schnell beruhigt. Es war mucksmäuschenstill, als alle Anwesenden respektvoll ihre Trinkgefäße in Annas Richtung hoben und warteten, bis Anna ebenfalls aufstand. Erst dann nahmen sie alle einen feierlichen Schluck auf ihr Wohl, als wäre es eine liturgische Handlung. Anna wusste nicht, was sie in diesem Augenblick sagen sollte. Sie glühte vor Aufregung und Schüchternheit, und gleichzeitig konnte sie nicht fassen, was da geschah. Noch nie hatte sie erlebt, dass ihr so große Anerkennung und Wertschätzung zuteilwurde. Gott sei Dank spürte Claus von Greifenklau ihre Befangenheit und klatschte zweimal für die Musikanten in die Hände, worauf die Musik einsetzte und die Spannung löste. Das Fest nahm seinen Lauf.

IV

Später, viel später, es dämmerte schon, konnte Chassim dem alten Grafen endlich erzählen, was sich seit seiner Abreise im Sommer nach Oppenheim zum Turnier auf Burg Landskron zugetragen hatte. Chassim saß mit seinem Vater noch allein am Kaminfeuer – alle anderen hatten sich bereits müde, erschöpft, teils betrunken und übersatt zum Schlafen gelegt. Nur in der Küche klapperte es, weil noch ein unermüdlicher Helfer aufräumte, Jeronimus, der Knochenhauer, ein untersetzter, kräftiger Bursche in den Zwanzigern, der nicht nur beim Schlachten ein Meister war, sondern auch zuständig für die Herstellung von Schweinswürsten und das Haltbarmachen von Wurst und Fisch durch Räuchern. Jeronimus hatte sich nicht aus reiner Hilfsbereitschaft zum Auf- und Abräumen der Überreste des nächtlichen Festes und Gelages in aller Herrgottsfrüh bereit erklärt. Er war dadurch – auch weil er den Eindruck erweckte, besonders pflichteifrig und fleißig zu sein – unauffällig in der Lage, mit anzuhören, was Chassim mit seinem Vater zu besprechen hatte. Und das war eine ganze Menge an wichtigen Neuigkeiten. Jeronimus beglückwünschte sich dazu, den Küchendienst in weiser Voraussicht freiwillig auf sich genommen zu haben. Nicht nur erhoffte er sich eine Belohnung fleischlicher Natur bei der Küchenmagd Fronica, deren Dienst er übernommen hatte und von der er nicht die Augen lassen konnte, wenn sie mit hochgekrempelten Ärmeln und hochgesteckter Schürze schwitzend in der dampfig heißen Küche herumhantierte. Auch die Dankbarkeit des Erzbischofs Konrad von Hochstaden für seine Informationen dürfte sich diesmal in noch mehr klingender Münze auszahlen als sonst, wenn Jeronimus gewöhnlich einmal im halben Jahr mit spärlichem Dienstbotengeschwätz die neue rechte Hand des Erzbischofs, Pater Severin, in Köln aufsuchte. In dieser großen Stadt hatte er sowieso regelmäßig zu tun, weil er auch für den Einkauf von Gewürzen und Salz zuständig war. Bei der Gelegenheit konnte er unauffällig einen kleinen Abstecher zum erzbischöflichen Palast machen und Pater Severin Bericht erstatten, was am Hof der Greifenklaus vor sich ging. Pater Severin hatte im Auftrag des Erzbischofs schon seit geraumer Zeit damit begonnen, nach und nach ein Geflecht von bezahlten Zuträgern aus allen Lagern aufzubauen, feindlich und freundlich gesinnten, um über alle Stimmungen und Vorhaben im Lande immer auf dem Laufenden zu sein.

Das kostete zwar ein kleines Vermögen, aber dieses Geld war gut angelegt. Konrad von Hochstaden war wie eine Spinne im Netz, die das kleinste Vibrieren eines noch so weit ausgeworfenen Fadens wahrnahm und sofort darauf reagierte.

Seine neue rechte Hand, nachdem er Pater Sixtus für dessen Verdienste zum Abt von Kloster Heisterbach gemacht hatte, war Pater Severin. Er war von kleiner Gestalt und hinkte. Wenn er es nicht hören konnte, nannten die Zuträger ihn »Giftzwerg«. Er hatte seinen Spitznamen natürlich längst in Erfahrung gebracht, aber das störte ihn offenbar nicht weiter, solange er in der Gunst seines Herrn stand und die Leute aus dem gemeinen Volk ihn fürchteten. Im Gegenteil, er schien es zu genießen, wenn alle die Augen niederschlugen und die Gespräche verstummten, sobald er einen Raum betrat. Tatsächlich ging das nicht unbegründete Gerücht um, dass es lebensgefährlich war, sich mit dem »Giftzwerg« anzulegen und sich ihn zum Feind zu machen. Es hieß, dass sich Pater Severin nicht nur bestens darauf verstand, jedes Geständnis aus einem verstockten Opfer herauskitzeln zu können, wenn er es erst einmal auf der Streckbank im Keller des bischöflichen Palastes hatte, sondern auch darauf, jemanden still und unauffällig auf Nimmerwiedersehen verschwinden zu lassen, falls es nötig war oder sein Gebieter es in Auftrag gab.

Die Aussicht, Pater Severin beim nächsten Besuch in Köln, der noch vor Einbruch des Winters anstand, mit Neuigkeiten zu versorgen, welche die jüngsten Vorkommnisse am Hof des Grafen Landskron betrafen, von denen er wusste, dass auch der Erzbischof darin involviert war, schärfte Jeronimus' Hörvermögen zusätzlich. Chassim und sein Vater waren so in ihr Gespräch vertieft, dass sie nicht merkten, wie Jeronimus umständlich lange am Kamin herumwerkelte, Asche herausschaufelte und neue Scheite nachlegte.

Chassim erzählte seinem Vater haarklein, was alles passiert war, seit er an dem Turnier teilgenommen hatte. Claus von Greifenklau wollte jedes Detail erfahren. Und Chassim wurde nicht müde, ihm alles so bunt und anschaulich wie möglich zu schildern, obwohl er erschöpft von der anstrengenden Reise war. Er schien instinktiv zu wissen, was es für seinen Vater bedeutete, auf diese Weise zumindest ein wenig am normalen Leben teilnehmen zu können. Seine Blindheit war schon schlimm genug. Früher war er noch bei jedem Wetter den lieben langen Tag auf seinem Pferd unterwegs gewesen, hatte seine Ländereien inspiziert und die Bauern auf dem Land aufgesucht, um mit ihnen über Aussaaten, Erträge und die Familie zu sprechen und gelegentlich auch mit anzupacken, wenn körperlicher Einsatz gefragt war. Vor allem liebte er seine weiten Wälder. Die Jagd auf Wildsauen und Rotwild fehlte ihm ebenso wie die Arbeit beim Holzschlagen. Er war sich nie zu schade gewesen, mit seinen Waldarbeitern die Axt zu schwingen, der Holzertrag war die größte Einnahmequelle der Grafschaft, und Claus von Greifenklau liebte den Geruch von frischem Holz und dem abendlichen Lagerfeuer. So manche Nacht hatte er mit seinen Männern im Freien verbracht, Lieder gesungen und Wildbret gebraten. Aber er war auch höchst interessiert am politischen Geschehen, das dort draußen vor sich ging. Umso empörter war er darüber, was sich in Oppenheim begeben hatte. Dass Konrad von Hochstaden alles tat, um den Staufern zu schaden, und womöglich sogar im Geheimen an einem Sturz des gegenwärtigen Status quo arbeitete, war ihm seit langem sattsam bekannt. Trotzdem konnte er sich noch darüber aufregen, wie machtbesessen und rücksichtslos der Erzbischof vorging, um seine Pläne zu verwirklichen. Dass er sich an Anna aus Ahrweiler die Zähne ausgebissen hatte, freute ihn über alle Maßen. Als Chassim erzählte, wie der Erzbischof sie angeklagt hatte, eine Hexe zu sein, und als Beweis ins Feld geführt hatte, dass sie Chassims Bein gerettet und ihn mit einem Zauber in sie verliebt gemacht habe, stocherte er wütend mit dem Schürhaken im Kamin herum, dass die Funken stoben, hörte aber weiter zu.

Chassim schilderte, wie er in der Nacht vor der Urteilsverkündung, als alles schon verloren schien, mit Anna und Berbelin durch den geheimen Gang unter Oppenheim hindurch geflüchtet war und dort auf Bruder Thomas und Annas Ziehvater traf, die Beweise dafür in Kloster Heisterbach gefunden hatten, wer Anna wirklich war – nämlich die totgeglaubte Nichte des Erzbischofs, eine von Hochstaden. Mit diesem Faustpfand war es ihnen gelungen, Konrad von Hochstaden zu zwingen, Anna von der Anklage freizusprechen und ihr zu gewähren, wieder als Medica arbeiten zu dürfen.

Claus von Greifenklau lehnte sich zurück, und ein zufriedenes Lächeln breitete sich auf seinem Gesicht aus, auf das Chassim sich zunächst keinen Reim machen konnte.

»Warum lachst du, Vater?«, fragte er irritiert.

»Das will ich dir sagen, mein lieber Junge«, grinste der Graf unverhohlen. »Dass Anna eine geborene von Hochstaden ist, ist ein Gottesgeschenk, das dir so manche Schwierigkeit, wenn nicht sogar Unmöglichkeit erspart.«

»Was meinst du damit?«

»Du weißt genau, wie ich das meine.«

»Ich liebe Anna, egal ob sie jetzt ein Bauernmädchen aus Ahrweiler oder eine geborene von Hochstaden ist.«

»Das ist ja schön und gut, und ich freue mich aus ganzem Herzen für dich. Aber kannst du dir vorstellen, was du für einen Sturm ausgelöst hättest, wenn du als Greifenklau ein einfaches Bauernmädchen gefreit hättest?«

Er winkte ab, als Chassim antworten wollte.

»Ich weiß schon, was du sagen willst. Du hättest sie auch genommen, wenn sie Nonne in einem Kloster gewesen wäre.«

Jetzt musste auch Chassim grinsen. »Woher weißt du das?«

»Weil du mein Fleisch und Blut bist. Bei deiner Mutter – Gott hab sie selig! – hätte ich genauso gehandelt. Da fällt mir ein – hast du Anna eigentlich schon gefragt, ob sie deine Frau werden will?«

»Ich hatte bis jetzt nicht die Gelegenheit dazu.«

»Wirst du sie fragen?«

»Es ist mein einziger Wunsch.«

»Dann will ich dir einen guten Rat geben: Warte den rechten Augenblick ab. In der Beziehung sind Frauen empfindlich. Und Anna scheint mir nach allem, was ich von ihr weiß, eine ganz besondere Frau zu sein.«

»Das ist sie in der Tat«, antwortete Chassim und starrte ernst und nachdenklich ins Feuer.

Claus von Greifenklau stand auf und streckte sich. »Ich bin müde und begebe mich jetzt in mein Schlafgemach. Du solltest dich auch ein wenig zur Ruhe begeben. Der Tag war lang und anstrengend.«

Chassim erhob sich ebenfalls. »Nicht nur der Tag, Vater, die ganzen letzten Wochen.«

»Es ist vorbei, Chassim, Gott sei's gedankt und gepriesen.«

»Vorbei ja, Vater, aber nicht vergessen.«

Der alte Graf nickte und drückte seinen Sohn noch einmal an sich. Dann begaben sie sich nach oben in den ersten Stock zu den Schlafräumen.

Jeronimus löschte die brennenden Talglichter, er hatte genug gehört. Seine Herrschaften schöpften nicht den geringsten Verdacht, nie wären sie auf die Idee gekommen, dass unter ihrer loyalen Dienerschaft ein Spion des Erzbischofs sein Unwesen treiben könnte. Der alte und der junge Graf vertrauten ihren Leuten und hielten es für selbstverständlich, dass kein Wort von dem, über was sie sprachen, zur wohlfeilen Handelsware wurde, die sich gewinnbringend versilbern ließ. Jetzt machte auch Jeronimus, dass er auf sein Strohlager im Gesindehaus und zu seiner wohlverdienten Ruhe kam.

V

In dieser Nacht bewunderte Konrad von Hochstaden, der wieder ganz der Alte war, im Schein Dutzender sündteurer Bienenwachskerzen das Holzmodell des zukünftigen Kölner Doms, das er sich von Meister Gerhard von Rile anfertigen und im Schlafgemach der Abtwohnung im Kloster Heisterbach hatte aufstellen lassen. Sanft strich er über die filigranen Zwillingstürme. Dabei wirkten seine Augen geradezu zärtlich und liebevoll, als würde ein staunendes Kind seine vom Vater handgeschnitzten Spielfiguren zum ersten Mal erblicken.

Dass seine Zeit auf Erden durch Gottes Ratschluss begrenzt war, dessen war er sich natürlich schmerzlich bewusst. Er hatte den Bau im zuständigen Gremium, dem Domkapitel, immer noch nicht durchsetzen können, schließlich waren die geschätzten Kosten astronomisch. Immerhin tröstete er sich damit, was ein paar weitere Jahre sub specie aeternitatis, dem Leitmotiv aller Handlungen der christlichen Kirche, waren: nichts. Konrad von Hochstaden war sich seiner Sache absolut sicher. Mit dem unablässigen, gewaltigen Strom von Pilgern, der unweigerlich einsetzen und stetig fließen würde wie die Wassermassen des Rheins, käme so viel Geld nach Köln, dass die Finanzierung des Bauwerks zu stemmen war. Stiftungen und Ablasszahlungen würden ebenfalls noch das ihre dazu beitragen. Schließlich würde der neue Dom Heimstatt der wertvollsten Reliquie der Menschheit werden, dem Schrein mit den Gebeinen der Heiligen Drei Könige. Doch es war eine Herkulesaufgabe, auch die anderen Entscheidungsträger von der Machbarkeit des unmöglich Scheinenden zu überzeugen. Der Erzbischof wandte alle ihm bekannten diplomatischen Kniffe an, um die mächtigen Mitglieder des Domkapitels auf seine Seite zu bringen, die nicht nur die Messen und täglich sieben Chorgebete im alten Dom lasen, sondern auch einstimmig den Beschluss zum Kathedralbau fassen mussten. In dieser Causa scheute er auch vor Drohungen oder Erpressungen nicht zurück, schließlich hatte er sich den Abriss des alten und den Bau des neuen Doms zu seiner Lebensaufgabe gemacht. Es stand ihm peinvoll wie ein Menetekel vor Augen, dass es ihm nicht vergönnt sein würde, die Fertigstellung dieser großartigsten Kathedrale der Christenheit in ihrer ganzen Pracht und Monumentalität zu erleben. Das bedauerte er zutiefst, aber es war nun einmal nicht zu ändern. Umso mehr musste er seine Anstrengungen diesbezüglich forcieren, um das Vermächtnis seines verehrten Vorgängers, Erzbischof Engelbert I., endlich in die Tat umzusetzen. Immerhin würde der Name Konrad von Hochstaden auch noch nach Generationen und Jahrhunderten, die bis zur endgültigen Fertigstellung des epochalen Bauwerks ins Land ziehen würden, falls es Gott dem Herrn gefiel, so lange seine schützende Hand über das Heilige Römische Reich zu halten, als der des großen Initiators und Bauherrn des Kölner Doms ewigen Bestand haben. Wie ein gigantisches steinernes Grabmal seiner selbst, größer und beeindruckender als die Pyramiden im fernen Ägyptenland. Er ging vor dem Modell in die Hocke, das auf einem schweren Eichentisch stand, und schob eine Kerze hinter die Miniaturapsis, deren Schein den Sonneneinfall am frühen Morgen simulieren sollte. Er stellte sich vor, wie beeindruckend das durch die in allen Farben des Regenbogens verglasten Kirchenfenster vielfach gebrochene Licht auf die Gläubigen wirken würde. Es musste für die einfachen Leute wie eine Manifestation des Heiligen Geistes sein und das Versprechen der göttlichen Erlösung gleichsam mit den Händen greifbar werden lassen. Diese himmlische Zusage schon im irdischen Jammertal sichtbar und erlebbar zu machen, sah er als seine fundamentale seelsorgerische und spirituelle Aufgabe an. Der Erzbischof von Köln als Mittler zwischen Gottes Wort und seinem Volk. Die Durchsetzung seiner machtpolitischen Ziele stand auf einem anderen Blatt. Eine Diskrepanz zwischen weltlicher und geistlicher Betätigung existierte für Konrad von Hochstaden nicht, die hohe und verantwortungsvolle Position eines Erzbischofs verlangte und vereinte beides.

Es klopfte. Er knurrte ein knappes »Ja!« und drehte sich nicht um, als die Tür geöffnet wurde und Schritte sich näherten. Konrad von Hochstaden war normalerweise höchst ungehalten, wenn er in seinem Allerheiligsten, in seinem Schlafgemach, gestört wurde. Abt Sixtus war der Einzige, der dort Zugang hatte, er blieb in gebührendem Abstand stehen und wartete respektvoll darauf, dass er angesprochen wurde.

»Was wollt Ihr?«, fragte der Erzbischof ungnädig.

»Pater Severin, den Ihr einbestellt habt, ist gerade angekommen. Ich sollte Euch seine Ankunft melden, Euer Eminenz.«

»Schickt ihn herein«, sagte der Erzbischof, ohne seinen Blick vom Modell der Kathedrale abzuwenden.

»Sehr wohl«, verbeugte sich Abt Sixtus, ging zur Tür, winkte in den Vorraum und wartete, bis Pater Severin an ihm vorbei den Raum betrat, bevor er die Tür leise hinter sich schloss.

»Nun, was gibt es Neues, Pater Severin?«, fragte Konrad

von Hochstaden, immer noch damit beschäftigt, den Lichteinfall der Kerze an seiner Kathedrale zu variieren.

Pater Severin war zwar klein, glatzköpfig und hatte einen seltsamen Gang, seit er als Kind von seinem betrunkenen Vater so zusammengetreten worden war, dass er sein Knie nicht mehr beugen konnte, aber diese körperlichen Mängel machte er dadurch wett, dass er fortan alle anderen an Schläue und Durchtriebenheit übertraf. Wegen seiner gedrungenen Erscheinung und seinem einfachen Habit – er trug nur Schwarz – pflegte man ihn im Allgemeinen zu unterschätzen, aber dem Erzbischof war klar, welche Eigenschaften sich hinter der unscheinbaren Fassade verbargen, er hatte sie schließlich als Erster erfasst und gefördert: Intelligenz, Verschlagenheit, Verschwiegenheit, Loyalität und Ehrgeiz. Nicht ohne Grund hatte Konrad von Hochstaden Pater Severin nach und nach mit delikateren Aufgaben betreut und schließlich zu seiner rechten Hand gemacht. Seither hatte Pater Severin für seinen Herrn alle heiklen Aufträge ohne sie zu hinterfragen und ohne Zögern zu dessen vollster Zufriedenheit ausgeführt. Inzwischen war er so weit, dass er schon im Voraus ahnte, was der Erzbischof im Schilde führte, und überraschte ihn immer öfter damit, dass er bereits Kalamitäten aus dem Weg geräumt hatte, bevor der Erzbischof deren Erledigung in Auftrag gab. Konrad von Hochstaden verließ sich ganz auf ihn, seine Informationen und seine dunklen Machenschaften. Aber er nahm sich vor, ein besonderes Auge auf seinen Handlanger zu haben. Mit seinem Wissen und seiner Arglist konnte Pater Severin auch ihm eines Tages zur Bedrohung werden, sein tiefsitzender Hass auf andere Menschen war eine gefährliche Triebfeder.

»Dreierlei dürfte für Euch von Interesse sein, Euer Eminenz. Punkt eins: Dem Vogt ist es gelungen, Ritter Baldur von Veldern dingfest zu machen.«

Konrad von Hochstaden horchte auf. »Der vogelfreie Plackerer?«

»Jawohl. Unzählige Verstöße gegen den Landfrieden und Überfälle mit seinen Männern außerhalb und über ein Dutzend innerhalb Eures Bistums. Soviel mir bekannt ist, hat er …« Er zog ein Pergament aus seinen Unterlagen, die er stets mit sich zu führen pflegte, und las ab. »… mehr als zwanzig Menschenleben auf dem Gewissen; sofern man bei diesem Mann von einem Gewissen sprechen kann.« Ein maliziöses Lächeln umspielte seine schmalen Lippen. »Kaufleute, freie Bürger, Bauern, Handwerker – bei seinen Opfern ist er nicht wählerisch, wenn es darum geht, Beute zu machen. Von Vergewaltigungen, gebrandschatzten Gehöften und geplünderten Dörfern ganz zu schweigen. Er ist jetzt seit über vier Jahren in Acht und Bann.«

Der Bischof winkte ab. »Das ist mir bekannt. Ihr sagtet ›dingfest gemacht‹ – also ist es dem Vogt gelungen, Ritter Baldur lebend in die Hände zu bekommen?«

»Jawohl, Eminenz.«

»Das überrascht mich. Wie hat er das fertiggebracht?«

»Er hat ihm, auf meinen bescheidenen Rat hin, eine Falle gestellt. Eine angeblich schlecht bewachte Wagenkolonne mit Handelsware. Einer meiner Vertrauensleute wurde bei seinen Männern eingeschleust und hat die Transportroute verraten. Ein Köder für den Raubfisch. Ritter Baldur konnte nicht widerstehen und hat angebissen. Nur dass in den von Planen bedeckten Wagen statt Handelsware die Männer des Vogtes waren. Die Hälfte der Bande wurde niedergestreckt, die andere hat sich ergeben. Ritter Baldur wurde verwundet, aber er wird es überleben. Er wartet im Verlies des bischöflichen Palastes auf Euer Urteil. Mit seinen Männern hat der Vogt kurzen Prozess gemacht. Ihr Urteil wird in einer Woche vollstreckt. Die Galgen sind schon aufgebaut, es wird ein wahres Volksfest geben. Die Leute strömen von weit her herbei. Ein Dutzend baumelnde Galgenvögel will sich niemand entgehen lassen.«

Der Erzbischof nickte zufrieden. »Gute Arbeit, Pater Severin. Aber verschiebt die Hinrichtung. Ich will vorher noch mit Ritter Baldur sprechen.«

Bei Pater Severin hob sich eine Augenbraue. Das einzige Zeichen für eine angedeutete Missbilligung, das er sich erlaubte. »Das Volk wird murren, wenn es sein Schauspiel nicht bekommt, Euer Eminenz.«

Der Erzbischof zögerte. »Da könntet Ihr recht haben. Dann will ich dem Volk geben, was es verlangt. Die Hinrichtungen sollen stattfinden. Aber Ritter Baldur lasst vorläufig am Leben. Er soll den Hinrichtungen jedoch zusehen müssen.«

»Wollt Ihr für ihn eine peinliche Befragung anordnen?«

»Bereitet alles dafür vor. Ich werde ihr beiwohnen.«

Pater Severin deutete eine Verbeugung an. »Ganz wie Ihr wünscht, Eminenz. Dann wäre da noch Punkt zwei auf meiner Liste. Sie betrifft eine kaiserliche Anordnung.«

Diesmal war der Erzbischof wirklich überrascht. »Ach – Friedrich II. kümmert sich tatsächlich wieder einmal um Belange des Reiches? Ich kann es nicht glauben! Langweilen ihn seine Kebsweiber und die Falkenjagd im fernen Pülle, oder wie darf man das verstehen?«, spottete er.

»Er hat einen außerordentlichen Hoftag einberufen lassen. In Oppenheim. Alle Fürsten des Reiches sind dazu eingeladen, also auch Ihr.«

»Eine hübsche Umschreibung für einen kaiserlichen Befehl ohne Legitimation. Es scheint ihn nach wie vor nicht zu kümmern, dass er exkommuniziert worden ist und damit keinerlei Recht mehr hat, Anordnungen zu geben.

Was ist denn der Anlass für diesen Hoftag?«

»Dem kaiserlichen Vertreter hierzulande, seinem jüngsten Sohn Konrad IV., soll gehuldigt werden.«

Er überreichte dem Erzbischof das betreffende Dokument, das mit dem kaiserlichen Siegel versehen und damit beglaubigt war. Konrad von Hochstaden entrollte und überflog es. Bei den zahlreichen Anreden schüttelte er missbilligend den Kopf. »Für mich ist und bleibt Konrad das Kind nur Herzog von Schwaben. Und weder König von Jerusalem noch König des Heiligen Römischen Reiches, auch wenn er sich auf Geheiß seines Vaters so titulieren lässt.«

»Soll ich Euer Kommen absagen?«

Der Erzbischof gab Pater Severin die Pergamentrolle zurück.

»Untersteht Euch! Der Kaiser will seinen Sohn mit aller Gewalt durchsetzen. Aber Konrad ist noch jung und unerfahren in den Gefilden der hohen Politik. Trotzdem wird er versuchen, die Fürsten in seinem Sinn zu beeinflussen. Das werde ich ihm gründlich versalzen.«

»Konrad IV. wird nächstes Jahr im Ostaramond fünfzehn.«

»Der Hoftag ist eine gute Gelegenheit für mich, die Stimmung im Reich auszuloten und bei den anderen Fürsten Mitstreiter dafür zu finden, endlich einen Gegenkönig einzusetzen. Aber dazu brauchen wir auch einen starken Mann auf dem Stuhl Petri. Dann werden wir sehen, ob Kaiser Friedrich noch in der Lage ist, sich im Reich durchzusetzen. Habt Ihr schon sondiert, wie weit die Papstfindung in Rom gediehen ist?«

»Noch keinen Schritt weiter, leider.«

Konrad von Hochstaden schüttelte den Kopf. »Ich verstehe das nicht. Je länger diese fatale Sedisvakanz andauert, umso mehr wird das Papsttum geschwächt und die Rolle Friedrichs gestärkt. Dem muss ein Ende gemacht werden. Ihr schreibt einen entsprechenden Brief an den Heiligen Stuhl und verweist in meinem Namen mit aller Deutlichkeit darauf, dass jegliches weitere Zögern in dieser Sache nur dem Kaiser in die Karten spielt. Und schreibt diesem Bischof aus Genua, Sinibald de Fieschi, dass ich ihn in seinen Ambitionen, sich zum Papst wählen zu lassen, unterstütze.«

»Wenn ich mir eine Bemerkung erlauben darf – Sinibald de Fieschi gilt als Freund des Kaisers.«

Konrad von Hochstaden schüttelte den Kopf. »Da seid Ihr ausnahmsweise einmal falsch unterrichtet. Ich korrespondiere seit langem mit ihm. Er ist nur so lange des Kaisers Freund, bis er Papst geworden ist. Dann wird er endlich durchgreifen und dem staufischen Spuk ein Ende machen. Bietet den Bischöfen in Rom meinetwegen eine entsprechende Summe an, wenn das die Papstfindung in diesem Sinn beschleunigt.«

»Wie weit kann ich gehen?«

»So weit, bis es Erfolge zeitigt.«

»Ganz wie Ihr wünscht, Euer Eminenz.«

Konrad von Hochstaden beendete dieses Thema mit einer resignativen Geste. Er fing Pater Severins Blick ein. »Habt Ihr wenigstens etwas erreicht, was die Umgebung des jungen Königs angeht? Habt Ihr dazu einen Zugang gefunden?«

Jetzt zeichnete sich doch eine gewisse Selbstzufriedenheit auf dem Gesicht von Pater Severin ab. »Darauf wollte ich eben kommen, Eminenz. Das ist Punkt drei auf meinem Index. Wir haben einen Vertrauensmann im königlichen Tross. Ein Leibkoch. Er steht seit kurzem auf meiner Soldliste.«

»Das freut mich zu hören. Ein Leibkoch, sagt Ihr ... Wie ist sein Name?«

»Veit, Euer Eminenz.«

Konrad von Hochstaden nickte, als wäre der Name von Bedeutung, dann berührte er Pater Severin vertrauensvoll an der Schulter, der über die unerwartete körperliche Kontaktaufnahme des üblicherweise unnahbaren Erzbischofs merklich zusammenzuckte, aber sich so unter Kontrolle hatte, dass er nicht zurückwich. Die Stimme des Erzbischofs wurde leise und eindringlich, so dass Pater Severin nur noch ein Flüstern vernahm.

»Ich habe einen ganz besonderen Auftrag für Euch, Pater Severin. Ihr seid doch ein Mann mit speziellen Kenntnissen auf dem Gebiet der Heilpflanzen …«

»Das will ich wohl meinen.«

»Ist es nicht so, dass manche Pflanzen gleichzeitig heilen und krank machen können?«

»Ja, so ist es. Es kommt oft nur auf die Dosis an, in welcher sie verabreicht wird. In geringer Menge vermag manches Mittel zu lindern und zu heilen. Ist die verabreichte Menge zu groß, können bestimmte Arzneien schlimmes Unheil anrichten, ja sogar zum Tod führen.«

»Dann gibt es unter solchen Arzneien bestimmt auch welche, deren Geschmack oder Geruch nicht zu bemerken ist, sollte man sie zum Beispiel in Speisen oder Getränke mischen.«

»Die gibt es, jawohl.«

Der Erzbischof machte einen Schritt zurück. Dabei ließ er Pater Severin nicht aus den Augen. »Habt Ihr verstanden, Pater Severin?«, fragte er eindringlich.

Pater Severins Gesicht blieb wie in Marmor gemeißelt. »Ich denke schon.«

»Ihr seid ein Mann mit einer raschen Auffassungsgabe«, bemerkte der Erzbischof mit einem kalten Lächeln. »Das habe ich schon immer an Euch geschätzt. Ihr sorgt dafür, dass dieser Leibkoch …«

»Veit.«

»Wie auch immer … Sorgt dafür, dass er durch Euch ein derartiges Mittel in die Hand bekommt, welches nach und nach im Essen des kaiserlichen Sprösslings appliziert wird.

Niemand darf Verdacht schöpfen, hört Ihr? Es muss so wirken, als ob der junge Konrad von einer unheilbaren, schleichenden Krankheit befallen wird, die letzten Endes unweigerlich zum Tod führen muss.«

Pater Severin zuckte mit den Schultern und nickte. »Wann soll das geschehen?«

»So bald wie möglich. Zu Beginn des Hoftags muss die Krankheit bereits so weit fortgeschritten sein, dass Konrad seinem geplanten Auftritt nicht mehr nachkommen kann.«

»Ich werde alles Erforderliche sofort in die Wege leiten.«

»Meine besten Wünsche und Gottes Segen begleiten Euch«, bekräftigte der Erzbischof seinen Befehl und segnete Pater Severin mit dem Kreuzeszeichen.

Damit war die Audienz beendet. Pater Severin wollte sich schon mit einer angedeuteten Verbeugung zurückziehen, aber Konrad von Hochstaden hob noch einmal die Hand, als Zeichen, dass er Pater Severin noch eine Warnung auf den Weg geben wollte.

»Ich brauche wohl nicht zu erwähnen, dass dies eine äußerst delikate Angelegenheit ist. Wenn irgendjemand davon Wind bekommt und Euch damit in Verbindung bringt, habt Ihr das allein zu verantworten und könnt Euch nicht auf mich berufen. Habe ich mich unmissverständlich ausgedrückt, Pater Severin?«

»Selbstverständlich, Eminenz. Seid versichert – dazu wird es nicht kommen.«

Der Erzbischof nickte. »Ich erwarte, über den Stand Eurer Bemühungen ständig auf dem Laufenden gehalten zu werden.«

Pater Severin verneigte sich noch einmal, drehte sich um und verließ das Schlafgemach. Konrad von Hochstaden wandte sich wieder dem Modell der Kathedrale zu, daran konnte er sich einfach nicht sattsehen.

VI

Der erste Sonnenstrahl, der durch die Fensterlaibung hereinfiel, kitzelte Anna an der Nase und weckte sie. Sie brauchte eine ganze Weile, bis sie verinnerlichte, dass sie in Sicherheit war und nicht in diesem fürchterlichen Verlies auf Burg Landskron, wo sie fast eine Nacht lang vor Kälte und vor Angst, auf dem Scheiterhaufen zu landen, gezittert hatte. Jetzt befand sie sich auf Burg Greifenklau, und ein neues Leben hatte begonnen. Sie streckte sich wohlig wie eine Katze. Berbelin, ihre Magd, die auf der zweiten Strohmatratze neben ihr lag, schien noch tief und fest zu schlafen. Anna zog ihr fürsorglich die verrutschte Decke zurecht und schlang sich die eigene eng um den Körper.

Chassim hatte den beiden Frauen eine gemeinsame Kammer im ersten Stock des Herrenhauses zugewiesen, als sie müde und erschöpft nach der anstrengenden Reise und dem festlichen Gelage in der Halle nur noch nach einem ruhigen Plätzchen verlangt hatten, um sich richtig auszuschlafen.

Anna öffnete die Tür so leise wie möglich und gelangte auf den Gang, der die Räumlichkeiten im ersten Stock miteinander verband. Sie war barfuß, aber es störte sie nicht, dass das frische Stroh, welches überall ausgelegt war, sie an den Füßen piekste. Sie entdeckte ein Paar Holzpantinen, die akkurat an der Wand standen, und schlüpfte hinein. Irgendein dienstbarer Geist musste sie extra für sie da hingestellt haben.

Vorsichtig schlich sie die Treppe ins Erdgeschoss hinunter. In der großen Halle, in der das Fest stattgefunden hatte, standen noch die Bänke und Tische, aber ansonsten war alles schön ordentlich weggeräumt. Eine Magd machte sauber und grüßte sie freundlich. Anna erwiderte den Gruß und stellte sich kurz vor den Kamin, in dem ein paar frische Holzscheite loderten. Es war alles so friedlich und heimelig, irgendwie kam es Anna vor, als wäre sie heimgekehrt, obwohl sie am Vortag zum ersten Mal in ihrem Leben Burg Greifenklau betreten hatte.

Sie ging durch die Eingangstür ins Freie und atmete tief die morgenkühle Luft ein. Der Himmel war wie frisch gewaschen und wolkenlos, kein Lüftchen wehte. Nach den elend langen Regentagen schien sich das Wetter wieder beruhigt zu haben und ließ auf ein paar schöne Herbsttage hoffen. Einige Hühner gackerten um sie herum und stoben auf, als sie über den schlammigen Hof weiterging. Sie sah den Palisadenzaun entlang und auf den Wehrgang, wo eine bewaffnete Wache ihre Runde drehte und sie mit dem Bogen grüßte. Anna winkte zurück und steuerte auf einen steinernen Turm in der Nordostecke zu, der doppelt so hoch war wie die Pfähle, die die Schutzmauer bildeten. Eine Wendeltreppe führte nach oben, und sie beschloss, hinaufzusteigen, weil man von dort sicher einen Rundblick über die ganze Grafschaft der Greifenklaus hatte. Sie hörte Tauben gurren, und als sie oben ankam, entdeckte sie auf dem Turm einen Brieftaubenschlag, in dem der alte Graf stand und die Vögel fütterte. Sie sah ihm eine Weile zu, wie die zutraulichen Tauben ihm die Getreidekörner aus der Hand pickten. Claus von Greifenklau schien Annas klappernde Schritte auf der Treppe gehört zu haben und sagte, ohne sich umzudrehen: »Setz dich doch. Ich bin gleich fertig und komme zu dir.«

Anna tat gehorsam, was der Alte gesagt hatte, und ließ sich auf einer Bank nieder, von der aus man über die Zinnen hinaus bis zum Horizont blicken konnte. So weit das Auge reichte, sah man abgeerntete Felder und Wälder, die sich wie ein großer Flickenteppich abwechselten. Das Land der Greifenklaus war allem Anschein nach gut bestellt. Der alte Graf verließ den Taubenschlag, und Anna stand auf und half ihm auf den Sitz neben sich. »Woher habt Ihr gewusst, dass ich es bin?«, fragte sie.

Er ließ ihre Hand nicht los und sah blind in die Ferne. »Ich habe geraten. Mein Sohn oder einer meiner Männer hätte mich angesprochen. Und jemand vom Gesinde kommt hier nicht herauf.«

Er tätschelte ihre Hand liebevoll. »Hier habe ich an lauen Sommerabenden oft mit meiner Frau gesessen, als sie noch lebte«, sagte er mit einer unverkennbaren Zärtlichkeit in der Stimme. »Als ich noch gesehen habe wie ein Adler«, fügte er lächelnd hinzu.

Unvermittelt wandte er sein Gesicht Anna zu. »Was hast du für eine Augenfarbe, Anna?«

»Hat Euch Euer Sohn nicht davon erzählt? Sie sind verschiedenfarbig. Ich habe ein grünes und ein braunes Auge.«

Er schüttelte den Kopf. »In diesen Dingen ist Chassim nicht sehr mitteilsam gewesen. Aber er hat mir ausführlich geschildert, wie du das Leben meiner Tochter und das meines Enkels gerettet hast.«

Anna griff nach dem einzigen Schmuck, den sie immer trug und der im Ausschnitt ihrer Tunika versteckt war. Es war ein kleines, goldenes Kreuz an einem Kettchen, mitten im Kreuz war ein roter Edelstein gefasst, in der Form eines Bluttropfens. Chassim hatte ihr die Halskette im Auftrag seines Vaters geschenkt, als er wegen des Turniers ein zweites Mal nach Oppenheim gekommen war.

Sie nahm die Kette ab und legte sie ihm in die Hand. »Ich danke Euch für dieses Geschenk. Ich trage die Kette immer bei mir, sie ist wunderschön. Chassim sagte mir, sie sei von Euch.«

Er befühlte sie vorsichtig, als wäre sie aus Glas und könnte zerbrechen. »Ja. Sie gehörte meiner Frau. Aber sie würde sich freuen, wenn sie wüsste, wer sie jetzt trägt. Es ist mir eine Ehre gewesen, sie dir zu schenken, Anna.«

Er gab sie ihr zurück, und Anna legte sie wieder um ihren Hals.

Der Graf räusperte sich. »Darf ich dich was fragen?«

»Nur zu«, ermunterte ihn Anna.

»Was habt ihr jetzt vor? Du und Chassim.«

»Ich habe noch nicht mit ihm darüber gesprochen. Aber ich würde gern mein Wissen weiterhin dazu einsetzen, kranke Menschen zu heilen.«

Der Graf seufzte. »Das dürfte schwierig werden. Wenn nicht sogar unmöglich. Du bist jetzt eine von Hochstaden, Anna, ob du willst oder nicht. Weißt du, was das bedeutet?«

»Es wird noch eine Weile brauchen, bis ich mich daran gewöhnt habe. So richtig habe ich mich damit noch gar nicht befasst. Ich fühle nicht wie eine von Hochstaden. Ich bin als Bauernmädchen und im Kloster aufgewachsen und habe keine Übung darin.«

»Das lernst du schon noch. Ich will dir mal was sagen, wenn du den Rat eines alten Mannes hören willst.«

Statt einer Antwort führte sie seine Hand an ihr Ohr. Der Graf lächelte. »Chassim liebt dich aus ganzem Herzen, da bin ich mir sicher. Aber ich bin mir nicht sicher, ob er damit leben kann, dass du weiterhin als Medica tätig sein willst.«

»Hat er mit Euch darüber gesprochen?«

»Nein. Aber sag mir, kennst du eine einzige Frau von höherem Stand, die etwas Ähnliches macht? Ausgenommen vielleicht die eine oder andere Äbtissin, die sich in der Nachfolge von Hildegard von Bingen oder Elisabeth von Thüringen versucht?«

»Dann bin ich eben die Erste!«, sagte Anna mit einer Bestimmtheit, in der eine Spur Trotz lag, die an das kleine Mädchen Anna erinnerte, das sie seit den schweren Tagen und Wochen der Prüfung durch Gott eigentlich hinter sich gelassen hatte. Sie entlockte damit dem alten Grafen ein Lächeln.

»Du scheinst zu wissen, was du willst«, sagte er.

»Ja«, antwortete Anna. »Ich will auf gar keinen Fall das Leben einer Landedelfrau führen und bis an mein Lebensende Kissen besticken, in erbaulichen Büchern lesen und schöne Kleider spazieren tragen. Dafür bin ich nicht auf die Welt gekommen.«

»Ach weißt du, Anna, ganz so sieht das Leben hier auf dem Land eigentlich nicht aus. Burg Greifenklau ist nicht der Königshof, wo eine Frau von hoher Geburt ihren Alltag mit Hofgesellschaften, Konversation, drei Messen am Tag und abends Geplänkel, Minnesang und Repräsentation bestreitet und ihre einzige Aufgabe darin besteht, schön, unnahbar und edel zu sein und sich von Rittern umwerben zu lassen.« Er seufzte. »Eine Ehe in diesen Kreisen wird nicht aus Liebe geschlossen, sondern ist ein Zweckbündnis, um den eigenen Besitz und Machtbereich zu vergrößern. Und möglichst viele Kinder in die Welt zu setzen, damit es Erben gibt und der Stammbaum weitergeht.«

Er tätschelte beruhigend ihre Hand. »Verzeih, wenn ich so offen rede. Bei euch beiden ist das Gott sei Dank nicht so. Und darüber bin ich froh, es erinnert mich an meine eigene Ehe, auch das war keine Ehe aus Vernunft, sondern aus Liebe. Das ist aber eine große Ausnahme und ein großes Geschenk, glaub mir …«

Einen Augenblick lang schien sich ein Anflug von Wehmut in seine Stimme geschlichen zu haben, aber er überwand diese Schwäche schnell. »Dir ist bekannt, dass meine Schwiegertochter und mein Enkelsohn kurz nach der Geburt gestorben sind?«

»Ja, Chassim hat mir davon erzählt.«

»Er hat lange um sie getrauert. Umso mehr bin ich froh, dass er nun in dir jemanden gefunden hat, der es wert ist, geliebt zu werden. Übrigens, verzeih mir, wenn ich das frage, aber in meinem Alter darf man sich schon die eine oder andere Freiheit herausnehmen – wie findest du es, wenn ich dir sage, dass ich gerne noch das Geschrei von Enkelkindern hören würde?«

Er sah sie forschend an, als wollte er versuchen, den Nebelschleier, der sich auf sein Augenlicht gelegt hatte, zu durchdringen und doch noch irgendwie eine Regung in ihrem Antlitz zu erkennen.

Anna seufzte. »Vergebt mir, Graf, aber an Kinder habe ich noch nicht gedacht. Ich weiß nur, dass sie ein Gottesgeschenk sind.«

»An meiner Frage merkst du schon, wie selbstsüchtig ich bin. Du bist ja noch sehr jung ...«

Anna zuckte mit den Schultern. »Ihr habt recht. Man nennt mich zwar Medica, aber ich muss noch eine Menge lernen und an den Heilmethoden weiterforschen, die mir mein Lehrmeister beigebracht hat. Es gibt noch so viel, was wir nicht wissen. Den Menschen zu helfen, das ist mein vorrangiges Ziel. Ich will nicht von anderen gelenkt werden, ich möchte meinen eigenen Weg gehen.«

»Ein mutiger Entschluss! Du sprichst und denkst wie eine Frau, die ich gut kenne, sie heißt Richardis von Bruneck und ist an Jahren wesentlich älter als du und lebt auf einem benachbarten Rittergut. Sie hat mich in der Tat wirklich beeindruckt. Seit fast zehn Jahren ist sie Witwe. Ihr Mann hat bei einer Fehde sein Leben gelassen. Seither nimmt sie seine Stellung ein und kümmert sich um alle Belange, was Haus, Hof und Verwaltung angeht. Sie steht ihren Mann auf dem Feld, macht mit bei der Aussaat und bei der Ernte. Richardis hat ihre Bauern und das Gesinde fest im Griff und wird von ihnen respektiert. Sie ist die einzige Ausnahme von der Regel, soweit mir bekannt ist. Aber sie hat keine Kinder und deshalb auch keine Erben. Wenn sie stirbt, fällt ihr ganzer Besitz an den König, das heißt in dem Fall an den Erzbischof. Außer sie ehelicht jemanden beizeiten und standesgemäß. Deshalb gilt sie als gute Partie. Du kannst dir vorstellen, dass die Bewerber um ihre Hand Schlange stehen. Aber bisher hat sie noch jedem einen Korb gegeben. Kein Wunder, sie hat nämlich Haare auf den Zähnen.«

Er kicherte. »Man sagt, dass sogar Ritter Baldur von Veldern, ein bekannter Plackerer, der die Gegend gelegentlich mit seiner Mörderbande heimsucht, einen großen Bogen um ihr Gut macht. Der Drache von Bruneck wird sie genannt. Chassim hat sie einmal aufgesucht, es ging um ein Stück Wald, um das es seit Jahrzehnten Streit gegeben hat.«

»Haben sie den Streit friedlich beigelegt?«

»Chassim hat mir erzählt, dass sie überaus heftig reagiert hat. Es hat nicht viel gefehlt, und sie wäre mit dem Schwert ihres Mannes auf ihn losgegangen. Aber am Ende sind sie schiedlich-friedlich auseinander. Seit damals bewirtschaften wir das Stück Wald gemeinsam. Sie haben sich geeinigt. Aber beide Seiten müssen es wollen, verstehst du?«

Diese Feststellung hing zwischen beiden in der Luft, und offenbar wartete der alte Graf darauf, dass Anna dazu Stellung beziehen würde.

In die Pause hinein hörten sie eine Stimme von unten herauf rufen, es war Chassim. »Anna, Vater – seid ihr da oben?«

»Ja, wir kommen schon«, rief Anna zurück, die Unterbrechung kam ihr nicht ungelegen. Sie stand auf, und zu Chassims Vater gewandt sagte sie: »Er kann mit seinem Bein nur schlecht heraufkommen.«

Der alte Graf nickte. »Reichst du mir deinen Arm?«, fragte er höflich, und Anna führte ihn vorsichtig Schritt für Schritt nach unten, wo Chassim, auf eine Krücke gestützt, auf sie wartete.

»Ich habe dich schon überall gesucht, Anna«, sagte er voll jungenhaftem Tatendrang und dem alten begeisterten Glanz in den Augen, den Anna von Anfang an so an ihm gemocht hatte. »Komm, zieh dir was Schönes an. Ich will dir Burg Greifenklau zeigen.«

Anna wandte sich an Chassims Vater. »Begleitet Ihr uns?«

»Nein, nein, geht nur, geht!«, sagte der alte Graf und schob Anna sanft, aber nachdrücklich zu Chassim. Ihre Schritte entfernten sich.

Was hätte er jetzt darum gegeben, wenn er sehen könnte, wie sie Seite an Seite davongingen. Aber er spürte auch so die Vertrautheit und verliebte Aura zwischen den beiden und freute sich für sie. In der kurzen Zeit des Kennenlernens hatte er dieses junge, selbstbewusste Mädchen namens Anna schon in sein Herz geschlossen.

VII

Anna, die es sich im Haus ihres Medicus' angewöhnt hatte, so oft wie möglich zu baden, nutzte die Gelegenheit, dass das Waschhaus hinter der Küche, in der zwei Wäscherinnen einen Kessel mit Wasser heizten, einen Brunnen hatte. Sie wusch sich mit Berbelins Hilfe, einigen Eimern Wasser und einem Stück Seife, die sie noch mitgebracht hatte. Eine der wenigen, kostbaren Habseligkeiten aus ihrer Zeit als Medica in Oppenheim. Sie trocknete sich ab und zog sich ein frisches Unterhemd und darüber ihre leuchtend grüne neue Tunika an, die eine geschlungene Borte zierte. Berbelin hatte sie noch in den friedlichen Tagen in Oppenheim geschneidert und bestickt, darin war ihre Magd eine wahre Künstlerin. Die Tunika konnte nach neuester Mode um die Taille herum enger geschnürt werden. Als Berbelin Anna auch noch die langen Haare flocht, fühlte sie sich wie eine Prinzessin. In Oppenheim war sie als Medica meistens nur mit ihrem dunklen, wollenen Kapuzenumhang unterwegs gewesen und hatte nicht besonders auf ihr Aussehen geachtet, im Gegenteil, sie hatte sich in der Öffentlichkeit immer so klein und unscheinbar wie möglich gegeben, um nur ja nicht aufzufallen und Argwohn oder Abwehr bei den abergläubischen Leuten hervorzurufen. Aber jetzt hatten sich die Verhältnisse ein wenig geändert. Es gefiel ihr, sich hübsch zu machen und mit ihrer Weiblichkeit zu kokettieren, nur ein kleines bisschen, so dass es nicht anstößig wirkte.

Sie küsste das kleine Kreuz an ihrer Halskette und trug sie zum ersten Mal gut sichtbar über ihrer Tunika. Als Berbelin ihr die übliche weiße Haube reichte, die sie über ihre Haare ziehen sollte, und sie sich damit im Wasserspiegel des Waschtrogs ansah, bedauerte sie, dass die schön geflochtenen Haare darunter nicht zu sehen waren, also nahm sie die Haube wieder ab und drückte sie ihrer Magd in die Hand. Als Berbelin sie erstaunt anblickte, fuhr sie gespielt kokett durch ihr Haar – sie konnte die Blicke ihrer stummen Magd inzwischen sehr gut deuten. »Ja, Berbelin, es stimmt, ich bin eitel und hoffärtig. Aber weißt du was, heute bereitet es mir ein großes Vergnügen!«

Die Wäscherinnen sahen erstaunt zu, wie Anna und Berbelin fröhlich einen kleinen Tanz um die Wäschetröge und Eimer herum veranstalteten und dann hinaus ins Freie hüpften wie zwei kleine Mädchen.

Chassim wartete schon auf Anna und staunte nicht schlecht, als er sie zum ersten Mal in der neuen Tunika sah. Galant umkreiste er sie und raunte ihr ins Ohr: »Eigentlich sollte ich dir nicht die Burg zeigen, sondern auf einer königlichen Hofgesellschaft mit dir tanzen!«

»Das werden wir ganz bestimmt irgendwann nachholen, wenn du wieder gesund bist«, lachte sie. Auch Chassim hatte frische Kleidung angezogen, nur sein Gipsbein zeigte allmählich gewisse Abnutzungserscheinungen. »Komm mit!«, sagte er und zog sie mit sich. »Ich habe lange genug auf dich gewartet.«

Es war spätsommerlich warm geworden, und Chassim führte Anna in der gesamten Burganlage herum, die sich als weitläufiger erwies, als Anna gedacht hatte. Er zeigte ihr sogar die Gesindeunterkünfte, die Stallungen, auch den Schweinestall ließ er nicht aus, der wegen des strengen Geruchs ein gutes Stück abseits lag, die Vorratskammern und die Scheune. Sogar eine Hütte mit Bienenkörben gab es für den Honig, der zum Süßen verwendet wurde. Er stellte ihr dabei jeden dienstbaren Geist vor, dem sie über den Weg liefen. Vom Hochrangigsten – dem Burghauptmann und Hofmeister in einer Person – bis zum Hütejungen Ambros, der für die Ziegen, Schafe und Schweine zuständig war. Ambros erinnerte Anna an jemanden aus ihrer Vergangenheit, ihr fiel nur nicht ein, an wen. Vielleicht wenn er sich einmal gründlich das Gesicht waschen und die Haare schneiden würde …

Chassim machte Anna sogar mit der kleinen Gänsemagd, einem zehnjährigen Mädchen namens Lisa, bekannt, die sie in ihrer kindlichen Unbeholfenheit – sie versuchte einen Knicks! – zum Lachen brachte. Anna zeigte ihr einen formvollendeten Hofknicks, sie hatte auf Burg Landskron oft genug zugesehen, wie die hohen Herrschaften einander vorgestellt wurden und sich begrüßten. Als Chassim und Anna längst weitergegangen waren, übte Lisa noch immer verbissen den Knicks vor ihrer Gänseschar, bis sie glaubte, ihn perfekt zu beherrschen. Aber als sie sich zum Abschluss ihrer Vorführung verbeugte, war ihr gefiedertes Publikum schon längst schnatternd weitergezogen, und sie musste sich sputen, es wieder einzuholen.

Anna hatte sich schon Sorgen um Chassims Bein gemacht, doch der junge Graf war seit der Rückkehr auf seines Vaters Burg wieder ganz der fröhliche, unbekümmerte junge Ritter und fidel wie ein Fohlen, ganz so, wie sie ihn kennengelernt hatte, und ermüdete nicht. Inzwischen hatte er gelernt, wie er mit dem Gipsbein und der Krücke einigermaßen gewandt umgehen konnte, und legte eine erstaunliche Schnelligkeit an den Tag. Anna mochte an ihm, dass er jeden beim Namen kannte und nannte, bis auf ein kleines, drei Monate altes Mädchen, das während seiner langen Abwesenheit zur Welt gekommen und die Tochter des Hufschmieds Kuno und seiner Frau war. Kuno war ein muskulöser Riese mit Pranken so groß wie ein Turnierschild, der normalerweise ein Gemüt hatte wie ein Maulesel, aber jetzt sorgte er sich um seine kleine Tochter. Als Anna hörte, dass das Kind anscheinend Bauchschmerzen hatte, untersuchte sie es kurz, stellte fest, dass die Schmerzen offenbar harmlosen Ursprungs waren, und fragte Chassim nach den Kräutern in der gräflichen Küche. Dort fand sie etwas Fenchel, aus dem sie einen heißen Sud bereitete, den sie der Mutter noch vorbeibrachte und ihr dazu Anweisungen zur Anwendung gab.

Auf ihrem weiteren Rundgang trafen sie auf Bruder Thomas, der neben dem alten Grafen auf einer Bank in der Sonne saß und den jungen Männern beim Dreschen des Getreides zusah und sich von seiner Verwundung erholte. Zwischen ihnen stand ein Krug mit Bier, und Bruder Thomas schenkte sich und dem alten Grafen nach. Die zwei schienen sich gut zu verstehen. Chassim ruhte sich ein wenig neben Bruder Thomas auf der Bank aus. Anna kontrollierte den Verband, den sich Bruder Thomas selbst frisch angelegt hatte. Die Wunde blutete nicht mehr, und dem Famulus der Medica ging es zunehmend besser. Er versicherte Anna, dass er fieberfrei und bald wieder ganz hergestellt sei. In ein paar Tagen könne er ihr wieder zur Hand gehen, ganz so wie früher. Beim Gedanken daran seufzte Anna. »Wisst ihr, was ganz schlimm ist?«, sagte sie zu Chassim und Bruder Thomas. »Dass meine ganzen Arzneien und Instrumente, die ich von Medicus Aaron übernommen habe, durch die Männer des Erzbischofs und den Brand komplett vernichtet worden sind.

Wie soll ich kranken Menschen helfen, wenn ich keine Heilmittel mehr habe? Mit bloßen Händen können wir gar nichts ausrichten.«

»Ich wüsste da jemanden, der dir unter Umständen in diesem Dilemma weiterhelfen könnte«, sagte der alte Graf unvermittelt. Anna sah ihn überrascht an.

»Es gibt einen Juden in Köln, er heißt Jakob Ben Ascher. Er handelt mit allem, was man benötigt, um Krankheiten heilen zu können, und betreibt ein Hospiz. Vielleicht könnte er dir weiterhelfen oder weiß jemanden, bei dem du beziehen kannst, was du brauchst.« Anna und Bruder Thomas tauschten einen erfreuten Blick aus. Doch Chassim teilte diese Begeisterung nicht unbedingt. Aber Anna und Bruder Thomas beschlossen, sobald Bruder Thomas wieder ganz bei Kräften war, zusammen mit dem vierrädrigen Wagen nach Köln zu fahren und den jüdischen Medicus Ben Ascher aufzusuchen.

Chassim erhob sich wieder. Er wollte Anna noch etwas ganz Besonderes zeigen, das Schönste habe er sich für den Schluss aufgehoben, sagte er geheimnisvoll, als er sie an der Hand nahm.

Anna nahm an, dass sie schon jeden Winkel der Burganlage gesehen hatte, aber sie folgte Chassim. Im Zaun war in Richtung Norden hinter dem kleinen Wasch- und Brunnenhaus eine kleine stabile Tür angebracht, sozusagen der Hinterausgang aus der Burganlage. Sie war von innen mit zwei dicken Querriegeln versperrt, und Anna musste Chassim helfen, sie zu entfernen, so schwer waren sie.

Chassim hatte Ambros als Wache an die Tür geholt, solange er und Anna außerhalb der Burg unterwegs waren. Von außen war die Tür nicht zu öffnen, wenn die Riegel davor waren. Ein schmaler Trampelpfad führte den Burghügel hinunter, am Fuß des Hügels über ein abgeerntetes Feld und dann die nächste, dicht bewaldete Anhöhe wieder hinauf. Jetzt kam Chassim dann doch ganz schön ins Schwitzen, aber er gab nicht auf, schließlich wollte er Anna etwas zeigen, das ihm sehr wichtig war.

Der Pfad schlängelte sich immer weiter in den Wald hinein und mündete schließlich in eine Lichtung, auf der wie in einem Märchen eine weißgetünchte Kapelle mit einem schmalen Glockenturm stand. Chassim öffnete die Tür, und sie betraten den Innenraum. Er war etwa so groß, dass zehn Menschen darin Platz finden konnten. Spärliches Tageslicht fiel durch kleine Fensteröffnungen herein, die vergittert waren, damit keine Tiere hereinkamen. Vorne am Altar, der aus einem schlichten behauenen Steinsockel und einem handgeschnitzten Kruzifix bestand, standen frische Kornblumen in einem kleinen Becher.

Chassim deutete wegen seines Gipsbeins einen Kniefall nur an und bekreuzigte sich, Anna tat es ihm nach. Während Chassim ein kurzes, stilles Gebet sprach, sah sie, dass ein Großteil des Bodens von einer Grabplatte eingenommen wurde, auf der drei Namen eingemeißelt waren:

ISABEL V. GREIFENKLAU
MAGDALENA V. GREIFENKLAU
CRISTAN VON GREIFENKLAU

Chassim wandte sich Anna wieder zu und erklärte, indem er auf die Namen zeigte. »Das ist die Grabstätte meiner Mutter. Über ihr hat mein Vater, als er vom Kreuzzug zurückkam, diese Kapelle errichtet.«

»Und die zwei anderen Namen sind deine Frau und euer gemeinsames Kind?«

»Ja«, sagte er. »Magdalena und Cristan.«

Anna spürte, dass Chassims Stimme zu brechen drohte.

»Du hast sie sehr geliebt …«

»Ja«, sagte er nur. Anna schwieg ebenfalls, und sie sahen auf die Grabplatte. Anna fasste Chassims Arm und lehnte ihren Kopf an seine Schulter. Er war dankbar für diese Geste des Mitgefühls und legte seine Hand auf ihre. So verharrten sie eine Weile in stillem Gedenken, bis Chassim sein Gesicht wieder Anna zuwandte. »Ich werde sie immer in meinem Herzen tragen. Aber jetzt bist du in mein Leben getreten. Warte …«

Er humpelte vor zum Altar, wo das kleine Sträußchen Kornblumen war.

»Und von wem sind die Blumen?«, fragte Anna.

»Die Frauen in der Burg sorgen immer dafür, dass hier frische Blumen sind – solange es die Jahreszeit zulässt. Aber die hier …«

Er nahm das kleine Sträußchen Kornblumen aus dem Becher.

»… die habe ich heute für dich hergebracht.«

Schüchtern reichte er ihr die Blumen. »Ich wollte dich hier vor dem Angesicht Gottes fragen. Willst du meine Frau werden, Anna von Hochstaden?«

Anna nahm das Sträußchen und wusste nicht, was sie sagen sollte. Chassim hatte ihren Blick eingefangen, und sie hatte das Gefühl, als blicke er in ihre Seele. Tränen kullerten über ihre Wangen, sie konnte in diesem Moment nichts dagegen tun. Und sie wollte es auch nicht. Sein überraschender Antrag hatte sie im Innersten berührt. Schließlich fand sie ihre Stimme wieder und drückte das Sträußchen innig an ihre Lippen. »Ja, Chassim von Greifenklau, ich will.«

In diesem Augenblick, gefangen vom Zauber des Ortes und der Liebe zu Chassim, wollte Anna ihren eigenen Worten glauben. Obwohl sie tief in ihrem Herzen wusste, wie schwer es sein würde, Chassims Vorstellungen von der Frau an seiner Seite zu entsprechen. Wollte sie überhaupt in die Fußstapfen ihrer Vorgängerin treten? Sie konnte diese Frage nicht eindeutig mit ja oder nein beantworten. Aber jetzt durfte sie Chassim unmöglich mit ihren aufkeimenden Zweifeln konfrontieren. Das wäre der falsche Moment gewesen. Sie liebte ihn, aber als sie ihn küsste, war ihr plötzlich klar, dass sie ihre Bestimmung, andere Menschen zu heilen, niemals aufgeben konnte. Ob Chassim das je verstand? Sie wusste es nicht, die Zeit musste es weisen.

Sie umarmten sich und gaben sich einen langen Kuss, und Anna legte die Blumen behutsam auf die drei Namen der Grabplatte. Chassim wusste diese kleine Geste zu schätzen, strich Anna über das Haar, und dann verließen sie Arm in Arm die Kapelle.

VIII

Konrad von Hochstaden betrat die finsteren Kellerräume seines bischöflichen Palastes in Köln. Pater Severin ging mit einer Fackel voran und leuchtete. Hier unten war es feucht, kalt und zugig, der Erzbischof zog seinen pelzverbrämten Umhang enger um seine Schultern, weil ihn fröstelte. Sie gingen einen Gang entlang, der an mehreren leeren, durch Eisengitter abgetrennten Verliesen vorbeiführte.

Schon von weitem hörten sie jemanden brüllen wie ein Stier, der zur Schlachtbank geführt wurde.

»Wer ist das?«, fragte der Erzbischof.

»Baldur von Veldern. Die Knechte holen ihn aus seinem Kerker und bringen ihn in die Folterkammer, so wie Ihr es angeordnet habt, Euer Eminenz.«

»Ist er überhaupt ansprechbar, oder hat er beim Anblick seiner baumelnden Kameraden den Verstand verloren? Es hört sich jedenfalls ganz so an.«

»Er legt es darauf an, getötet zu werden. Aber den Gefallen tun wir ihm nicht. Bei der Hinrichtung seiner Kumpane hat er nicht mit der Wimper gezuckt. Wir haben ihn in dem Glauben gelassen, dass er als Letzter an der Reihe ist. Was er anscheinend als gerechtfertigt empfunden hätte. Es hätte wohl seinen Vorstellungen einer Vollendung seiner räuberischen Laufbahn entsprochen, als Höhepunkt der Veranstaltung hingerichtet zu werden. Er hat sich förmlich im Hass der Volksmenge gesuhlt, der ihm entgegenschlug, als sie seinen Namen skandierte und ihn hängen sehen wollte. Doch als er begriff, dass er zurück in sein Verlies muss, waren sechs Männer nötig, ihn vom Richtplatz zu zerren, so heftig hat er sich zur Wehr gesetzt.«

»Ein erstaunliches Verhalten, fürwahr. Das Gespräch mit ihm könnte ganz kurzweilig werden.«

In den Gängen unter dem bischöflichen Palast war es still geworden, nur noch die Schritte von Pater Severin und dem Erzbischof waren zu hören, und irgendwo tropfte Wasser in eine Pfütze. Pater Severin bog schließlich nach rechts ab, und eine geräumige Kammer kam ins Blickfeld, deren Wände von Fackeln erleuchtet waren. Kohlebecken voller Glut waren bereitgestellt, in denen rotglühende Brandeisen steckten. Von der Decke hingen zwei Eisenkäfige in Menschenform, und mehrere bizarre Folterinstrumente waren an den Wänden aufgereiht. In der Mitte stand eine Streckbank, auf die ein Mann mit muskulöser Gestalt geschnallt war, zwischen seinen Zähnen klemmte ein schmutziger Knebel. Er hatte eine Löwenmähne und einen zottigen roten Bart und war nur mit einem Lendenschurz aus Fetzen bekleidet, ein dreckiger und blutverschmierter Verband war um seinen Kopf gewickelt, Füße und Hände waren nach oben und unten ausgestreckt und mit Lederriemen bereits in der Drehvorrichtung angebracht, mit der man die Gliedmaßen aus den Gelenken ziehen konnte. Er warf seinen Kopf hin und her wie ein Tollwütiger. An seiner Seite standen zwei schwarzledern gekleidete Folterknechte, die ihre Vorbereitungen befehlsgemäß abgeschlossen hatten und erwartungsvoll dem Erzbischof und Pater Severin entgegensahen.

Pater Severin beleuchtete das Gesicht des Delinquenten mit seiner Fackel und sagte, zum Erzbischof gewandt: »Euer Eminenz, darf ich vorstellen: Ritter Baldur von Veldern.« Es schien ihm eine klammheimliche Freude zu bereiten, den Ritter so zu verhöhnen.

Als er erkannte, wer ihn da mit seinem hohen Besuch beehrte, hielt Baldur von Veldern augenblicklich in seiner Bewegung inne und starrte dem Erzbischof in die Augen. Der beugte sich über ihn und fragte leise, fast flüsternd: »Sagt mir, Ritter, kann ich Euch den Knebel abnehmen lassen und mich vernünftig von Mann zu Mann mit Euch unterhalten, oder wollt Ihr Euch weiterhin aufführen wie ein wildes Tier? Wenn Ihr Euch für Ersteres entscheidet, dann lasst es mich durch ein Blinzeln wissen.«

Nach kurzem Zögern blinzelte Baldur von Veldern, und einer der Folterknechte entfernte auf ein Kopfnicken von Pater Severin den Knebel. Dann scheuchte Pater Severin die zwei Knechte hinaus, und er und der Erzbischof warteten, bis ihre Schritte in den Gewölben verhallt waren.

»Baldur von Veldern – wisst Ihr, wer ich bin?«

Der Delinquent nickte einmal heftig.

Konrad von Hochstaden stellte fest: »Dann dürfte Euch auch klar sein, dass ich hier in diesem Raum Herr über Leben und Tod bin.«

Ritter Baldur presste die Lippen zusammen, dann zischte er widerwillig: »Wenn es Euch Vergnügen macht …«

Der Erzbischof strich sich nachdenklich über seinen gepflegten, modischen Bart. »Sagt mir, Ritter, glaubt Ihr an Gott? An eine Vergebung all Eurer Sünden, so lasterhaft und verwerflich sie auch sein mögen?«

»Dazu müsste ich sie bereuen.«

»Nun, das ist eine Voraussetzung. Bereut Ihr?«

»Wie kann man etwas bereuen, das man gern getan hat?« Bei dieser Antwort blitzten die Augen des Ritters auf. Eine seltsame Verrücktheit ging von ihm aus.

»Ihr zeigt erstaunlichen Widerspruchsgeist, wenn man bedenkt, in welcher Lage Ihr Euch befindet. Könnt Ihr mir einen Grund nennen, einen einzigen, warum ich Euch begnadigen sollte?«

»Vielleicht weil Ihr mich braucht?«

»Der Mann hat zwar kein Herz, aber er hat Verstand!«, sagte der Erzbischof anerkennend zu Pater Severin, dann wandte er sich wieder Ritter Baldur zu. »Ihr habt recht. Ihr könnt mir einen Gefallen erweisen.«

»Was ist die Gegenleistung?«

»Seht Ihr Euch in der Lage, Forderungen zu stellen?«

»Ein toter Mann kann niemandem einen Gefallen erweisen.«

»Das ist richtig. Wollt Ihr leben?«

»Wie Ihr schon sagtet: Ich bin nicht in der Lage, Forderungen zu stellen.«

»Dann hört mein Angebot. Es gilt nur hier und jetzt und ist nicht verhandelbar. Gesetzt den Fall, dass Ihr annehmt, werde ich Pater Severin anweisen, Euch Gelegenheit zur Flucht zu geben. Da ich angesichts Eurer gegenwärtigen Lage und Eurer wenig glorreichen Vergangenheit keinerlei Schwüren oder Versprechungen Eurerseits auch nur den geringsten Glauben schenke, muss ich darauf hoffen, dass Ihr Euren Teil unserer Abmachung dafür, dass ich Euch das Leben schenke und die Folter erspare, als Gegenleistung erfüllt. Als Anreiz dürfte eine Summe von 200 Augustalen dienen, die Ihr bei Pater Severin einfordern könnt, falls Euer Auftrag zufriedenstellend für mich abgewickelt wurde. Habt Ihr das so weit verstanden?«

Diesmal sagte Ritter Baldur kein Wort, er nickte nur, aber Konrad von Hochstaden merkte, dass er sich seiner vollen Aufmerksamkeit sicher sein konnte. Er fuhr fort. »Ihr werdet, sobald Ihr in Freiheit seid, so schnell wie möglich neue

Männer rekrutieren, so viel Ihr benötigt. Seid Ihr dazu in der Lage?«

Baldur von Veldern grinste. »Nichts leichter als das.«

»Gut. Nun zum eigentlichen Auftrag. Kennt Ihr die Grafschaft der Greifenklaus? Sie liegt nordöstlich von Oppenheim, vielleicht zwei Tagesritte von dort.«

»Sie ist mir ein Begriff.«

»Ihr sucht das kaiserliche Lehen des alten Grafen mit Euren Männern heim, so oft wie möglich. Die Dörfer, Weiler und Gehöfte auf seinem Grund und Boden. Seine Burg verschont Ihr vorerst. Aber Ihr versetzt seinem Besitz und seinen Bauern schmerzhafte Nadelstiche. Ihr könnt Euch zwischen Euren Raubzügen zurückziehen, wohin Ihr wollt. Aber mein Bistum bleibt fortan unangetastet. Sobald Ihr eine Nachricht erhaltet, habt Ihr vollkommen freie Hand. Die Nachricht besteht nur aus einem Wort. Es lautet: Fegefeuer. Merkt Euch das. Dann wartet Ihr eine günstige Gelegenheit ab, nehmt Burg Greifenklau ein, gebt sie zur Plünderung frei, brennt alles nieder. Es soll kein Stein mehr auf dem anderen bleiben. Ihr macht keine Gefangenen. Es gibt dort eine junge Frau …«

»Wie erkenne ich sie?«

»Sie hat verschiedenfarbige Augen.«

Baldur von Veldern schloss seine Augen. »Ich wusste es«, sagte er schicksalsergeben. »Ich wusste es. Ich kenne sie.«

Der Erzbischof war überrascht. »Ihr kennt Anna von Hochstaden?«

»Ja.«

»Woher?«

»Sie hat mich nach meiner Gefangennahme verbunden. Man nennt sie die Medica.«

Der Erzbischof warf Pater Severin einen fragenden Blick zu. Zum ersten Mal war dieser auf dem falschen Fuß erwischt worden und konnte nur mit der Schulter zucken, weil ihm davon nichts bekannt war. Es wurmte ihn ungeheuer, das war ihm anzusehen.

Konrad von Hochstaden wandte sich wieder dem Delinquenten zu. »Umso besser, dann wisst Ihr, von wem wir reden. Mit der Medica könnt Ihr anstellen, was Euch beliebt. Sie darf es nur nicht überleben. Danach ist Euer Auftrag beendet. Ihr holt Eure Belohnung ab, entlasst Eure Männer und verschwindet. Mit den 200 Augustalen und Eurer sonstigen Beute könnt Ihr irgendwo weit weg, wo Euch niemand kennt, ein Rittergut kaufen und Euch zur Ruhe setzen.«

»Hört sich vielversprechend an. Wo ist der Haken?«

»Ihr seid wohl immer auf der Hut?«

»Ich habe daraus gelernt, als ich es einmal nicht war und mich die Männer des Vogtes erwischten.«

»Dann frage ich Euch: Habt Ihr eine Wahl?«

Baldur von Veldern hatte ein Einsehen und fragte: »Wann kann ich mit dieser Nachricht rechnen?«

»Voraussichtlich im Frühjahr nächsten Jahres. Habt Ihr einen Rückzugsort für den Winter?«

Der Ritter nickte.

»Gut. Nehmt Ihr den Auftrag an?«

Sie sahen sich in die Augen, es war wie ein kurzes Kräftemessen, bis Ritter Baldur nickte. »Ja.«

Konrad von Hochstaden wandte sich schon zum Gehen, blieb aber noch einmal stehen. »Ach, da wäre noch etwas. Diese Unterredung hat nie stattgefunden.«

»Und die Belohnung? Wenn das mit den 200 Augustalen eine Falle ist? Woher weiß ich, dass ich das Geld auch wirklich bekomme?«

Jetzt lächelte der Erzbischof. »Gar nicht. In diesem Punkt müsst Ihr eben meinem Wort blind vertrauen. So wie ich dem Euren.«

»Macht Ihr Euch lustig über mich?«

»Nein«, sagte der Erzbischof. »Sehe ich aus, als wäre ich zu Scherzen aufgelegt?«

Damit drehte er sich um und wollte gehen.

Aber Baldur von Veldern richtete sich auf, soweit ihm das in seiner misslichen Lage möglich war, und rief: »Bischof!«

Der Erzbischof blieb stehen. Pater Severin sagte zu ihm: »Soll ich dem Strauchdieb Manieren beibringen?« Konrad von Hochstaden hielt ihn mit einer beiläufigen Geste davon ab.

»Ja«, sagte er vernehmlich, »was noch, Ritter Baldur?«

»Am Ende werden wir alle gerichtet, selbst Ihr, Eminenz!«

Konrad von Hochstaden antwortete mit einem kalten Lächeln. »Nun, ich sehe, Ihr seid doch ein Mann des Glaubens.«

Dann verließ er die Folterkammer. Pater Severin folgte ihm.

Das dröhnende Lachen des Ritters hallte hinter ihnen her durch die Gewölbe.

Am Ausgang zur Treppe warteten die zwei Folterknechte und standen vom Tisch auf, an dem sie gewürfelt hatten, als der Erzbischof und Pater Severin herankamen. »Sorgt dafür, dass Baldur von Veldern zur Strafe und Abschreckung mit dem Eisen gebrandmarkt wird. Und zwar auf diese Weise …«, befahl ihnen der Erzbischof und zeichnete mit dem Finger ein Kreuz auf die Stirn von Pater Severin. »Aber wartet damit, bis wir seine Schreie nicht mehr hören können.«

Damit ging er die Treppe hoch. Pater Severin war ihm schon vorausgeeilt und hielt ihm geflissentlich die schwere Eichentür auf.

IX

Das also war ihre neue Heimat.
Sie dankte Gott, dass nun alles gut war.

Anna sah vom Gipfel der Bergkuppe bis zum fernen östlichen Horizont, wo die Sonne rötlich über dem Morgendunst aufging und die Nebelschwaden zartrosa einfärbte. Sie schlang die wärmende Decke enger um ihre Schultern und schloss für einen kurzen Moment die Augen, um das Glücksgefühl, das sie durchströmte, ganz tief zu spüren, so als könnte sie es für immer und ewig festhalten. Sie wusste nur zu gut, dass das nicht möglich war, deshalb wollte sie diesen kostbaren Augenblick mit allen Sinnen genießen. Glück war so scheu und flüchtig wie das Reh, dem sie bei ihrem kleinen Spaziergang am Rand des Buchenwalds bei Anbruch der Dämmerung plötzlich Auge in Auge gegenübergestanden hatte.

Es war aus dem Unterholz gekommen und bei ihrem Anblick zur Salzsäule erstarrt. Beide waren sie überrascht und erschrocken über die unerwartete Begegnung, Anna bewegte sich ebenso wenig wie das Reh. Es war wie ein Zauber, der drei Atemzüge lang anhielt, Anna sah fasziniert die Atemwölkchen aus den Nüstern des Tiers dampfen. Bis das Reh ruckartig kehrtmachte und schnurstracks im Dickicht verschwand.

Beim Gedanken an dieses seltsame Zusammentreffen musste Anna unwillkürlich lächeln. Die Luft war frisch und kühl, der Horizont weit, weit weg, Nebel lag über den Talsenken, der Himmel über ihr spannte sich wie ein makelloses blassblaues Seidentuch, die letzten Sterne erloschen am Firmament. Ganz oben kreiste ein Wanderfalke, man konnte seinen hohen, schrillen Greifvogelschrei hören. Das war das einzige Geräusch weit und breit. Sie beneidete den Vogel um seine Schwerelosigkeit, seine Freiheit. Er war für nichts verantwortlich, kannte kein Mitleid. So weit seine Augen reichten und seine Flügel ihn trugen, war sein Jagdrevier. Er schwebte über seiner Welt.

Anna war so leicht ums Herz, als müsste sie barfuß im feuchten Gras anfangen zu tanzen. Sie warf einen Blick über ihre Schulter, wo neben dem vierrädrigen Karren die zwei angepflockten Zugpferde friedlich grasten. Gleich daneben, im Schutz eines Felsens, hatte sie die Nacht am Lagerfeuer mit ihrem Liebsten verbracht. Chassim von Greifenklau schlief dort noch friedlich unter seiner Decke.

Sie waren zwei Tage zuvor mit dem Gefährt, das Chassim benutzen musste, da er mit seinem verletzten Bein noch nicht reiten konnte, bei bestem Herbstwetter von Burg Greifenklau aufgebrochen. Chassim brannte darauf, Anna die Grafschaft seines Vaters zu zeigen, ihre zukünftige Heimat.

Im strahlenden Licht der noch spätsommerlich warmen Sonne ging die Fahrt durch hügelige Laubwälder, die Blätter der Bäume schillerten in den schönsten Rot-, Braun- und Goldtönen, weiter durch abgeerntete Felder und kleine Dörfer, deren Bewohner beim Anblick des jungen Grafen sich die Hüte vom Kopf rissen und sich verbeugten, während Chassim und Anna fröhlich winkten. Mitten in den Ortschaften stieg Chassim dann mit Annas Hilfe vom Kutschbock, hielt ein kleines Schwätzchen mit dem Dorfschulzen und fand für jeden, der neugierig herangelaufen kam, ein freundliches Wort. Anna staunte, wie beliebt Chassim überall war, wie schnell die Menschen ihre Befangenheit und Scheu ablegten und auftauten, wenn er mit ihnen sprach. Der junge Graf von Greifenklau traf immer den richtigen Ton, hörte gewissenhaft auf ihre Sorgen und Nöte und versprach, sich darum zu kümmern.

Am Abend hatten sie ein geschütztes, ruhiges Plätzchen gefunden, von dem aus man in die Täler Richtung Osten blicken konnte, weit über die Grafschaft Greifenklau hinaus. Dort hatten sie ihr Nachtlager aufgeschlagen und ihre Essensvorräte ausgepackt. Der Tag war vollkommen gewesen, die Nacht ebenso.

In seliger Erinnerung daran drehte sich Anna spielerisch um die eigene Achse, wie ein kleines Mädchen, das selbstvergessen und ein Lied summend die Sonnwendfeier beging – obwohl das Jahr zur Neige ging und jetzt, in den frühen Morgenstunden, der kalte Hauch des Winters schon zu ahnen war. Aber dann zog es sie doch wieder an den Schlafplatz zurück. Schnell schlüpfte sie zu Chassim unter die warme Decke und kuschelte sich eng an ihn. Sein rechtes Bein war immer noch in dem Gipsverband, den sie ihm nach seinem schweren Turnierunfall angelegt hatte. Es war ein gewagtes Experiment gewesen, mit einem Material, das normalerweise von den Steinmetzen beim Kirchenbau in Oppenheim verarbeitet wurde, sie hatte erstmals von seiner Anwendung bei Knochenbrüchen von ihrem jüdischen Lehrmeister Aaron gehört. Der Medicus hatte sie, nach ihrer Verbannung aus dem Kloster, bei sich aufgenommen, sie weiter ausgebildet und ihr Heilmethoden beigebracht, von denen sie noch nie gehört hatte. Sie widersprachen sämtlichen bisher in der Heilkunst gängigen Vorgehensweisen und dem, was Anna als langjährige Famula des Infirmarius von Kloster Heisterbach gelernt hatte.

Anna wollte eine Medica sein, die sich nicht darum scherte, was üblich war und von alters her angewendet wurde, sondern die sich mit allem befasste, was die Heilkunst voranbrachte und kranken oder verletzten Menschen weiterhalf, so wie es ihr Medicus Aaron beigebracht hatte. Das war ihre Bestimmung, das hatte ihr der Medicus beim Abschied selbst gesagt. Und Anna wusste inzwischen, dass er recht gehabt hatte.

Wie sehr sie ihren Herrn und Meister vermisste! Er hatte sofort erkannt, was für ein großes Talent in ihr steckte, wie schnell sie lernte und wie neugierig sie auf alle Methoden war, die er abseits aller gängigen Lehrmeinung erforscht hatte. Ob Meister Aaron wohl in Hispanien angekommen war? In dieser merkwürdigen Stadt namens Toledo, wo angeblich Christen, Juden und Mauren friedlich zusammenlebten? Sie wünschte es ihm von ganzem Herzen und schickte einen stummen Gruß zum blassen Morgenstern hinauf, der gerade noch zu erahnen war, verbunden mit dem Wunsch, dass Aaron ihn dort im fernen Hispanien auch sehen konnte.

Unten in der nächsten Talsenke war ein leichtes Donnergrollen zu hören, das allmählich lauter wurde. Es hörte sich an wie ein fernes Gewitter. Jetzt, im Herbst, am frühen Morgen? Sie musste sich getäuscht haben. Doch das Geräusch wurde stärker und kam näher, schließlich stand sie auf und erkannte die Ursache. Ein Trupp Reiter, so um die zwanzig Mann, die in vollem Galopp aus dem Wald herausgeprescht kamen, immer paarweise, ihre Waffen und Kettenhemden glitzerten und blinkten im Sonnenlicht. In einem wahren Höllentempo ritten sie in einem großen Bogen gen Süden weiter. Wie ein gefährlicher Spuk waren sie Augenblicke später wieder hinter der nächsten Biegung verschwunden.

Anna wunderte sich nicht länger und ging durch das taunasse Gras zum Lagerplatz zurück. Sie pflückte einen Grashalm und kniete sich vor den schlafenden Chassim nieder, um ihn damit zu necken. Aber der hatte nur so getan, als ob er schlafen würde, erwischte sie am Arm und sah ihr liebevoll in die Augen. »Du bist schon wach?«

Statt einer Antwort küsste sie ihn. Er erwiderte den Kuss und zog sie enger an sich heran.

Das Glück war unberechenbar. Manchmal verweilte es doch länger, als man es sich erhoffte, dachte Anna, und dann vergaß sie alles um sich herum.

X

Die Sonne schien warm vom wolkenlosen Himmel herab, und Anna und Chassim holperten auf ihrem Gefährt eine steinige Landstraße am Waldrand entlang. Sie waren auf dem Rückweg zur Burg Greifenklau. Plötzlich hielt Chassim die Pferde an und wandte sich an Anna.

»Bitte, Anna, tu mir den Gefallen, und reiß mir einen Ast ab.« Er kratzte sich am Knie oberhalb der Gipshülle. »Seit Tagen juckt es mich unter diesem Verband, dass ich es kaum noch aushalte. Wann kannst du mir denn endlich diesen Mörtel abnehmen?«

»Geduld, mein Lieber, scheint nicht gerade deine große Stärke zu sein«, zog sie ihn auf, sprang vom Kutschbock herunter und riss am Waldrand einen dünnen armlangen Ast ab. Sie zupfte das Laub weg und reichte ihn Chassim.

»Ich habe leider keine Erfahrung mit diesem Material, aber ich glaube, dass dein Schienbein, wenn der Heilungsprozess normal verlaufen ist, inzwischen so zusammengewachsen sein müsste, dass es wieder belastbar ist. In spätestens einer Woche werde ich dir den Gips abnehmen.«

»Halleluja, ich werde eine heilige Messe in Wetzlar lesen lassen, wenn es so weit ist!«, knurrte Chassim. Er führte den Stock zwischen Haut und Gipsrand ein und stocherte damit herum, während Anna zurück auf den Kutschbock stieg. Aber sie hatte etwas in ihrer Fahrtrichtung entdeckt und stellte sich der besseren Sicht wegen auf die Sitzbank. »Siehst du das?«, fragte sie und beschattete ihre Augen, während Chassim wohlig stöhnte, weil er endlich die Stelle unter der Gipshülle gefunden hatte, die ihn so quälte. Er sah auf in die Richtung, in die Annas Hand wies.

Am Horizont über dem Waldrand war eine Rauchsäule zu erkennen, die senkrecht gen Himmel stieg.

»Das ist Rauch. Da brennt es!«, sagte Chassim, warf den Stecken beiseite und schnalzte mit den Zügeln, um die Pferde antraben zu lassen.

»Das müsste Wesling sein, ein kleines Dorf, vielleicht ein paar Katen und ein Bauernhof«, erklärte Chassim und trieb die Pferde noch mehr an, die sogleich in eine schnellere Gangart wechselten.

Als sie endlich aus dem Wald herauskamen, sahen sie schon von weitem, dass das Gehöft am Ortseingang nicht mehr zu retten war – das Strohdach brannte bereits lichterloh. Auch aus der Scheune schlugen die Flammen, eine Seitenwand fiel ächzend in sich zusammen und zog den Rest der Scheune mit sich, Funkenregen stob auf. Die daneben stehende ärmliche Kate hatte bereits Feuer gefangen.

Anna sah keinen Menschen weit und breit. »Warum ist niemand da und versucht zu löschen?«, schrie sie.

Die Pferde scheuten, als Chassim das Fuhrwerk die Dorfstraße entlanglenken wollte. Notgedrungen hielt er in gebührendem Abstand zum brennenden Gehöft an.

»He da! Ist hier jemand?!«, brüllte er gegen das Prasseln des Feuers an. Immer noch war kein Mensch zu sehen. Die enorme Hitze machte es unmöglich, sich dem Gebäude mehr als auf hundert Fuß zu nähern.

Da entdeckte Anna ein kleines, verängstigtes Kindergesicht hinter einem Gebüsch im Straßengraben. Sie sprang vom Kutschbock und eilte auf das Kind zu, das auf allen vieren auf der gegenüberliegenden Seite aus dem Graben herauskrabbelte und über ein Stoppelfeld in Richtung Waldrand davonrannte.

»Bleib stehen, ich will dir doch nichts tun!«, schrie Anna hinterher, aber der Kleine in seinem schmutzigen Hemdchen lief davon, als wäre der Leibhaftige hinter ihm her.

»Anna! Bleib hier, was machst du da?!«, rief Chassim auf seinem Kutschbock und musste hilflos mit ansehen, wie Anna ihre Tunika raffte und dem Jungen hinterherhetzte. Chassim wusste nicht mehr, wie oft er es schon verwünscht hatte, dass er, behindert durch sein gebrochenes Bein, nicht so handeln konnte, wie es nötig gewesen wäre. Er rutschte vom Kutschbock und versuchte, mit Krücke und Gipsbein hinter Anna herzuhumpeln. Aber schon nach wenigen Schritten sah er ein, dass es keinen Sinn hatte – das abgeerntete Feld war gut dreihundert Fuß breit, und spätestens an der dritten Furche wäre er ins Stolpern geraten und hingefallen. Anna hatte schon den Waldrand erreicht und verschwand in diesem Moment hinter dem Kleinen im dichten Unterholz. Wütend warf Chassim seine Krücke auf den Boden.

Zweige schlugen ihr ins Gesicht, aber Anna kümmerte sich nicht darum. Der Kleine war wieselflink. Sie hatte große Mühe, ihn nicht aus den Augen zu verlieren. Er duckte sich geschickt unter einem quer liegenden, abgestorbenen Baum hindurch und war auf einmal verschwunden. Völlig ausgepumpt blieb sie stehen, sie musste erst wieder zu Atem kommen und lauschte. Ringsumher war dichter Nadel- und Laubwald, das Dickicht aus stachelbewehrten Brombeersträuchern vor ihr schien undurchdringlich. Die Baumkronen standen so dicht, dass sie vom Tageslicht nur spärlich durchdrungen wurden. Bis auf das ferne Hämmern eines

Spechts war nichts zu hören. Anna war auf einmal verunsichert, aus welcher Richtung sie gekommen war.

»Wo steckst du, Kleiner?!«, rief sie laut. »Du brauchst keine Angst zu haben. Ich bin Anna von der Burg Greifenklau. Ich will dir nur helfen.«

Sie horchte auf eine Antwort. Plötzlich raschelte es. Anna ging langsam rückwärts in banger Erwartung dessen, dass sie vielleicht irgendein Schwarzwild in seiner Deckung aufgescheucht hatte, das sich in die Enge getrieben wähnte und nun auf sie losging.

Stattdessen krochen zwei Dutzend Gestalten in grober Kleidung von allen Seiten aus dem Unterholz – verstörte Frauen, Kinder und Männer. Das kleine Kerlchen war auch dabei und drückte sich eingeschüchtert an eine Frau, die wohl seine Mutter war. Einige Frauen weinten, die pure Angst stand allen in den Augen. Der Älteste unter ihnen, ein weißbärtiger Mann, der mit einem dicken Ast bewaffnet war, trat einen Schritt vor.

»Sind sie weg?«, fragte er.

»Wer seid Ihr?«, wollte Anna wissen.

»Ich bin der Dorfschulze von Wesling. Sind sie weg?«

Anna nickte. »Wenn Ihr diejenigen meint, die Euer Dorf in Brand gesteckt haben – die sind verschwunden.«

»Sie kamen auf einmal in unser Dorf geritten und haben damit gedroht, dass sie jeden einen Kopf kürzer machen, der nicht verschwindet. Wir haben uns hier versteckt, es waren bestimmt an die zwanzig Strauchdiebe, sie hatten Waffen und Fackeln dabei und sahen ganz danach aus, als würden sie nicht viel Federlesens machen …«

Anna schnitt ihm das Wort ab, indem sie die Hand hob. »Das könnt Ihr uns später erzählen. Ich bin mit Graf Chassim von Greifenklau hier. Er wird dafür Sorge tragen, dass Euch Gerechtigkeit widerfährt. Aber jetzt … Wenn Ihr noch retten wollt, was zu retten ist, dann holt Eimer und Wasser, so viel und so schnell Ihr könnt, und sorgt dafür, dass das Feuer nicht auch noch auf andere Katen übergreift!«

Der Dorfschulze zögerte nicht länger und winkte seinen Leuten. »Ihr habt gehört, was die edle Dame gesagt hat. Los, zurück zum Dorf!«

Sie rannten alle los, der Dorfschulze voran. Anna folgte ihnen.

Als sie den Waldrand erreichten und ihr brennendes Dorf sahen, fingen einige von ihnen laut an zu schreien und zu wehklagen, aber der Dorfschulze schien ein besonnener Mann zu sein und scheuchte alle weiter.

In der Ferne am Dorfrand wartete ein besorgter Chassim, der zur Untätigkeit verdammt war und nur darauf hoffen konnte, dass seine Anna wieder wohlbehalten aus dem Wald herauskam. Als er sie endlich sah, fiel ihm ein Stein vom Herzen. Aber schnell gewann sein angeborenes und seinem Stand und seinem Pflichtbewusstsein geschuldetes Talent als Anführer die Oberhand. Die Dorfleute erkannten ihn auf den ersten Blick als ihren Grafen und waren froh und dankbar, dass er sofort klare Anweisungen gab. Er teilte die unterschiedlich kräftigen Frauen, Kinder und Männer je nach Größe und Stärke für verschiedene Aufgaben ein, ließ eine Menschenkette zum nahen Bach bilden, die das Löschwasser in Ledereimern und verfügbaren Behältnissen aller Art schnell an Brandherde brachte, und sorgte insgesamt mit seiner Autorität und Organisation zumindest dafür, dass die noch nicht geschädigten Häuser vor den Flammen geschützt wurden. Das große Gehöft, die angrenzende Scheune und eine Kate waren sowieso nicht mehr zu retten, aber die Anstrengungen und der Eifer der Dorfbewohner sowie der

Einsatz von Anna und Chassim trugen wenigstens dazu bei, dass der Schaden nicht noch größer wurde.

Als nach zwei aufreibenden und anstrengenden Stunden das Schlimmste überstanden war und Chassim den Befehl gab, die weiteren Löscharbeiten einzustellen und eine Pause zu machen, setzten sich alle erst einmal erschöpft auf den Boden und sahen zu, wie die schwarzen Trümmer des Gehöfts vor sich hin kokelten und rauchten. Das ursprüngliche Entsetzen war einer müden Traurigkeit gewichen. Alle waren durchnässt vom Wasser und ihre Gesichter rußverschmiert. Anna besah sich ein paar kleine Brandwunden, die sämtlich unbedeutend waren, und tröstete, wo sie nur konnte. Wieder ärgerte sie sich, dass sie nicht mehr tun konnte – jetzt wäre, vor allem bei den Kindern, eine wirkungsvolle Salbe viel wert gewesen.

»Nun erzählt, Dorfschulze, was ist hier eigentlich vorgefallen?«, fragte Chassim den Dorfältesten schließlich und wusch sich Hände und Gesicht in einem Eimer Wasser, den ihm eine ältere Frau zusammen mit einem Tuch gebracht hatte.

Der Schulze sah sich das traurige Häuflein seiner Leute reihum an, dann begann er zu berichten.

»Sie kamen aus dem Nichts wie die Reiter der Apokalypse – zwanzig Strauchdiebe auf ihren Pferden. Dann warteten sie stumm hier auf dem Hof, bis wir alle versammelt waren. Keiner der Kerle hatte bis dahin auch nur den Mund aufgemacht. Erst als ich es wagte, das Wort an sie zu richten, packte der Anführer Elsa …«, er zeigte auf ein eingeschüchtertes Mädchen von vielleicht fünfzehn Jahren, »… und hielt ihr sein Schwert an die Kehle. Er forderte uns auf, sämtliches Vieh herzubringen und ihnen zu übergeben. Angesichts der waffenstarrenden Männer und ihrer Gesichter blieb uns nichts anderes übrig, als seinem Befehl Folge zu leisten. Dann sagte er, er zähle laut bis zehn. Was dann noch zwei Beine habe und von ihm oder einem seiner Männer angetroffen werde, werde erbarmungslos niedergemacht. Ihr könnt mir glauben, dass wir nicht einen Augenblick an seinen Worten gezweifelt haben. Wir haben die Kinder gepackt und zugesehen, dass wir uns im Wald versteckten, wo diese edle Dame …«, er zeigte auf Anna, »… uns schließlich gefunden hat.«

»Wer war dieser Anführer?«, wollte Chassim wissen.

»Ich kannte ihn nicht. Aber er war groß, rotbärtig und hatte ein Brandmal in Form eines Kreuzes auf der Stirn. Und aus seinen Augen loderte etwas, das ich nur als Höllenfeuer bezeichnen kann.«

Anna sah Chassim an. »Das hört sich nach Baldur von Veldern an. Aber das kann doch nicht sein! Wir haben mit eigenen Augen gesehen, wie er von Männern des Vogtes gefangen genommen worden ist …«

Ein jüngerer Bursche mit Pockennarben im Gesicht trat vor. »Verzeiht, Herr, aber ich erkannte ihn. Ich war in Köln auf dem Viehmarkt vor ein paar Tagen. Dort fanden mehrere Hinrichtungen statt, Plackerer, die bei einem Überfall vom Vogt und seinen Männern gefangen genommen worden waren. Ihr Anführer war auch dabei. Er war es, ich weiß es genau, ich habe sein Gesicht gesehen. Allerdings hatte er noch nicht dieses Brandmal auf der Stirn. Alle wurden auf Befehl des Erzbischofs und nach der Aburteilung durch den Vogt gehängt. Bis auf ihn. Es hieß, er solle einem peinlichen Verhör unterzogen werden, um noch mehr über seine Untaten und seine Verstecke zu verraten. Aber ihm soll daraufhin die Flucht gelungen sein.«

»Wie war sein Name?«, fragte Chassim und trocknete sich das Gesicht ab.

»Baldur von Veldern, Herr.«

Chassim bedankte sich mit einem Lächeln bei der Frau, die ihm Wasser und Tuch gereicht hatte, und gab das Tuch zurück. »Wir haben von ihm gehört«, sagte er. »Aber bisher hat er noch nie hier bei uns sein Unwesen getrieben. Er gilt als gefürchteter Mörder. Es ist sonst gar nicht seine Art, unliebsame Zeugen am Leben zu lassen.«

Er warf Anna einen kurzen Blick zu, die sich ebenfalls notdürftig gesäubert hatte. Mit diesem Blick, der nur für sie bestimmt war, deutete er an, dass es sich wohl um eine sehr ernste Angelegenheit und keinen Gelegenheitsüberfall handelte.

Dann wandte er sich wieder an die Dorfleute. »Ihr könnt von Glück sagen, dass er seine Vorgehensweise anscheinend geändert hat. Nun denn – ich schlage Folgendes vor, ihr Leute. Ihr baut den Hof und die Scheune wieder auf, dazu könnt ihr in den gräflichen Wäldern so viel Holz schlagen, wie ihr braucht. Was eure Vorräte betrifft – sie waren in der abgebrannten Scheune, nehme ich an.«

»Ja, Herr«, antwortete der Dorfschulze bedrückt. »Ich weiß nicht, wie wir über den Winter kommen sollen.«

Chassim nickte. »Ihr, Dorfschulze, beaufsichtigt zunächst den Aufbau hier. Dann kommt Ihr nach Burg Greifenklau. Macht eine genaue Liste über eure Verluste an Vieh und Vorräten.«

»Verzeiht Herr, aber niemand von uns kann schreiben oder lesen.«

»Dann lasst Euch von jedem sagen, was er verloren hat, und gebt es an uns weiter. Mein Vater und ich werden uns bis dahin überlegen, wie wir euch helfen können.«

Der Dorfschulze beugte sein Knie und nahm demütig seine Kopfbedeckung ab, eine selbst gemachte Mütze aus Schaffell. Alle Dorfbewohner folgten seinem Beispiel. »Ich weiß nicht, wie wir Euch danken können, Herr.«

Chassim sah alle reihum an. »Ich will es euch sagen, Leute«, sagte Chassim und erhob seine Stimme. »Indem ihr den Mut und eure Zuversicht nicht verliert. Und indem die jungen Männer unter euch, du, du und du …«, er deutete auf die drei kräftigsten Männer aus dem Dorf, »… alle willens sind, an meiner Seite gegen den Plackerer und seine Kumpane vorzugehen, wenn es so weit kommen sollte und ich euch als euer Lehnsherr zu den Waffen rufe.« Er sah jeden Einzelnen von ihnen an und fügte dann mit verhaltener, aber entschlossener Stimme hinzu: »Seid ihr dazu bereit, wenn euch dieser Ruf ereilt?«

»Ja, Herr!«, riefen die Angesprochenen wie aus einer Kehle und wären am liebsten auf der Stelle mit Chassim in die Schlacht gegen die Bande von Strauchdieben gezogen, so sehr hatte sie Chassims kurze Rede wieder angespornt. Chassim nickte ihnen zufrieden und wohlwollend zu, dann reichte er Anna seine Hand und half ihr auf den Kutschbock, kletterte selbst hinterher und ließ die Zügel schnalzen.

Die Dorfbewohner sahen Chassim und Anna nach, wie sie auf ihrem Wagen davonfuhren. Trotz ihres Verlustes hatte sie der junge Graf nicht ohne Hoffnung zurückgelassen. Auch der Dorfschulze war von Chassims kurzer Rede so beeindruckt, dass er seine Leute gleich wieder antrieb.

»Also los, worauf wartet ihr?«, rief er laut. »Packt endlich mit an!«

Er selbst ging mit gutem Beispiel voran, und bald waren alle wieder zugange, löschten letzte Brandnester und räumten verkohlte Balken beiseite, so als wäre dies kein Ende, sondern ein neuer Anfang.

TEIL II

I

Seit sie aus Wesling zurückgekommen waren, schien es Anna, als sei die unbeschwerte Zeit auf Burg Greifenklau vorbei, so vieles hatte sich inzwischen ereignet. Chassim hatte seinem Vater sofort nach ihrer Ankunft vom Überfall durch Ritter Baldur und dessen Männern berichtet, und sie hatten gemeinsam mit Anna und Bruder Thomas beratschlagt, was zu tun sei. Die Wachen auf Burg Greifenklau wurden zu erhöhter Aufmerksamkeit angehalten, ein Bote ritt die ganze Grafschaft ab und warnte alle Bauern und Waldarbeiter vor der marodierenden Bande. Ebenso wurden die Nachbargrafschaften über den Vorfall informiert. Mit allen wurde vereinbart, dass Burg Greifenklau von einem erneuten Überfall sofort in Kenntnis gesetzt werden sollte. Das waren nur die kurzfristigen Maßnahmen. Denn Chassim und sein Vater rechneten nicht damit, dass Ritter Baldur von Veldern das Weite suchen und in anderen Landen seine Überfälle fortsetzen würde. Er konnte ihrer Meinung nach jederzeit wieder auf ihrem Gebiet zuschlagen. Dagegen mussten sie sich wappnen. Aber das ging nur, wenn Chassim wieder ganz gesund und im Vollbesitz seiner Kräfte war, der alte Graf war dazu nicht mehr in der Lage. Chassim würde bei den Bauern und Nachbarn in der Grafschaft für ein gemeinsames Vorgehen werben, eine schlagkräftige Truppe zusammenstellen und Jagd auf die Bande machen, dazu waren sie zu ihrer eigenen und der Sicherheit ihrer Untertanen verpflichtet. Dies hatte unbedingten Vorrang, so lange mussten auch private Angelegenheiten zurückstehen – wie die eigentlich geplante Hochzeit. Dafür hatte Anna größtes Verständnis, im Gegenteil, sie war geradezu erleichtert, was Chassim, der voll und ganz in seinen Aktivitäten, Besprechungen und Plänen aufging, gar nicht weiter auffiel.

Auch der Vogt wurde verständigt, aber von dieser Seite war keine große Hilfe zu erwarten, sie mussten die Angelegenheit schon selbst in die Hand nehmen. Der Winter stand vor der Tür, das ließ zumindest hoffen, dass sie bis zum Frühjahr Zeit hatten, die nötigen Vorbereitungen zu organisieren. In einem strengen Winter waren die Straßen und Wege zuweilen unpassierbar, sie nahmen an, dass sich auch Ritter Baldur in irgendein Versteck zurückziehen würde, um dann, sobald das Wetter wieder besser wurde, erneut zuzuschlagen.

Und nun war endlich der Augenblick für den jungen Grafen Chassim von Greifenklau gekommen, nach dem er sich so lange gesehnt hatte. Er kletterte mit Hilfe von Bruder Thomas auf den Eichentisch vor dem Kamin in der großen Halle von Burg Greifenklau und legte sich hin. Anna würde ihm nun den Gips abnehmen.

Bruder Thomas reichte Anna feierlich Hammer und Meißel. Sie nahm die beiden Werkzeuge entgegen und hielt noch einen Moment inne, in dem sie jeden ansah, der um den Tisch versammelt war.

Jetzt, drei Wochen nach der Rückkehr aus Oppenheim, glaubte Anna, Chassim endlich von seinem Stützgips befreien zu können. Sie hatte so lange gezögert, weil sie ganz sichergehen wollte, dass sein gebrochenes Schienbein auch wirklich wieder ganz zusammengewachsen war. Gemeinsam waren sie und Bruder Thomas nach eingehender Erörterung zu dem Entschluss gekommen, dass es nun genug war.

Da niemand in dieser Sache Erfahrung hatte, war Chassim, dem die dicke Gipshülle allmählich zur Belastung geworden war, immer ungeduldiger geworden. Er wollte endlich seine alte Beweglichkeit wiedererlangen, allzu viele Aufgaben warteten auf ihn.

Neben Anna standen Berbelin und Chassims Vater, der alte und fast blinde Claus von Greifenklau, hager, stolz und mit einem Lächeln im Gesicht. Er hatte sich extra für diesen großen Moment von Berbelin, Annas Magd, den Bart rasieren lassen. Inzwischen hatte er Berbelin nach und nach zu seiner persönlichen Dienerin gemacht, weil er sie mochte und ihre unkomplizierte, aufmerksame Art schätzte. »Der Herr blind und die Magd stumm – das passt doch gut zusammen«, pflegte er lachend zu sagen, wenn sie miteinander zu tun hatten. »Ich sehe nicht, wenn sie was falsch macht, und sie kann mir nicht widersprechen. Eigentlich ideale Voraussetzungen für eine gute Ehe!« Da konnte sich sogar die sonst so ernste Berbelin ein Lächeln nicht verkneifen, zumal sie ja wusste, dass ihr Herr es nicht sehen konnte. Aber er spürte es.

Bruder Thomas, der es in seinem schwarzen Mönchshabit in Breite und Höhe mit jedem aufrecht stehenden Bär aufnehmen konnte, nickte Anna aufmunternd zu. Er hatte wie immer, wenn er im Dienst war, seine Ärmel bis zu den Ellenbogen hochgekrempelt und hielt schon das eingegipste Bein des Delinquenten fest. Er war von seiner Verletzung endgültig genesen und genauso gespannt wie seine Medica, was jetzt unter dem Gips zum Vorschein kommen würde.

Der Gips war an vielen Stellen schon reichlich abgebröckelt und mürbe. Anna brauchte nicht viel Kraft. Behutsam hämmerte sie auf den Meißel, bis ein Sprung entstand. Ein paar leichte Schläge mit dem Hammer genügten, und der Gips fiel in dicken Brocken vom Bein. Darunter kam die große Narbe rosafarben zum Vorschein. Sie schien gut verheilt. Anna prüfte sie mit den Fingerspitzen. Auch Bruder Thomas begutachtete sie und warf der Medica einen zufriedenen Blick zu. Anna wagte es, fester zuzudrücken. »Tut das weh?«, fragte sie. Chassim schüttelte den Kopf. Anna untersuchte nun sein Bein genauer, indem sie es sorgfältig abtastete. »Ich kann die Stelle spüren«, sagte sie. »Dort ist der Knochen wieder zusammengewachsen und leicht verdickt. Aber ich kann Gott sei Dank keine Absplitterungen oder andere Unebenheiten finden. Nach meinem Dafürhalten bist du vollständig geheilt.«

Chassim sah sie fragend an. Sie wusste, was er wollte, und gab ihr Einverständnis mit einem Kopfnicken kund.

Bruder Thomas packte Chassim unter der Achsel und half ihm auf.

»Bitte, Graf, tretet vorsichtig auf«, sagte er, und Chassim erhob sich, tastete mit den Füßen nach dem Boden und rutschte vom Tisch.

Keiner sagte ein Wort, als Chassim zum ersten Mal nach langer Zeit ohne Hilfsmittel wieder auf seinen zwei Beinen stand. Vorsichtig machte er ein paar erste Schritte, die noch ziemlich wacklig ausfielen, aber dann streckte er mit strahlendem Lächeln seine Arme aus.

»Hast du Schmerzen beim Gehen?«, fragte Anna besorgt.

»Kaum. Es fühlt sich gut an!«

Tatsächlich ging er auf Anna zu, verneigte sich formvollendet und streckte die Hand aus. »Darf ich Euch zu einem Tanz auffordern, edle Dame?«

»Verzeiht, aber da muss ich Euch leider einen Korb geben, lieber Graf«, weigerte sich Anna.

»Nur zwei oder drei Schritte, sei kein Spielverderber, Anna!«, bat Chassim.

Anna verschränkte die Arme und schüttelte den Kopf. »In diesem Fall spreche ich nicht als Anna, sondern als Medica zu dir. Und die Medica meint, dass du vorerst nicht zu leichtfertig sein darfst. Weil du das geschiente Bein lange Zeit nicht richtig eingesetzt hast, sind deine Muskeln und Sehnen dort noch geschwächt. Du darfst dieses Bein erst langsam und allmählich wieder belasten. Nimm einen Stock, wenn du gehst. Versprich mir das!«

Als sie die Enttäuschung auf seinem Gesicht sah, milderte sie sofort ihre übliche Strenge, die sie für schwer belehrbare Patienten bereithielt. »Ich will doch nur verhindern, dass der Knochen durch eine falsche oder unbedachte Bewegung erneut bricht.«

Chassim sah sich fragend in der Runde um. »Was sagt Ihr? Hat sie recht?«

»Unbedingt!«, gab Bruder Thomas ernst zurück. »Dann seid Ihr in wenigen Wochen wieder ganz der Alte und könnt laufen und Euch bewegen wie früher. Hier, den habe ich für Euch schon vorbereitet.«

Er reichte Chassim einen Gehstock, den er aus Holz gefertigt hatte. Bruder Thomas war sehr geschickt in diesen Dingen, mit seinen geschnitzten Tierfiguren hatte er schon so manches kranke Kind von seinen Schmerzen abgelenkt und beruhigt. Den Knauf des Stockes hatte er wie einen Greifvogelkopf gestaltet. Chassim bewunderte ihn gebührend, bedankte sich und drehte eine Runde um den Tisch, während Berbelin die Gipsreste zusammenkehrte und wegräumte.

Es klopfte an der Tür, und alle drehten sich um, als der Burghauptmann hereinkam. »Verzeiht, Herr, aber die ersten Dorfschulzen sind gerade eingetroffen.«

»Sollen hereinkommen«, sagte Chassim voller Tatendrang und winkte mit seinem Gehstock. »Wir haben eine Menge zu besprechen!«

II

Da Chassim und sein Vater voll und ganz mit der marodierenden Räuberbande, die ein weiteres Dorf in Brand gesetzt hatte, beschäftigt waren, hatten Anna und ihr Famulus Bruder Thomas Zeit genug, ihre eigenen Pläne voranzutreiben. Chassim hatte alle Warnungen, sich noch zu schonen, angesichts der angespannten und gefährlichen Lage in seiner Grafschaft in den Wind geschlagen und war auf seinem Pferd mit den Dorfschulzen davongeritten, um mit ihnen das überfallene Dorf aufzusuchen. Die meisten der waffenfähigen Männer der Burg hatte er als Begleiter mitgenommen, sie wollten versuchen, der Spur der Bande zu folgen, und vielleicht ihr Rückzugsversteck ausfindig machen. Auf der Burg waren nur noch eine Handvoll Männer zurückgeblieben, aber da es so aussah, als würde Baldur von Veldern mit seiner Bande eher rheinabwärts weiterziehen, war eine stärkere Burgbesatzung nach Chassims Meinung nicht notwendig.

Sein Abschied von Anna war kurz, aber liebevoll. Sie hatte volles Verständnis dafür, dass es Chassims vorrangige Aufgabe war, sich um die Sicherheit seiner Leute zu kümmern. Sie machte sich nur Sorgen um sein Bein, aber Chassim winkte ab und versprach, auf sich aufzupassen. Seitdem er fast wieder normal gehen konnte, war es, als müsse er die seiner zeitweiligen Behinderung geschuldete und verschwendete

Zeit der Rekonvaleszenz und Muße doppelt und dreifach durch umso energischeres Handeln wieder hereinholen. In der Hinsicht konnte Anna ihn nur allzu gut verstehen – ihr ging es in Bezug auf ihre brachliegende Tätigkeit als Medica nicht viel anders. Doch das sagte sie ihm nicht.

Anna hatte die Stichwunde von Bruder Thomas ein letztes Mal untersucht und die Fäden herausgezogen, weil sie vollständig verheilt war. Auch Bruder Thomas war ganz erpicht darauf, sich endlich wieder nützlich zeigen zu können und sich zusammen mit Anna seinem Heilberuf zu widmen. Lange genug hatte er nun, wie er es ausdrückte, auf der faulen Haut gelegen und sich auskuriert.

»Also«, sagte er voller Unternehmungslust, »wann und wie fangen wir an?«

»Ich fürchte, ganz von vorne!«, sagte Anna mit einem tiefen Seufzer.

Sie und Bruder Thomas machten einen kleinen Spaziergang unterhalb der Burganlage am Bach entlang. Für kurze Zeit hatte die Sonne die dicke Nebeldecke durchbrochen, die seit Tagen wie Blei über den Senken lag. Die Wege waren noch trocken, aber es war kalt geworden, nachts gefror das Wasser auf dem Hof in den Trögen für das Vieh, Schnee lag in der Luft. Anna und Bruder Thomas waren inzwischen zum »Du« übergegangen. Nach allem, was sie zusammen durchgestanden hatten, fanden sie beide, dass ein freundschaftlicher Umgang miteinander endlich angebracht war.

Anna zählte auf: »Wir haben keine Arzneien, kein Aqua vitae, keine Instrumente, keine Heilkräuter, nichts. Wir haben weder Räumlichkeiten, noch kennt uns irgendjemand hier. Wenn wir unsere Arbeit wieder aufnehmen und den Leuten wirklich helfen wollen, dann müssen wir zu den Menschen gehen.«

»Du meinst in die Stadt? Nach Wetzlar?«

»Siehst du eine andere Möglichkeit?«

Bruder Thomas schüttelte sorgenvoll den Kopf. »Nein.«

Sie gingen eine Weile, bevor Bruder Thomas mit dem herausrückte, was ihm schon seit geraumer Zeit auf der Seele lag. »Darf ich dich etwas Persönliches fragen? Ich meine ... Es geht mich zwar nichts an, aber hast du schon mit Chassim über unsere Pläne gesprochen? Ist er damit einverstanden, dass du mit mir wieder anfangen willst, Kranke zu behandeln?«

Anna blieb stehen. »Wie meinst du das?«, fragte sie.

»Nun ja, es gibt Gerüchte ...«

»Seit wann gibst du etwas auf Gerüchte?«

»Seit ich hier auf Burg Greifenklau Däumchen drehe und überall dumm herumstehe und versuche, der Dienerschaft beim Stallausmisten oder in der Küche zu helfen. Die Leute reden so manches, wenn sie denken, man hört nicht zu. Nicht dass ich lausche, aber manchmal lässt es sich gar nicht vermeiden, dass man etwas mitbekommt.«

»Ach ja? Und was munkeln die Leute denn so?«

»Man spricht unter der Hand über eine bevorstehende Heirat.«

Anna ging weiter, Bruder Thomas hatte Mühe, aufzuschließen. »Deine Heirat mit Chassim«, verdeutlichte er.

Anna blieb wieder stehen und sah Bruder Thomas direkt in die Augen. »Ich will ganz ehrlich sein zu dir, Bruder Thomas. Du bist ja inzwischen fast so etwas wie mein Beichtvater.«

»Keine Sorge, ich weiß, was ein Beichtgeheimnis ist. Ich bin zwar exkommuniziert und darf eigentlich gar keine Beichte mehr abnehmen, aber das wissen nur wir beide. Ich werde es für mich behalten.«

»Ich liebe Chassim aus ganzem Herzen. Er hat in aller Form um meine Hand angehalten.«

Ihr Blick ging in die Ferne. Bruder Thomas wartete darauf, dass sie fortfuhr. Anna kämpfte mit den Tränen.

Schließlich sprach er sie behutsam an. »Aber …?«

Sie blickte ihn wieder mit ihren verschiedenfarbigen Augen an, die ihn immer wieder faszinierten. »Aber ich weiß nicht, ob eine Heirat das ist, was ich will.«

»Was spricht dagegen? Glaubst du, er liebt dich nicht wirklich?«

»Doch. Er liebt mich über alles.«

»Verzeih, aber das ist mir zu hoch. Das verstehe ich nicht.«

»Du kennst mich als Anna, die Medica. Wir wissen beide erst seit kurzem, dass ich aber eine geborene von Hochstaden bin.«

»Ja und? Deshalb bist du doch kein anderer Mensch.«

»Doch. In den Augen der anderen schon. Aber ich glaube nicht, dass ich als Gräfin hier auf Burg Greifenklau glücklich werden kann.«

»Du meinst, wenn du erst Chassims Frau bist, dann erwartet er auch, dass du dich wie eine Gräfin von Greifenklau benimmst, dir deines hohen Standes bewusst bist und ein entsprechendes Leben führst?«

Jetzt nickte Anna, und eine Träne lief langsam ihre Wange hinunter. Bruder Thomas, der ein großes Herz hatte und für seine Medica alles getan hätte, spürte ihre tiefe Verzweiflung. Er nahm seinen Ärmel und tupfte fürsorglich ihr Gesicht ab. »Und ich Narr dachte immer, wenn man liebt und wiedergeliebt wird, sei man glücklich.«

Jetzt musste sie unter Tränen lächeln. »Bin ich ja auch.«

»Na, so siehst du nicht gerade aus.« Er kramte in seiner Tasche und brachte ein großes weißes Tuch zum Vorschein, das er ihr reichte. Anna schnäuzte kräftig hinein.

»Hast du mit ihm schon darüber gesprochen? Wie du dir dein Leben vorstellst?«, fragte er.

Anna schüttelte den Kopf. »Ich weiß nicht, ob er mich da verstehen kann.«

Zum allerersten Mal nahm er Anna in seine Arme und drückte sie tröstend an seine breite Brust. »Soll ich mit ihm reden?«, fragte er.

Anna löste sich wieder von ihm und schüttelte den Kopf. »Auf gar keinen Fall. Er muss sich im Moment über so viele andere Dinge den Kopf zerbrechen.«

Bruder Thomas deutete auf einen Baumstamm, der am Bachufer lag. »Komm, setzen wir uns. Du kannst mir ruhig dein Herz ausschütten. Hier hört uns niemand.«

Sie setzten sich nebeneinander, und Bruder Thomas bückte sich nach ein paar Kieselsteinen, die er gedankenverloren in den Bach warf. Anna zerknüllte das Tuch von Bruder Thomas und suchte nach Worten. »Die Fahrt durch die Grafschaft war für mich zum ersten Mal die Gelegenheit, Chassim richtig kennenzulernen. In seiner Umgebung, mit seinen Untertanen, nicht nur auf dem Krankenbett im Haus des Medicus in Oppenheim. Er war sehr offen zu mir, hat mir sein Herz zu Füßen gelegt, nichts verborgen. Ich habe verstanden, was ihm wirklich wichtig ist, was ihm seine Grafschaft bedeutet, die Leute und Bauern auf seinem Land, um die er sich kümmert. Das ist seine Lebensaufgabe, und das nimmt er sehr ernst. Er sieht sich als der Erbe, der in der Nachfolge seines Vaters verantwortlich ist für das Lehen, das seiner Familie vom Kaiser anvertraut worden ist. In diesem Sinn will er es nach bestem Wissen und Gewissen verwalten und für seine Nachkommen erhalten.«

»Das ist doch aller Ehren wert, wenn er so denkt.«

»Ganz bestimmt. Aber ich fürchte, er sieht in mir die Frau an seiner Seite, die das alles annimmt und genauso denkt und fühlt wie er.«

»Und das willst du nicht sein?«

»Ich glaube, das kann ich nicht. Jedenfalls nicht so, wie er es sich wünscht. Ich muss meiner Bestimmung folgen, ich kann sie nicht einfach so aufgeben. Und je mehr ich darüber nachdenke, desto klarer wird mir das. Unter diesen Umständen kann ich doch nicht heiraten. Dann wäre unsere Ehe ja auf einer Lüge aufgebaut. Aber das kann ich ihm nicht einfach so ins Gesicht sagen. Das kann ich nicht!«

Sie musste wieder heftig in das Tuch schnäuzen.

Bruder Thomas schnipste weiterhin geistesabwesend Kieselsteine in den fröhlich glucksenden Bach.

»Ich fürchte aber, du musst es tun. Du musst ihm und dir gegenüber ehrlich sein«, gab er ruhig zu bedenken.

»Ich habe Angst davor. Angst davor, seine Liebe zu verlieren, wenn ich ihm sage, was mich bedrückt.«

Bruder Thomas stand auf, warf die restlichen Steine ins Wasser und putzte seine Hände an seiner Kutte ab. »Es ist deine Entscheidung. Aber ich will dir sagen, was ich denke. Wenn Chassim dich wirklich liebt, dann nimmt er dich so an, wie du bist. Aber vielleicht glaubt er ja auch, dass du dich mit deiner Rolle als Gräfin anfreunden kannst. Du musst ihm eben beweisen, dass du dich um die Kranken kümmern und gleichzeitig deinen Untertanen ein gutes Vorbild sein kannst.«

»Siehst du – du kommst genau zur gleichen Schlussfolgerung wie ich.«

Er sah in ihren Augen wieder die alte Verwegenheit aufblitzen, die schon immer in ihr steckte, wenn sie etwas ausgeheckt hatte, was gegen alle Regeln verstieß.

»Dazu müssten wir aber erst mal was Entsprechendes auf die Beine stellen«, bemerkte er zögernd.

»Du sagst es. Und da kommst du ins Spiel.«

»Wie meinst du das?«, fragte er verunsichert.

»Du bist ein Mann. Du kannst so einiges, was mir als Frau

verwehrt ist. Egal, ob ich ein Bauernmädchen oder eine Gräfin bin.«

»Heute scheint ein Tag zu sein, an dem du mir nur Rätsel aufgibst.«

Sie hakte sich bei ihm unter.

»Wenn es an der Zeit ist, wirst du schon erfahren, was ich meine. Aber jetzt habe ich eine Aufgabe für dich. Erinnerst du dich an das Notizbuch, das ich im Haus des Medicus versteckt und vor den Schergen des Erzbischofs gerettet habe?«

»Aber natürlich. Du hast dein Leben aufs Spiel gesetzt, um es zurückzuholen.«

»Ich habe es immer bei mir. Es ist das Vermächtnis meines Lehrmeisters. Es enthält Rezepturen und Mischverhältnisse, die mir der Medicus vor seiner Abreise noch in die Feder diktiert hat. Und Namen und Wohnorte von Händlern, von denen er seine Grundstoffe für Arzneien bezogen hat, die er selbst nicht herstellen konnte.«

»Auch dieser Ben Ascher in Köln?«

Anna nickte.

»Allmählich verstehe ich, worauf du hinauswillst. Aber das, was dein Medicus von diesen Händlern erworben hat, wird vermutlich nicht gerade billig gewesen sein.«

»Nein. Im Gegenteil. Aber es gibt noch etwas, das ich noch vor der Soldateska des Erzbischofs in Sicherheit bringen konnte. Dreimal darfst du raten, wem ich unser gesamtes Barvermögen zu treuen Händen anvertraut habe, bevor ich festgenommen worden bin …«

»Willst du damit sagen, dass unsere Barschaft nicht im Schoß der Kirche …«

»… du meinst in den Händen des Erzbischofs …«

»… verzeih, aber das ist für mich dasselbe … nicht im Schoß der Kirche gelandet ist?«

»Genau das. Unsere Barschaft war beim Grafen von Landskron zur Aufbewahrung versteckt. Er hat sie mir vor unserer Abreise aus Oppenheim wieder zurückgegeben. Damit können wir wieder einen Grundstock legen, ohne dass ich Chassim um Geld bitten muss.«

Bruder Thomas runzelte die Stirn, ein Zeichen dafür, dass er konkrete Pläne ins Auge fasste. »Ich denke, ich sollte noch morgen aufbrechen und dafür sorgen, dass wir uns mit genügend Vorräten eindecken, bevor der Winter kommt.«

»Ich hatte gehofft, dass du das sagst«, schmunzelte die Medica und ging Arm in Arm mit Bruder Thomas zurück zur Burg. »Und weißt du, wer dein Reisegefährte sein wird?«

Bruder Thomas blieb stehen und sah die Medica irritiert an.

Anna konnte sich ein Grinsen nicht ganz verkneifen. »Du erinnerst dich zwar nicht an Bruder Marian, aber er wird dich begleiten.«

Jetzt stand ihm wirklich Unverständnis ins Gesicht geschrieben.

»Ich kenne keinen Bruder Marian«, sagte er konsterniert.

Anna zog ihn wieder mit sich. »Aber ich. Und zwar so gut wie mich selbst.«

III

Am nächsten Morgen wartete der Knochenhauer Jeronimus mit seinem vierrädrigen Gespann schlecht gelaunt und frierend auf dem Kutschbock vor dem Herrenhaus auf Bruder Thomas und einen gewissen Bruder Marian, die er beide nach Köln fahren sollte.

Über die Herkunft und den bisherigen Aufenthaltsort dieses Bruders Marian hatte er sich den Kopf vergeblich zerbrochen, weil er ihm auf Burg Greifenklau nie begegnet war und ihn auch auf seine Nachfrage bei den anderen niemand kannte.

Jeronimus war alles andere als begeistert über seine Begleiter, obwohl er für gewöhnlich froh gewesen wäre, auf so einem weiten und gefährlichen Weg einen Mann wie Bruder Thomas neben sich auf dem Kutschbock zu haben, der allein schon durch seine beeindruckende Gestalt Abschreckung genug für jeden Galgenstrick war, der bei einem Überfall auf leichte Beute hoffte. Gegen Bruder Thomas hatte er nichts. Er hatte ihn als jovialen und lustigen Mann kennengelernt, mit dem man sich auf so einer langen Reise gut die Zeit vertreiben konnte. Auch war der Mönch nicht darauf erpicht, ihn in Glaubensdingen auszuforschen oder mit salbungsvollen Worten zu belästigen, ganz im Gegenteil.

Aber zwei Mönche als Begleitung passten ihm nun ganz und gar nicht. Wie der andere Mönch, den ihm sein Herr, der alte Graf, als zweiten Begleiter anbefohlen hatte, auf die

Burg kam, war ihm ein Rätsel. Normalerweise wäre die Nachricht von seiner Ankunft sofort zu ihm gelangt, auf der Burg konnte nichts verheimlicht werden, es war nicht so viel los, dass ein neuer Gast nicht bemerkt worden wäre.

Jetzt hatte er zwei Pfaffen an seiner Backe, das konnte ja eine lustige Fahrt werden, noch dazu bei diesem lausig kalten Wetter! Bei dem Gedanken daran schüttelte er sich.

Ein- oder zweimal im Jahr musste Jeronimus im Auftrag des Grafen nach Köln fahren, um Vorräte zu holen, die man sonst nirgends bekam, nämlich säckeweise Salz und Gewürze sowie zwei Fässer speziellen Wein aus Hispanien für Claus von Greifenklau. Er freute sich gemeinhin schon monatelang auf diesen Auftrag. Aber er bevorzugte es, allein nach Köln zu fahren, weil er so das Angenehme mit dem Nützlichen verbinden konnte und niemand von seinen kleinen Nebengeschäften etwas mitbekam. Als Erstes pflegte er seine Besorgungen zu erledigen, um dann den Wagen im Hinterhof einer Schenke abzustellen, dessen Wirt er einen Obolus dafür bezahlte. Danach begab er sich zum bischöflichen Palast, wo er von Pater Severin empfangen wurde und gegen eine hübsche Entlohnung alles brühwarm weitererzählte, was sich auf Burg Greifenklau ereignet hatte. Manchmal auch ein bisschen mehr, weil dann das Entgelt ein wenig üppiger ausfiel, aber er musste aufpassen, dass er nicht übertrieb, Pater Severin ließ sich nicht so leicht einen Bären aufbinden. Wenn man allzu sehr vom Leder zog, konnte er leicht misstrauisch werden, und dann gab es einen Segensspruch und ein schäbiges »Vergelt's Gott!« statt der versprochenen Belohnung.

Sobald Jeronimus seine Pflichten erledigt hatte und die Münzen in seinem Beutel klimperten, konnte er sich schließlich in seiner Stammschenke in Gesellschaft von anderen Fuhrleuten den ganzen Ärger des Jahres mit Bier von der

Seele spülen, bis er rücklings von der Bank kippte. Die übrige Zeit konnte er sich seinen ganz privaten Vergnügungen widmen. Dazu gehörten Besuche in einem Badehaus, die nicht unbedingt der körperlichen Sauberkeit, sondern eher seinen fleischlichen Gelüsten dienten. Wenn er dann endlich genug oder kein Geld mehr hatte, was meistens ein und dasselbe war, machte er sich wieder auf den Weg nach Burg Greifenklau.

Hoffentlich waren ihm diese heimlichen kleinen Vergnügungen trotz der Begleitung von Bruder Thomas und dem unbekannten Bruder Marian auch dieses Mal vergönnt.

Er fluchte leise vor sich hin.

Endlich kamen seine zwei Reisegefährten aus dem Herrenhaus. Der hünenhafte Bruder Thomas und der kleine und schlanke Bruder Marian. Beide waren in schwarze Kutten gehüllt und hatten ihre Kapuzen so weit über den Kopf gezogen, dass man ihre Gesichter nicht erkennen konnte. Wortlos warfen sie ihr Gepäck, eine Tasche der Große und ein mit einem Gurt umwickeltes Bündel der Kleine, auf die Ladefläche unter der Plane und setzten sich neben Jeronimus auf den Kutschbock. Bruder Thomas wandte sein Gesicht dem Knochenhauer zu, der seine Neugierde über den kleinen Mönch nicht ganz verbergen konnte, und nickte ihm freundlich, aber bestimmt zu. »Wir können losfahren.«

Jeronimus schnalzte mit den Zügeln, und der Wagen setzte sich in Bewegung.

Seit ihrer Abfahrt hatte keiner ein Wort gesagt, als sie schließlich auf den Weg Richtung Westen zum Rhein hin abbogen. Es war bitterkalt, die Zugpferde dampften, und Raureif hatte sich über Nacht auf das hügelige Land gelegt. Ein paar einsame Krähen pickten auf einem abgeernteten Feld herum und krächzten sich streitlustig an. Eine blassmilchige Sonne hing kraftlos am östlichen Horizont, und der eisige Wind, der immer wieder auffrischte, zupfte an der Plane auf dem Wagen und ließ sie knattern. Sie waren nun außer Sichtweite der Burg. Auf diesen Moment schien Bruder Thomas gewartet zu haben, denn er griff Jeronimus in die Zügel und hielt die Pferde an.

»Jeronimus«, sagte er, »wir müssen jetzt ein paar Regeln festlegen, bevor wir weiterfahren. Und du schwörst mir, bei allem, was dir heilig ist … Was ist dir eigentlich heilig?«

Jeronimus, der sonst nicht auf den Mund gefallen war, war regelrecht verdattert, weil er mit allem gerechnet hatte, nur nicht mit dieser seltsamen Frage.

»Das … das Grab meiner Mutter?«, brachte er nach einigem Nachdenken stotternd heraus. »Gott hab sie selig!«, fügte er sicherheitshalber noch hinzu und bekreuzigte sich hastig. Er sah Bruder Thomas verunsichert an, der seinen Blick eingefangen hatte und nicht mehr losließ, während der kleine Mönch stur nach vorne starrte.

»Nun gut, beim Grab deiner Mutter«, beschwichtigte Bruder Thomas den sichtlich nervösen Knochenhauer, indem er seine Hand beruhigend auf die von Jeronimus legte und sie tätschelte. »Beim Grab deiner Mutter schwörst du mir, dass du dich an folgende Regeln hältst, die nur für unsere Fahrt nach Köln und zurück gelten, danach kannst du sie wieder vergessen.«

Bruder Thomas entließ Jeronimus nicht aus seinem Blick und sah ihn immer noch gestreng an. Der schlug schließlich die Augen nieder und beteuerte: »Jaja.« Er war jetzt noch verunsicherter.

»Ja dann … schwör's!«, sagte Bruder Thomas unerbittlich.

Jeronimus hob die Schwurhand hoch. »Ich schwöre!«

Bruder Thomas nickte ihm auffordernd zu, und Jeronimus fügte hinzu: »Beim Grab meiner seligen Mutter.«

Jetzt endlich schien Bruder Thomas zufrieden zu sein. Jeronimus hielt immer noch seine drei gespreizten Finger hoch, und der Mönch drückte sie ihm herunter. »Das genügt. Du weißt, was geschieht, wenn man einen so heiligen Eid bricht?«

Jeronimus antwortete zögerlich. »Man kommt nach dem Tod ins Fegefeuer …«

Bruder Thomas nickte bestätigend. »Das wollen wir doch beide nicht, oder?«

Jeronimus schüttelte verneinend den Kopf.

Bruder Thomas flüsterte jetzt, obwohl meilenweit keine Menschenseele zu sehen war außer dem kleinen Mönch neben ihm, der sich immer noch nicht rührte. Allmählich waren Jeronimus die beiden Kuttenträger unheimlich.

»Also: Regel Nummer eins. Wenn dich jemand fragt … Das hier neben mir ist Bruder Marian. Er stammt aus dem Kloster Weingarten weit im Süden des Reiches.«

Der kleine Mönch wandte sich nun zum ersten Mal Jeronimus zu, und der erkannte zu seiner großen Verwunderung, dass das absichtlich verschmutzte Gesicht, das unter der riesigen Kapuze so schmal und knabenhaft wirkte, das Antlitz von Anna von Hochstaden war, der Zukünftigen des jungen Grafen, seines Brotherrn. Vor Überraschung blieb ihm der Mund offen stehen.

Bruder Thomas redete unbeirrt weiter auf Jeronimus ein. »Regel Nummer zwei: Wir sind Bettelmönche. Du hast uns unterwegs aufgelesen, wir pilgern nach Köln, um dort Buße zu tun für die Sünden der Menschheit. Das ist alles, mehr brauchst du nicht zu wissen. Hast du das verstanden?«

Jeronimus hatte überhaupt nichts verstanden, aber er nickte folgsam.

»Dann ist es ja gut. Worauf wartest du dann noch? Fahr zu, wir haben noch einen weiten Weg vor uns.« Bruder Thomas schnalzte mit den Zügeln, die er immer noch in der Hand hatte, und die Pferde setzten sich in Bewegung. Er reichte Jeronimus wieder die Zügel, bevor er zufrieden die Hände in die weiten Ärmel seiner Kutte steckte, dem Knochenhauer einen freundschaftlichen Rippenstoß mit dem Ellenbogen versetzte und anfing, laut zu singen. Anna von Hochstaden, oder besser Bruder Marian, fiel mit ihrer hellen, mädchenhaften Stimme ein. Irgendetwas Lateinisches, Jeronimus verstand den Text nicht, aber in ihm arbeitete es. Was bezweckte die Gräfin mit dieser Maskerade? So sehr er sich den Kopf darüber zerbrach, es fiel ihm kein Grund ein. Er wusste nur, dass es grundsätzlich gefährlich war für eine hohe Dame, ohne einen Trupp Soldaten als Begleitschutz so eine weite Reise zu unternehmen. Oder steckte da womöglich etwas anderes dahinter?

Da stahl sich auf einmal ein Gedanke in sein Hirn, der ihm eine Gänsehaut bescherte. Hatte das Schicksal ihm mit seinen zwei Begleitern nicht gerade einen außerordentlichen Glücksfall auf dem Präsentierteller serviert? Er wusste nun über ein Geheimnis Bescheid, welches ihm Pater Severin, die rechte Hand des Erzbischofs, geradezu vergolden musste …

Plötzlich spürte er die beißende Kälte nicht mehr, so heiß durchflutete es ihn. Er durfte sich nur nichts anmerken lassen, dieser Mönch neben ihm schien mit allen Wassern gewaschen zu sein.

»Hüah, hüah!«, schrie Jeronimus und trieb die Pferde an. Er konnte es auf einmal gar nicht mehr erwarten, nach Köln zu kommen.

IV

Der Knochenhauer Jeronimus kannte sich ganz gut aus in dieser großen Stadt, die Köln genannt wurde, schließlich war er nicht zum ersten Mal hier. Es hieß, dass sie über 30 000 Einwohner hatte, eine Zahl, deren Größenordnung er sich beim besten Willen nicht vorstellen konnte. Aber jedes Mal staunte er darüber, wie viele Menschen dort lebten und arbeiteten. Er war auch schon oft in Wetzlar gewesen, auf Burg Greifenklau brüstete er sich gern damit, was für ein weit gereister Mann er war, die herkömmliche Dienerschaft, zumal die weibliche, war noch nie weiter als bis zum nächsten Dorf gekommen. Aber Wetzlar war nichts im Vergleich zu Köln, wo er stundenlang mit großen Augen herumlaufen und das Durcheinander der vielen Menschen, die eng aneinanderstehenden mehrstöckigen Häuser mit ihren Spitzgiebeln und das Gewirr der Straßen, Gassen und Plätze bestaunen konnte. Es ging zu wie in einem Bienenstock. Überall wimmelte es von Menschen, die sich im Weg standen, drängten, drückten, schubsten, alle schienen ständig unterwegs zu sein, seltsam zielgerichtet und geschäftig, einer rätselhaften Form von höherer Ordnung folgend. Pferdefuhrwerke und Ochsengespanne versperrten sich gegenseitig den Weg in den engen verwinkelten Gassen, wo sich an den Ecken Abfallhaufen türmten, es stank nach Aas und Abwasser, in den vielen unbefestigten Straßen, in denen keine Bohlen ausgelegt waren, watete man bisweilen bis zu den

Knöcheln im Morast. Dafür bekam man in dieser Stadt fast alles, was man sich vorstellen konnte, und auch einiges, von dem man noch nie gehört hatte. Für jeden Bedarf wurden Waren und Dienstleistungen angeboten, es gab feinstes Tuch aus Flandern, Wein aus heimischen Landen und sogar aus Hispanien, Bernstein aus den baltischen Ländern, geschliffene Glaswaren aus Venedig, gefärbte Schafswolle aus England, kostbare Stoffe und Gewürze aus dem Morgenland, Wundermittel und Reliquien obskurster Art und Herkunft. Fleischhauer verrichteten ihre blutige Arbeit auf der Straße, quiekende Schweine wurden durch die Gassen getrieben, Kinder tollten umher, Hunde stritten sich um alte Knochen, Betrunkene wurden aus Schenken geworfen und landeten in der Gosse, Tagelöhner boten lautstark ihre Dienste an. Zwei fliegende Händler kamen sich in die Haare und fingen eine Schlägerei an, ihre Ware – Äpfel und Birnen – kullerte aus den Kiepen aufs Pflaster und wurde eilfertig von Vorbeigehenden aufgeklaubt und weggesteckt. Reiche Bürger, Gaukler, Viehhändler, Liebesdienerinnen, Wahrsager und Wanderprediger bevölkerten die Plätze. Bader zogen auf offener Straße zur Belustigung von Gaffern Zähne und machten ein Spektakel daraus. Quacksalber zauberten ihrem Opfer mit viel Brimborium und unter gemurmelten Beschwörungsformeln Steine aus dem Kopf, während der Gehilfe heimlich mit einem Messer die lederne Geldbörse unbemerkt vom Gürtel schnitt. An manchen Tagen, besonders an Namenstagen von Heiligen – und davon gab es unzählige –, durchströmten Scharen von Pilgern die Stadt. Sie lockten Bettler zuhauf an, zerlumpte Gestalten, die an jeder Straßenecke standen, oft begleitet von armseligen, verkrüppelten Kindern, die Mitleid erregen und Freigiebigkeit auslösen sollten. Pilger spendeten in der Regel großzügig, schließlich konnten sie sich so von kleinen und weniger kleinen Sünden freikaufen. Manchmal waren auch Prediger unterwegs, die den baldigen Untergang der Welt prophezeiten, oder sogar Bußprozessionen mit Geißlern, die, während sie sich selbst den Rücken blutig schlugen, singend und betend durch die Straßen zogen.

Bruder Thomas, der glaubte, einiges in seinem Leben von Gottes weiter Welt gesehen zu haben – schließlich hatte er im Auftrag seines früheren Abtes in Weingarten, als er noch in dessen Gunst stand, einige Klöster jenseits der Alpen besucht –, wähnte sich bei diesem geschäftigen Treiben gar in einem neuen Sodom, so sündhaft schien es ihm zuzugehen. Gegen Köln war Oppenheim, obwohl gewiss auch eine rege Handelsstadt, ein verschlafenes Nest. Das empfand offenbar auch Anna so, die den Großteil ihres Lebens auf dem Land und in einem abgeschiedenen Kloster verbracht hatte und sich beim Anblick des Getümmels und des Geschreis sichtlich unwohl fühlte. Sie zog die Kapuze noch tiefer ins Gesicht, so dass nur noch ihre Nasenspitze hervorlugte.

Aber wenn sie ihren Plan verwirklichen wollten und Anna wieder ihre Arbeit als Heilerin mit Bruder Thomas an ihrer Seite aufnehmen wollte, dann benötigten sie nun einmal eine Grundausstattung, die sie nur hier in Köln erwerben konnten. Anna hatte nach den Angaben ihres Lehrmeisters einige Namen und Straßen in ihr Notizbüchlein eingetragen. Der beste Lieferant für alles, was sie brauchten, und den auch Graf Claus empfohlen hatte, war ein gewisser Jakob Ben Ascher im Jerusalemsgässchen im Judenviertel, davon brauchte aber Jeronimus nichts zu wissen.

Der Knochenhauer bugsierte das Fuhrwerk geschickt zwischen den vielen Menschen hindurch, und schließlich gelangten sie in den Hinterhof einer Schenke, wo ein Pferdeknecht half, die Pferde auszuspannen und in den Stall zu bringen. Dort wurde auch der Karren untergebracht. Jetzt hatte jeder genügend Zeit, sich um seine Geschäfte zu kümmern. Jeronimus mietete beim Wirt, den er von seinen Besuchen kannte, zwei Kammern an und bezahlte im Voraus für ihre Unterkunft und die Versorgung der Pferde. Dann verabredeten sie sich für den übernächsten Morgen zur Rückfahrt nach Burg Greifenklau. Von da an trennten sich ihre Wege. Jeronimus hatte es eilig und murmelte etwas von der Schwierigkeit, die Händler seines Vertrauens anzutreffen, und Bruder Thomas und Anna war das nur recht, denn sie wussten nicht, auf welche Probleme sie bei ihren Besorgungen treffen würden und wie lange es dauerte, bis sie ihre benötigten Vorräte zusammenhatten.

Während Jeronimus sich grußlos absentierte und in der Menge auf der Straße verschwand, orientierten sich Bruder Thomas und Anna erst einmal. Sie hatten den Wirt nicht nach dem Judenviertel gefragt, weil sie nicht unnötig Verdacht erregen und den wahren Grund für ihren Aufenthalt in Köln lieber für sich behalten wollten. Bruder Thomas packte die Suche mit seinem Sinn fürs Praktische an, indem er Anna am Ärmel zupfte und sie auf einen Jungen mit Schläfenlocken, Hut und Kaftan aufmerksam machte, der eiligen Schrittes mit einem dicken Folianten unter dem Arm an ihnen vorbeikam. Sie folgten ihm, und er führte sie geradewegs eine Gasse entlang, in der die Maler und Schildermacher ansässig waren, und durch ein Tor ins Judenviertel. Bruder Thomas fragte einen streng aussehenden Mann in schwarzem Kaftan und mit Silberbart, der ihnen die Richtung wies. Die Unter Goldschmied entlang und dann links ab, dann waren sie schon im eng bebauten Jerusalemsgässchen. Dort fragte Bruder Thomas eine Gruppe heftig debattierender Männer nach Jakob Ben Ascher und wurde an ein

Haus schräg gegenüber verwiesen, das einen wohlhabenden Eindruck machte.

Bruder Thomas klopfte an die Tür, wartete, und klopfte heftiger, als sich nichts tat. Die Tür wurde einen Spaltbreit aufgerissen, und eine alte Frau beäugte die beiden Mönche misstrauisch. »Ja?«

Bruder Thomas gab sich betont höflich, er deutete auf Anna. »Wir sind auf der Suche nach dem ehrwürdigen Jakob Ben Ascher. Mein Name ist Bruder Thomas, und das ist Bruder Marian.«

»Um was geht es?«

»Es geht um etwas Geschäftliches.«

»Er ist im Hospital«, sagte die Frau, nachdem sie die beiden Mönche ausführlich von oben bis unten gemustert hatte, die Tür aber nicht weiter öffnete.

Bruder Thomas blieb bei seinem verbindlichen Ton. »Und wo ist das, gute Frau?«

»Hinter der Synagoge«, sagte sie kurz angebunden und deutete in die Richtung, bevor sie ihnen die Tür wieder vor der Nase zuschlug.

Bruder Thomas und Bruder Marian gingen um das Haus herum zur Synagoge, an der ein schmales Gässchen entlangführte. Sie kamen an einen Eingang, dessen Flügeltüren sperrangelweit offen standen. Innen war der Gang von Kerzen erleuchtet, Bruder Thomas und Anna traten ein und sahen sich um. An der Seite war fein säuberlich Brennholz aufgeschichtet. Davor kniete ein schlaksiger Junge mit einem spärlichen Bart, Schläfenlocken und Hut, der Holzscheite in einen Korb legte und sie neugierig ansah.

»Wir suchen Jakob Ben Ascher«, sagte Bruder Thomas.

Der Junge, der mitten im Stimmbruch war, antwortete kieksend: »Immer der Nase nach!« und wies mit einem Scheit auf eine offenstehende Tür, aus der Qualm und ein seltsam stechender Geruch drang, der Anna an die Zubereitung von Aqua vitae im Haus des Medicus in Oppenheim erinnerte. Dieser Geruch war durchdringend scharf und doch rein, er war einzigartig und unverkennbar. Als sie den Raum betraten, erblickten sie ein riesiges Konstrukt aus Metallröhren und Kesseln, aus denen es dampfte und zischte. Ein kleiner, dicker Mann beugte sich über die Destillationsapparatur und kehrte ihnen den Rücken zu. Er drehte an einem Hebel und warf Holzscheite durch eine geöffnete Luke in einen Kessel, in dem Feuer loderte. Er trug eine Kippa mit breiter Pelzverbrämung und eine Lederschürze über seinem Kaftan, dessen Ärmel er bis zu den Ellenbogen hochgekrempelt hatte. Bruder Thomas wollte ihn mit seinem Auftritt nicht erschrecken und klopfte laut und überdeutlich gegen die offene Holztür, so dass der Mann sich umdrehte und sich aufrichtete. Er hatte die Augen zusammengekniffen, als ob er auf die Ferne nicht mehr gut sehen konnte, trug einen langen Bart und Schläfenlocken und putzte sich bei ihrem Anblick das verschwitzte Gesicht und die Hände mit einem Tuch ab, bevor er damit den heißen Riegel der Luke schloss, ohne sich die Finger zu verbrennen. Dann wandte er sich ihnen wieder zu. »Was suchen zwei Mönche bei einem Jud wie mir? Wollt Ihr ins Hospital? Ich habe einen christlichen Patienten … Oder fehlt Euch selbst etwas?«

»Weder das eine noch das andere«, antwortete Bruder Thomas. »Verzeiht, dass wir einfach so unangemeldet bei Euch eindringen. Ich bin Bruder Thomas, und das ist Bruder Marian. Wir sind auf der Suche nach Jakob Ben Ascher.«

»Ihr habt ihn gefunden«, sagte der kleine dicke Mann, zog einen kleinen Schieber an einer Röhre auf und ließ stechend scharf riechenden Dampf ab, bevor er sich erneut seinen Besuchern widmete. »Was kann ich für Euch tun?«

Bruder Thomas musste husten, bevor er antwortete. »Ihr wurdet uns empfohlen. Von einem Freund, der Euch gut kannte.«

»So?«, fragte Jakob Ben Ascher immer noch misstrauisch, obwohl er sich heimlich darüber lustig zu machen schien, dass die zwei Mönche den heißen Dampf aus seiner Apparatur nicht so recht vertrugen und husteten und sich die Tränen aus den Augen wischten, denn er ließ noch einmal einen ätzenden Extraschwall auswolken, bevor er den Schieber an der Röhre schloss. »Ich habe nicht viele Freunde. Schon gar nicht unter den Mönchen des Erzbischofs.«

»Wir sind weder in seinem Auftrag noch in seinem Namen unterwegs. Wir sind selbst keine Freunde des Erzbischofs«, brachte Bruder Thomas, mühsam gegen seinen Hustenreiz ankämpfend, heraus.

»Wer ist dann dieser Freund?«

»Medicus Aaron aus Oppenheim«, mischte sich Anna mit tief verstellter Stimme ein und trat beherzt vor.

Der Name zeigte Wirkung, Jakob verschränkte die Arme über seiner Lederschürze, blieb aber reserviert. »Medicus Aaron, sagt Ihr. Soso.«

»Ja. Erinnert Ihr Euch nicht an ihn?«

»O doch, sehr gut sogar. Sagt – wer schickt Euch? Der Kettenhund des Erzbischofs? Der Giftzwerg?«

»Wer soll das sein?«, fragte Bruder Thomas verständnislos. »Wie kommt Ihr darauf?«

»Dann seid Ihr wirklich nicht von hier. Jedermann kennt Pater Severin.« Er setzte sich auf einen Hocker neben dem großen Tisch, der übervoll mit seltsamen Gerätschaften war, und sah die beiden Mönche resigniert an. »Er lässt mich ausspionieren. Weil er alle ausspionieren lässt, die ketzerisches Gedankengut verbreiten. Und das ist in seinen Augen jeder, der mehr kann als bis drei zählen und sich nicht jedem seiner

Befehle fügt.« Er rieb sich müde die Augen, ehe er fortfuhr. »Beantwortet mir eine Frage, deren Antwort Ihr wissen müsst, wenn Ihr behauptet, Aaron zu kennen. Wie geht es ihm?«

»Das wissen wir nicht«, antwortete Anna wahrheitsgemäß. »Er hat das Land vor Monaten verlassen.«

»Nun, das kann jeder sagen. Wie heißt seine Schwester?«

Bruder Thomas sah Anna hilfesuchend an. Sie sprach mit fester Stimme. »Seine Schwester heißt Esther und seine Dienstmagd Rebecca. Und seine ehemalige Famula heißt Anna Ahrweiler.«

Jakob stand ruckartig auf und eilte zur Tür, an der sein schlaksiger Helfer mit dem Korb voller Holzscheite stand und neugierig gelauscht hatte. Er schob ihn auf den Gang hinaus, nahm ihm den Korb ab und befahl: »Kümmere dich um die Kranken!« Er wartete, bis der Junge weg war, und stieß die Tür ins Schloss. Dann stellte er den Korb ab und sah den kleinen Mönch an, der von Bruder Thomas als Bruder Marian vorgestellt worden war. Leise fragte er ihn: »Woher weißt du das alles, kleiner Mönch?«

Anna streifte endlich die Kapuze von ihrem Kopf, befreite ihre langen Haare vom Band, mit dem sie sie im Nacken zusammengebunden hatte, und erwiderte Jakobs bohrenden Blick mit entwaffnender weiblicher Offenheit. »Weil *ich* seine Famula war. Ich bin Anna aus Ahrweiler.«

Jakob atmete einmal tief durch, nahm wortlos einen Leuchter mit brennenden Kerzen vom Tisch und hielt ihn Anna prüfend vor das Gesicht, damit er ihre Augen genau inspizieren konnte.

»Tatsächlich. Ein braunes und ein grünes Auge. Wie Aaron es mir erzählt hat«, konstatierte er nicht ohne eine gewisse Faszination.

Er stellte den Leuchter wieder ab und räumte Folianten und Notizen von zwei Hockern, die er sorgsam auf dem Boden abstellte, bevor er auf sie wies. Er selbst schob sich den dritten Hocker unter.

Von diesem Augenblick an war er wie verwandelt. »Bitte, setzt Euch. Verzeiht mein Misstrauen, aber es war nicht grundlos. Seit ich mich geweigert habe, Pater Severin bestimmte Substanzen zu verkaufen, schikaniert er mich und sucht nur nach einem Grund, mich aus der Stadt zu vertreiben. Wie kann ich Euch helfen?«

»Sagt mir vorher eines. Habt Ihr Nachricht von meinem Meister? Wie geht es ihm?«, wollte Anna als Erstes wissen.

»Es geht ihm gut«, nickte Jakob bedächtig. »Er hat mir erst vor kurzem geschrieben.« Er kramte in einem Stoß Unterlagen und fand den Brief. »Er ist gesund und munter mit seiner Schwester und der Magd in dieser hispanischen Stadt namens Toledo angekommen und hat das Glück gehabt, gleich den Sohn eines einflussreichen Muslims erfolgreich von einer schlimmen Hautkrankheit heilen zu können. Das hat ihm auf Anhieb viele Türen geöffnet, wie er mir schreibt. Es fällt ihm zwar nicht leicht, auf seine alten Tage noch Hispanisch zu lernen, doch mit seinen Arabischkenntnissen und mit Jiddisch kommt er zurecht.« Er sah auf. »Aaron scheint sich in der kurzen Zeit schon recht gut etabliert zu haben. Dann kommt noch ein Absatz. Er ist an Euch gerichtet, an Anna Ahrweiler. Ich soll Euch herzlich von ihm grüßen, er denkt oft an Euch, und seine Frauen vermissen Euch wie er selbst auch. Ihr wart wie eine Tochter für ihn.«

»Das hat er geschrieben?«, fragte Anna, der es bei diesen Worten seltsam wehmütig ums Herz geworden war. Auch der Medicus war für sie nicht nur Lehrmeister, sondern wie ein schmerzlich vermisster Vater zu ihr gewesen. »Woher wusste er, dass ich Euch aufsuchen würde?«

»Weil er annahm, dass Ihr früher oder später Nachschub von mir braucht.«

Anna nickte. »Kann ich Euch einen Brief für ihn geben?«

»Aber natürlich. Er wird sich bestimmt darüber freuen, von Euch zu hören. Wisst Ihr, er schätzt Euch und Eure Fähigkeiten sehr. Er hat mich auf dem Weg nach Hispanien aufgesucht und mir alles über Euch erzählt. Und mich gebeten, Euch zu unterstützen, so gut ich kann, wenn Ihr Hilfe braucht. Das musste ich ihm versprechen.«

»Das ist mein Medicus!«, sagte Anna mehr zu sich selbst als zu den beiden anderen. Dann wandte sie sich an Bruder Thomas. »Du hättest ihn kennenlernen sollen. Ich habe alles von ihm gelernt. Er hätte mir noch so viel beibringen können …«

Eine Pause entstand, die Jakob schließlich unterbrach, indem er sich räusperte. »Nun gut, was braucht Ihr? Dann wollen wir mal sehen, was ich für Euch tun kann«, sagte er, stand auf und sah Anna noch einmal in seiner Eigenschaft als Medicus in die Augen. »Wirklich, eine überaus interessante Anomalie!«, stellte er kopfschüttelnd fest, bevor er Tintenfass und Federkiel unter diversen Utensilien hervorkramte und in einer Schublade zwischen allerlei Krimskrams schließlich ein Palimpsest fand, auf dem er die Bestellungen notieren konnte. Bruder Thomas und Anna beteten alles aus dem Gedächtnis herunter, was sie brauchten. Sie hatten so oft darüber nachgedacht und geredet, dass Jakob ihnen immer wieder Einhalt gebieten musste, weil er mit dem Schreiben gar nicht so schnell nachkam. Bei den meisten Begriffen nickte er nur, bei manchen runzelte er die Stirn, bei anderen schüttelte er den Kopf, aber er tauchte seine Feder unentwegt in das Tintenfass und kritzelte, was das Zeug hielt. Als Anna und Bruder Thomas nichts mehr einfiel, fügte er selbst noch den einen oder anderen Posten hinzu, erklärte Notwendigkeit und Anwendung und erinnerte Anna dabei, nicht in Aussehen und Stimme, aber in seiner Gründlichkeit und Akribie, kurzzeitig an ihren alten, unvergessenen Lehrmeister Aaron aus Oppenheim – Aaron Oppenheimer, wie er sich laut Aussage von Jakob Ben Ascher im fernen Toledo nun nach seiner Herkunft nannte. Oppenheim war seine Heimat gewesen, und obwohl man ihn von dort verstoßen hatte, konnte er sie offenbar nicht ganz vergessen. Zwischendurch wurde Jakob von seinem jungen Famulus zu den Kranken und Hilfesuchenden im Hospital gerufen, und so lange ließ er Bruder Thomas und Anna allein. In der Zeit bewunderten sie im Schein der Kerzen seine große Ansammlung an Arzneien, Kräutern und exotischen getrockneten Heilpflanzen, die im Nebenraum in Gefäßen verschiedenster Art in deckenhohen Regalen und Schränken aufbewahrt wurden. Sogar auf dem Boden standen wacklige Stöße von alten Büchern aller Größen und Themenbereiche in den unterschiedlichsten Sprachen. Anna wunderte sich, wie Jakob in dem unglaublichen Wirrwarr die Übersicht behalten konnte, irgendwie musste er aber ein nicht nachvollziehbares Ordnungsprinzip haben, das nur in seinem Kopf existierte, denn sonst würde er niemals etwas finden, wenn er es dringend suchte. Dabei benötigte Jakob dies auch alles selbst für seine Heilkünste im Hospital, das er zusammen mit einigen Helfern führte.

Sein Lager, wo er die Lieferung für Anna und Bruder Thomas zusammenstellen wollte, war im Hinterhof in einem Nebengebäude untergebracht, erzählte er ihnen, als er von seinen Pflichten zurückkam. Das versetzte sie noch mehr in Staunen, dachten sie doch, sie hätten seine ganzen Vorräte schon in Augenschein genommen. Jakob schlug vor, dass sie am nächsten Tag mit ihrem Wagen noch einmal kommen sollten. Bis dahin würde ein Helfer alles zusammenstellen, und er, Jakob, würde sie, falls sie daran interessiert waren, herumführen und ihnen alles zeigen. Das Hospital, seine

Apparaturen und Instrumente, und seine Bücher, auf die er besonders stolz war und die normalerweise niemand zu Gesicht bekam. Er war richtiggehend aufgeblüht und gab auch unverhohlen zu, warum das so war. Er konnte sonst mit niemandem fachsimpeln. Die einzige Ausnahme war sein Freund und Kollege Aaron gewesen, der ihn einmal im Jahr aufgesucht hatte. Jakob bedauerte zutiefst, dass er nun nicht mehr die Gelegenheit hatte, sich mit seinesgleichen auf Augenhöhe zu streiten, sich an einer fachlichen Meinung zu reiben und damit auseinanderzusetzen. Vor allem, weil der andere konträre Ansichten vertrat, die er aus eigenen Erfahrungen und Forschungen gewonnen hatte.

Bevor Anna und Bruder Thomas gingen, verriet er ihnen, dass er ihnen nicht weitergeholfen hätte, wenn Aaron ihm nicht von Anna erzählt hätte. So kannte er ihre Einstellung gegenüber der herkömmlichen, von der Kirche geprägten und dominierten Lehrmeinung und wusste, welche Haltung sie im Bereich der Heilkunde und der körperlichen Abläufe und Funktionen vertrat. Und, fügte er hinzu, wie sie sich für diese radikal neue, als ketzerisch verfemte Behandlungsmethodik eingesetzt hatte – mit ihrem Leben! Das nötigte ihm höchsten Respekt ab. Er hatte sich von einem Augenzeugen aus Oppenheim genauestens berichten lassen, wie der Erzbischof gegen Anna und ihre Heilmethoden vorgegangen war. Das hatte er haarklein alles an Aaron in Toledo brieflich berichtet, weil dieser ihn gebeten hatte, ihn auf dem Laufenden zu halten, was Anna, die Medica, anging. Anna versprach, bis zum nächsten Tag einen Brief für Aaron niederzuschreiben, und Jakob versprach, ihn so bald wie möglich von einem ihm bekannten Händler zustellen zu lassen. Dann verabschiedeten sich Anna und Bruder Thomas, und Jakob eilte wieder ins Hospital.

Als sie ganz benommen von dem, was sie bei Jakob alles gesehen und erfahren hatten, im Freien standen, merkten Anna und Bruder Thomas erst, wie viel Zeit vergangen war. Bruder Thomas äußerte einen Herzenswunsch. Er wusste, dass im alten Dom jeden Tag mehrere heilige Messen gelesen wurden, und wollte wieder einmal am Sakrament des Herrn teilnehmen. Es war ihm ein seelisches Bedürfnis, und Anna wollte ihm diesen Wunsch nicht abschlagen. Sie hatten alles erledigt, ja viel mehr als das, und die Wahrscheinlichkeit, ihrem Todfeind, dem Erzbischof, zu begegnen, war wohl gering. Es hieß, er hielt sich seit geraumer Zeit im Kloster Heisterbach auf, um innere Einkehr zu halten. Außerdem würde man sie, da sie ihre Kapuze wieder weit über den Kopf gezogen hatte, bestimmt nicht erkennen. Frohgemut verließen sie das Judenviertel und begaben sich zum alten Dom.

V

Jeronimus hatte den halben Tag damit verbracht, die Händler seines Vertrauens aufzusuchen, Schwätzchen zu halten und die vom Grafen bestellte Ware zu ordern. Sie würde am nächsten Tag in die Schenke geliefert werden, wo das Fuhrwerk untergestellt war. Nun hatte er Zeit, den zweiten Teil seiner Pflichtrunde zu absolvieren. Er steuerte auf den bischöflichen Palast zu, der nahe am Dom gelegen war, und überlegte sich, wie er am besten vorgehen sollte, um nicht gleich sein ganzes Wissen preiszugeben und so viel wie möglich an Entlohnung für seine Spitzeldienste einzustreichen. Ein schlechtes Gewissen hatte er nicht dabei, obwohl er immer wieder an den heiligen Eid denken musste, den er Bruder Thomas geschworen hatte. Die Angst vor dem drohenden Fegefeuer flackerte doch auf, ob er nun wollte oder nicht. Das Leben war kurz, und den Rest der Ewigkeit mit Höllenqualen im Purgatorium zu verbringen, wollte er nicht unbedingt riskieren. Aber wenn er genauer darüber nachdachte, hatte er eigentlich nur versprochen, falls ihn jemand nach den zwei Mönchen fragte, den wahren Zweck ihrer Reise und ihre Herkunft nicht auszuplaudern. Wenn er es geschickt anstellte, konnte er seinen Schwur umgehen und somit nicht dagegen verstoßen. Nachdem er sich diese Strategie zurechtgelegt hatte, atmete er innerlich auf. Außerdem nahm er sich vor, einen kleinen Teil des Erlöses, den er sich für seine Auskünfte erhoffte, einem Geistlichen dafür zu spenden, dass dieser ein paar Messen für ihn las. Das konnte auf keinen Fall schaden, schließlich wollte er nach getaner Arbeit in seinem Lieblingsbadehaus noch ein wenig sündigen, da war ein gewisser Ablass sowieso vonnöten. So mit sich selbst im Reinen, fand er, dass beide Parteien, einerseits er als kleiner Sünder und andererseits die heilige Mutter Kirche, ein gutes Geschäft machen würden. Beschwingt von den Aussichten, summte er beim Gehen vor sich hin und musste dabei an diese blonde Hübschlerin mit dem kleinen Leberfleck an einer ganz bestimmten Stelle denken, die es ihm letztes Jahr angetan hatte. Sie war beileibe kein Kind von Traurigkeit und dazu hübsch und anschmiegsam und hatte noch alle Zähne. Und wie gut sie gerochen hatte! Hoffentlich arbeitete sie nach wie vor im selben Haus und war frei für ihn. Ganz in seinen verführerischen Gedanken schwelgend, bemerkte er gerade eben, dass er schon an der Dienstbotenpforte des bischöflichen Palastes vorbeigegangen war, und kehrte um. Er klopfte mit dem eingelassenen Eisenring an die schwere Eichentür, und fast unmittelbar wurde ihm von einem Hausdiener aufgetan, der ihn mit einem unfreundlichen »Ja?« anblökte.

Jeronimus riss sich eilfertig seine Mütze vom Kopf. »Verzeiht, Herr, ich muss Pater Severin sprechen. Es ist dringend.«

»Wer bist du und in welcher Angelegenheit willst du den Erzbischof sprechen?«, kam es zurück.

»Er kennt mich, ich bin Jeronimus, der Knochenhauer von Burg Greifenklau. Es geht um Anna von Hochstaden«, antwortete Jeronimus so devot wie möglich. In den Häusern von hohen Herrschaften war Unterwürfigkeit angebracht, wenn man Gehör finden wollte, das hatte ihn sein Leben als Bediensteter bisher gelehrt.

»Anna von Hochstaden?«, fragte der Hausdiener misstrauisch. »Habe ich richtig gehört?«

»Jawohl. Die Medica.«

Der Hausdiener, ein Mann mit Hakennase und schütterem Haar, brauchte einen Moment, um die Bedeutung der Mitteilung richtig einzuordnen, dann befahl er barsch: »Komm rein, und warte hier. Aber rühr ja nichts an!«

Jeronimus trat zögernd in den Gang und verschloss die Tür hinter sich. Der Hausknecht warf ihm noch einen strengen Blick zu, dann ging er davon und verschwand um die Ecke.

Jeronimus sah sich neugierig um. Er war zwar schon des Öfteren hier gewesen, aber der zur Schau gestellte Reichtum des Bistums und seines Herrn, des Erzbischofs, erstaunte ihn doch jedes Mal von neuem. Mannshohe mehrarmige Metallleuchter mit Dutzenden von Kerzen, die nach Bienenwachs rochen, erhellten den fensterlosen Gang, auf dem Granitboden war frisches Stroh ausgelegt, detailreiche Wandbehänge mit biblischen Motiven bedeckten alle paar Fuß die Wände, in den Zwischenräumen standen schwere Truhen mit gewaltigen Schlössern. Jeronimus näherte sich einem Wandbehang und versuchte, das Dargestellte einzuordnen, es war wohl der heilige Georg auf schneeweißem Ross im Kampf mit einem Drachen, den der Speer des Ritters mitten in den Rachen traf, so dass Blut daraus hervorquoll. Er strich mit der Hand über das Gewirk und ertastete die Struktur. Vielleicht hatte das mit seinem Handwerk zu tun, aber er musste immer alles mit den Fingern erfassen, das Auge allein genügte ihm nicht.

Dann fiel sein Blick auf ein Silbertablett mit kostbaren, goldglänzenden Kelchen, das auf einer Truhe stand. Er war gerade in Versuchung, einen Becher näher in Augenschein zu nehmen, und streckte schon den Arm danach aus, als ihn eine Stimme zusammenfahren ließ. »Du da – komm mit!«, bellte der gestrenge Hausdiener, der zurückgekehrt war, ohne dass ihn der Knochenhauer gehört hatte. Jeronimus wandte sich ab und beeilte sich, dem Befehl Folge zu leisten, was gar nicht so einfach war, denn der Mann hatte sich schon umgedreht und eilte voraus durch etliche Gänge und über einige Treppen, und zwar in einem Tempo, dass Jeronimus Mühe hatte, ihm auf den Fersen zu bleiben. Schließlich wartete er an einer Doppeltür. Jeronimus kam näher und blieb erwartungsvoll stehen.

Der Hausdiener sah ihm direkt in die Augen. »Hör mir gut zu! Wenn du jetzt das Empfangszimmer betrittst, verneigst du dich. Du sprichst nur, wenn du gefragt wirst. Die Anrede – und diese verwendest du gefälligst! – lautet: Euer Eminenz. Pater Severin sprichst du mit ›Euer Gnaden‹ an. Hast du mich verstanden?«

Jeronimus schoss das Blut in den Kopf, so dass ihm ganz wirr wurde. Seine Eminenz – das konnte nur der Erzbischof sein. Und der wollte ihn persönlich empfangen? Bei allen Heiligen – was hatte das zu bedeuten? Er kam nicht weiter dazu, darüber nachzudenken, denn der Hausdiener klopfte bereits, öffnete die Tür und ließ ihn eintreten.

»Jeronimus von Burg Greifenklau«, meldete er ihn an.

Dann ging die Tür hinter Jeronimus zu, und er stand in einem großen, dunklen Raum, wo Pater Severins gedrungene Gestalt auf ihn wartete. Vor dem Kamin, in dem ein Feuer flackerte, stand eine zweite Person und kehrte ihm den Rücken zu. Das musste der Erzbischof sein.

Vorschriftsmäßig verneigte sich Jeronimus und blieb in der gekrümmten Haltung, bis ihn Pater Severin ansprach. »Jeronimus – was hast du zu berichten?«

Er richtete sich auf, wagte aber nicht, seinem Gegenüber in die Augen zu sehen, und hielt den Blick auf den Boden gerichtet. »Dass die junge Frau, die Medica genannt wird, sich hier in der Stadt aufhält, Euer Gnaden.«

»Und warum glaubst du, das könnte für mich von Interesse sein?«

»Weil sie wieder anfangen will, als Heilerin tätig zu sein.«

»Will sie das?«

»O ja! Zusammen mit ihrem Begleiter, Bruder Thomas.«

Ohne sich umzudrehen, hob der Mann vor dem Kamin, der Jeronimus bisher den Rücken zugekehrt hatte, seine linke beringte Hand und stellte mit leiser Stimme seine erste Frage. »Woher willst du das wissen?«

»Verzeiht, Euer Eminenz, aber ich bin Knochenhauer auf Burg Greifenklau, und diese Anna ist auf der Burg eingezogen. Greifenklau ist nicht groß, da bleibt nichts verborgen.«

»Aber sie wird dir kaum ihre Pläne verraten haben, oder, Knochenhauer?«, fragte die Stimme, die tief aus dem pelzverbrämten Mantel zu kommen schien.

»Nein, natürlich nicht. Aber ich kann eins und eins zusammenzählen.«

Einen Augenblick lang war nur das Knistern und Knacken des Feuers im Kamin zu hören. Jeronimus gefror das Blut in den Adern – war er zu forsch gewesen mit seiner Antwort, zu dreist in Gegenwart des Erzbischofs, der, so war allgemein bekannt, keine Widerworte oder Widerspruch duldete, schon gar nicht von so einem unbedeutenden kleinen Sünder wie Jeronimus? Er sah hilfesuchend zu Pater Severin, aber der sagte kein Wort und stand nur wie ein gedrungener Fels mit verschränkten Armen da.

Der große Mann vor dem Feuer drehte sich schließlich um und kam auf Jeronimus zu. Erst jetzt war sein Gesicht zu erkennen. Sein Bart war perfekt getrimmt, durchzogen von silbernen Fäden. Seine Hände spielten unentwegt mit den Kugeln eines Rosenkranzes aus Bernstein, und sein violettes Pileolus saß akkurat auf dem dunklen Haarschopf. Erzbischof Konrad von Hochstaden. Er trat so nahe an Jeronimus heran, dass er mit seiner Nase fast die von Jeronimus berührte, und durchbohrte ihn mit einem forschenden Blick aus pechschwarzen Augen.

»Kannst du das?«, fragte er. »Eins und eins zusammenzählen? Kannst du das wirklich?«

Jeronimus war so eingeschüchtert, dass er zunächst keinen Ton herausbrachte. Der Erzbischof ließ ihn nicht aus den Augen. Jetzt näherte sich auch noch Pater Severin von der Seite und flüsterte Jeronimus ins Ohr. »Antworte gefälligst, Bursche, wenn dich Seine Eminenz, der Erzbischof, etwas fragt!«

Jeronimus räusperte sich und fand seine Stimme wieder. »Ich denke schon, Euer Gnaden. Und Euer Eminenz«, fügte er hastig hinzu und wünschte sich in diesem Moment, er wäre nicht auf die Idee gekommen, um des schnöden Mammons willen im erzbischöflichen Palast vorzusprechen. Aber seine aufsteigende Panik verflog in Windeseile, als der Erzbischof Pater Severin ein Zeichen gab, dieser in seine Tasche griff und fünf Goldmünzen in seine linke, offene Handfläche rieseln ließ. Einmal, zweimal, dreimal, verführerisch. Konrad von Hochstaden wandte sich an ihn. »Wenn du so gut zählen kannst, dann kannst du mir vielleicht auch sagen, wie viel das ist …«

»Das … Das sind fünf Augustalen«, stotterte Jeronimus und musste schlucken. Er hatte einmal so eine Goldmünze gesehen, bei diesem Anblick stockte ihm der Atem. Sie waren ein Vermögen wert, so viel konnte er in seinem ganzen Leben nicht auf ehrliche Weise erarbeiten. Pater Severin drückte Jeronimus die Münzen in die Hand, der kurzzeitig das aberwitzige Gefühl hatte, dass sie glühten und sich in seine Hand hineinbrannten. Aber als er sie umschloss, fühlten sie sich an wie jede normale Münze dieser Größe.

»Willst du sie dir verdienen?«, fragte Pater Severin.

»Was muss ich dafür tun?«, stellte Jeronimus die Gegenfrage. Er war nicht dumm. Für so eine enorme Summe musste die Gegenleistung entsprechend groß sein, das war ihm klar. Pater Severin nahm ihm die Münzen wieder ab, gleichzeitig forderte er ihn auf: »Berichte uns, was du weißt.«

Jeronimus erzählte alles, von Annas Ankunft und ihren Freunden auf Burg Greifenklau bis zur Fahrt nach Köln, die Anna, als Mönch verkleidet, neben ihm auf dem Kutschbock verbracht hatte, zusammen mit diesem riesigen Mönch namens Bruder Thomas.

»Was wollen die Medica und ihr Mönch in Köln? Und sag mir bloß nicht, dass sie zur Beichte hier sind und um Buße zu tun«, sagte der Erzbischof.

»Soviel ich weiß, kaufen sie Arzneien ein.«

Der Erzbischof nickte, das schien ihm plausibel. »Du fährst zusammen mit der Medica und ihrem Famulus zurück?«, fragte er.

»Ja. Übermorgen früh.«

»Ich nehme an, ihr macht unterwegs Rast in einer Herberge?«

»Ja, Euer Eminenz. Wir brauchen gut zwei Tage für die Rückfahrt. Um im Freien zu lagern, ist es zu kalt. Wir kommen durch ein Dorf, in dem es eine Schenke gibt. Der Wirt lässt uns dort auch übernachten. Wir schlafen bei den Pferden in der Scheune.«

»Das ist eine günstige Gelegenheit. Pater Severin wird dir jetzt sagen, was du zu tun hast.«

Jeronimus dachte schon erleichtert, dass der Erzbischof nun endlich gehen würde. Aber Konrad von Hochstaden kam noch einmal heran und tippte ihm mit dem ausgestreckten Zeigefinger gegen die Brust, dass es ihn schauderte. »Ich rate dir, sein Angebot anzunehmen. Du tust dir und der Unantastbarkeit der Kirche damit einen großen Dienst, der vor Gottes Angesicht Wohlgefallen finden wird!«

Er warf Pater Severin einen nachdrücklichen Blick zu, nickte und verließ den Raum schließlich gruß- und wortlos durch eine kleine, eichenholzgetäfelte Nebentür.

Jeronimus war nun mit Pater Severin allein. »Setz dich«, sagte dieser ungewohnt leutselig, wies auf einen Hocker am Kamin und nahm selbst gegenüber Platz. »Ich werde dir jetzt erklären, was du machen musst, um dir die fünf Augustalen zu verdienen.«

Pater Severin sah die Angst im Gesicht von Jeronimus und beschwichtigte ihn. »Keine Sorge, wenn du es geschickt anstellst, wird auf dich kein Verdacht fallen. Du wartest ab, bis sich ein günstiger Zeitpunkt ergibt, der Medica und diesem Mönch das hier in ihr Getränk zu geben, ohne dass es jemand merkt.« Er hatte, unbemerkt von Jeronimus, wie bei einem Taschenspielertrick ein Glasröhrchen aus seinem Wams hervorgezaubert.

»Was ist das?«, wollte Jeronimus wissen. Pater Severin gab es ihm, und Jeronimus hielt es so gegen das Licht des flackernden Kaminfeuers, dass die Flüssigkeit im Röhrchen rötlich aufglühte. Pater Severin flüsterte: »Ein paar Tropfen davon in ihrem Bier werden dafür sorgen, dass die Medica für alle Zeiten daran gehindert wird, ihre ketzerischen Vorhaben in die Tat umzusetzen. Und der abtrünnige und gotteslästerliche Mönch ebenfalls.«

Jeronimus lehnte sich zurück und starrte ins Feuer, das fingerdicke Röhrchen in der Hand wog jetzt auf einmal furchtbar schwer. Pater Severin ließ ihm die Zeit, über alles nachzudenken.

»Und was ist mit meinem Seelenheil?«, murmelte Jeronimus nach einer Weile. »Ihr verlangt eine Todsünde von mir!«

Pater Severin lächelte und schüttelte geradezu gönnerhaft

den Kopf, was bei ihm einigermaßen befremdlich aussah, obwohl er sich wie die Güte in Person gab und Jeronimus die Hand zur Bekräftigung seiner Worte auf den Oberschenkel legte. »Genau das wollte ich noch mit dir besprechen. Du weißt, dass unsere Heilige Mutter Kirche noch immer keinen Nachfolger gefunden hat für den verstorbenen Papst Coelestin IV. Gott hab ihn selig!«

Er bekreuzigte sich, Jeronimus tat es ihm gleich. »Ja, das ist mir bekannt.«

»Dann dürfte dir auch bekannt sein, dass Seine Eminenz so lange, bis ein neuer Papst gewählt wird, kraft seines hohen Amtes der Stellvertreter Jesu Christi auf Erden ist?«

»Das muss dann wohl so sein.«

»Demzufolge wird dir der Erzbischof in seiner Eigenschaft als höchste kirchliche Autorität eine geheime Dispens für deine Tat ausstellen. Du weißt, was eine Dispens ist?«

»Man wird von jeglicher Schuld freigesprochen?«

Pater Severin nickte gewichtig. »So ist es. Diese Tat wird deine Seele nicht belasten, ganz im Gegenteil, denn sie ist eine gottgefällige Tat. Die Medica ist eine Ketzerin, und jeder, der sie daran hindert, weiterhin im Auftrag des Satans ihr Unwesen zu treiben, wird nach seinem Tod nicht in der Vorhölle den Qualen des Fegefeuers ausgesetzt, sondern ohne Umschweife in das ewige Paradies eingehen.«

Jeronimus starrte noch immer ins Feuer. Die Flammen spiegelten sich in seinen Augen. Pater Severin ließ seine Worte wirken, er sah, wie es im Kopf des Knochenhauers arbeitete. Schließlich wandte sich Jeronimus Pater Severin zu. »Ich möchte, dass Seine Eminenz mir persönlich so eine Dispens ausstellt. Dann bin ich bereit, das zu tun, was Ihr von mir wollt.«

»Seine Eminenz wird sehr erfreut sein über deine kluge Entscheidung. Er wird es dir selbst sagen. Begib dich in den

Dom, er wohnt dort einer Messe für die zahlreichen Pilger bei. Anschließend gehst du in den Beichtstuhl auf der rechten Seite in der Seitenkapelle neben dem Altar. Dort wirst du die Dispens und den Segen Seiner Eminenz empfangen. Und deinen weltlichen Lohn.«

Pater Severin erhob sich. Jeronimus verstand, dass die Audienz damit beendet war. Er stand ebenfalls auf. »Jetzt gleich?«

»Ja, jetzt gleich, mein Sohn.«

Jeronimus blickte auf das Röhrchen, das er immer noch in seiner linken Hand hielt.

»Niemand wird es merken, wenn du es geschickt anstellst. Die Substanz ist geschmacks- und geruchlos.«

Jeronimus nickte und steckte das Röhrchen in die eingenähte Tasche seines Wollmantels, wo er auch seine Barschaft für die Einkäufe verwahrte. Dann setzte er seine Mütze auf.

Pater Severin zog an einem bestickten Band, an dem eine Kordel hing. Es diente dazu, den Hausdiener zu rufen. Dann sprach er die Segensformel für Jeronimus, schlug ein Kreuz und verabschiedete ihn. »Geh mit Gott.«

Der Hausdiener kam herein und geleitete Jeronimus hinaus.

Pater Severin wartete reglos, bis die Tür geschlossen wurde.

VI

Anna und Bruder Thomas standen ganz hinten im kalten, düsteren Dom und folgten der heiligen Messe. Das Kirchenschiff war voller Pilger, die einem der jüngeren Domherren zugewandt waren, der mit Messdienern zelebrierte. Im Hintergrund, kaum sichtbar im Dunkel der Apsis, so dass es klang wie ein himmlischer Chor aus reinen Engelsstimmen, ertönte der auf- und abschwellende gregorianische Choral des Novizenchors. Wenn man die Augen schloss, konnte man einen Hauch von göttlicher Spiritualität ahnen. Nicht, weil man die Worte und Litaneien verstand oder wegen der Weihrauchschwaden, die die Gläubigen umwaberten, sondern weil man die Manifestation und die Stärke des kollektiven Glaubens verspürte, der Trost und Zuversicht schenkte.

Diesen Zustand konnte Anna intellektuell nachvollziehen. Sie wusste, dass Bruder Thomas, so sehr er manchmal mit der Institution Kirche haderte, ein zutiefst gläubiger Mensch war, der seinen Argwohn am Umgang der Menschen miteinander, vor allem der Mächtigen und Reichen mit den Armen und Beladenen, dadurch zu lindern hoffte, dass er alles daransetzte, den Kranken und Hilfsbedürftigen zu helfen. Selbst wenn das manches Mal nicht im Einklang mit den kirchlichen Lehren stand. Obwohl sie es auch versuchte, schaffte Anna es nicht, sich so tief in sich selbst zu versenken und sich reinen Herzens Gottes Barmherzigkeit anzuempfehlen, dass sie die Anwesenheit des Herrn während der heiligen Kommunion empfinden konnte. Dazu war sie zu sehr damit beschäftigt, ihre Umgebung und ihre Mitmenschen im Auge zu behalten, weil sie seit ihren Erlebnissen im Umgang mit den irdischen Vertretern der Religion allzu misstrauisch geworden war. Darüber war sie manchmal traurig, aber der Erzbischof und dessen Machenschaften hatten sie ihres kindlichen Glaubens beraubt, der einstmals unbeirrbar und jenseits allen Zweifelns gewesen war.

»Dominus vobiscum!« Der junge Domherr sprach den Schlusssegen.

Die Gläubigen antworteten: »Et cum spiritu tuo!«

Damit war die Messe zu Ende. Allgemeines Gemurmel setzte ein, und ganz allmählich verließen die Gottesdienstbesucher den Kirchenraum durch die verschiedenen Ausgänge. Anna und Bruder Thomas wollten warten, bis sich das schlimmste Gedränge aufgelöst hatte.

Vor den Beichtstühlen bildeten sich lange Schlangen, aber jeder der Bußfertigen wartete geduldig, bis er an die Reihe kam. Anna fiel auf, dass mehrere Mönche den Beichtstuhl rechts neben der Apsis in der Seitenkapelle regelrecht abschirmten. Er sollte wohl hohen Herrschaften vorbehalten werden. Aber sie konnte niemanden ausmachen, der durch Gehabe, Begleitung oder Bekleidung als solcher auf Anhieb zu erkennen war. Normalerweise konnte man den Stand einer Person zumindest an der Kleidung auf den ersten Blick ablesen. Eigentlich war ihr erster Impuls nach der Messe gewesen, sich schnell wieder aus dem Staub zu machen, um nicht doch noch, hier, in der Höhle des Löwen, dem Erzbischof, ihrer Nemesis, über den Weg zu laufen. Dem Menschen, der sie mit einer Unbarmherzigkeit und Grausamkeit verfolgt hatte, die ihresgleichen suchte. In diesem Augenblick kam es ihr jedoch so vor, als würde sie auf eine übernatürliche Weise von seiner Gegenwart angezogen werden, wie von einem Abgrund, vor dem man stand und der einen das mühsam austarierte Gleichgewicht verlieren ließ und zu sich hinunterzog. Mit langsamen Schritten näherte sie sich der Seitenkapelle.

Bruder Thomas, der sich schon auf den Weg nach draußen machen wollte, weil er allmählich Hunger bekam, hatte sich suchend nach Anna umgedreht und sah sie schlafwandlerisch in Richtung Apsis gehen, wo sie jäh stehen blieb. Er folgte ihr und trat hinter sie. Anna drückte sich an eine Säule und hinderte Bruder Thomas gerade noch daran weiterzugehen. Sie warf ihm mit leichenblassem Gesicht einen warnenden Blick zu und zwickte ihn vor lauter Aufregung in den Oberarm. Bruder Thomas wollte sie gerade fragen, was denn los sei, als er den Grund für Annas Schockstarre erspähte – aus dem Dunkel der Apsis hinter dem Altar trat nämlich eine Gestalt hervor, die bei Anna und Bruder Thomas mindestens Anlass für Beklemmungen, wenn nicht sogar größter Besorgnis und Furcht gab. Unverkennbar in seiner hageren Gestalt, seinem kerzengeraden Gang, seinem prächtigen, pelzverbrämten Umhang und seinem ganzen Habitus erschien der Erzbischof. Er schenkte dem Kirchenschiff keine Beachtung und ging direkt auf den Beichtstuhl in der Seitenkapelle zu. Ein Mönch hielt ihm ehrerbietig die Tür zum Platz des Beichtvaters auf, schloss sie hinter ihm wieder und entfernte sich dann taktvoll außer Hörweite. Dann blieb er stehen und bildete mit den anderen Mönchen, es war ein halbes Dutzend, eine Kette, um niemanden in die Nähe des Beichtstuhls zu lassen.

Ein seltsames Verhalten. Anna war nun doch neugierig geworden. Außer ihnen war der diskrete Vorgang im Hintergrund des Kirchenschiffes niemandem aufgefallen. Bruder Thomas seinerseits hatte genug gesehen und zupfte Anna am Ärmel. »Komm«, flüsterte er, »oder willst du noch, dass wir uns verdächtig machen und zu ihm geführt werden? Also darauf kann ich dankend verzichten!«

Anna schüttelte seine Hand unwillig ab. Sie wollte sehen, ob irgendeine hochgestellte Persönlichkeit aus einem Hinterausgang trat, um bei Konrad von Hochstaden die Beichte abzulegen. Aber nichts dergleichen geschah. Um nicht aufzufallen, sank Anna auf ihre Knie, beugte den Kopf mit der Kapuze vor dem Altarkruzifix und gab vor, inbrünstig zu beten. Bruder Thomas blieb nichts anderes übrig, als es ihr gleichzutun. Es vergingen mindestens vier Vaterunser, bis plötzlich die Tür des Beichtstuhls aufging, der Erzbischof gebückt herauskam, sich zu seiner vollen Größe erhob und ohne einen Seitenblick auf das Kirchenschiff zu verschwenden, gefolgt von den Mönchen, durch den Hinterausgang in der Apsis verschwand.

Erneut zupfte Bruder Thomas Anna am Ärmel, aber die Medica wollte jetzt wissen, wer beim Erzbischof gebeichtet hatte – anscheinend hatte derjenige schon im Beichtstuhl gewartet, bevor Konrad von Hochstaden ihn betreten hatte. Ihre Geduld wurde auf eine harte Probe gestellt. Aber schließlich ging die seitliche Tür auf, und heraus kam Jeronimus, der Knochenhauer.

Bruder Thomas verpasste Anna beim Anblick ihres Begleiters aus Burg Greifenklau einen heftigen Rippenstoß, so überrascht war er. Sie blieben noch in ihrer kauernden Stellung, damit Jeronimus sie nicht erkannte. Denn dann hätte er gleich gewusst, dass sie ihn bei seiner Begegnung mit dem

Erzbischof ertappt hatten. Er schien vor Selbstbewusstsein schier zu platzen, als er auf der gegenüberliegenden Seite des Kirchenschiffs dem Ausgang zustrebte und verschwand.

Mühsam erhob sich Bruder Thomas und half Anna auf. Sie sahen sich überrascht an.

»Kannst du glauben, was ich da eben gesehen habe?«, fragte Bruder Thomas. »Unser Kutscher und Knochenhauer scheint mir ein Doppelleben zu führen. Oder der Erzbischof ist sein persönlicher Beichtvater. Was ich mir kaum vorstellen kann. Ich weiß nur, dass die Sache mir nicht gefällt. Sie gefällt mir ganz und gar nicht.«

Anna sagte kein Wort, sie bekreuzigten sich vor dem Altar und machten, dass sie auf der anderen Seite des Doms ins Freie kamen, wo sie erst einmal tief Luft holten.

Dann sprach Anna aus, was beide dachten. »Jeronimus ist ein Verräter. Ein Spion des Erzbischofs.«

Bruder Thomas schüttelte mit Empörung und Abscheu zugleich den Kopf über diese Erkenntnis. »Dieses hinterhältige Schwein! Ich stelle ihn noch heute zur Rede. Ich will wissen, warum er das macht. Und wie viele Silberlinge er dafür bekommt. Und wenn ich die Wahrheit aus ihm herausprügeln muss!«, presste er grimmig zwischen den Zähnen hervor und ballte die Faust. Anna zog ihn mit sich, um auf offener Straße keine Aufmerksamkeit zu erregen, denn es waren immer noch eine Menge Leute unterwegs.

»Genau das wirst du nicht tun!«, zischte sie.

»Warum nicht? Er ist ein Judas und will uns ans Messer liefern! Er hat es nicht anders verdient!«, entgegnete Bruder Thomas empört.

Anna schob ihn in eine Seitengasse, wo sie allein waren. »Verstehst du denn nicht? Wir wissen nun etwas über ihn, von dem er nicht weiß, dass wir es wissen. Wir werden ihn nicht aus den Augen lassen. Natürlich müssen Chassim und sein Vater davon erfahren. Aber so lange Jeronimus denkt, dass wir nichts von seinem Verrat ahnen, sind wir im Vorteil!«

Bruder Thomas brauchte eine Weile, bis Annas Argumente durch seinen Nebel aus Wut drangen, aber schließlich beruhigte er sich.

»Was kann er dem Erzbischof denn schon erzählt haben?«, sagte Anna. »Dass wir Arzneien kaufen? Na und? Konrad von Hochstaden hat mir zugesichert, und du warst Zeuge!, dass ich weiterhin als Heilerin arbeiten darf.«

Bruder Thomas schüttelte den Kopf. »Vertraust du etwa seinen Versprechungen? Ich jedenfalls nicht.«

Anna sah ein, dass ihr Famulus recht hatte. »Trotzdem ist es besser, wir verhalten uns weiterhin, als hätten wir ihn nicht im Dom gesehen. Sobald wir zurück sind auf Burg Greifenklau, müssen wir gemeinsam überlegen, wie wir unser Wissen zu unserem Vorteil nutzen können.«

Bruder Thomas zuckte mit den Schultern und nickte, er beugte sich Annas Vorschlägen. »Du hast recht. Tun wir so, als sei nichts passiert. Aber ich werde ab jetzt ein wachsames Auge auf diesen windigen Burschen haben!«

»Besser zwei«, entgegnete Anna, und sie marschierten zurück zu ihrer Herberge.

VII

Jeronimus hatten Anna und Bruder Thomas nach ihrer Entdeckung im Dom nur kurz gesehen, er war weder beim Essen noch im Schlafsaal in der Scheune hinter der Schenke, in dem viele Reisende nächtigten, aufgetaucht. Die Nacht und den darauffolgenden Tag verbrachte er auf seine Art, die wohl eher mit berauschenden Getränken und diversen Ausschweifungen zu tun hatte als mit dringenden Besuchen und Besorgungen, die er angeblich noch erledigen musste. Zumindest lag diese Vermutung nahe, wenn man nach seinen morgendlichen Ausdünstungen ging und seine Augen sah, die er nur mit Müh und Not offen halten konnte. Aber so lange er besorgt hatte, was sein Herr, der Graf, ihm aufgetragen hatte – und das schien der Fall zu sein –, war ihm in dieser Hinsicht kein Vorwurf zu machen.

Anna und Bruder Thomas waren am Vortag, nachdem sie die Lieferung von Jakob Ben Ascher erhalten hatten, voll und ganz damit beschäftigt gewesen, alles zu überprüfen und so gut es ging, fest und bruchsicher, auf ihr Fuhrwerk neben den Waren für den Haushalt des Grafen zu laden und festzuzurren. Die Gehilfen, einer war der Junge mit dem spärlichen Bart und der Kieksstimme, packten fleißig mit an und freuten sich über Annas großzügige Entlohnung. Als sie fertig waren, begleiteten Anna und Bruder Thomas die zwei zurück zu Jakob, der sich extra Zeit für sie nahm und ihnen sein

Hospital zeigte, das er mit finanzieller Hilfe der jüdischen Gemeinde aufgebaut hatte und unterhielt. Anna hatte ihm einen Brief für ihren Medicus im fernen Hispanien mitgebracht, an dem sie bei Kerzenschein die halbe Nacht geschrieben hatte. Der Wirt, in dessen Herberge sie untergekommen waren, hatte sie ausreichend mit Feder, Tinte und Palimpsesten versorgt, damit sie so viel schreiben konnte, wie sie wollte. Sie hatte ihm das gar nicht zugetraut wegen seines vierschrötigen Aussehens und seines bärbeißigen Gehabes. Lachend meinte er, er könne sowieso nichts damit anfangen, das sei die einzige Hinterlassenschaft eines fahrenden Sängers, der die Zeche geprellt habe und eines Tages einfach nicht mehr aufgetaucht sei.

In ihren sehr persönlich gehaltenen Zeilen schilderte Anna alles, was sich seit Aarons Flucht aus Oppenheim – denn anders konnte man seine Abreise bei Nacht und Nebel nicht bezeichnen – zugetragen hatte, wobei sie die schlimmen Einzelheiten ihrer eigenen Verfolgung durch den Erzbischof nur oberflächlich skizzierte. Sie wollte nicht, dass Aaron sich Sorgen machte.

Besonderen Wert legte sie auf die Beschreibung der Behandlung von Chassims gebrochenem Bein durch die merkwürdige Substanz namens Gips, die sich noch in den Vorräten des Medicus befunden hatte. Bei der Anwendung hatte sie sich strikt nach Aarons mündlichem Ratschlag, an den sie sich noch erinnerte, gerichtet. Detailliert beschrieb sie, wie sie das graue Pulver mit Wasser angerührt und aufgetragen und welche Erfahrungen sie damit in Bezug auf Festigkeit, Dauer und den Heilungsprozess gemacht hatte. In ihr keimte eine vage Hoffnung auf; wenn man die Ergebnisse solcher Werte austauschte und systematisch weiterspann, konnte man nicht nur einem weitaus erfahreneren Kollegen, sondern der Heilkunde an sich einen großen Dienst erweisen und sie so weiterentwickeln. Dieser Gedanke brachte sie auf eine Idee. Sie wunderte sich, dass sie noch nie daran gedacht hatte. Sie konnte doch ein Buch schreiben über ihre Heilmethoden und die des Medicus, in dem sie festhielt, wie und ob sie funktioniert hatten, welche Behandlungen fehlgeschlagen und wie Verbände, Instrumente und Arzneien am besten einzusetzen waren. Wenn sie alles aufschrieb, was sie an Erfahrungen im Laufe der Jahre ansammelte, konnte so ein Werk zum Leitfaden für weitere Generationen von Heilern werden. Seltsam, dass ihr früherer Lehrmeister sie sogar jetzt noch über seinen Weggang hinaus inspirierte!

Sie beschloss, mit diesem Vorhaben zu beginnen, sobald sie zurück auf Burg Greifenklau war. Dann beendete sie ihr Schreiben an Aaron mit den herzlichsten Grüßen und Wünschen für ihn, seine Schwester Esther und seine Magd Rebecca, löschte die Kerze, legte sich auf ihr Strohlager und war auch schon eingeschlafen.

Jakob Ben Ascher war höchst interessiert an der Gipsmethode bei Knochenbrüchen, als Anna ihm davon erzählte. Er hatte zwar davon gehört, sie aber noch nie selbst in die Tat umgesetzt. Dafür konnte er Anna und Bruder Thomas einen tiefen Einblick in seinen reichen Erfahrungsschatz im Umgang mit den vielen Gebrechen und Leiden geben, die er zu lindern und heilen imstande war. Er führte sie zu Patienten, die er in zwei großen Krankensälen seines Hospitals pflegte, und zeigte ihnen, wie er Krankheiten erkannte, ertastete und behandelte. Auch er benutzte Aqua vitae bei Patienten mit offenen Wunden und wusch seine Hände vor und nach jeder Untersuchung, weil er wie Anna festgestellt hatte, dass dies von großem Nutzen und beim Heilungsfortschritt dienlich war. Dann führte er ihnen Instrumente vor, die Anna selbst bei Aaron noch nie gesehen hatte, so zum Beispiel einen Draht mit einer Schlinge, den er sich nach seinen Anweisungen von einem Schmied hatte hämmern lassen, mit dem er bei einer weiblichen Patientin, die kein Wasser mehr lassen konnte, Blasensteine entfernt hatte.

Anna und Bruder Thomas hätten noch Tage und Wochen mit Jakob über Krankheiten und ihre Ursachen disputieren können, aber als es nach einem gemeinsamen Abendessen auf Mitternacht zuging, war es schließlich an der Zeit für sie, aufzubrechen und Abschied zu nehmen. Anna bezahlte noch die Lieferung, die sie bereits fertig verladen hatten, und dann umarmten sie sich und versprachen, einander bald wiederzusehen, bevor sie und Bruder Thomas ihre Kapuzen wieder über den Kopf zogen und in den Gassen der Stadt verschwanden, um ihre Herberge aufzusuchen.

VIII

Die große und betriebsame Stadt Köln blieb allmählich hinter ihnen zurück, nachdem sie mit ihrem Planwagen, der über die Grenzen seines Aufnahmevermögens und die Belastbarkeit seiner Achsen hinaus bepackt war, den Rückweg angetreten hatten. Anna, Bruder Thomas und Jeronimus hockten stumm auf dem Kutschbock, die wollenen Mäntel fest gegen die beißende Kälte um den Körper geschlungen. Anna und ihr Famulus hatten die Kapuzen weit über den Kopf gezogen, und Jeronimus hatte sich ein warmes Tuch gekauft, das er sich um Hals und Kopf gewickelt hatte. Jeder der drei schien seinen eigenen Gedanken nachzuhängen und sich mit den vergangenen Tagen zu beschäftigen, in denen so viel geschehen war. Aber das war nur vorgetäuscht, in Wirklichkeit belauerten sie sich gegenseitig.

Sie waren pünktlich bei Anbruch der Morgendämmerung losgefahren. Es war zwar bitterkalt, aber trocken. Die durchgehende, seit Tagen anhaltende klirrende Kälte hatte wenigstens den Vorteil, dass die Wege nicht verschlammt und aufgeweicht waren, sondern hart gefroren und somit gut befahrbar. Die Unversehrtheit ihrer wertvollen Fracht, vor allem bei den empfindlichen Gefäßen mit den kostbaren Tinkturen, bereitete Anna große Sorgen. Jeder Ruck, der durch eine Unebenheit des Bodens hervorgerufen wurde, verursachte ihr Unbehagen, und Bruder Thomas kam mit seinen

Stoßgebeten kaum noch nach. Aber nach den ersten Meilen kehrte allmählich Routine ein und die Gewissheit, dass sie ihre Ladung heil nach Burg Greifenklau bringen konnten. Ihre Zuversicht wurde von der Tatsache untermauert, dass sie mit drei weiteren Fuhrwerken von Kaufleuten ein langes Stück gemeinsamen Weges hatten und sich so gegenseitig Geleitschutz geben konnten. Die Kaufleute hatten für ihren Transport zusätzlich noch zwei bewaffnete Soldaten angeheuert, die auf ihren Pferden ständig Patrouille ritten und Ausschau hielten. Das hielt Gesindel schon von weitem davon ab, angesichts der schwer beladenen Wagen auf dumme Gedanken zu kommen.

Die Fahrt der vier Wagen über brachliegendes, weiß vom Raureif erstarrtes Land – der letzte im Treck war der aus Burg Greifenklau – verlief eintönig und ereignislos, abgesehen von einem erzwungenen Halt, weil der erste Wagen mit einem Rad in ein Wasserloch eingebrochen und steckengeblieben war. Aber es waren genug kräftige Männer zur Stelle, die ihn wieder herauswuchten konnten. Anna war froh, dass sie an letzter Stelle fuhren und damit immer rechtzeitig reagieren konnten, wenn die Wagen vor ihnen Probleme mit tiefen Schlaglöchern oder sonstigen Hindernissen hatten.

Am späten Nachmittag kamen sie an eine Kreuzung, und hier trennten sich ihre Wege. Die drei Fuhrwerke der Kaufleute bogen samt Begleitpatrouille nach Osten ab, während Jeronimus geradeaus Richtung Südosten weiterfuhr. Die Dämmerung würde früh einsetzen, und Jeronimus trieb die Pferde an, damit sie noch bei Tageslicht ihr Etappenziel, das Dorf Windeck mit der Herberge, erreichten. Die Zugpferde verschärften ihren Trott, auch sie schienen sich nach der Wärme eines Stalls und nach einem Eimer mit Hafer zu sehnen. Endlich tauchten am Horizont einige Rauchsäulen auf, Windeck war nicht mehr weit. Es wurde auch Zeit. Anna war so durchgefroren, dass sie schon seit geraumer Weile neben dem Wagen hergelaufen war, um sich durch die Bewegung zu wärmen. Sie nahm sich vor, am Abend etwas leutseliger zu sein, damit Jeronimus keinen Verdacht schöpfte. Außerdem hoffte sie, dass nicht so viele Leute in der Schenke waren. Irgendwie hatte sie es satt, sich ständig als Mönch zu verkleiden. Aber bis sie zurück waren auf Burg Greifenklau, musste sie sich wohl oder übel noch als Bruder Marian ausgeben, eine junge Frau in Begleitung eines Mönchs und eines Fuhrmanns wäre allen höchst merkwürdig vorgekommen und hätte Anlass zu allerlei Spekulationen oder Schlimmerem gegeben.

Jeronimus wartete noch auf eine günstige Gelegenheit. Hier und heute musste es getan werden, er hatte nur diese eine Möglichkeit. Die ganze Fahrt über hatte er darüber nachgedacht, wie er es wohl am besten anstellen könnte. Und zwar so, dass er unbeschadet aus der Geschichte wieder herauskam. Das war das schwierigste Problem. Er musste den Verdacht auf jemand anderen lenken.

Dann endlich war ihm die einzig gangbare Lösung eingefallen. Er musste vorgeben, selbst vergiftet worden zu sein. Nur dass er als Einziger überleben würde. Mit Hängen und Würgen zwar, und das im wahrsten Sinne des Wortes, er würde eine schauspielerische Glanzleistung hinlegen müssen, die jeden Gaukler erblassen lassen würde vor Neid. Aber er traute sich das zu, schließlich war der Einsatz hoch genug: sein Leben und die fünf Augustalen. Die Goldstücke waren jedes Risiko wert. Diese Tür zu einem anderen, besseren Leben, die für jemanden wie ihn, der in der ständischen Rangordnung ganz unten angesiedelt war, ein kleines Stück über den Leibeigenen und Bettlern, stand einen winzigen Moment lang einen Spaltbreit offen. Er durfte nicht länger zögern, um die Gelegenheit beim Schopf zu packen und durch diesen Spalt hindurchzuschlüpfen. Den letzten Rest Unrechtsbewusstsein hatten die stichhaltigen Argumente von Pater Severin hinweggefegt. Er schuldete weder der Familie Greifenklau etwas noch dieser Medica oder diesem Mönch. Eher war das Gegenteil der Fall. Schon seine verstorbenen Eltern hatten sich für die Greifenklaus krummgelegt und zu Tode geschuftet, sein Vater in den Wäldern, seine Mutter auf den Feldern und im gräflichen Haushalt. Was war ihm anderes übriggeblieben, als in deren Fußstapfen zu treten? Nichts. Er war dazu verdammt, in dem ihm von Geburt an vorherbestimmten Bereich zu leben und zu arbeiten, bis er tot umfiel. Wenn ihn nicht vorher eine dieser unheilbaren Krankheiten befiel, die Strafe Gottes für ein sündhaftes Leben, denen man nichts entgegenzusetzen hatte, höchstens ein Gebet. Das Leben und Sterben lag einzig und allein in Gottes Hand, also war es dieser Logik nach auch Gottes Wille, dass ihn der Erzbischof in Person von Pater Severin mit dieser Aufgabe betraut hatte. Ein gottgefälliges Werk würde er damit tun.

Einen ganz kurzen Augenblick hatte Jeronimus mit dem Gedanken gespielt, die Münzen einzustecken und einfach Fersengeld zu geben, ohne seinen Auftrag auszuführen. Aber der Arm und die Möglichkeiten des Erzbischofs reichten weit. Wenn er das tat, konnte er keinen Moment seines Lebens mehr sicher sein, das hatte Pater Severin noch angedeutet. Außerdem hatte Jeronimus dem Erzbischof persönlich im Beichtstuhl des Doms den heiligen Eid geleistet, den gottgewollten Anschlag durchzuführen und darüber für immer Stillschweigen zu bewahren. Sollte er dieses Versprechen nicht einhalten, würde er der erzbischöflichen Dispens nicht teilhaftig werden und fortan mit dem Kainsmal als Meineidiger leben müssen. Wenn er den Auftrag des Erzbischofs jedoch erledigte, würde er gleich zweifach belohnt werden. Zuerst mit den fünf Augustalen aus der Hand des Stellvertreters Gottes auf Erden, und später, sehr viel später, konnte er direkt ins Paradies einfahren, ohne den Umweg über das Fegefeuer nehmen zu müssen, das garantierte ihm die Dispens des Konrad von Hochstaden.

Er schob die rechte Hand in sein Wams und in die eingenähte Innentasche, um sich zu vergewissern, dass die gläserne Ampulle mit der roten Flüssigkeit an Ort und Stelle und unversehrt war. Sie war sein Zugangsschlüssel für Lebensglück und ewigen Seelenfrieden, das hatte ihm niemand Geringerer als der Erzbischof persönlich zugesichert. Jeronimus betrat die Wirtsstube des Gasthofes durch den hinteren Ausgang, der zu den Stallungen im Hof führte. Es war gut eingeheizt, ein großes Feuer flackerte im Kamin neben dem Ausschank. Ganz allmählich wich die Kälte aus seinen Knochen, ebenso wie der rudimentäre Rest von Unentschlossenheit aus seinem Gewissen. Er hatte die Zeit genutzt, seit sie hier eingetroffen waren. Während Anna und Bruder Thomas dafür Sorge getragen hatten, dass der Wagen samt Fracht gut und sicher untergebracht war – sie wollten sicherheitshalber in der Scheune im Stroh daneben übernachten –, hatte er sich um die Pferde gekümmert, sie trockengerieben, gestriegelt und mit Wasser und Heu versorgt. In der Schenke war viel Betrieb, die Bauern aus dem Dorf hatten die Feldarbeit den Winter über eingestellt und feierten das mit frisch gebrautem Bier. Das war Jeronimus gerade recht. Je mehr los war, desto besser. Sie waren nicht die einzigen Fremden, die in Windeck für eine Nacht Rast gemacht hatten. Zwei dick vermummte und verwegen aussehende bewaffnete Reiter hatten ebenfalls beschlossen, dass sie der Kälte lange genug getrotzt hatten und die Nacht lieber im Warmen verbringen wollten. Jeronimus war im Pferdestall auf sie getroffen und hatte bei ihrem Anblick sofort gedacht, dass sie der Himmel geschickt haben musste. Sie schienen von der Sorte zu sein, die als Söldner durch die Lande zogen und ihr Schwert und ihre Kampfkraft demjenigen zur Verfügung stellten, der ausreichend dafür bezahlte. Jeronimus wandte seine ganze Vorsicht und sein Geschick an, um mit ihnen ins Gespräch zu kommen. Das war gar nicht so einfach gewesen. Erst als sie sich vergewissert hatten, dass er nicht so mittellos war, wie sein Äußeres vermuten ließ, tauten sie auf. Jeronimus hatte in weiser Voraussicht bei einem Geldwechsler in Köln einen der Augustalen in klingende Münze umgetauscht, die Goldmünzen waren viel zu wertvoll, um damit Einkäufe, ein Schäferstündchen oder eine Zeche zu bezahlen, ganz abgesehen davon, dass ihr Anblick nur falsche Begehrlichkeiten wecken würde. Die beiden ließen sich auf seine Bedingungen ein, forderten allerdings das Doppelte als Ausgleich dafür, dass sie noch in dieser Nacht nach Köln weiterreiten mussten. Damit hatte Jeronimus gerechnet, was Verhandlungsgeschick anging, war er auch nicht auf den Kopf gefallen. Endlich waren sie sich handelseinig, und eine ansehnliche Summe in Münzen wechselte den Besitzer, bevor der Pakt mit einem Handschlag besiegelt wurde.

Nun war alles für den letzten Akt vorbereitet, es gab kein Zurück mehr. Jeronimus hatte sich in die hinterste Ecke der düsteren Schenke verzogen und harrte der Dinge, die da kommen sollten. Zum hundertsten Mal ließ er alles noch einmal im Kopf ablaufen. In der Gaststube ging es bereits hoch her, die Bauern sangen ein raues Lied zur Begleitung eines Sackpfeifers, an einem Tisch wurde gewürfelt, und ein paar Knechte waren schon so betrunken, dass sie sich kaum noch auf den Beinen halten konnten.

Den zwei Mönchen, die jetzt mit ihren Kapuzenumhängen vom Hofeingang hereinkamen, wurde zwar versteckte Neugierde, aber doch auch ein gewisser Respekt entgegengebracht. Als Anna und Bruder Thomas Jeronimus entdeckten, setzten sie sich zu ihm, und Jeronimus winkte dem Wirt, um Essen und Bier zu bestellen. Es gab warmen Gersteneintopf und Brot, und sie stürzten sich ausgehungert auf ihre Mahlzeit. Bruder Thomas trank seinen Humpen Bier in einem gewaltigen Zug aus und bestellte sofort nach. In diesem Moment betraten die zwei Söldner den Schankraum und sahen sich herausfordernd um. Die Streitlust stand ihnen ganz offensichtlich ins Gesicht geschrieben, sie rempelten ein paar Bauern an, die zuerst aufmucken wollten, aber dann schnell angesichts des selbstsicheren Auftretens der zwei kräftigen Kerle klein beigaben.

Bruder Thomas, der in letzter Zeit ein misstrauischer Mensch geworden war, beobachtete die Vorgänge am Ausschank mit zunehmender Sorge. Er lag, auch wenn er das gut verbergen konnte, sowieso schon den ganzen Tag sprichwörtlich auf der Lauer. Seit er und Anna zufällig Augenzeugen des heimlichen Treffens zwischen dem Knochenhauer mit Konrad von Hochstaden geworden waren, rechnete er jederzeit mit einer bösen Überraschung. Er hatte Jeronimus keinen Augenblick aus den Augen gelassen und jede seiner Bewegungen und sparsamen Bemerkungen genau verfolgt. Aber er konnte sich keinen Reim darauf machen, was der Knochenhauer im Schilde führte, er musste auf alles gefasst sein.

Bruder Thomas war bei so manchen Wirtshausschlägereien und Marktprügeleien mit durchaus großem Eifer dabei gewesen oder besser gesagt, er hatte selber kräftig in die Hände gespuckt, ausgeteilt und eingesteckt. Das war nun einmal sein Naturell, das er in den langen Jahren im Kloster zu unterdrücken gelernt und in den Griff bekommen hatte. Er war das fünfte Kind einer Bauernfamilie im Schwäbischen und von klein auf darauf gedrillt worden, sich auch mit den Fäusten durchzusetzen. Sein Draufgängertum, sein Gewicht und seine Körpergröße trugen ihm alsbald den Ruf eines gefürchteten Raufbolds ein. Erst das Kloster, in das ihn sein Vater gesteckt hatte, weil er Beziehungen zum Prior von Weingarten und dadurch ein hungriges Maul weniger zu stopfen hatte, und weil der Junge begabt war, zähmte Bruder Thomas, machte aber deswegen noch lange kein friedfertiges Lamm aus ihm. Im Gegenteil, wenn ihm jemand dumm kam, konnte Bruder Thomas in kürzester Zeit wieder alle guten Vorsätze vergessen und zum alten Hitzkopf werden. Und jetzt spürte er deutlich, dass Stunk in der Luft lag. Er wappnete sich innerlich, denn er wusste, die zwei Kerle hatten es auf Streit angelegt, warum auch immer. Einfach aufzustehen, sein Bier im Stich zu lassen und einer möglichen Auseinandersetzung aus dem Weg zu gehen – das kam für ihn nicht in Frage. Außerdem hatte er eine Verantwortung Anna gegenüber. Wenn es sein müsste, würde er sein Leben für sie geben. Er warf seiner Medica einen Seitenblick zu, die, erschöpft von der langen, monotonen Fahrt bei eisiger Kälte, müde mit ihrer Kapuze über dem Kopf ihren Brei löffelte. Ihr Bier stand noch unberührt daneben. Dabei fiel ihm auf, dass Jeronimus seinen Brei nicht einfach in sich hineinschaufelte, als wäre es seine letzte Mahlzeit für die ganze nächste Woche, sondern gedankenverloren darin herumrührte. Das kam Bruder Thomas seltsam vor – die Essensgewohnheiten des Fuhrknechts und Knochenhauers waren für gewöhnlich andere. Selbst dem Bier sprach er nicht so zu wie sonst. Bruder

Thomas nahm selbst noch einen großen Schluck aus seinem Humpen, als die zwei Kerle sie entdeckt hatten und auf ihren Tisch zusteuerten.

»Ist es erlaubt?«, fragte der Größere, ein breitschultriger Blonder mit langen Haaren, die an den Schläfen zu Zöpfchen geflochten waren, und setzte sich, ohne eine Antwort abzuwarten, zu ihnen. Sein Begleiter blieb mit verschränkten Armen hinter ihm stehen. Er hatte die grauen Haare kurz geschoren, schielte leicht und zeigte seine schlechten Zähne.

»Aus welchem Kloster kommt ihr?«, fragte der Blonde.

Anna hatte immer noch nicht hochgeschaut und löffelte stoisch vor sich hin.

»Wer will das wissen?«, fragte Bruder Thomas zurück.

»Ich bin Anselm, und das ist mein Waffenbruder Linhard. Und wer seid ihr?«

»Ich bin Bruder Thomas, das ist Bruder Marian und das Jeronimus, unser Fuhrknecht. Wir sind aus dem Kloster Weingarten, aber ich denke nicht, dass ihr das kennt.«

»Ach so ist das. Du glaubst also, wir sind dumm?«

»Nein, natürlich nicht«, beschwichtigte Bruder Thomas.

»Das will ich auch meinen. Wer uns für dumm hält, kriegt eins übergebraten. Oder nicht, Linhard?«

»Ja!«, sagte sein Kumpan nur und bleckte die Zähne.

»Was ist mit deinem kleinen Mitbruder los? Kann der nicht sprechen?«, fragte Anselm. »He du!«, sagte er und stieß Anna an. »Mach gefälligst dein Maul auf, wenn du was gefragt wirst!«

Anna sah immer noch nicht von ihrem Teller hoch. Bruder Thomas versuchte, die beiden abzulenken. »Lasst ihn in Ruhe«, brummte er. »Er ist taubstumm.«

Das hätte er nicht sagen sollen, denn es stachelte den Blonden nur noch weiter an. Aber Bruder Thomas wusste aus eigener Erfahrung, egal, was er auch von sich gab – von jetzt an war prinzipiell alles falsch, was er sagte.

»Taubstumm? Das wollen wir doch mal sehen, nicht wahr, Linhard?«

»Ja.«

»Ich bin sicher, wir kriegen ihn zum Sprechen, oder, Linhard?«

»Ja, kriegen wir«, grinste Linhard, der offensichtlich nicht nur schlechte Zähne hatte, sondern auch dumm wie Bohnenstroh war.

Anselm starrte Anna von oben herab an, die reagierte noch immer nicht. Erneut stupste er sie an.

»Ich hab gesagt, lasst ihn in Ruhe!«, mischte sich Bruder Thomas in schon wesentlich schärferem Ton ein.

Als Anselm nicht aufhörte, Anna zu schubsen, packte ihn Bruder Thomas am Handgelenk und stand auf. »Schluss jetzt, habe ich gesagt!«

Der Faustschlag kam ohne Vorwarnung und zielte Bruder Thomas mitten ins Gesicht. Zeit zum Ausweichen hatte er nicht, aber er konnte gerade noch seinen Kopf leicht zur Seite drehen. Der brutale Hieb traf ihn deshalb nicht direkt auf die Nase, sondern auf den Wangenknochen. Gleichzeitig, weil er instinktiv mit einem Frontalangriff gerechnet hatte, zog er den Arm seines Gegners, den er am Handgelenk gepackt hielt, mit aller Kraft nach unten, so dass Anselm mit dem Kopf voll auf die Tischplatte knallte und aufschrie. Er hatte sich bei dem Aufprall die Nase gebrochen. Jetzt griff Linhard ein und stürzte sich auf Bruder Thomas. Aber der war schon aufgestanden, hatte Anselm losgelassen, rutschte wieselflink um den Tisch herum und stand mit kampfbereiten Fäusten Linhard gegenüber.

Die beiden Angreifer hatten nicht mit einer derart beherzten Gegenwehr gerechnet. Anselm hielt seine blutende

Nase und schrie: »Die Sau hat mir die Nase gebrochen. Schlag ihn tot!«

Die zahlreichen Zecher, die um den Ausschank herum versammelt waren, hatten trotz des Lärms schnell mitbekommen, was da vor sich ging, und waren noch unschlüssig, ob sie eingreifen sollten oder nicht. Der Sackpfeifer hörte auf zu spielen, letzte jämmerlich jaulende Töne entwichen seinem Instrument, und es war auf einmal beängstigend ruhig. Alles starrte auf die beiden Kampfhähne, die sich bedrohlich umrundeten, während Anselms Blut auf den Boden tropfte. Sogar Anna hatte den Löffel weggelegt, und ihre spitze Nase stach unter der Kapuze hervor. Dies war der Augenblick, auf den Jeronimus gewartet hatte. Blitzschnell fischte er die Ampulle aus der Tasche in seinem Wams, entkorkte sie und goss die halbe Flüssigkeit in den Humpen von Bruder Thomas, den Rest in den Humpen von Anna. Dann ließ er das leere Glasröhrchen unauffällig zu Boden fallen und stieß es mit dem Fuß weg.

Die beiden Kontrahenten belauerten sich immer noch in der Mitte der Schenke, inzwischen hämisch oder begeistert angefeuert von den aufgeheizten Zuschauern. Der Wirt griff schon nach einem schweren Holzprügel, den er für solche Fälle unter dem Schanktisch versteckt hielt. Fasziniert und belustigt von der weiteren Entwicklung des Zweikampfes zwischen einem echten Mönch und einem dahergelaufenen Schlagetot hatte keiner der Bauern bemerkt, dass der kleine Mönch aufgestanden war, weil der zweite Mann, Anselm, inzwischen seine Kräfte wiedergefunden hatte und sich rückwärts an Bruder Thomas heranschlich. Während Bruder Thomas und Linhard Boxhiebe und Finten austauschten, warf sich Anselm plötzlich von hinten auf Bruder Thomas und versuchte, ihn zu Boden zu werfen. Zuerst widerstand der Mönch dem brüllenden und blutenden Angreifer, aber ein Haken von Linhard ließ ihn wanken, und der auf seinem Rücken hängende Anselm hatte die Arme um seinen Hals geschlungen und rang ihn endgültig nieder. Doch als das inzwischen um die drei Kämpfenden im Halbkreis grölende und zum größten Teil Bruder Thomas frenetisch anfeuernde Publikum schon damit rechnete, dass der Mönch nun das Nachsehen hatte und jetzt eine fürchterliche Tracht Prügel einstecken würde, griff völlig unvermutet Anna in Gestalt des kleinen Mönchs in das Geschehen ein. Und nicht etwa zaghaft oder mit beschwichtigenden Gesten und Worten, sondern ohne das geringste Zögern mit vollem Risiko und absolut rücksichtslos. Sie trat dem auf dem Rücken von Bruder Thomas knienden Anselm, der gnadenlos und blind vor Wut und Schmerz auf den am Boden liegenden Mönch eindrosch, mit dem rechten Fuß gegen den Schädel, als wäre es der ausgestopfte Strohsackkopf einer Vogelscheuche. Anselm plumpste zur Seite, da bekam auch schon Linhard, der aus seinem Stiefel ein Messer gezogen hatte, sein Fett ab. Bevor er begriff, was geschah, hatte Anna die erhobene Messerhand gepackt, drehte sich einmal um ihre Achse ohne loszulassen und renkte Linhard dabei den Arm mit einem hässlichen Knirschen aus, das für jedermann in der Schenke vernehmbar war. Linhard stieß einen schrillen Schrei aus, das Messer fiel scheppernd auf den Boden.

Anna machte drei Schritte zurück. Bei der ganzen Aktion, die so schnell vorbei war, dass die Umstehenden ihr kaum mit den Augen folgen konnten, war ihre Kapuze ein wenig verrutscht, die sie nun wieder ins Gesicht zog. Bruder Thomas erhob sich schwerfällig, aber bis auf ein paar Schürfwunden und blaue Flecken war er unverletzt. Jetzt kam der

Wirt mit seinem Prügel und setzte seine ganze Autorität ein, indem er Anselm und Linhard, der jammernd seinen ausgerenkten Arm umklammerte, anbrüllte. »Ihr verlasst sofort meine Schenke! Schaut, dass ihr wegkommt! Los, haut ab!« Die Bauern stellten sich an seine Seite, ein Tritt gegen Anselms Rippen verlieh den Worten des Wirts Nachdruck und brachte den stöhnenden Anselm wieder zur Besinnung. »Na los, macht schon, verzieht euch. Und ich will euch davonreiten sehen, geht schon!«

Mühsam rappelte sich Anselm auf, Linhard stützte ihn halb, und zusammen schleppten sie sich angesichts der drohenden und bedrohlichen Übermacht kleinlaut zum Hinterausgang hinaus, die Meute folgte ihnen. Jeronimus hatte sich ihnen angeschlossen, er hielt es für das Beste, wenigstens jetzt so zu tun, als würde er nicht tatenlos zusehen.

Erst als die Tür hinter ihm zufiel, merkten Anna und Bruder Thomas, dass sie allein in der Schenke waren. Anna untersuchte besorgt den lädierten Kopf des Mönchs, aber Bruder Thomas brummte nur: »Lass nur. Das wird schon wieder.« Aber als Anna seinen Wangenknochen berührte, stöhnte er auf, ging um den Schanktisch herum und steckte seinen Schädel kurz entschlossen in einen großen Wassereimer, der neben dem Bierfass stand. Prustend tauchte er wieder auf und schüttelte den Kopf, dabei strahlte er übers ganze Gesicht. »Den Feiglingen haben wir's aber gezeigt, was?!« Dann lachte er dröhnend. So wohl hatte er sich trotz der zahlreichen Schläge, die er abbekommen hatte, schon lange nicht mehr gefühlt. Er sah gerade noch, wie Anna das Bier aus ihrem Humpen ins Feuer schüttete und den seinen mit dem von Jeronimus austauschte. »Was machst du da?«, fragte er erstaunt, aber Anna antwortete nicht, spülte ihren Humpen im Wassereimer gründlich aus, zapfte frisches Bier, setzte sich damit an ihren Platz und sah Bruder Thomas betont unschuldig an, der langsam näher kam und sich mit seinem weiten Ärmel das Gesicht abtrocknete. Anna schob ihm auffordernd den ausgetauschten Humpen hin. »Komm her und trink. Du hast es dir verdient.« Mit einem misstrauischen Blick setzte er sich an seinen alten Platz und sah den Humpen von Jeronimus an, dann wieder Anna. Er wusste nicht, warum sie das getan hatte, aber er vertraute ihr voll und ganz, setzte den Humpen an und trank ihn in einem Zug aus. Auch Anna trank mit großen, kräftigen Schlucken.

Genau in diesem Augenblick kam Jeronimus wieder herein, sah Anna und Bruder Thomas trinken und nahm an, dass sein Plan aufgegangen war. Zufrieden setzte er sich zu ihnen. »Die zwei sind weggeritten. Die sind wir los!«, meldete er, als hätte er den Löwenanteil an der Vertreibung der Raufbolde geleistet.

Nach und nach kamen auch die anderen und der Wirt wieder in die Gaststube. Der Wirt stellte sich zu ihnen an den Tisch. »Was wollten die von Euch? Habt Ihr die gekannt?«

Bruder Thomas schüttelte den Kopf. »Glaubt Ihr tatsächlich, wir kennen solche Schwachköpfe? Die waren auf Streit aus, aber bei uns sind sie an die Falschen geraten. Wir lassen uns nichts gefallen! Ich gebe eine Runde Bier aus für alle!«

Die erfreuten Bauern jubelten, tranken auf die Gesundheit der spendablen Mönche, und schnell war die angespannte Stimmung vergessen.

Anna und Bruder Thomas ließen sich noch einmal Bier nachschenken und prosteten Jeronimus zu, der schließlich mittrank, als Bruder Thomas ihn mit dem Ellenbogen auffordernd anstieß. Als er seinen Humpen wieder abgesetzt hatte, beobachtete er seine zwei Begleiter aus dem Augenwinkel, gespannt darauf, was mit ihnen jetzt geschehen würde.

Bruder Thomas stand auf und machte sich ans Bezahlen, auch Anna hatte nun genug und erhob sich. Jeronimus blinzelte mit den Augen, er sah auf einmal alles unscharf und doppelt und führte das auf zu viel Biergenuss zurück. Aber als er aufstehen wollte, schoss ein Schmerz durch seinen Bauch, als würden ihm die Gedärme mit einem Dolch aufgeschlitzt. Krämpfe setzten ein, und er bekam auf einmal keine Luft mehr. Der Schmerz in seinem Unterleib wurde unerträglich. Er wollte noch etwas sagen, stürzte jedoch rittlings von der Bank, übergab sich heftig, schnappte nach Luft, hatte Schaum vor dem Mund, wand sich, warf seinen Kopf hin und her und stöhnte zum Gotterbarmen.

Erst jetzt merkte ein Bauer, dass etwas nicht stimmte, und rüttelte den Knochenhauer. »He«, sagte er. Dann rief er Bruder Thomas und Anna. »Ihr zwei Mönche – nehmt euren Kerl mit. Der ist so besoffen, dass er nicht mehr gehen kann!«

Bruder Thomas und Anna waren bereits auf dem Weg zum Hinterausgang. Sie drehten noch einmal um, Bruder Thomas sah Anna an, die seinen Blick erwiderte. In diesem Moment wussten beide, was Jeronimus getan und Anna mit dem Austausch der Bierhumpen vereitelt hatte. Sie kehrten um und knieten vor Jeronimus, der noch einmal heftig krampfte, seinen Kopf zur Seite legte und mit einem Seufzer sein Leben aushauchte.

Anna überprüfte, ob sie an seinem Hals den Herzschlag ertasten konnte. Dann sah sie sich, so wie sie es von Medicus Aaron gelernt hatte, seine Augen genau an, bevor sie aufstand und konstatierte: »Er ist tot. Gott sei seiner Seele gnädig.« Dabei schlug sie das Kreuzzeichen, Bruder Thomas ebenfalls. Nach und nach kamen alle, die in der Schankstube waren, neugierig heran. Jeder von ihnen hatte schon Tote gesehen und wusste, dass dem Mann, der da zusammengekrümmt auf dem Boden lag, nicht mehr zu helfen war. Einige bekreuzigten sich, und der Wirt war der Erste, der etwas sagte. »Also mein Bier ist es nicht gewesen. Und mein Essen auch nicht. Vielleicht hat er das Schweißfieber …«

Als er das aussprach, wichen alle sofort unwillkürlich ein paar Schritte zurück. Die Schweißfieber genannte Krankheit grassierte immer wieder, forderte zahlreiche Opfer und galt als sehr ansteckend.

Bruder Thomas hatte etwas am Boden entdeckt und steckte es unauffällig ein, bevor er wieder aufstand und sich an die Umstehenden wandte. »Hat irgendjemand hier Leibschmerzen oder Fieber? Ich bin Infirmarius des Klosters Weingarten und mit allen Anzeichen von Krankheiten vertraut. Ihr könnt es mir sagen!«

Niemand meldete sich, einer drückte probehalber an seinem Bauch herum, bevor er erleichtert den Kopf schüttelte.

Bruder Thomas hatte sich wieder andächtig zu Jeronimus gestellt, seufzte vernehmlich und sprach den Segen. »Wie dem auch sei – dieser Sünder ist hier, mitten unter uns, am Ende seines irdischen Daseins angekommen und von uns gegangen. Gott, dem Herrn über Leben und Tod, hat es gefallen, ihn zu sich zu rufen, er sei seiner armen Seele gnädig. In nomine Patris et Filii et Spiritus Sancti!«

»Amen«, brummten die mehr oder weniger betrunkenen Zecher wie aus einem Munde, die liturgischen Floskeln hatte jeder schon mit der Muttermilch eingesogen.

Bruder Thomas wandte sich wieder den Männern in der Wirtsstube zu. »Ich kann euch beruhigen. Das ist kein Schweißfieber. Ich habe ähnliche Fälle schon gesehen. Niemanden trifft eine Schuld, allem Anschein nach hat ihn aus heiterem Himmel der Schlagfluss getroffen, es war einzig und allein Gottes Wille. Nur der Allmächtige weiß, was der

Fuhrknecht für Sünden begangen hat und nun dafür bestraft worden ist. Der Herr in seiner unendlichen Güte möge sie ihm vergeben!«, sagte Bruder Thomas mit abschließender Endgültigkeit und der nötigen Autorität in der Stimme, um gar nicht erst irgendwelche Vermutungen oder etwa noch eine Untersuchung des Todesfalles durch den Dorfschulzen aufkommen zu lassen.

Wieder bekreuzigten sich einige.

Bruder Thomas sprach weiter. »Er hieß Jeronimus und war unser Fuhrknecht. Wir werden ihn mitnehmen und seinem Leichnam ein christliches Begräbnis zukommen lassen, wie es sich gehört. Wenn uns jemand hilft, ihn auf unseren Wagen zu laden …«

Er packte Jeronimus schon unter den Achseln, der Wirt nahm die Beine, und zusammen trugen sie ihn zum Hinterausgang hinaus. Anna hielt die Tür auf und leuchtete ihnen mit einer Fackel aus der Wirtsstube.

Als sie den Leichnam in eine Decke eingewickelt auf dem Wagen untergebracht hatten, gab Bruder Thomas dem Wirt noch ein paar Münzen für seine Hilfe und die Umstände, die sie ihm gemacht hatten. »Danke für Eure Mühe. Wir bleiben hier im Stall und übernachten im Heu, wenn es Euch recht ist. Wir werden bei Tagesanbruch weiterfahren. Gott sei mit Euch!«

Er machte das Kreuzeszeichen, und der Wirt war froh, aus der ganzen Verantwortung entlassen zu sein und wieder zurück in seine Schenke gehen zu können.

Bruder Thomas wartete, bis die Tür des Hintereingangs hinter dem Wirt zugegangen war, dann schloss er das Scheunentor und wandte sich Anna zu.

»Gift?«, fragte er nur.

»Ja«, nickte sie, »ich denke schon« und schob die Kapuze

zum ersten Mal, seit sie hier waren, in den Nacken. »Alles deutet darauf hin. Der schnelle Ablauf, die Krämpfe, die Atemnot, Erbrechen, der Schaum vor dem Mund …

Wenn du mich fragst, sind das eindeutige Hinweise auf ein rasch wirkendes, absolut tödliches Gift.«

»Tollkirsche?«

»Nein. Das wirkt nicht so schnell. Außerdem löst das Gift der Tollkirsche Visionen aus und lässt das Opfer herumhüpfen wie beim Veitstanz. Ich denke, das war etwas ganz Besonderes, etwas, das aus dem Morgenland kommt. Mein Medicus hat mir so einiges davon erzählt.«

Bruder Thomas fischte in seiner Innentasche nach dem kleinen Gegenstand, den er unweit des Leichnams auf dem Boden der Gaststätte entdeckt und mitgenommen hatte, und reichte ihn Anna, es war ein fingerdickes Glasröhrchen. »Das hab ich neben Jeronimus gefunden«, bemerkte er dazu.

Anna nahm die Glasampulle, untersuchte sie im Licht der Fackel genauer und roch vorsichtig daran. »Geruchlos«, konstatierte sie. »Woher er das wohl hatte? Ein schnell wirkendes, geruch- und geschmackloses Gift dürfte nicht so leicht aufzutreiben sein.«

»War es nicht Jeronimus, der gesagt hat, dass man in Köln alles bekommt – vorausgesetzt, man zahlt entsprechend?«

Anna kramte in ihrem ausgezeichneten Gedächtnis. »Jakob, der jüdische Medicus, hat doch erwähnt, dass ein Bote des Erzbischofs etwas von ihm wollte, was er ihm nicht gegeben hat. Ein gewisser Pater Severin … Er nannte ihn Giftzwerg?«

Bruder Thomas machte eine bestätigende Geste, die sein uneingeschränktes Einverständnis mit Annas Schlussfolgerungen demonstrierte.

Anna dachte laut weiter. »Jeronimus muss das Gift vom

Erzbischof oder einem seiner Helfer bekommen haben. Konrad von Hochstaden hat schon meinen Infirmarius und Lehrmeister im Kloster Heisterbach, Prior Urban, vergiften lassen. Als ich noch als Bruder Marian dort war. Das ist seine Spezialität. Aber er lässt das natürlich so geschickt machen, dass man ihm nichts nachweisen kann. Ich wusste damals schon, wer dahintersteckte, aber ohne Beweise oder Zeugen …«

»… können wir auch in diesem Fall nichts machen«, brachte Bruder Thomas den angefangenen Satz von Anna zu Ende. »Aber diesmal war das Gift für uns bestimmt, Anna. Er will uns immer noch aus dem Weg räumen.«

»Du hast recht«, nickte Anna nachdenklich.

»Trotzdem verstehe ich es nicht«, sagte Bruder Thomas. »Wir stellen doch keine Gefahr für ihn oder seine Pläne dar.«

»Es geht ihm ums Prinzip, Thomas. Wir sollen uns niemals sicher fühlen. Er hat mir das damals genau erklärt. Unter vier Augen, als er mich auf Burg Landskron aufgesucht hat, einen Tag vor unserem Inquisitionsprozess. Leute wie wir, die alles untersuchen wollen und in Frage stellen, weichen die Absolutheit und Festigkeit des Glaubens auf, das Fundament, auf dem die heilige Mutter Kirche steht. Eine Frau darf keine Medica sein und Heilmethoden anwenden, die jahrhundertealten Gepflogenheiten widersprechen. Und wenn sie es doch tut, dann ist sie und alle, die ihr helfen, mit dem Satan im Bunde.«

»Und muss demzufolge vergiftet werden?«

»So ist es. Wenn das angewendete Kirchengesetz und seine Auslegung durch den Erzbischof, die als unfehlbar anzusehen ist, nicht ausreicht, sprich: der Scheiterhaufen, der für uns bestimmt war, nicht zur Anwendung gebracht werden kann, dann muss er uns eben auf andere Art ausschalten. Das ist das Verständnis seiner Rolle als Oberhirte seiner Schafe. In seinen Augen sind wir in Acht und Bann. Jedermann hat das Recht und die Pflicht, uns bei Gelegenheit aus dem Weg zu räumen.«

»Das sind ja schöne Aussichten. Vielleicht sollte ich mir doch eine andere Arbeit suchen, als Botanicus in einem weit abgelegenen, friedlichen Kloster zum Beispiel«, spottete Bruder Thomas.

»Ich könnte es dir nicht mal verdenken. Aber du hast es in Weingarten ja auch nicht ausgehalten, das war doch weit abgelegen und friedlich«, entgegnete Anna ihm nicht minder spöttisch.

»Wo du recht hast, hast du recht«, seufzte Bruder Thomas und drückte Anna die Fackel in die Hand. Anna wurde wieder ernst. »Was hast du vor?«

Bruder Thomas war auf den Wagen geklettert. »Leuchte mir mal!«, sagte er und schlug die Decke zurück, in die der Leichnam eingewickelt war.

»Was machst du da?«, fragte sie.

Bruder Thomas sah das Antlitz des Toten an und schüttelte den Kopf. »Wie hast du das nur gemacht, Jeronimus? Ich habe dich doch den ganzen Tag nicht aus den Augen gelassen …«

Anna sagte es ihm. »Die zwei Raufbolde, Thomas. Er hat sie bezahlt, damit sie Streit mit uns anfangen und wir abgelenkt sind.«

»Glaubst du?«

»Aber ja. Als er gedacht hat, dass ich nur darauf achte, wie sie dir eine Tracht Prügel verpassen, hat er uns das Gift ins Bier getan.«

Bruder Thomas rieb sich nachdenklich den schmerzenden Wangenknochen. »Wenn du nicht aufgepasst hättest, würden wir beide hier liegen.«

»Als ich aus dem Augenwinkel sah, was er machte, dachte ich mir, ich lasse ihn seine eigene Arznei kosten.«

Bruder Thomas warf Anna einen Seitenblick zu, verzog sein Gesicht und kratzte sich nachdenklich am Kopf. »Dich möchte ich auch nicht zum Feind haben.«

»Ich habe dir schon einmal gesagt, dass ich mir nicht mehr alles gefallen lasse und mich zur Wehr setze, wenn es sein muss. Erinnerst du dich?«

»Nur zu gut! Gott sei's gedankt und gepriesen, dass du dich immer noch an deine Grundsätze hältst, Bruder Marian, denen habe ich mein Leben zu verdanken«, seufzte Bruder Thomas und begann damit, den Leichnam abzutasten. »Ich will wissen, was wir dem Erzbischof wert sind. Unser Knochenhauer hat seinen Judaslohn bestimmt irgendwo am Leib versteckt.«

Er erspürte unter dem Wams des Toten etwas und brachte eine Lederbörse zum Vorschein. Er öffnete sie und ließ die Handvoll Münzen auf die Sitzfläche des Kutschbocks kullern. Dabei stieß er einen anerkennenden Pfiff aus: »Ganz schön viel Geld für einen mittellosen Fuhrknecht, meinst du nicht auch? Warte mal ...«

Er zerrte am Gürtel des Toten, löste ihn, zog ihn heraus und betastete ihn. An der Innenseite fand er ein eingenähtes Täschchen, aus dem er noch vier Münzen herausfischte. »Goldmünzen!« Bruder Thomas war fassungslos, als er sie genauer betrachtete. »Und weißt du, was für welche? In Dreiteufelsnamen«, fluchte er. »Das sind Augustalen!«

Schnell warf er einen entschuldigenden Blick gen Himmel, bekreuzigte sich hastig und murmelte: »Parce mihi, Domine, qui es sueba sum! Verzeihung, Herr – war nicht so gemeint, das ist mir einfach rausgerutscht!«

Anna sah sich die Münzen ebenfalls an. »Da haben wir die 30 Silberlinge«, sagte sie ruhig. »Darauf können wir uns wirklich etwas einbilden, Thomas. Wir sind Seiner Eminenz, dem Erzbischof, inzwischen eine ganze Menge wert, wer hätte das gedacht.«

»Du hast vielleicht eine feine Verwandtschaft! Immerhin ist er dein Oheim«, stichelte Bruder Thomas.

Anna zuckte mit den Schultern. »Du weißt ja, seine Verwandtschaft und seine Feinde kann man sich nicht aussuchen. Seine Freunde schon.«

In diesem Augenblick konnten sie beide zum ersten Mal wieder lächeln.

TEIL III

I

Chassim war nicht da.

Anna hatte sich auf dem ganzen Heimweg so sehr darauf gefreut, ihrem Liebsten um den Hals zu fallen und ihm ihr ganzes Herz auszuschütten, von ihm getröstet und bestärkt zu werden. Sie sehnte sich danach, in seine besorgten Augen zu sehen, sein Verständnis zu spüren und ihn dann anschließend die ganze Nacht in den Armen zu halten, sorgenfrei und schwerelos …

Aber das war ihr alles nicht vergönnt, weil Graf Chassim von Greifenklau von seiner Rundreise durch die Dörfer und angrenzenden Grafschaften immer noch nicht zurück war. Es gab keine Nachrichten von ihm, also wenigstens auch keine schlechten. Das erfuhren sie vom alten Grafen, den sie vor ihrer Abfahrt nach Köln in ihre Pläne eingeweiht hatten. Er wollte ihnen unbedingt Geleitschutz mitgeben, aber Anna hatte es vorgezogen, als Bruder Marian verkleidet, unauffällig und ohne großes Aufhebens über Land zu reisen. Wie immer hatte sie ihren Willen durchgesetzt, auch wenn Graf Claus nicht ganz wohl dabei war und er sich immer größere Vorwürfe machte, je länger ihre Abwesenheit andauerte. Nach ihrer glücklichen Rückkehr – Graf Claus war ein Stein oder eher ein ganzer Felsbrocken vom Herzen gefallen, als ihm Annas Ankunft gemeldet worden war – und nachdem sie den alten Grafen von ihren Erlebnissen unterrichtet hatten, beratschlagten sie gemeinsam, wie im Falle des toten Fuhrknechts verfahren werden sollte. Der Knochenhauer hatte keine Angehörigen, und so beschlossen sie einmütig, es bei der Erklärung von Bruder Thomas zu belassen, in der Jeronimus einen plötzlichen Tod durch Schlagfluss erlitten hatte, und strikt für sich zu behalten, was wirklich vorgefallen war.

Die Totenmesse für den Knochenhauer zelebrierte Bruder Thomas mit allen liturgischen Ehren in der Scheune der Burg. Die kleine Familienkapelle konnte die Trauergemeinde nicht aufnehmen, und draußen pfiff ein so eisiger Wind, dass Bruder Thomas beschlossen hatte, die Zeremonie nicht im Freien abzuhalten. Anschließend wurde der einfache Sarg mit dem Leichnam im kleinen Friedhof neben der Kapelle im Wald hinter der Burg bestattet. Alle Bauern und Bediensteten von Burg Greifenklau waren mit ihren Familien zugegen, und nachdem sie gemeinsam das Vaterunser gebetet und das Grab zugeschaufelt hatten, pflockte Bruder Thomas noch ein schlichtes Holzkreuz auf dem Erdhügel ein und sprach den abschließenden Segen. In dem folgenden Moment der Stille und inneren Einkehr fing es lautlos an zu schneien. Dicke Schneeflocken schwebten auf den Trauerzug zurück zur Burg, und im Nu waren Land und Leute von einer weißen Schicht bedeckt.

Ambros, der mit einigen anderen den Wachdienst übernommen hatte, kam ihnen schon von weitem winkend entgegengerannt. Der alte Graf ging an der Spitze des Zuges, neben ihm waren Anna und Bruder Thomas, und wartete, bis der Hütejunge, völlig außer Atem und mit geröteten Wangen, bei ihnen angekommen war und sich verbeugte.

»Herr«, keuchte er. »Eine Brieftaube. Von Eurem Herrn Schwiegersohn, dem Grafen von Landskron aus Oppenheim.«

Graf Claus lächelte, weil Ambros so aufgeregt und übereifrig war. »Woher willst du das wissen? Hat sie sich vorgestellt?«

»Der Hauptmann der Wache hat sie gefunden und es mir mitgeteilt.«

»Und?«, fragte der Graf. »Was hat sie ihm zugegurrt?«

Ambros wurde noch röter im Gesicht, als er es ohnehin schon war, fummelte in seinem Wams herum, bis er endlich fündig wurde, und reichte dem Grafen mit einer Verbeugung ein winziges zusammengerolltes Käpselchen, das mit einem Bindfaden verschlossen war. »Verzeiht, Herr, hier ist die Botschaft«, sagte er.

»Schon gut«, erwiderte der Graf und gab sie mit besorgter Miene an Anna weiter. »Bitte, lies vor. Es muss etwas Wichtiges sein, sonst hätte mein Schwiegersohn mir keine Brieftaube geschickt.«

Anna biss den Faden ab, rollte das Käpselchen auf und las die Botschaft laut vor.

Med. fest.!
Lea mort. est
Mors re. inst.

»Was bedeutet das?«, fragte der alte Graf verwirrt.

»Das ist eine schlimme Nachricht«, sagte Anna leise und war ganz blass geworden. Sie bemerkte nicht einmal, wie die Schneeflocken auf ihrem Gesicht schmolzen. »Sie bedeutet, dass ich sofort zu Graf Landskron muss, er bittet mich dringend um Hilfe.«

»Und warum?«, wollte Graf Claus wissen.

Anna sah sich um. Hinter ihr stand in einem großen Bogen fast die komplette Burgbesatzung samt Familien und harrte darauf, dass es vorne wieder weiterging. Anna beugte sich zum Grafen hinauf. »Der junge König liegt im Sterben«, flüsterte sie ihm ins Ohr.

Dann nahm sie seinen Arm und ging mit ihm weiter durch das Schneegestöber. Bruder Thomas folgte einigermaßen ratlos.

Der Trauerzug setzte sich hinter ihnen wieder in Bewegung, das Schneetreiben wurde immer dichter.

II

Med. fest.!

Lea mort. est

Mors re. inst.

Bruder Thomas hielt sich das winzige Pergament vor die Augen und las zum wiederholten Mal, indem er die Kürzel halblaut mitmurmelte. »Med. fest. Lea mort. est. Mors re. inst …«

Er stand mit Anna und dem alten Grafen am Kamin der großen Halle im Herrenhaus, sie mussten sich nach der Beerdigung erst einmal aufwärmen. Anna ging unruhig auf und ab und ließ Bruder Thomas vor sich hin tüfteln. Sie war mit ihren Gedanken schon längst einen Schritt weiter.

Bruder Thomas kratzte sich wütend am Kopf. »Schon wieder so ein vermaledeites Rätsel. Warum kann man nicht einmal deutlich schreiben, was passiert ist? So dass es jeder versteht?«

Der Graf mischte sich ein. »Mein Schwiegersohn wollte bestimmt nicht, dass diese Botschaft von jemandem verstanden wird, den es nichts angeht.«

»Es ist Latein, eindeutig. Verzeiht meine Frage, aber seid Ihr des Lateinischen mächtig?«, fragte er den Grafen.

»Abgesehen davon, dass ich die Botschaft wegen meiner Augen sowieso nicht lesen kann und sie mir also jemand vorlesen muss, nein, natürlich kann ich kein Latein. Sehe ich aus wie ein Mönch?«, erwiderte der alte Graf und streckte seine Arme aus.

»Also gilt die Nachricht der Medica. Sie kann Latein«, murmelte Bruder Thomas und nahm sich den Zettel noch einmal vor. »Natürlich. Med. heißt Medica. Wer ist Lea? Lea mort. est. Lea mortuus est. Lea ist tot. Aber wer zum Teufel ist Lea?« Schnell warf er einen hastigen Blick gen Himmel, bekreuzigte sich oberflächlich und murmelte: »Parce mihi, Domine, qui es sueba sum! Vergib mir, o Herr – ich weiß, in letzter Zeit nimmt meine Flucherei überhand, aber du machst es mir auch nicht gerade leicht, wenn du mich ständig auf die Probe stellst.«

Er wandte sich an Anna, die geistesabwesend in die Flammen des Kaminfeuers starrte, und sah sie besorgt an. »Verzeih mir, Anna – stand dir diese Lea nahe?«

Anna sprach mit tonloser Stimme. »Lea ist ein wildes Tier aus Ägyptenland. Ein Gepard«, sagte sie und schluckte.

Bruder Thomas verstand nun gar nichts mehr und blickte sie verständnislos an.

»Was bedeutet das alles, Anna?«, wollte der Graf wissen.

»Es bedeutet, dass Bruder Thomas und ich uns so bald wie möglich wieder auf den Weg machen müssen. Thomas, bitte sei so freundlich und stelle alles Nötige an Arzneien zusammen, was wir nach Oppenheim mitnehmen müssen. Hoffentlich kommen wir noch rechtzeitig.«

Bruder Thomas stellte sich mit verschränkten Armen vor seine Medica. »Ich rühre keinen Finger, bevor du mich nicht endlich einweihst! Wieso müssen wir schon wieder weg? Bei dem Wetter reist man nicht. Da jagt man ja nicht einmal einen Hund vor die Tür!«

Anna schüttelte traurig den Kopf. Dann sagte sie, lauter und wütender, als sie es eigentlich wollte: »Ja glaubst du denn, ich würde nicht auch gern ein paar Tage hier im Warmen verbringen und darauf warten, dass Chassim endlich wohlbehalten zurückkommt?!«

Auf so einen Ausbruch war Bruder Thomas nicht gefasst gewesen. »Ja, wenn du meinst ... Wenn es so ernst ist«, stotterte er irritiert.

»In der Tat. Ich erzähle euch jetzt, was niemand außer mir weiß. Ich bin auf Burg Landskron mehrfach dem jungen König begegnet, der auf einer Rundreise durch das Reich bei Graf Landskron haltgemacht hatte.«

»Du kennst Konrad IV.?«, fragte der Graf erstaunt.

»Ja, und er hat mich trotz seiner Jugend, er war nicht über vierzehn, sehr beeindruckt. Ich war für kurze Zeit zufällig allein mit ihm in der Halle von Burg Landskron. Auf der einen Seite ist er noch ein Kind, auf der anderen Seite ist er sich seiner großen Aufgabe und Verantwortung als Sohn unseres Kaisers und als sein Stellvertreter und König im Reich bewusst. Ich war sofort von seiner Haltung, Klugheit und Würde für ihn eingenommen. Konrad wusste genau, wie schwach seine Position bei den Fürsten des Reichs ist, und hat alles getan, um sie zu festigen. Dass er starke Widersacher hat, manche trachten ihm sogar nach seinem Leben, ist ihm klar. Lea ist – oder war – sein ganzer Stolz und das Einzige, was er zum Vergnügen und Spielen hatte. Sie war ein Gepard und ein Geschenk seines Vaters. Er hat das Tier geliebt, ich habe es mit eigenen Augen gesehen und erlebt, als ich Eure Tochter, Gräfin Ottgild, nach der schweren Geburt ihres Sohnes regelmäßig aufgesucht und behandelt habe.«

Sie streckte die Hand nach der Botschaft aus, und Bruder Thomas reichte ihr den Zettel.

Anna übersetzte. »Med. fest. heißt Medica festina! Also,

beeile dich! Lea ist gestorben, und Mors re. inst. heißt Mors regi instat, frei übersetzt: der König liegt im Sterben.«

Der alte Graf und Bruder Thomas schwiegen betroffen, der Schreck über diese Hiobsbotschaft stand ihnen ins Gesicht geschrieben. »Mors regi instat, der Tod steht dem König bevor …«, murmelte Bruder Thomas und bekreuzigte sich. »Aber er ist doch erst vierzehn …!«

»Ja. Und es gibt viele unter den Fürsten, die ihn lieber tot als lebend sehen. Er ist Staufer, und wenn sie nicht alle vor seinem Vater in Pülle zittern würden, die Feiglinge, dann wäre er schon längst nicht mehr am Leben«, kommentierte der alte Graf grimmig und ballte die Fäuste. »Ihr müsst wissen«, sagte er, »der Kaiser hat einen Hoftag einberufen. Auch ich habe eine Einladung bekommen und werde ihr selbstverständlich nachkommen, oder Chassim, wenn ich nicht dazu in der Lage bin. Wenn der König mich braucht, dann ist es meine Pflicht und Schuldigkeit, dem Ruf meines Lehnsherrn Folge zu leisten. Es ist an der Zeit, dass sich jeder Anhänger der Staufer zu seinem legitimen Herrscherhaus bekennt, und das werde ich tun, wenn es meine Kräfte zulassen. Der Hoftag ist zur Weihnachtszeit in Oppenheim angesetzt und dient dazu, die Stellung des jungen Königs zu festigen. Diese Botschaft aus Oppenheim kann eigentlich nur bedeuten, dass der König samt Hofstaat schon bei meinem Schwiegersohn auf Burg Landskron eingetroffen und dort einquartiert ist.«

»Und jetzt angeblich im Sterben liegt. Ich nehme doch an, das wird so lange wie irgend möglich verheimlicht werden. Sonst scharren die Gegner der Staufer schon mit den Hufen.«

»Das tun sie sowieso. Aber wenn sie Wind davon bekommen, dass Konrad wirklich sterbenskrank ist, kommen sie alle wie die Ratten aus ihren Löchern. Das ist das Ende der Staufer. Und Gott möge uns davor bewahren.«

Für einen langen Augenblick hörte man nur das Knistern

und Knacken des Kaminfeuers, so still war es geworden. Bis Graf Claus wieder anfing zu sprechen. »Falls Konrad stirbt, wird das Unterste zuoberst gekehrt werden. Und alle seine Anhänger werden das zu spüren bekommen, wenn die Gegenseite erst die Macht übernommen hat.«

Angesichts der schwerwiegenden Auswirkungen der Nachricht schwiegen alle erst einmal nachdenklich und betreten.

»Die Greifenklaus waren immer auf Friedrichs Seite. Und werden es bleiben, so lange noch Leben in mir ist«, sagte der alte Graf mit Inbrunst und Überzeugung schließlich.

Bruder Thomas hob entschlossen die Hände. »Ich werde alles Notwendige zusammenstellen. Wir fahren morgen früh los.«

Er verschwand so schnell und geräuschlos, wie man es diesem massigen Mann niemals zugetraut hätte.

Der alte Graf, der in seinem bequemen Stuhl direkt neben dem Kamin saß, streckte die Hand nach Anna aus. »Gib mir deine Hand, Anna«, sagte er sanft. Anna reichte ihm beide Hände, er hielt sie fest und drückte sie. Die seinen waren eiskalt. »Mein Gott, hast du warme Hände«, stellte er lächelnd fest. »Anna, glaubst du denn, du allein kannst das Reich retten? Glaubst du das?«

Anna entzog ihm ihre Hände nicht, als sie antwortete. »Nein, Graf, so vermessen bin ich nicht. Aber ich werde alles tun, um Konrad IV. wenigstens das Leben zu retten. Er wird erst fünfzehn! Ich weiß, dass er ein guter Mensch ist.«

»Dann besteht immerhin die Möglichkeit, dass aus ihm ein guter König wird. Wir alle hätten ihn so nötig, einen starken, gerechten König. Geh, Anna, rette ihn.«

Anna wollte ihn schon loslassen, aber der alte Graf hielt sie noch fest. »Das ist keine ungefährliche Mission, Anna. Geh mit Gott. Aber komm wieder. Ich will meinem Sohn nicht erklären müssen, warum ich dich habe fortgehen lassen. Ich werde dir zumindest als Begleitschutz fünf Wachen mitgeben.«

»Nein, das wirst du nicht. Du brauchst alle verfügbaren Männer auf der Burg. Bruder Thomas ist bei mir, und ich werde mich wieder als Mönch verkleiden, das reicht.«

Sie küsste ihn auf die Stirn, bevor er widersprechen konnte, und er umarmte sie, bis sie sich von ihm löste. »Ich komme heil wieder. Ich verspreche es Euch!«

Als sie gegangen war, hatte der Graf Tränen in den Augen. Ärgerlich wischte er sie weg, er mochte es ganz und gar nicht, wenn er von seinen Gefühlen überwältigt wurde. Auf gar keinen Fall wollte er ein rührseliger alter Trottel werden. Aber war man das, wenn man merkte, dass man Angst um seinen Sohn und seine zukünftige Schwiegertochter hatte, die einem so richtig ans Herz gewachsen war? Angst – das Wort hatte er früher, auf dem Kreuzzug an der Seite des Kaisers, nicht einmal gekannt!

Er starrte blind ins Feuer, die Wärme im Gesicht tat ihm gut. Wie sehr wünschte er sich, er wäre noch jung und stark. Dann hätte er sein Schwert umgegürtet und Anna persönlich nach Oppenheim eskortiert!

Dieser Gedanke ließ ihn die Gefilde des Selbstmitleids verlassen. Er war wütend auf sich selbst und über seine Hilflosigkeit. Aber lieber wütend als zimperlich und wehleidig. Diese Wut, auch wenn sie ein Ausdruck seiner Ohnmacht war, gefiel ihm besser, weil er sich damit zumindest einbilden konnte, dass sie etwas Männliches war. Ein trauriger Rest von Würde und Ehre war ihm also noch geblieben. Er seufzte tief. Dann würde er also erneut warten und leiden, bis Chassim und Anna wieder nach Hause kamen. Was blieb ihm anderes übrig.

III

Jetzt waren sie also abermals bei widrigstem Wetter unterwegs mit ihrem Gefährt, gezogen von zwei Pferden, die sich stoisch gegen den Wind und die tanzenden Schneeflocken stemmten.

Unter gewöhnlichen Umständen wäre kein halbwegs vernünftiger Mensch auf die Idee gekommen, zu dieser Jahreszeit und vor allem bei diesen miserablen und auch gefährlichen Witterungsbedingungen mit dem Pferdewagen über Land zu ziehen. Die Wege und Straßen waren grundsätzlich schon für ein vierrädriges Gespann mehr schlecht als recht zu befahren, im Winter und bei Schneeschmelze waren sie praktisch unpassierbar. Da kam man nur, wenn es unbedingt sein musste, zu Fuß oder mit einem Reitpferd weiter. Aber dies war nun einmal ein absoluter Notfall, und Anna hätte keinen Wimpernschlag gezögert, die Fahrt trotzdem zu riskieren.

Als sie frühmorgens einen Blick aus der Scheune warf, wo der Wagen schon von Bruder Thomas beladen und abfahrbereit dastand, und das dichte Schneetreiben sah, hatte sie es Bruder Thomas freigestellt, ob er mitkommen wollte oder nicht. Der war richtig wütend geworden, hatte sich wortlos auf den Kutschbock gesetzt und mit den Zügeln in der Hand nur darauf gewartet, dass der Stallbursche die Tore ganz öffnete. Bruder Thomas war so dick vermummt, dass gerade noch ein Sehschlitz für seine Augen blieb, Kinn- und Stirnpartie waren von einem wollenen Tuch bedeckt. Anna, die inzwischen neben Bruder Thomas Platz genommen hatte, sah nicht viel anders aus, auch sie hatte sich mit Berbelins Hilfe in mehrere Lagen Wollstoff gewickelt. Das war auch bitter nötig, denn im Freien trieb ihnen der eiskalte, stürmische Wind die Schneeflocken so dicht entgegen, dass sie kaum den Weg aus der Burganlage und die Serpentinen hinunter fanden.

Nach ein oder zwei Meilen waren sie nahe daran, wieder umzukehren, als das dichte Schneetreiben plötzlich nachließ. Es klarte auf, und sie konnten, wenn auch mit Mühe, weiterfahren. Es blieb weiterhin kalt, was ihnen zugutekam, denn der Untergrund war dadurch hart gefroren. Zwar gab es etliche Schneeverwehungen, was die Orientierung und das Vorwärtskommen erschwerte, aber der Schnee war wenigstens nicht nass und schwer, sondern kristallen und leicht wie Pulver.

Um nicht auf dem Kutschbock einzufrieren, lieferten sich Anna und Bruder Thomas wenigstens heiße Streitgespräche. In Anwesenheit von Jeronimus wäre das natürlich nicht möglich gewesen, bei einer Denunziation durch den Knochenhauer hätte ihnen das eine Anklage wegen Häresie eingetragen. Bruder Thomas zog Anna gern damit auf, dass sie ihren Adelstitel nicht verwenden wollte, sondern sich nur als »Medica« anreden ließ. Schließlich war sie eine geborene von Hochstaden, auch wenn sie das erst vor kurzer Zeit von ihrem Ziehvater erfahren hatte. Titel und Standesdünkel waren ihr ein Gräuel, sie hatte sich die Titulatur »Medica« mit eigenem Einsatz, Können und Engagement verdient und war strikt der Meinung, dass man nach seiner Hände Arbeit, seinem Verstand und seinem Können beurteilt werden sollte, nicht nach seiner Herkunft oder seinem Geschlecht. Aber mit dieser Meinung stand sie ziemlich allein da, nur Bruder Thomas dachte ähnlich, auch wenn er sich nicht vorstellen konnte, wie Annas Visionen, wie er es immer nannte in Anspielung an die Visionen der Hildegard von Bingen, jemals Wirklichkeit werden sollten. Ihr heimlicher Wahlspruch war ein Satz des römischen Dichters Horaz: Sapere aude. Wage zu wissen, oder, frei interpretiert: Habe den Mut, dich deines eigenen Verstandes zu bedienen. Ein Unding, so etwas überhaupt nur zu denken, geschweige denn laut auszusprechen. Das grenzte schon an Gotteslästerung, erst recht aus dem Mund einer Frau. Bruder Thomas vermutete, dass Hildegard von Bingen ihre streitbaren Meinungsäußerungen als Frau nur deshalb als Visionen verpackt ausgegeben hatte, weil die Kirchenoberen ihr so keinen Strick aus ihren Schriften drehen und sie als Ketzerin verurteilen konnten. Schließlich galten Visionen als göttliche Eingebung, dadurch hatte sie sich unangreifbar gemacht. Durch diesen Kunstgriff sicherte sie ihre Lehren und Belehrungen ab und umging geschickt das noch immer vorherrschende Dogma der Kirche, dass Frauen nicht aus eigener Kraft und Meinungsbildung zu theologischen Erkenntnissen fähig seien. Bruder Thomas bewunderte diesen äußerst raffiniert kalkulierten Schachzug der klugen Hildegard, der bestimmt so manchen Kleriker zur Weißglut gebracht hatte. Aber diese Meinung vertrat er nur im Gespräch mit Anna, mit der er ganz offen über alles redete, wie sie auch mit ihm. Allerdings nur dann, wenn sie unter sich waren.

Und so weit das Auge reichte, war außer den zwei Zugpferden kein Lebewesen zu erblicken. Sogar die sonst allgegenwärtigen Krähen waren bei der klirrenden Kälte nicht unterwegs.

In der ersten Nacht übernachteten sie in einem Bauernhof. Ein paar Tage zuvor hatte Chassim die Bauernfamilie aufgesucht, und sie verhielten sich überaus gastfreundlich, als sie erfuhren, wen sie aufnahmen. Anna und Bruder Thomas hatten ausreichend Proviant dabei, aber die Frau des Bauern bestand darauf, dass sie an der abendlichen Mahlzeit mit Familie – sie hatten sieben Kinder – und Gesinde teilnahmen, und ein Knecht versorgte die Pferde. Sie schliefen im Stall bei ihrem Wagen und brachen im Morgengrauen wieder auf. Es war frostig, aber klar, die Sonne stieg empor, und letzte Nebelschwaden lösten sich auf. Schon bald war die schneebedeckte, unberührte Hügellandschaft bis zum Horizont in blendend weißes Licht getaucht, und sie mussten die Augenlider zu schmalen Schlitzen zusammenkneifen, so grell funkelten und blitzten die Sonnenstrahlen im Schnee. Tief war der Schnee glücklicherweise nicht, vielleicht eine Handspanne oder manchmal eine Elle, und sie kamen recht zügig voran. Während der ganzen bisherigen Fahrt waren sie immer noch keiner Menschenseele begegnet.

Die zweite Nacht verbrachten sie in einer leerstehenden Kate im Wald. Sie sammelten Holz, und Bruder Thomas entfachte ein Feuer, an dem sie sich wärmen konnten. Sie hielten abwechselnd Wache und ließen das Feuer nicht ausgehen.

Als sie am nächsten Morgen weiterfuhren und auf die Straße zum Rhein hin abbogen, entdeckten sie zum ersten Mal seit langer Zeit Wagenspuren. Das schürte bei Anna und Bruder Thomas die Hoffnung, dass die Fähre – eine schwimmende Holzplattform, die von Seilen gezogen wurde – wieder verkehrte und der Fluss noch eisfrei war. Und richtig – sie konnten die Fähre schon von weitem sehen, wie sie gerade zwei Fuhrwerke zu ihrem Ufer übersetzte. Die Sonne spiegelte sich im breit und träge dahinfließenden Strom, keine sichtbare Strömung kräuselte die Wasseroberfläche. Es war völlig windstill, nur ein paar Wasservögel stoben auf und flogen davon, als sie mit ihrem Wagen, der seit geraumer Zeit quietschte und dessen Radnaben dringend Fett brauchten, in Ufernähe kamen.

Sie setzten über, der Fährmann war anfänglich ein wortkarger Mann, aber Bruder Thomas konnte ihm doch mit der Aussicht auf eine kleine Zusatzmünze zum Fährlohn aus der Nase ziehen, was es Neues gab in Oppenheim und auf Burg Landskron. Im Laufe der Überfahrt wurde der Fährmann immer gesprächiger. Es ging das Gerücht um, dass der König auf der Burg war, Konrad IV., raunte er ihnen zu, und zwar seit geraumer Zeit, seit einer Woche etwa. Die Wachen am Burgeingang waren verdoppelt worden, und im Innenhof der Burg sollten etliche Fuhrwerke stehen mit dem königlichen Wappen der Staufer, drei übereinander stehende schwarze Löwen auf goldenem Grund auf der Brust des schwarzen Reichsadlers. Den Tross hatte niemand kommen sehen oder ihn gehört. Was sonst nicht ohne dröhnende Trommeln, schmetternde Fanfaren und knatternde Standarten vor jubelnder Volksmenge vonstattenging, nämlich die Ankunft eines so hohen Fürsten samt Gefolge, war anscheinend heimlich, still und leise, quasi durch die Hintertür, abgewickelt worden. Das gab zu allerlei Spekulationen Anlass. Gewiss, es hieß, dass bald ein großer Hoftag abgehalten würde und dass der König Angst vor einem Attentat und sich deshalb auf Burg Landskron zurückgezogen hatte, einem sicheren Hort für einen Staufer, bis er den Hoftag abhalten konnte.

Am westlichen Ufer entlohnten sie den Fährmann und kamen auf die Straße nach Süden, auf der immer mehr Bauern und Händler mit Waren unterwegs waren, die meisten zu Fuß und schwer beladen. Sie alle wollten nach Oppenheim.

Jetzt, da sie wohlbehalten – wenn auch mit der einen oder anderen Frostbeule – und ohne größere Verzögerungen ihr Ziel erreicht hatten, wollte Anna noch einmal die Trümmerstätte sehen, die dereinst das Haus des Medicus gewesen war. Sie ließen Burg Landskron auf ihrer Anhöhe rechts liegen und umrundeten mit ihrem Gespann die Stadtmauer von Oppenheim, bis sie zu dem Ort kamen, an dem Anna so viele Heilungsbedürftige betreut und behandelt hatte und der eine Zeitlang ihre Heimat gewesen war. Dort hatte sie auch Bruder Thomas kennen- und schätzen gelernt, bis der Zorn des Erzbischofs und der bodenlose Hass seines Neffen Gero dazu geführt hatten, dass das Haus dem Erdboden gleichgemacht worden war. Sie stiegen vom Wagen herunter und gingen ein paar Schritte auf die Stelle zu, wo sie die Überreste vermuteten. Auch hier war Schnee gefallen, und Anna und Bruder Thomas waren überrascht, dass nicht mehr die geringste Spur von dem Haus übriggeblieben war, nicht einmal mehr die Fundamente waren zu ahnen. Jeder Stein, jeder Balken musste weggeräumt worden sein, nur noch eine helle Fläche mit den Umrissen der Scheune des Medicus an der Stadtmauer erinnerte neben einigen immer noch vorhandenen Rußflecken daran, dass hier einst ein Gebäude stand.

Anna und Bruder Thomas fuhren durch das Gautor in die Stadt hinein, in der trotz der Kälte rege Betriebsamkeit herrschte. Niemand schenkte einem Fuhrwerk mit zwei dick vermummten Mönchen Beachtung, und so gelangten sie unbehelligt zum Osttor wieder hinaus, von dem aus die gewundene Straße zur Burg Landskron hinaufführte. Burg Landskron war auf eine felsige Kuppe gebaut, was es für einen Angreifer nahezu unmöglich machte, sie im Sturm einzunehmen. Der Zugang war nur über eine Zugbrücke, die den tiefen Halsgraben überspannte, möglich. Nach dem äußeren Befestigungsring mit dem Wehrgang und den Türmen kam ein zweiter konzentrischer Ring mit weiteren Wehrtürmen, dem Bedienstetenhaus und der Schildmauer, durch deren Tor man auf den Innenhof mit dem Bergfried, dem Palas und der Burgkapelle gelangte. Die Steigung war für die Zugpferde beschwerlich, und so gingen sie zu Fuß neben dem Wagen her und überquerten die Zugbrücke über den Halsgraben. Am Tor des äußeren Befestigungsrings wurden sie von einer Schildwache angehalten und nach ihrem Begehr gefragt. Anna schob die Kapuze vom Kopf und nahm das Tuch ab, unter dem sie sich verborgen hatte, so dass sie nun als junge Frau erkennbar war. »Der Graf hat uns gerufen. Ich bin die Medica, und das ist Bruder Thomas, seines Zeichens Infirmarius.«

Die Schildwache sah sie abschätzend an. Anna ließ sich nicht einschüchtern und erwiderte den strengen Blick, bis der Wachmann schließlich beiseitetrat und den Weg freigab. »Lasst sie passieren!«, rief er den anderen Wachen zu, die mit Lanze und Schild gewappnet waren und um ein offenes Feuer, dessen Scheite in einem geflochtenen Eisentrog brannten, herumstanden und sich aufwärmten. Sie durchquerten mit ihrem Wagen das erste Tor und fuhren auf das nächste Tor zu in den Innenhof, den Kern der Burg. Erneut wurden sie angehalten. Diesmal sagte die Wache kein Wort, sondern hob nur die Hand, bis Bruder Thomas die Pferde zügelte, umrundete einmal den Wagen und kletterte dann auf den Kutschbock, um einen Blick unter die Plane und auf die Ladefläche zu werfen. »Was ist in den Kisten und Säcken?«, fragte er.

»Arzneien und Heilkräuter und unsere Instrumente. Ich bin die Medica, und wir sind auf Ersuchen des Grafen Landskron und des Königs hier«, antwortete Anna.

Sofort kam der bärtige Kopf des Wachmanns unter der Plane nach vorn geschossen. »Woher wisst Ihr, dass der König hier ist?«

Bruder Thomas winkte ab. »Erstens pfeifen das schon die Spatzen von den Dächern, und zweitens hat uns der Graf eine Nachricht geschickt. Er hat uns geschrieben, dass der König Hilfe braucht. Glaubt Ihr, wir wären sonst bei so einem Sauwetter hierher gefahren?«

Das Argument schien der Wache einzuleuchten, der Mann sprang vom Wagen. »Ihr wartet hier!«, rief er ihnen barsch zu. Dann verschwand er hinter einer Tür im Torbogen.

Anna und Bruder Thomas warfen sich einen Blick zu, und da kam die Wache schon wieder mit einem ranghöheren Mann mit grauem Bart heran, den Anna noch kannte. Sie hatte ihn einmal wegen einer bösen Schnittverletzung, die nicht heilen wollte, erfolgreich mit einer Salbe behandelt.

»Gott zum Gruß, Burghauptmann. Graf Landskron hat uns um Hilfe gebeten«, rief ihm Anna zu.

Der Burghauptmann erfasste auf den ersten Blick, wer dort auf dem Wagen saß, und verneigte sich leicht zur Begrüßung. »Gott sei's gedankt, dass Ihr so schnell kommen konntet, Medica. Wir haben nicht vor Ende der Woche mit Eurer Ankunft gerechnet bei diesem Wintereinbruch. Und das auch nur in der Hoffnung, dass unsere Brieftaube heil auf Burg Greifenklau ankommt. Folgt mir, den Wagen lasst stehen, die Stallknechte werden sich darum kümmern.« Er stieß einen schrillen Pfiff aus und winkte in Richtung Stallungen, sofort kamen zwei junge Burschen herbeigerannt.

»Wir haben im Wagen viele wertvolle Arzneien mitgebracht«, warf Anna ein. »Den lassen wir nicht gern unbeaufsichtigt.«

»Ich bürge dafür«, antwortete der Burghauptmann. »Ihr könnt Euch darauf verlassen.«

Anna und Bruder Thomas warfen sich einen Blick zu, der Einverständnis signalisierte, nahmen ihre Ranzen mit den wichtigsten Utensilien vom Wagen und schulterten sie.

Der Burghauptmann winkte den Stallknechten. »Ihr kümmert euch um den Wagen und die Pferde«, befahl er den zwei Burschen. »Lasst die Finger von der Ladung, und passt auf, dass da keiner seine Nase reinsteckt, habt ihr verstanden?« Die zwei Burschen antworteten gleichzeitig mit einem zackigen »Jawohl, Herr Burghauptmann!« und führten die Pferde mit dem Wagen zu den Stallungen.

Der Burghauptmann eilte raschen Schrittes Anna und Bruder Thomas voran zum Eingang des Palas.

Die dort postierte Wache – Anna fiel das königliche Wappen auf dem Waffenrock auf – öffnete dem Burghauptmann und seiner Begleitung anstandslos die schwere Tür, und sie betraten die weiträumige Halle im Erdgeschoss. Dort gab sich, so schien es, ein Großteil der vornehmen Elite des Landes ein Stelldichein. Bänke und Bankettische an den Seitenwänden luden zum Sitzen ein, aber die meisten der Anwesenden standen in Gruppen zusammen und debattierten. Die Männer waren teuer nach der neuesten Mode gekleidet, mit goldbestickten, juwelenbesetzten oder pelzverbrämten Umhängen aus edelsten Stoffen in allen Farben des Regenbogens. Die edlen Frauen waren ebenso herausgeputzt, die jüngeren mit taillierten Kleidern, deren Saum bis zum strohgedeckten Boden reichte, und mit Schnabelschuhen, deren Spitzen keck darunter hervorlugten. Sie trugen ausnahmslos Hauben, teilweise mit feinen Schleiern, die mit Stickereien,

Perlen und Geschmeide verziert waren. Ihre Trägerinnen wetteiferten darum, wer die schönste und aufwendigste Kopfzier im ganzen Land hatte und die besondere Stellung ihrer Trägerin besonders elegant repräsentierte. Die Frauen waren um den riesigen Kamin versammelt, warfen ihren Konkurrentinnen heimliche und zuweilen neidische oder abschätzige Blicke zu und vertrieben sich ansonsten die Zeit mit derselben Beschäftigung wie ihre Männer: Sie redeten über andere und stellten sich selbst im besten Licht dar.

Anna und Bruder Thomas waren angesichts der beeindruckenden und farbenprächtigen Versammlung am Eingang stehen geblieben. Eine so große Zahl von Edelleuten hatten sie zu dieser Jahreszeit auf Burg Landskron nicht erwartet. Aber dies war nun einmal, wenn auch nur vorübergehend, der Königshof, und alles, was Rang und Namen hatte und auf der staufischen Seite stand, hatte sich eingefunden, um Präsenz oder Solidarität zu zeigen oder zu intrigieren, je nach Haltung, persönlichem Vorteil oder Neigung. Zumindest versuchte jeder, wenigstens in Erfahrung zu bringen, wie es um die königliche Sache stand. Die Ehre, einen König samt Hofstaat unterzubringen, zu bewirten und bei Laune zu halten, war ganz gewiss keine billige Angelegenheit, seine Loyalität zu Konrad IV. schien sich Graf Georg von Landskron ein kleines Vermögen kosten zu lassen. Aber das war so üblich. Der staufische König hatte wie alle Kaiser und Könige des Heiligen Römischen Reiches keinen festen Hof, sondern war, wie schon Kaiser Karl der Große, in seinen zahlreichen, über das ganze Land verteilten Pfalzen ständig unterwegs, um sich, so gut es ging, landauf und landab zu zeigen und Gerichts-, Hof- und Reichstage abzuhalten.

Anna hatte so eine Vielzahl an Fürsten samt Begleitung zwar schon einmal anlässlich des Turniers auf Burg Landskron letzten Sommer erlebt, aber sie hatte nur neugierig einen kurzen Blick darauf werfen können, schließlich war es ausschließlich den Herrschaften von Rang und Stand gestattet, an den Festlichkeiten des Hochadels teilzunehmen. Natürlich zeigten sich diese Kreise beim Turnier auch dem Volk, aber wenn es um wirklich wichtige Angelegenheiten ging, um Diplomatie, Verhandlungen und Politik, schottete man sich doch unter seinesgleichen ab.

Es war jetzt nicht so, dass ihnen die Gegenwart dieser vielen hohen und höchsten Herrschaften das Herz in die Hose hätte rutschen lassen und sie die schiere Ehrfurcht sprachlos gemacht hätte, dazu hatten sie schon zu oft hochrangige Menschen behandelt, die genauso unter Gebrechen und Krankheiten litten wie jeder normale Mensch auch. Aber die geballte Anwesenheit mächtiger und einflussreicher Leute ließ erkennen, wie wichtig der Anlass war, zu dem sie sich in Oppenheim versammelt hatten. Zahlreiche Bedienstete boten Getränke an, Wachen mit dem staufischen Königswappen hielten sich unauffällig und dezent im Hintergrund. Hier in der Halle von Burg Landskron spürten Anna und Bruder Thomas zum ersten Mal seit der von einer Brieftaube übermittelten Botschaft, dass es tatsächlich um nichts weniger ging als um die Zukunft der Staufer und damit des Reiches. Wenn der König wirklich im Sterben lag, wie es in der Nachricht an die Medica verklausuliert angedeutet worden war, dann war die gegenwärtige, wenn auch höchst fragile Stabilität des Gebildes, die staufische Herrschaft in Gestalt eines Kaisers, der auf Sizilien oder in Pülle, also am anderen Ende der Welt residierte, und der mit der Aura und Kraft seiner Autorität in Gestalt seines Sohnes Konrad halb Europa zusammenhielt, in größter Gefahr. Es war wie ein

Tanz auf einem Vulkan, der jeden Moment ausbrechen und eine ganze Welt verschlingen konnte. Als Anna und Bruder Thomas sich einen vielsagenden Blick zuwarfen, waren sie sich dieser Gefahr blitzartig bewusst, das konnten sie in den Augen des anderen lesen, so gut kannten sie sich. Gleichzeitig spürten sie, welche Last der Verantwortung auf ihren Schultern lag und dass sie sich dieser Verantwortung nicht nur stellen mussten, sondern sich auch nicht von ihr erdrücken lassen durften.

Diese ganzen Überlegungen waren Anna in der kurzen Zeit durch den Kopf geschossen, als sie nach ihrer Ankunft am Eingang standen und der Burghauptmann versuchte, sich einen Überblick zu verschaffen, wo sein Herr, Graf Georg von Landskron, sich aufhielt, um seine sehnlichst erwarteten Gäste zu ihm zu geleiten. Als er ihn endlich am anderen Ende der Halle erspäht hatte, drehte sich der Graf im selben Moment um und erfasste Anna und Bruder Thomas. Die Anwesenden nahmen nach und nach wahr, dass sich die allgemeine Aufmerksamkeit auf den Eingang konzentrierte, und allmählich erstarben alle Gespräche, und eine merkwürdige Stille breitete sich in der großen Halle aus.

Nur das auf dem Boden ausgestreute Stroh raschelte, als sich eine Gasse öffnete für den Burghauptmann und seine zwei seltsamen Begleiter, die wie Mönche gekleidet waren und einen Ranzen geschultert hatten. Das kleine, dunkelhaarige Mädchen und der schwergewichtige, große Mann mit seiner Tonsur marschierten selbstbewusst durch das Spalier von neugierigen und taxierenden Höflingen, die sie von oben bis unten musterten und gespannt verfolgten, was es wohl mit diesem merkwürdigen Auftritt auf sich haben konnte. Das eine oder andere fragende Flüstern ließ erahnen, dass keiner der Anwesenden über Zweck und Anlass ihres Kommens unterrichtet war.

»Euer Gnaden«, meldete der Burghauptmann in offiziellem Tonfall seinem Herrn mit einer Verbeugung und wies auf das ungleiche Paar in seinen schweren, wollenen Kutten, »Gräfin Anna von Hochstaden und Bruder Thomas sind soeben eingetroffen.«

Jetzt ging doch ein erstauntes Raunen durch die Reihen, das wohl der Erwähnung des hohen Titels von Anna geschuldet war, denn wie eine Gräfin war sie in der Tat nicht gekleidet.

Graf Georg von Landskron und seiner Gemahlin Ottgild, die zum Willkommen der zwei Gäste bereitstanden, war die Freude und Erleichterung vom Gesicht abzulesen. Das anfängliche Unverständnis über den freundschaftlichen Empfang der zwei Ankömmlinge durch den Graf und dessen Gattin wurde nicht geringer, als Anna von beiden umarmt und auf die Wangen geküsst wurde und sie nicht etwa die Knie beugte, sondern die Begrüßung auf gleiche Art erwiderte. Bruder Thomas verneigte sich zwar angemessen und betont respektvoll, aber auch er wurde nicht minder herzlich vom Grafen umarmt und küsste andeutungsweise – wenn auch etwas ungelenk – die dargebotene Hand von Gräfin Ottgild.

Endlich erlöste Graf Georg die erwartungsvolle Hofgesellschaft und verkündete so laut, dass es alle hören konnten: »Darf ich vorstellen – meine zukünftige Schwägerin Anna von Hochstaden, besser bekannt als die Medica, und ihr treuer Begleiter und Infirmarius Bruder Thomas. Wir sind ihnen zu größtem Dank verpflichtet, dass sie sich trotz der widrigen Umstände sofort auf den weiten Weg hierher gemacht haben, um nach unserem König zu sehen.«

Irgendjemand in den hinteren Reihen fing an zu klatschen

und löste damit allgemeinen Beifall aus, der dennoch dezent und nicht überschwänglich war.

Als Anna und Bruder Thomas in die erwartungsvollen und angespannten Gesichter der Anwesenden sahen, erkannten sie, dass sich alle anscheinend des Ernstes der Lage bewusst waren.

Der Graf hob die Hände und bat um Ruhe. Er fuhr fort. »Wie ihr vielleicht alle wisst, verdanken meine Frau und unser gemeinsamer Sohn der Medica ihr Leben. Unser König ist bei ihr in den besten Händen.«

Damit geleitete er Anna und Bruder Thomas zum Treppenturm, wo ebenfalls eine Wache postiert war, die den dreien vorausging, während Gräfin Ottgild zurückblieb und versuchte, ihre sorgenvolle Miene mit einem Lächeln zu übertünchen und sich wieder ihren zahlreichen Gästen zu widmen.

IV

Anna, der Graf und Bruder Thomas stiegen hinter der Wache her den Treppenturm bis zum obersten Stockwerk hoch, wo der Graf der Wache bedeutete, dass sie allein weitergehen wollten. Zu dritt setzten sie ihren Weg den langen Gang entlang fort, dessen Boden mit Stroh und wohlriechenden Kräutern ausgelegt war. Sie kamen an mehreren Türen vorbei und gingen bis zum Ende des Ganges, wo, wie Anna noch wusste, die gräflichen Gemächer lagen. Plötzlich blieb Graf Georg stehen und wandte sich an seine Begleiter. »Bevor wir zum König kommen, muss ich Euch sagen, dass sein Zustand wesentlich ernster ist, als es offiziell verlautbart wurde. Ich bin mit seinem Leibmedicus Ludolf von Aspelt, der sich bisher um ihn gekümmert hat, übereingekommen, dass wir nur von einer vorübergehenden Unpässlichkeit sprechen. Ihr könnt Euch denken, was passiert, wenn das Gerücht die Runde macht, dass der König ernsthaft erkrankt ist.«

»Vielleicht solltet Ihr uns erst einweihen, was eigentlich vorgefallen ist, bevor wir dem König unsere Aufwartung machen«, meinte Bruder Thomas.

»Ihr habt recht. Kommt mit«, sagte der Graf und führte sie in eine Kemenate, in der ein wärmendes Feuer im Kamin brannte. Er schloss die Tür und warf noch einen Blick in den angrenzenden Raum, weil er ganz sichergehen wollte, dass niemand zugegen war, der lauschen konnte. Sie schoben drei

Hocker vor den Kamin, und Graf Georg begann zu erzählen. »Der Aufenthalt des König hier auf Burg Landskron, bevor der Hoftag stattfindet, wurde bei seinem letzten Besuch vor dem großen Turnier beschlossen, aber nicht bekanntgegeben, um nicht die Sorte von Menschen anzulocken, die Böses gegen ihn im Schilde führt.«

»Gibt es einen bestimmten Anlass für den Hoftag?«, fragte Anna.

»Allerdings, den gibt es«, antwortete der Graf. »Es handelt sich nicht nur um ein belangloses diplomatisches Geplänkel. Die Zusammenkunft der Fürsten des Reichs ist ein schwieriges Unterfangen. Die Bewirtung und Unterkunft von so vielen wichtigen Leuten, die alle gewisse Mindestansprüche haben und auf deren Rang in jeder Beziehung geachtet werden muss, sogar in der Wohn- und Sitzordnung, ist eine höchst heikle Aufgabe und verschlingt Unsummen. Trotzdem ist Diplomatie unter dem Strich allemal billiger als Krieg.«

Er seufzte und winkte mit einer Hand ab, als könne er diesen lästigen Gedanken wieder verscheuchen. »Aber der Grund für die Einberufung dieses Hoftags ist eigentlich ein glücklicher, doch das ist streng geheim und muss vorerst unter uns bleiben.«

Er sah Anna und Bruder Thomas eindringlich an, bis die beiden zustimmend nickten. Dann sprach er leise weiter: »Es wird ein Heiratsversprechen geben.«

»Eine Verlobung des Königs?«, unterbrach Bruder Thomas, der schon immer eine Schwäche für Klatsch und Tratsch hatte. »Mit wem?«

»Mit der Tochter des Herzogs Otto II., dem Erlauchten, Elisabeth von Bayern.«

»Eine Wittelsbacherin?«, entfuhr es Bruder Thomas. »Das könnte fürwahr eine glückliche Verbindung sein.«

»Und die Stellung der Staufer festigen«, fügte Anna hinzu.

»Außerdem«, und nun lächelte der Graf, »wird Elisabeth dem König bestimmt auch so zusagen, abseits allen politischen Kalküls. Sie ist eine überaus reizende, kluge Person in seinem Alter.«

»Ist sie hier?«, wollte Bruder Thomas neugierig wissen.

»Ja. Aber der König war in so einem schwachen Zustand, dass er bisher nicht in der Lage war, an den Empfängen teilzunehmen und ihr seine Aufwartung zu machen.«

Anna erhob sich. »Dann wird es Zeit, dass wir uns seiner annehmen. War er schon krank, als er ankam?«

»Ja, da ging es ihm bereits sehr schlecht. Er hatte sich, so wurde mir berichtet, schon seit Wochen nicht gut gefühlt und sich ständig übergeben, klagte über Leibschmerzen und Kopfweh. Ich bin erschrocken, als ich ihn gesehen habe. Er ist sowieso von der Gestalt her noch ein Kind, aber jetzt … Doch seht ihn Euch selbst an.«

Auch er stand auf und wies zur Tür. Anna hielt ihn am Oberarm fest. »Nur eines noch, Graf – Ihr habt mir von Lea geschrieben. Was ist mit ihr geschehen?«

Er schüttelte betrübt den Kopf. »Das wilde Tier – es war ein schönes Geschöpf Gottes. Aber als es hier ankam, lag es schon halbtot in seinem Käfig. Es wollte weder fressen noch saufen. Ich glaube, sein erbarmungswürdiger Zustand ist dem jungen König sehr ans Herz gegangen und hat sein Leiden noch verschlimmert. Als Lea schließlich einging, hat er sich auf sein Zimmer zurückgezogen und außer seinem Kammerdiener und seinem Leibmedicus niemanden mehr zu sich gelassen. Obwohl es ihm selber schlechtging.«

»Er hat Lea geliebt. Sie war ein Geschenk seines Vaters«, sagte Anna mit trauriger Stimme. Es tat ihr leid um das Tier. Aber noch mehr bedauerte sie den jungen Konrad, für den sie schon seit ihrer ersten Begegnung so etwas wie mütterliche Sorge empfunden hatte, obwohl sie nur drei oder vier Jahre älter war als er. Aber da sie wusste, dass er wegen seines Vaters und seiner angreifbaren Stellung von einer Welt aus Feinden umgeben war und jederzeit damit rechnen musste, dass ihm jemand ans Leder wollte, dauerte er sie unendlich.

»Ich weiß«, sagte Graf Georg bedrückt. »Er hat es bis heute nicht gewagt, seinem Vater vom Tod des Tieres eine Nachricht zukommen zu lassen.«

»Ich muss ihn jetzt sehen. Mit mir wird er sprechen«, sagte Anna entschlossen, nahm ihren Ranzen und ging auf den Gang hinaus.

Dort stieß sie beinahe mit einem eiligen jungen Mann zusammen, der mit einer schwarzen Tunika mit dem königlichen Wappen gekleidet war, kurzgeschorene Haare hatte und eine Schüssel mit einer schwappenden Flüssigkeit vor sich hertrug: Blut. Angesichts des Grafen hielt er an, der Graf stellte ihn vor. »Das ist Ewalt, der Kammerdiener des Königs.«

Anna hatte sofort den Inhalt der Schüssel in Augenschein genommen. »Was habt Ihr da?«

Ewalt trug die Nase hoch, er hatte eine privilegierte Stellung und verkörperte dies auch. Dementsprechend antwortete er mit einer Wichtigkeit, als ob er flüssiges Gold in der Schüssel hätte: »Das Blut des Königs. Sein Leibmedicus hat ihn eben zur Ader gelassen.«

Anna tauschte mit Bruder Thomas einen kurzen Blick aus. »Wie oft macht er das?«, wollte sie wissen.

»Jeden Tag. So lange, bis eine Besserung eintritt.«

»Sagt der Leibmedicus?«, wollte Bruder Thomas wissen.

»Ja. Seine Gnaden Ludolf von Aspelt sagt das.«

»Und?«, insistierte Bruder Thomas. »Ist eine Besserung eingetreten?«

»Nein, bisher leider Gottes nicht. Aber das fragt Ihr besser ihn selbst. Da kommt er gerade«, sagte der schnöselige Kammerdiener und ging mit seiner Schüssel weiter.

Vom Ende des Ganges nahte ein würdevoller älterer Mann mit wehendem schwarzen Umhang. Als Zeichen seines Standes trug er einen silbernen Bart und eine schwarze Haube mit weißem Rand. Er hatte eine geschäftige und sorgenvolle Miene aufgesetzt und putzte sich die Hände an seinem samtenen Umhang ab, bevor er sich vor Graf Georg verneigte. »Euer Gnaden!«, begrüßte er ihn.

»Leibmedicus Ludolf von Aspelt«, stellte der Graf ihn vor. »Dies sind Anna von Hochstaden, ihres Zeichens Medica, und der Infirmarius Bruder Thomas.«

Bei der Erwähnung des Titels »Medica« blitzten die Augen des Leibmedicus kurz auf. Er deutete ein leichtes Nicken an und sprach weiterhin ausschließlich den Grafen an. »Bedauerlicherweise hat sich keine Besserung des Gesundheitszustandes Seiner Majestät eingestellt. Die vermehrte schwarze Galle in seinem Körper hat sich trotz zahlreicher Aderlässe noch nicht zurückgebildet und hält seine Säfte weiter im Ungleichgewicht. Er schläft jetzt und darf auf keinen Fall gestört werden, von wem auch immer.«

Dabei warf er Anna und Bruder Thomas einen drohenden Blick zu, um anzudeuten, dass insbesondere sie mit dem Besuchsverbot gemeint waren.

Der Graf intervenierte. »Ich habe die Medica und ihren Famulus auf ausdrücklichen Wunsch des Königs herbestellt. Sie haben die gegenwärtigen Reisestrapazen nicht ohne Grund auf sich genommen und möchten Seine Majestät untersuchen.«

Der Leibmedicus wurde schroff. »Es gibt nichts zu untersuchen. Seine Majestät ist bei mir in besten Händen und wünscht keine Störungen.«

Jetzt bedachte er Anna und Bruder Thomas mit einem

halb verächtlichen, halb bedauernden Blick. »Habt Dank für Euer Kommen, aber es war nicht notwendig. Ihr könnt Euch also wieder auf die Heimreise begeben.« Dabei verschränkte er demonstrativ seine Arme.

Anna blieb ruhig. »Hat der König Schmerzen? Und wo genau? Hat er Fieber? Muss er sich übergeben?«

Ludolf von Aspelt schüttelte indigniert den Kopf. »Was erlaubt Ihr Euch, so mit mir zu sprechen? Auch wenn Ihr von hoher Geburt seid – über den Zustand des Königs gebe ich nur dem Grafen Auskunft, nicht jeder Novizin und selbsternannten Medica, wie Ihr es augenscheinlich seid.«

»Dass ich ein Habit trage, heißt noch lange nicht, dass ich eine Nonne bin. Das ist nur meine Reiseverkleidung. Ihr wisst genau, wie gefährlich es ist, als junge Frau unterwegs zu sein, deshalb ziehe ich es vor, auf den Landstraßen mit der Kutte zu reisen, die mein Geschlecht und mich unkenntlich macht. Ich bin Medica und mit dem König bekannt. Fragt ihn, er wird mich sicher empfangen.«

»Ich kann ihn nicht fragen, weil er schläft. Ich bin für seine Gesundheit verantwortlich und werde kraft meines Amtes nicht dulden, dass er gestört wird. Jede Aufregung könnte seine Körpersäfte noch mehr in ein gefährliches Ungleichgewicht bringen.«

Er verneigte sich kurz vor Graf Georg. »Verzeiht mir, Euer Gnaden, das ist keine Respektlosigkeit Euch gegenüber, sondern mein Recht und meine Pflicht, die ich sehr ernst nehme und die ich meinem König als sein Leibmedicus schulde.«

Anna drängte sich an ihm vorbei und ging ohne ein weiteres Wort den Gang hinunter, den der Leibmedicus entlanggekommen war. Bruder Thomas wusste nicht so recht, was er machen sollte. Ludolf von Aspelt rief Anna hinterher: »Was habt Ihr vor?«

Anna ging unbeirrt weiter, dann blieb sie stehen und

wandte sich um. »Ich sehe nach dem König. Wollt Ihr mich mit Gewalt daran hindern?«

»Ich nicht. Aber die königlichen Wachen. Sie haben strikte Order, niemanden vorzulassen, und meine ausdrückliche Anweisung, von der Waffe Gebrauch zu machen, wenn jemand dem zuwiderhandeln sollte.«

Anna sah ein, dass ihr Vorstoß keinen Sinn machte, kehrte um und funkelte den Leibmedicus an. »Macht den Befehl rückgängig, in Gottes Namen! Wir sind hier, um zu helfen. Es kann doch nicht schaden, eine zweite Meinung zu hören!«

Der Leibmedicus genoss seine Autorität und wich kein Iota zurück, wörtlich und sinnbildlich. »Ich brauche keine zweite Meinung oder überhaupt eine Belehrung von einem Mädchen, das noch feucht hinter den Ohren ist. Bei wem habt Ihr denn Eure angebliche Heilkunst gelernt? Was für eine Erfahrung im Umgang mit Krankheiten könnt Ihr schon vorweisen, jung wie Ihr seid?«

»Ich war jahrelang Famula bei Infirmarius und Prior Pater Urban im Kloster Heisterbach, wenn Euch das etwas sagt. Und richtig gelernt, was Heilen heißt, habe ich bei Medicus Aaron aus Oppenheim.«

Jetzt mischte sich der Graf ein, der sich bisher bei diesem Streit, der nun zu eskalieren drohte, vornehm zurückgehalten hatte. »Was die Medica sagt, ist richtig. Medicus Aaron hat zusammen mit Anna meiner Frau und meinem Sohn das Leben gerettet, als meine Gemahlin im Kindbett lag.«

»Nun«, bemerkte der Leibmedicus spöttisch, »wo ist er denn jetzt, dieser Medicus Aaron? Ich kann ihn nicht sehen. Ich sehe nur eine vorlaute Göre mit verschiedenfarbigen Augen, die ich niemals an das Krankenbett meines Königs lasse. Verzeiht, Graf, aber das ist mein letztes Wort.«

Damit drehte er sich hocherhobenen Hauptes um und marschierte von dannen.

Graf Georg von Landskron zog in einer Geste der Machtlosigkeit die Schultern hoch. »In dem Fall sind mir leider die Hände gebunden. Ich kann mich nicht einfach über das Wort des Leibmedicus hinwegsetzen.«

Bruder Thomas war während der Philippika des Ludolf von Aspelt rot im Gesicht angelaufen und nur nicht handgreiflich geworden, weil ihn die Anwesenheit des Grafen gerade noch davon abhielt. Aber jetzt musste ihn Anna am Arm festhalten, damit er nicht doch lospolterte. Sie waren Gott sei Dank so aufeinander eingespielt, dass er sich sofort zusammenriss und zu seinem Erstaunen vernahm, dass Anna gleichzeitig mit honigsüßer Stimme einzulenken schien. »Dann warten wir eben, bis der König uns die Erlaubnis gibt, ihn aufzusuchen.«

Er sah seine Medica mit Empörung an, aber er konnte in ihren Augen den Anflug einer Warnung ablesen, jetzt nicht im falschen Moment den Bogen zu überspannen. »Vielleicht lasst Ihr uns erst einmal ein Zimmer anweisen, Graf, damit wir uns ein wenig ausruhen können. Die Fahrt hierher war doch recht anstrengend.« Gespielt unschuldig sah sie den Grafen an.

Dieser ging erleichtert auf ihre Bitte ein. »Selbstverständlich. Ich habe eine Kammer gleich neben dem königlichen Gemach für Euch vorgesehen, Medica, weil ich mir dachte, dass Ihr dann gleich beim König seid, wenn er Eure Dienste benötigt. Bruder Thomas kann im großen Saal neben der Küche bei den Fuhrleuten schlafen, da ist es am wärmsten.«

»Das passt uns sehr gut. Bruder Thomas und ich bereiten noch unsere Heilmittel vor für den Fall, dass wir doch noch gebraucht werden.«

Der Graf ging voraus zu einer Tür, die gegenüber dem Eingang zu den königlichen Gemächern war, vor dem zwei grimmig aussehende Leibwachen mit Lanzen und Schwertern standen, die sie keines Blickes würdigten. Anna machte noch einen Versuch und sprach sie an. »Verzeiht … Aber wie geht es Seiner Majestät?«

Einer der beiden, ein Hüne mit schwarzem Bart, sagte nur: »Wir sind nicht da, um Fragen zu beantworten. Fragt den Leibmedicus.«

Anna nickte ihm freundlich zu und betrat mit Bruder Thomas die ihr zugewiesene Kammer, nachdem sie Graf Georg noch versichert hatte, dass alles in bester Ordnung sei und sie sich pünktlich zur Abendmesse in der Burgkapelle einfinden würden. Sie machte die Tür hinter dem Grafen zu und ließ sich erst einmal auf die Decke der Strohmatratze fallen, während Bruder Thomas seinen Ranzen wütend zu Boden schmiss und auf das kleine Tischchen zusteuerte, auf dem ein Tablett mit einem Bierkrug und zwei Bechern stand. »Willst du dich etwa jetzt auf die faule Haut legen, während da drüben der König vielleicht um sein Leben kämpft?«, brummte er vorwurfsvoll, schenkte sich Bier ein, setzte den Becher an und trank in kräftigen Schlucken, bevor er sich erneut aufregte. »Wir frieren uns, verzeih mir, den Arsch ab, um mitten im Winter hierher zu fahren, und was ist der Dank? Sie lassen uns nicht einmal unsere Arbeit tun! Wofür hat man uns dann gerufen, frage ich dich? Und du lässt dir das auch noch gefallen!«

Anna reagierte nicht, sie stemmte sich hoch, ließ Bruder Thomas weiter vor sich hin trinken und schimpfen und zog die Schutzdecke beiseite, die vor der Fensterlaibung hing, damit es nicht allzu sehr hereinzog, denn sie war nicht verglast. Glas war viel zu teuer, um jedes Fenster damit auszustatten, nur die königlichen Gemächer, die normalerweise das gräfliche Paar bewohnte, waren mit kleinen Glasfenstern abgedichtet. Anna nahm einen Fußschemel, stellte sich darauf und streckte den Oberkörper in die Laibung. Die

Mauer war dick, der Fensterschacht entsprechend tief und nicht sehr groß, vielleicht zwei auf zwei Ellen.

Anna streckte sich so weit es ging und kam mit dem Kopf ins Freie.

Bruder Thomas beobachtete fassungslos, wie sich Anna abmühte. »Ist dir immer noch nicht kalt genug?«, blaffte er.

Aber Anna hatte gesehen, was sie vermutet hatte, kam wieder zurück und sah sich suchend in der Kammer um.

Bruder Thomas schenkte sich vom Bier nach und beobachtete besorgt, wie Anna an einen Wandbehang trat, der von einer langen Kordel gefasst war, deren Enden rechts und links herabhingen. Sie zog und zurrte an der Kordel, bis sie sich löste und der Wandbehang herunterfiel.

»Was machst du denn da?«, wunderte er sich immer noch. Allmählich machte er sich Sorgen um ihren Verstand. »Willst du jetzt die ganze Burg auseinandernehmen, oder was?«

Anna zeigte sich unbeeindruckt von seinen verständnislosen Kommentaren und unterzog die Stabilität der Kordel einer genauen Überprüfung. Dann gab sie ihm das eine Ende davon in die freie Hand. »Halt mal, aber fest!«, sagte sie nur und zog heftig daran. Die Kordel hielt stand. »Das müsste genügen«, kommentierte die Medica entschlossen und band sich ihr Ende fest um die Taille. Bruder Thomas wusste immer noch nicht, worauf Anna hinauswollte, bis sie mit der Kordel um die Hüfte wieder zur Fensterlaibung ging und mit den Füßen auf den Schemel stieg. Nun ging ihm ein Licht auf. Er ahnte, was sie vorhatte, aber bei diesem Gedanken stieg gleichzeitig Panik in ihm hoch. »Hast du jetzt komplett den Verstand verloren?«, rief er. »Willst du dich etwa an diesem Ding …«, er hielt sein Ende der Kordel hoch und sah mit Grauen, wie alt und verschlissen es war, »… drei Stockwerke in den Burggraben abseilen?«

Anna drehte sich um und sah ihm eindringlich in die Augen. »Es wäre äußerst hilfreich, wenn du deinen Bierhumpen beiseitestellen könntest und diesen Strick da mit beiden Händen hältst, nur für den Fall, dass ich ausrutsche.«

Bruder Thomas ließ die Kordel los und schüttelte abwehrend den Kopf. »Nein, das kannst du nicht von mir verlangen. Bei so etwas mache ich nicht mit. Das ist reiner Selbstmord, was du da vorhast.«

»Hast du eine bessere Idee?«, fragte sie. »Ich muss den König sprechen, koste es, was es wolle.«

»Und wenn es dich dein Leben kostet – ist der Preis nicht zu hoch dafür?«

»Es wird schon nichts passieren. Jetzt stell dich nicht so an.«

Bruder Thomas stöhnte zum Gotterbarmen und verdrehte seine Augen, dabei streckte er theatralisch die Hände zur Decke empor. »Heilige Maria, Mutter Gottes, bitte für diese Sünderin jetzt und in der Stunde ihres Todes!«

Dann stellte er den Becher so heftig auf dem Tischchen ab, dass das Bier herausspritzte, schubste Anna beiseite und beugte, so gut es ging, seinen massigen Oberkörper aus der Fensternische nach draußen. Was er sah, ließ ihm das Blut in den Adern gefrieren. Die Außenmauer des Palas ging schwindelerregend tief senkrecht nach unten bis zum Rand des zugefrorenen Burggrabens hinunter. Bruder Thomas blickte nach links und entdeckte einen Sims, etwa einen Fuß breit, der sich in jedem Stockwerk um das ganze Gebäude zog. Das Mauerwerk war rau, und zwischen den dicken Steinen waren Fugen, in die man gerade die Fingerkuppen stecken konnte. Die nächste Fensternische war vielleicht fünf oder sechs Schritte entfernt, sie war verglast, die Glasstücke waren mit Blei eingefasst, das musste das Fenster des königlichen Gemachs sein. Er schob sich mühsam wieder in die Kammer zurück und sah sie wild entschlossen an. »Ich mache das.«

Anna schüttelte den Kopf. »Sieh dich doch an. Du kommst ja kaum durch das Fensterloch. Und falls du das schaffst – soll ich dich vielleicht halten, wenn du ausrutschst?«

Bruder Thomas sah ein, dass sie recht hatte. »Und wie bitte«, fragte er, »willst du in die Kemenate des Königs kommen? Die Fensternische ist verglast und bestimmt von innen mit einem Riegel versperrt.«

»Ich benutze meinen Ellbogen«, antwortete sie unverzagt.

Bruder Thomas gab sich einen Ruck, bekreuzigte sich, schickte noch schnell ein stummes Stoßgebet gen Himmel, überprüfte den Knoten um Annas Taille und zurrte ihn nochmals mit aller Kraft fest. Dann sah er ihr tief in die verschiedenfarbigen Augen. »Wenn dir was passiert, bringe ich diesen Leibmedicus um. Parce mihi, Domine!«

»Pass auf, was du sagst! Versündige dich nicht meinetwegen«, entgegnete Anna ernst.

Bruder Thomas wickelte sich das andere Ende der Kordel um seine rechte Hand und nickte. »Ich bin so weit, wenn du es bist!«, stellte er genauso ernst fest.

»Du musst mir helfen, ich muss mit den Füßen voraus aus dem Fenster«, sagte Anna. Bruder Thomas machte eine Räuberleiter und bugsierte Anna hinterrücks durch die Nische hinaus. Er hielt sie vorerst noch an den Händen fest, bis ihre Beine und ihr Torso im Freien waren und sie mit den Füßen den Sims ertastet und einigermaßen Halt gefunden hatte. Dann ließ er nach und nach so viel Kordel ab, dass der Strick gespannt blieb, und stemmte sich gleichzeitig gegen die Wand, um Anna, falls sie abrutschte, halten zu können. Am liebsten hätte er die Augen geschlossen und gebetet, aber dazu war später noch Zeit. Jetzt musste er sich mit aller Macht darauf konzentrieren, dass Annas gefährliches Vorhaben nicht ein schreckliches Ende nahm.

V

Die hohen Pforten der Klosterkirche des Frauenklosters St. Agatha in Köln wurden von zwei Nonnen aufgetan, Tageslicht fiel in den düsteren Kirchenraum. Die Äbtissin kam von strahlendem Licht umkränzt feierlich hereingeschritten und trug den Leichnam eines Kindes, in Leintüchern eingewickelt, aus denen nur das bleiche Gesichtchen mit den geschlossenen Augen hervorlugte. Es mochte etwa ein Jahr alt sein. Ein junges, bäuerliches Paar in einfacher, wollener Kleidung folgte ihr, die Frau mit Haube und verweinten Augen, der Mann mit Bart und versteinertem Gesicht.

Der Novizinnenchor sang unter der Anleitung von Schwester Clara, während die Äbtissin, sie war eine robuste, vierschrötige Frau von Gestalt und sah so aus, als würde sie es zur Not auch mit den vier apokalyptischen Reitern aufnehmen, gemessenen und würdevollen Schrittes durch die versammelte und schweigende Menschenmenge zum Altar ging. Vor dem Altar lag eine weißgekleidete Nonne mit dem Gesicht nach unten ausgestreckt auf dem Boden, ganz dem Gebet und der Gnade Gottes hingegeben. Auf beiden Seiten des Altars waren die Nonnen des Klosters aufgereiht und harrten auf das Wunder.

Ebenso wie das einfache Volk im Kirchenschiff, darunter zahlreiche Pilger, das eben der heiligen Messe beigewohnt hatte und unter dem sich wie ein Lauffeuer während des

Schlusssegens durch den zelebrierenden Pater die Kunde verbreitet hatte, dass Schwester Mathilde, die weit und breit bekannt war für ihre Visionen und gelegentlich auftretende Stigmata, erneut eine Wunderheilung vollbringen sollte. Die Äbtissin durchmaß mit ihrer zerbrechlichen Last vor den Eltern des Kindes die gesamte Länge der Kirche bis vor zum Altar, gefolgt von den neugierigen Blicken Hunderter Gläubiger, die gespannt darauf warteten, ob sich das Gerücht tatsächlich bewahrheiten würde, dass hier und heute vor aller Augen ein göttliches Mirakel vonstattengehen sollte.

»Das Kind ist tot, Eminenz, ich habe mich selbst davon überzeugt, es war ein Mädchen«, flüsterte Pater Severin Konrad von Hochstaden zu, der neben ihm im Schatten hinter einem Vorhang verborgen stand, der den Seiteneingang in der Apsis der Klosterkirche verdeckte. Durch ihn war der Erzbischof, ohne die Nonnen von seiner Visitation zu unterrichten, heimlich hereingekommen, um die Zeremonie zu observieren, von der Pater Severin durch die Äbtissin, die ihm einen Gefallen schuldig war, rechtzeitig erfahren hatte.

»Wann ist es gestorben?«, fragte der Erzbischof leise.

»Es war noch warm, als ich es berührt habe. Aber es war kein Leben mehr in ihr, kein Atem kam aus Mund oder Nase, ich habe es mit einer Flaumfeder überprüft«, antwortete Pater Severin im Flüsterton.

Der Erzbischof wandte seine Aufmerksamkeit wieder der Äbtissin zu, die mit dem Kind auf dem Arm neben die am Boden liegende Nonne getreten war, die sich immer noch nicht rührte aus ihrer Versunkenheit in Gott.

Der Chor hörte auf zu singen, die Chorleiterin stellte das Dirigieren ein und wandte das Gesicht zum Altar.

»Schwester Mathilde!«, rief die Äbtissin feierlich in die Stille, so dass es durch das ganze Kirchenschiff hallte. »Bist du so weit? Ich habe hier ein Kind Gottes, das schon mit einem Fuß im Paradiese ist. Doch seine Eltern wollen es noch nicht gehen lassen und flehen zum barmherzigen Gott, auf dass er es ihnen zurückgebe. Schwester Mathilde, es bedarf deiner Hilfe und Fürsprache. Schwester Mathilde – hörst du mich?«

Die Nonne erhob sich daraufhin mit geschlossenen Augen und streckte die Arme aus. Sie war jung, hatte ein feingeschnittenes Gesicht und bewegte sich langsam wie eine Schlafwandlerin, um die Verbindung zum göttlichen Kosmos nicht abreißen zu lassen. Auf der Innenseite ihrer Hände waren deutlich die Wundmale des Herrn zu erkennen.

Die Äbtissin legte ihr das eingewickelte Kind sacht in die Arme. Die Nonne drückte es an sich, hob das verklärte Gesicht, ohne die Augen zu öffnen, in Richtung des Kruzifixes auf dem Altar und betete still und in voller Konzentration weiter. Nur ihre Lippen bebten und ließen ahnen, dass sie Zwiesprache mit dem Herrn hielt und ihn anflehte. Sie betete mit derartiger Inbrunst und Intensität, dass sich auf ihrer makellosen Stirn Schweißtropfen bildeten und sich ihre Wangen röteten.

Die Gläubigen schienen zu spüren, dass eine spirituelle Kraft freigesetzt wurde, die von der Nonne im strahlend weißen Habit mit dem Kind im Arm ausging und wie eine sich ausbreitende Aura alle Anwesenden im Kirchenschiff erfasste, sie gleichsam erschauern ließ, als wäre der göttliche Funke in sie gefahren. Kein Laut war zu hören außer dem Atmen der Nonne, das immer heftiger und rhythmischer wurde. Schwester Mathilde öffnete den Mund, als ob sie keine Luft mehr bekäme, und schließlich löste sich ein markerschütternder Schrei aus ihrer Kehle, der alle zusammenfahren ließ, sogar Pater Severin und den Erzbischof.

Die Nonne hob das Bündel mit dem Menschenkind in die Höhe über ihren Kopf, und das Wunder war vollbracht. Das kleine Mädchen ballte die Fäustchen und brüllte aus Leibeskräften mit hochrotem Kopf, als wäre es just in diesem Augenblick wiedergeboren worden.

Von völliger Erschöpfung gezeichnet, reichte die Nonne das Kind an die Äbtissin weiter, die es triumphierend hochhielt. »Es lebt! Gott in seiner unendlichen Gnade hat ein wahrhaftiges Wunder getan! Lobet den Herrn, das Kind lebt!«

Die Eltern stürzten sich auf ihr Kind, die Mutter riss es der Äbtissin aus den Armen und drückte es an sich.

Jetzt gab es für die normalerweise disziplinierten Nonnen und Novizinnen kein Halten mehr. Sie stürmten auf den Altar zu, jede wollte mit eigenen Augen das leibhaftige Wunder sehen. Die Besonnenen unter ihnen hatten Mühe, die vielen Gläubigen vom Altar abzuschirmen, die nun ebenfalls wie eine Meereswoge heranströmten, die sich an den Klippen brach. Ein Tumult entstand, die aufgestaute Spannung entlud sich in lauten Rufen, Drängeleien, Schubsereien, vereinzelten Hieben, erstickten Schreien und gipfelte in kakophonem Gewusel und Gebrüll.

Konrad von Hochstaden hatte genug gesehen. Hinter dem Vorhang stellte sich Pater Severin auf die Zehenspitzen, streckte sich zum Erzbischof hinauf und flüsterte ihm ins Ohr: »Es ist nicht das erste Mal. Schwester Mathilde soll dieses Wunder schon vier Mal vollbracht haben, so wurde mir von der Äbtissin berichtet.«

Der Erzbischof runzelte misstrauisch die Stirn. »Und Ihr sagt, dass diese Nonne auch die Zukunft prophezeien kann?«

»Das hat mir die ehrwürdige Äbtissin versichert.«

»Dann lasst sie zu mir führen. Sofort.«

Er drehte sich um und verschwand durch den Seiteneingang.

Konrad von Hochstaden hatte im Empfangsraum der Äbtissin auf ihrem Stuhl hinter dem Eichenholztisch Platz genommen und wartete. Er nutzte die Zeit, um von Pater Severin zu erfahren, was dessen diverse Spione Neues über den König und seinen Zustand zu berichten hatten. »Es heißt, Konrad IV. liegt auf Burg Landskron im Sterben. Unser Gewährsmann im königlichen Tross leistet gute Arbeit.«

Der Erzbischof nickte zufrieden. »Dann wird der junge Staufer also nicht wie geplant am Hoftag teilnehmen können?«

»Ich kann Euch versichern, dazu wird er nicht in der Lage sein. Wenn er bis dahin überhaupt noch am Leben ist.«

Der Erzbischof strich sich über seinen sorgfältig gestutzten Bart. »Aber es muss so aussehen, als ob er nach langem Siechtum eines natürlichen Todes stirbt. Das ist sehr wichtig, hört Ihr?«

»Ich habe diesbezügliche Anweisungen gegeben, keine Sorge, Eminenz. Unser Mann weiß mit dem Mittel umzugehen und dosiert es entsprechend. Ich habe es für teures Geld aus Venedig besorgen lassen. Ein Mönch soll es aus dem Morgenland mitgebracht haben. Allerdings …« Pater Severin zögerte.

»Ja?«, blaffte der Erzbischof.

»Allerdings soll die Medica von Graf Landskron um Hilfe gebeten worden sein. Sie soll sich bereits mit ihrem Helfer, diesem Mönch, auf den Weg gemacht haben, um nach dem König zu sehen.«

Bei der Erwähnung des Titels »Medica« fuhr der Erzbischof herum und funkelte Pater Severin wütend an. »Dann hat dieser Knochenhauer also doch nicht Wort gehalten und der Medica endgültig das Handwerk gelegt …«

»Doch, hat er. Aber seine Bemühungen waren leider nicht

von Erfolg gekrönt, Euer Eminenz«, musste Pater Severin kleinlaut zugeben. »Der besagte Knochenhauer Jeronimus …«

»Lasst die Namen, ich will nur Ergebnisse.«

»… er hat versagt.«

»Hat das Gift nicht gewirkt?«

»O doch. Aber er hat, ohne es zu wissen, anscheinend selbst davon eine Kostprobe genommen, sie ist ihm nicht gut bekommen.«

»Wie das?«

»Die Medica hat anscheinend Verdacht geschöpft und die Becher vertauscht, sagt mir mein Mittelsmann. Der Knochenhauer hat mit seinem Leben bezahlt.«

Der Erzbischof seufzte. »Und wir teuer für einen missglückten Versuch! Aber einen Versuch war es wert. Was macht der Plackerer?«

»Baldur von Veldern und seine Männer treiben weiterhin ihr Unwesen. Er hat sein Winterquartier in einer alten und schwer zugänglichen Ruine in den Wäldern eingerichtet. Der frühere Burgherr soll vor Jahren für seine Freveltaten von einem Blitz erschlagen worden sein, als er von der höchsten Zinne seiner Burg aus Gott lästerte. Seitdem, so erzählen sich die Bauern in dieser gottverlassenen Gegend, ist er dazu verdammt, Reisende in die Irre zu führen und ihre Seelen dem Teufel zu übereignen. Jedenfalls hält das die Leute aus der Umgebung davon ab, allzu neugierig zu sein.«

»Und Graf Greifenklau? Will er etwas gegen die Raubüberfälle auf seinem Land unternehmen?«

»Sein Sohn, der junge Graf Chassim, ist vollauf damit beschäftigt, waffenfähige Männer für einen Feldzug gegen den Plackerer und seine Bande im Frühjahr zu werben.«

»Glaubt Ihr wirklich, dass Ihr diesen Baldur von Veldern noch unter Kontrolle habt?«

»Die Aussicht auf die 200 Augustalen dürfte ihn gefügig genug machen.«

»Gut. Wir werden sehen, ob diese Nonne dazu etwas zu sagen hat.«

Er zupfte ungeduldig an seiner Kleidung herum. Für diesen Anlass hatte er auf jegliches liturgisches Gewand verzichtet, schließlich hielt er sich zu einer heimlichen Visitation im Frauenkloster St. Agatha auf und nicht, um eine heilige Messe abzuhalten. Er trug wie immer einen prächtigen pelzgefütterten und pelzverbrämten Umhang und sein Pileolus auf dem Kopf, und seine Haltung war die eines Papstes beim Empfang der Kardinäle, würdevoll und machtbewusst, einer Macht, die von Gott verliehen war. Für eine kleine unbedeutende Nonne, wie es Schwester Mathilde war, die nun von der Äbtissin hereingeleitet wurde, mussten schon allein sein gestrenges Aussehen und sein Habitus angsteinflößend wirken.

Die Nonne – ihre weiße Ordenstracht war Ausdruck ihrer Reinheit und Unbeflecktheit – schien immer noch benommen von ihrer überirdischen Anstrengung zu sein, das tote Mädchen ins Leben zurückgerufen zu haben. Als sie des Erzbischofs ansichtig wurde und im Augenwinkel ihre Äbtissin sah, wie sie ihr mit einer versteckten Geste zu verstehen gab, dass sie ihrem obersten irdischen Dienstherrn gefälligst die ihm angemessene Ehrerbietung erweisen sollte, ging sie in die Knie und verneigte sich vor ihm.

Der Erzbischof zeigte sich huldvoll. »Du kannst dich erheben, meine Tochter.«

Schwester Mathilde stand auf, hielt aber den Blick demütig zu Boden gerichtet.

»Komm näher, meine Tochter«, sagte der Erzbischof und erhob sich von seinem Sitz. Die Nonne machte ein paar Trippelschritte auf ihn zu und verharrte dann wieder in respektvoller Distanz. Konrad von Hochstaden ging um sie herum, blieb hinter ihr stehen und nahm ihre rechte Hand. Sie wehrte sich nicht und ließ es mit sich geschehen, als er die Hand anhob, sie umdrehte und ihr Stigma besah, auf dem sich ein Schorf gebildet hatte. Er prüfte die Wunde in ihrer Handinnenfläche mit dem Zeigefinger.

»Es ist nicht tief«, sagte er. »Wie oft blutet es?«

Schwester Mathilde hielt den Kopf immer noch gesenkt.

»Antworte Seiner Eminenz, wenn er dich etwas fragt«, wurde sie von der Äbtissin angeherrscht.

»Ich weiß nicht, es erscheint unregelmäßig, Euer Eminenz«, hauchte sie schließlich mit leiser Stimme.

»Seit wann hast du die Stigmata?«, wollte der Erzbischof wissen.

»Seit ich ... Seit ich die Braut Christi bin«, kam es zaghaft von ihren Lippen.

»Schwester Mathilde hat vor zwölf Jahren das Gelübde abgelegt«, half die Äbtissin aus. »Sie ist jetzt 26 Jahre alt.«

Der Erzbischof nickte, als wäre er mit dieser Antwort zufrieden, dann fragte er die Äbtissin direkt: »Schwester Mathilde ist recht einträglich für das Kloster, nehme ich an.«

Jetzt schlug die Äbtissin die Augen nieder und bekreuzigte sich. »Die Gläubigen erwarten Wunder, und wir haben in Schwester Mathilde eine Jungfrau, die durch die Gnade des Herrn damit gesegnet ist, diese Wunder sichtbar und erlebbar werden zu lassen.«

Der Erzbischof blickte Pater Severin auffordernd an. »Die großherzigen Spenden an das Kloster und damit die Heilige Mutter Kirche erfreuen unser aller Herz, ehrwürdige Äbtissin«, sagte dieser und gönnte der Klostervorsteherin eine leichte Neigung seines Kopfes, die diese lächelnd erwiderte. »Es steht alles in den Rechnungsbüchern, die Euch alljährlich vorzulegen ich die Ehre habe, Euer Eminenz.«

»Ihr habt die genauen Zahlen bestimmt im Kopf, habe ich recht?«, stichelte der Erzbischof.

»Wollt Ihr sie hören?«, fühlte sich Pater Severin an seiner Ehre als erzbischöflicher Buchhalter gepackt.

»Nein«, sagte Konrad von Hochstaden, umrundete die Nonne erneut und blieb vor ihr stehen.

»Sieh mir in die Augen!«, befahl er.

Zögernd hob Schwester Mathilde den Kopf und sah ihm mit offenem Blick regungslos ins Gesicht. Der Erzbischof fing ihren Blick ein und ließ ihn nicht mehr los. Keiner, den er kannte, konnte seinen bohrenden Blick lange ertragen, ohne die Augen wieder niederzuschlagen. Aber Schwester Mathilde hielt seinem Blick stand, sie zuckte nicht einmal mit der Wimper. Statt in die Abgründe ihrer Seele zu blicken, hatte der Erzbischof den irritierenden Eindruck, dass sie versuchte, die seinen auszuforschen.

»Mir wurde berichtet, dass der Allmächtige dir die seltene Gabe der Prophezeiung verliehen hat. Ist das so?« Immer noch hielt er ihren Blick fest.

»Ja, gelegentlich, Euer Eminenz.«

Der Erzbischof wandte sich ab und sah in den winterlichen Klostergarten hinaus, der mit frisch gefallenem Schnee bedeckt war und genauso jungfräulich und unberührt wirkte wie die weißgekleidete Nonne hinter ihm. Aber er wusste dass unter der glitzernden Oberfläche der Schmutz und Matsch des alten, fast vergangenen Jahres nur verborgen war. Alles war grausame Täuschung, Verführung und Illusion, auch in der Natur. Gott liebte es, damit zu spielen. Das hatte er, Konrad von Hochstaden, mit seinem Schöpfer gemeinsam. Die Regeln der Macht und die Regeln des Krieges beruhten auf Täuschung. Und beides beherrschte er bis an die Grenzen der Perfektion.

»Soso, gelegentlich«, murmelte er geistesabwesend.

Die Äbtissin und Pater Severin standen unbeweglich an der Seite des Tisches und fragten sich, worauf der Erzbischof wohl hinauswollte.

»Dann sag mir«, er drehte sich wieder zu Schwester Mathilde um, »wird das ein langer und strenger Winter?«

»Das vermag ich nicht zu sehen, Eminenz.«

»Was kannst du dann sehen?«

»Ich kann sehen, was mit einem Menschen geschieht. Wenn ich seine Hand nehme, die zu seinem Herzen führt. Aber nicht immer.«

»Was siehst du dann? Seine Krankheiten? Seinen Tod?«

»Das ist unterschiedlich. Manchmal sein Glück, manchmal sein Unglück.«

»Dann kannst du also nicht sehen, was ... Sagen wir mal, mit dem König geschehen wird?«

»Habt Ihr mit dem König Umgang?«

»Von Zeit zu Zeit.«

»Dann habt Ihr ihn schon mal berührt?«

»Er durfte meinen Bischofsring küssen.«

»Das reicht.« Sie streckte die Hand aus. »Gebt mir Eure linke Hand.«

Der Erzbischof machte keine Anstalten, der Aufforderung Folge zu leisten. »Vorher will ich noch etwas anderes wissen, was mir sehr am Herzen liegt.«

Sie zog ihre Hand wieder zurück und wartete auf seine Frage.

»Kannst du mir sagen, was mein größter irdischer Wunsch ist?«

»Das kann ich Euch auch von den Augen ablesen, Eminenz.« Sie lächelte nicht. »Es ist der Bau des neuen Kölner Doms.«

»Ha!«, rief der Erzbischof aus. Mehr nicht. Aber er schien beeindruckt zu sein.

Erneut streckte die Nonne ihre Hand aus. »Gebt mir Eure Hand, Eminenz, dann sage ich Euch, was ich noch sehe.«

Konrad von Hochstaden zögerte. Er wandte sich an seinen Adlatus, Pater Severin, und sah ihn auffordernd an. Der wusste im selben Augenblick, was der Erzbischof von ihm wollte, und hob abwehrend die Hände. Er schüttelte vehement den Kopf und wich zurück. »Nein, nein, dreimal nein! Das ist für mich Hexenwerk, Euer Eminenz. Ich gebe mich vertrauensvoll in Gottes Hand, der Herr allein ist mein Hirte und mir wird nichts mangeln. Er weidet mich auf einer grünen Aue und führet mich zum frischen Wasser.« Er bekreuzigte sich.

»Siehst du«, sagte Konrad von Hochstaden zu Schwester Mathilde, »es will gar nicht jeder wissen, was seine Zukunft ist.«

»Vielleicht, weil ich auch in die Vergangenheit sehen kann«, entgegnete die Nonne.

»Das vermagst du auch?«

»Gelegentlich.«

»Du bist gefährlich, meine Tochter, weißt du das?«

»Ich bin nur ein Werkzeug nach dem Willen des Allmächtigen, Euer Eminenz.«

Ohne Aufforderung trat sie überraschend auf den Erzbischof zu und ergriff mit beiden Händen seine Linke, bevor er reagieren konnte. Die Äbtissin wollte sofort empört einschreiten und packte die Nonne an der Schulter. »Schwester Mathilde – was erlaubst du dir!«

Der Erzbischof winkte die Äbtissin mit der freien Hand zurück. »Lasst sie gewähren!«

Die Äbtissin ließ los, und im selben Augenblick wurde Schwester Mathilde von einem heftigen Krampf am ganzen Körper erfasst. Sie zitterte wie in einem Anfall von Schüttelfrost, verdrehte die Augen, bis nur noch das Weiße zu sehen war, und sank in die Knie, ohne dabei die Hand des Erzbischofs loszulassen. Konrad von Hochstaden versuchte, sich von ihrem eisernen Griff zu befreien, es dauerte eine ganze Weile, bis Pater Severin und die Äbtissin reagierten und schließlich beherzt einschritten. Zu dritt schafften sie es endlich, den Starrkrampf der Nonne und damit ihre Hände zu lösen. Schwester Mathilde fiel auf den Boden und zuckte konvulsivisch, Schaum trat ihr vor den Mund.

Der Erzbischof versuchte, seine Fassung angesichts dieses völlig unerwarteten Anfalls wiederzugewinnen und besah seine linke Hand. Sie war von Schwester Mathildes Stigmata, die anscheinend wieder aufgebrochen waren, blutverschmiert. Die Äbtissin wollte seine Hand mit den Ärmeln ihres Habits abwischen, aber der Erzbischof wehrte sie schroff ab. Die weißgekleidete Nonne auf dem Boden, deren Gewand jetzt blutbesudelt war, zuckte noch ein-, zweimal mit den Beinen, dann krümmte sie sich zusammen und wimmerte nur noch vor sich hin.

Die Hand von sich gestreckt, von der das Blut heruntertroff, stand Konrad von Hochstaden voller Ekel da und befahl Pater Severin in einem Ton, der keinerlei Widerspruch zuließ: »Klagt diese Ketzerin wegen Häresie an, und sorgt dafür, dass sie verurteilt wird. Sie ist vom Teufel besessen. Gott sei ihrer armen Seele gnädig!«

Er wischte seine Hand an Pater Severins Habit ab, drehte sich mit angewidertem Gesicht um und rauschte aus dem Empfangsraum der Äbtissin, sie und Pater Severin fassungslos zurücklassend.

VI

Konrad IV. schlug die Augen auf. Er war mit seinem Geist ganz woanders, das sah Anna auf den ersten Blick. Sie saß neben seinem Bett und befühlte seine Stirn, die nicht fiebrig war, sie fühlte sich kalt an. Sie war sich nicht sicher, ob er sie erkannte. Er begann die Lippen zu bewegen und zu sprechen, aber Anna verstand nicht, was er sagen wollte. Sie beugte ihren Kopf zu ihm hinunter und hielt ihr Ohr nah an seinen Mund.

»... habe solchen Durst ...«, konnte sie aus dem, was er wisperte, heraushören.

Der König sah schrecklich aus, leichenblass, abgemagert und ausgezehrt, seine Augen lagen tief in den dunkel umrandeten Höhlen, sein Haar war verfilzt und fettig, seine Finger zitterten.

Anna sah sich in dem düsteren Gemach um. Eine einsame brennende Kerze auf einem Leuchter war die einzige künstliche Lichtquelle, durch das kleine geöffnete Fenster fiel ein schmaler Sonnenstrahl herein, in dem Staubflöckchen tanzten. Sie kannte das Gemach, hier hatte sie Medicus Aaron geholfen, der hochschwangeren Gräfin Ottgild im letzten Moment den Bauch aufzuschneiden, und ihr und dem Kind das Leben gerettet.

Das Bett, in dem der König lag, hatte einen Baldachin und Vorhänge, die an den Ecken zusammengebunden waren. Im Gegensatz zu den Schlafstellen normaler Leute – einfachen

Strohmatratzen – war es auf vier Pfosten und einem geschreinerten Holzgestell höher gestellt. Der junge König war so tief in seinem Kopfkissen versunken, dass sein schmales Gesicht mit der spitz gewordenen, wachsbleichen Nase gerade noch hervorlugte. Bartwuchs hatte er noch keinen, er wirkte wie ein kranker, schmächtiger Junge, der er dem Alter nach auch noch war.

Anna stand von ihrem Hocker auf und ging zu einem Tisch, auf dem eine Karaffe mit einer Flüssigkeit und ein Becher standen. Sie schenkte davon ein, roch daran und nahm vorsichtig einen ganz kleinen Schluck, den sie wieder ausspuckte, es war verdünnter Wein. In diesem Fall und nach der üblen Erfahrung mit Jeronimus, dem Knochenhauer, traute sie niemandem mehr; nur sich selbst. Sie hatte ein Fläschchen dabei, das ein selbstgebrautes Mittel aus allerlei Kräutern und Honig enthielt, das sie schwachen Patienten zu verabreichen pflegte. Sie hatte den Stärkungstrank extra noch nach einer Rezeptur von Medicus Aaron mit Bruder Thomas auf Burg Greifenklau frisch angesetzt. Sie nahm den Stopfen heraus, setzte sich auf den Bettrand, half dem Jungen, indem sie seinen Kopf hob und abstützte, und benetzte seine trockenen, aufgesprungenen Lippen mit dem Trank aus dem Fläschchen. Konrad probierte mit der Zunge und nahm dann mit größter Mühe zwei Schlucke daraus. Erschöpft wie von einer großen Anstrengung ließ sich der König wieder in sein Kissen zurücksinken und schloss dankbar die Augen. Als er jetzt anfing zu sprechen, war seine Stimme, obschon noch heiser, wesentlich deutlicher zu verstehen. »Medica«, flüsterte er, »wie kommt Ihr hierher?«

Erleichtert stellte Anna fest, dass der König zwar schwer krank, aber bei klarem Verstand war.

»Das ist eine lange Geschichte«, antwortete sie ihm.

»Ich will sie hören«, sagte er. »Ich habe so gehofft, dass Ihr kommt. Ich habe unsere Begegnung nie vergessen. Da war Lea noch am Leben. Lea – wo ist sie jetzt?« Er wollte sich erheben, schaffte es aber nicht.

»Sie haben sie begraben«, sagte Anna wahrheitsgemäß. »Sie musste nicht leiden. Sie ist friedlich eingeschlafen«, fügte sie noch tröstend hinzu, obwohl sie sich dessen nicht sicher war.

Seine Anspannung ließ wieder nach, er schloss kurz die Augen. »Gut, das ist gut. Ich habe Lea sehr gemocht. Sie war ein Geschenk meines Vaters. Ich habe ihr nichts angetan, sie ist einfach krank geworden«, fügte er hinzu, als wolle er sich nachträglich noch rechtfertigen, dass er seinen Vater, den Kaiser, enttäuscht hatte.

Anna strich ihm fürsorglich ein paar wirre Haare aus der Stirn. »Das wissen alle«, sagte sie. »Ihr dürft Euch keine Vorwürfe machen deswegen. Ihr müsst jetzt an Euch denken, ich werde alles tun, um Euch wieder gesund zu machen, ich verspreche es Euch.«

»Medica, Ihr glaubt gar nicht, wie froh ich bin, Euch hier zu sehen!« Seine Hand tastete nach der ihren und drückte sie schwach. Anna sah den Verband um seinen Unterarm, der vom Aderlass stammen musste, und erwiderte seinen Händedruck.

»Bitte erzählt. Erzählt, wie Ihr es geschafft habt, hierher zu kommen«, forderte er sie auf.

Anna räusperte sich und fing an. Sie begann mit der verschlüsselten Nachricht von Graf Landskron, die mit der Brieftaube gekommen war, und endete damit, dass sie und Bruder Thomas, ihr Helfer, nicht in das königliche Gemach vorgelassen worden waren.

»Wie seid Ihr dann hier hereingekommen?«, fragte der König. »Ah, ich weiß! Es heißt von der Medica, dass sie Zauberkräfte hat und dass sie hexen kann. Hexen können fliegen, nicht wahr?« Ein schwaches Lächeln umspielte seine Lippen, als er unter großer Mühe seinen Kopf zum Licht drehte und ihn leicht anhob. »Das Fenster steht offen, dann haben die Leute also doch recht. Ihr seid hereingeflogen!«

Anna seufzte und drückte seinen Oberkörper sanft wieder in das Kissen zurück.

»Wenn ich hexen könnte, würde ich Euch auf der Stelle wieder gesund machen, Majestät. Das dürft Ihr mir glauben! Und nun haben wir genug geplaudert. Jetzt will ich von Euch genau wissen, wann und wie Ihr krank geworden seid, und wie man Euch behandelt hat, damit ich Euch wirksam helfen kann.«

»Nein, nein«, widersprach er mit letzter Kraft. »Zuerst will ich von Euch hören, wie Ihr das bewerkstelligt habt.«

Anna gab nach und schilderte ihm in allen Einzelheiten, wie sie sich, nur durch Bruder Thomas an der Kordel abgesichert, Schritt für Schritt im dritten Stockwerk an der Außenfassade des Palas den handbreiten Sims entlanggetastet, gegen die beinahe überstarke Versuchung ankämpfend, nach unten in den Abgrund zu sehen, und sich mit den Fingerspitzen in den Fugen des Mauerwerks festgekrallt hatte; wie sie um ein Haar beinahe abgerutscht wäre; wie sie gegen ihre aufsteigende Panik angekämpft hatte; wie sie schließlich den Fensterschacht erreicht, eine Glasscheibe eingedrückt, den Riegel von außen hochgehoben, das Fenster aufgestoßen und sich nach innen in sein Gemach fallen gelassen hatte. Von alledem hatte er nichts mitbekommen, sie hatte ihn schlafend aufgefunden und an seinem Bett gewacht, bis er die Augen aufgeschlagen hatte.

»Warum habt Ihr das getan?«, wollte er erstaunt wissen. »Warum habt Ihr Euer Leben für mich aufs Spiel gesetzt?«

»Weil ich Medica bin und weil man mich zu Hilfe gerufen hat. Und weil ich nicht in aller Ruhe abwarten und zulassen kann, wie Euch falsche Behandlung nach und nach umbringt.«

»Falsche Behandlung? Gott will mich für meine Sünden strafen, deshalb bin ich krank geworden.«

»Wer sagt das?«

»Der Leibmedicus. Und mein Kaplan.«

»Was Ihr für Sünden auf Euch geladen habt, müsst Ihr mit Eurem Gewissen und mit Eurem Beichtvater abmachen. Ich bin der festen Überzeugung, dass Eure Krankheit nichts damit zu tun hat. Und ich brauche Euch nur anzusehen, um zu sagen, dass die Aderlässe, die Euer Leibmedicus an Euch vornimmt, Euren Zustand nur verschlimmern. Damit hat es jetzt ein Ende, wenn es nach mir geht. Doch dazu brauche ich Eure Hilfe. Und Euer absolutes Vertrauen. Ihr habt einmal gesagt, Ihr vertraut mir.«

»Ich erinnere mich. Ihr wolltet wissen, warum. Und ich sagte, weil Ihr Leben rettet. Und nicht darauf aus seid, es zu vernichten.«

Anna nickte. Sie wunderte sich, dass der König sich noch an den genauen Wortlaut erinnerte. Sie tat es ebenfalls, dieser Ausspruch eines Königs hatte sich unvergesslich für alle Zeiten tief in ihr Gedächtnis eingegraben.

Konrad wollte noch etwas sagen, aber sie legte ihm zum Zeichen des Schweigens ihren Zeigefinger auf seine spröden Lippen.

»Hört mir gut zu, Majestät«, sprach sie mit eindringlicher Stimme. »Wollt Ihr, dass ich Euch helfe mit allem, was mir zur Verfügung steht?«

»Ja«, antwortete Konrad nur.

»Gut«, sagte sie. »Dann müsst Ihr Euch zu einer letzten Anstrengung aufraffen, das ist leider unumgänglich. Ihr habt doch die absolute Befehlsgewalt.«

»Nun, ich bin immer noch der König.«

»Könnt Ihr Euch auf den unbedingten Gehorsam Eurer Leibwache verlassen?«

»Sie wurde von meinem Vater handverlesen und haftet mit ihrem Leben für meine Unversehrtheit.«

»Was Ihr sagt, muss befolgt werden? Auch vom Leibmedicus?«

»Das will ich wohl meinen.«

»Dann müsst Ihr mir die ausdrückliche Erlaubnis geben, Euch behandeln zu dürfen. Vor der Leibwache und Eurem Leibmedicus. Er wird alles tun, um das zu verhindern, schließlich geht es auch um seinen Ruf und seine Ehre, und ich bin in seinen Augen nur eine ungehörige Weibsperson, die ihm ins Handwerk pfuschen will. Wenn Ihr meine alleinige Verantwortung für Euch nicht energisch genug vertretet, wird mich Seine Gnaden Ludolf von Aspelt, sobald er mich in Eurem Schlafgemach vorfindet, ergreifen und in den Kerker werfen lassen. Verzeiht, dass ich so streng zu Euch sein muss, aber … Habt Ihr das verstanden?«

»Ja«, sagte er ohne zu zögern. »Aber ich bin auf einmal so müde …«

»Ich bitte Euch, bleibt noch für einen kurzen Moment wach. Je früher wir uns um Euch kümmern können, desto besser. Ich werde jetzt hinausgehen und nach Eurem Leibmedicus rufen lassen. Könnt Ihr so lange wach bleiben?«

»Ich will es versuchen«, sagte der König, der nur noch mit Mühe die Augenlider offen halten konnte, das sah sie ihm an.

Anna tätschelte beruhigend seine Hand, stand auf und ging zur Tür. Von ihren Besuchen als Famula des Medicus Aaron bei Ottgild von Landskron wusste sie, dass das Schlafgemach in ein Vorzimmer mündete, dort war eine weitere Tür, vor der draußen im Gang die Wachen postiert waren.

Sie holte tief Luft, dann öffnete sie in einem Schwung die zweiflüglige Tür, die nach innen aufging. Die Leibwachen, die davor standen, drehten sich wie auf ein Kommando nach ihr um und sahen sie erst an, als wäre sie eine Inkarnation des Heiligen Geistes, bevor sie reagierten und ihre Lanzenspitzen auf ihr Herz richteten.

»Eine Bewegung, und Ihr seid des Todes!«, blaffte der Bärtige von beiden, nahm die Lanzenspitze weg und drückte Anna am Hals dermaßen derb mit seiner behandschuhten Hand gegen den Türrahmen, dass ihr die Luft wegblieb.

»Schnell, sieh nach, ob sie dem König etwas angetan hat, mach schon!«, befahl er seinem begriffsstutzigen Kameraden, der Anna noch immer ungläubig anstarrte, dann aber schnell ins königliche Gemach eilte. Der Bärtige ließ nicht locker und funkelte Anna so böse an, dass sie keinen Augenblick daran zweifelte, dass er nötigenfalls seine Worte ohne zu zögern in die Tat umsetzen würde.

Bruder Thomas hatte wie auf glühenden Kohlen dagesessen, immer wieder aus dem Fenster gesehen und an der Tür zum Gang gehorcht. Irgendwann würde Anna doch wieder auftauchen müssen! Dann waren im Gang plötzlich Stimmen und Geräusche zu vernehmen, und jetzt hielt es ihn nicht länger in Annas Kammer. Er riss die Tür auf, erfasste die Situation mit einem Blick und brüllte wie von Sinnen los. »Lass sofort deine schmutzigen Finger von der Medica, du dummer Kettenhund! Du sollst sie loslassen, sag ich!«

Ohne nachzudenken drang er auf den Bärtigen ein und riss ihn am Kragen von Anna weg. Anna keuchte erleichtert auf und fuhr sich an den schmerzenden Hals. »Halt!«, wollte sie schreien, doch es kam nur ein Krächzen aus ihrer Kehle. Aber Bruder Thomas in seinem Furor war Worten sowieso nicht mehr zugänglich. In der Angst um Anna und nach der Demütigung durch den Leibmedicus hatte sich so viel Energie bei ihm aufgestaut, dass er nun nicht mehr zu bändigen war. Ungeachtet der Lanze des Wachsoldaten, die im Nahkampf sowieso eher hinderlich war, schlug er mit beiden Fäusten wie von Sinnen auf den Wachmann ein, der die Lanze fallen ließ und sich nach Leibeskräften wehrte. Der Bärtige war zwar genauso groß wie der Mönch und kampferprobt, doch jetzt zog er bei Bruder Thomas, der blind war vor Raserei, den Kürzeren. Er hatte nur noch die Arme erhoben und versuchte sich vor den Schlägen zu schützen, die auf ihn einprasselten. Er wich nach rückwärts aus, geriet ins Stolpern, und Bruder Thomas nutzte die Gelegenheit, indem er sich mit seinem ganzen Gewicht auf ihn warf.

»Was ist hier los?!«, brüllte eine Stentorstimme vom Ende des Ganges, die Tote hätte aufwecken können, und brachte Bruder Thomas endlich wieder zur Vernunft. Der Bärtige unter ihm rührte sich sowieso nicht mehr, er war besinnungslos. Die Stimme war die des Grafen, der mit dem Leibmedicus, dem Kammerdiener und einigen hohen Herrschaften im Gefolge den Gang dahergehetzt kam, das Gesicht gerötet vor Sorge um den königlichen Gast, dessen Sicherheit ihm anvertraut war, und das Schwert angesichts des Tumults vor dem Eingang zum Schlafgemach gezückt.

Anna legte sich schon die richtigen Worte zurecht, um die heranstürmende Meute zu beruhigen, und Bruder Thomas erhob sich schwerfällig und ächzend von seinem ohnmächtigen Gegner, als der zweite Wachmann mit dem kranken König an seiner Seite an der offenen Tür zum Gemach erschien. Die Leibwache musste den König mit dem Arm stützen und ihn halb schleppen. Konrad konnte sich kaum auf den Beinen halten und sah in seiner Tunika, die ihm um den mageren Leib schlotterte, barfuß und bleich wie ein lebender Leichnam, zum Erbarmen aus. Konrad IV. nahm unter Aufbietung seiner letzten Kräfte Haltung an, hob die Hand und sprach mit schwacher, aber doch Einhalt gebietender Stimme, in die er seine ganze Autorität legte. »Hört mich an! Die Medica hat meine ausdrückliche Erlaubnis, mich zu behandeln. Alles, was sie braucht, steht ihr zur Verfügung. Alles, was sie sagt, wird ausgeführt. Dies ist mein königlicher Befehl, und ich dulde keinen Widerspruch. Graf Landskron – Ihr seid mir dafür verantwortlich, dass er unverzüglich und ohne Wenn und Aber befolgt wird. Habt Ihr verstanden?«

Die Antwort des Grafen hörte er nicht mehr, denn er brach in den Armen der Leibwache zusammen, Anna und Bruder Thomas konnten ihn gerade noch halten, bevor er auf den Boden gestürzt wäre. Zu dritt trugen sie ihn in sein Gemach zurück, ungläubig und fassungslos angestarrt vom Grafen, dem Leibmedicus, dem Kammerdiener und dem halben Dutzend Männer des Hofadels, die inzwischen alle um die Tür herumstanden. Sofort begann unter ihnen eine erregt und lautstark geführte Debatte darüber, was zu tun sei, die aber augenblicklich verstummte, als Anna noch einmal an der Tür zum Schlafgemach erschien und laut kundgab: »Graf Georg von Landskron – Ihr könnt eintreten. Alle anderen bitte ich, in der Empfangshalle zu warten, bis ich den König untersucht habe. Ich werde Euch schnellstmöglich darüber Bericht erstatten.«

Sie hielt die Tür für den Grafen auf, der sich nach seinen Gefolgsleuten umdrehte und ihnen unmissverständlich zurief: »Ihr habt gehört, was die Medica gesagt und der König befohlen hat!«

Dann steckte er sein Schwert weg und stapfte an Anna vorbei in das Schlafgemach.

Der Leibmedicus und der Kammerdiener wollten ihm folgen, aber Anna knallte ihnen die Tür vor der Nase zu. Als der Leibmedicus sie trotzdem zornbebend wieder öffnete, sah er sich dem zweiten Wachmann gegenüber, der ihm den Zutritt verwehrte, auf den Gang hinaustrat, die Türe hinter sich demonstrativ schloss und sich um seinen Kameraden kümmerte, der sich stöhnend aufrappelte und den brummenden Schädel hielt.

Der Leibmedicus machte mit zusammengebissenen Zähnen und Verwünschungen murmelnd kehrt und folgte den anderen Männern, die stumm gehorcht und wieder den Rückzug angetreten hatten. Der Kammerdiener war ratlos, was er tun sollte. Schließlich nahm er sich einen Schemel und richtete sich auf eine längere Wartezeit im Gang ein.

VII

Der König war von Bruder Thomas sorgfältig wieder in seine Kissen gebettet worden. Er war zwar bei Bewusstsein, aber so schwach, dass er sich nicht regen konnte und schnaufend atmete, als habe er sämtliche Treppen des Palas im Sturmschritt genommen. Sein Brustkorb hob und senkte sich mit der besorgniserregenden Heftigkeit eines Blasebalgs. Schweiß von der übermenschlichen Anstrengung stand auf seiner Stirn, den Anna mit Linnen vom Bettzeug abwischte.

Graf Georg von Landskron sah mit gemischten Gefühlen zu, wie sich die beiden um den König kümmerten. Er machte sich nützlich, indem er weitere Kerzen entzündete, damit genügend Licht die Untersuchung erleichterte.

Anna ging so zartfühlend vor, wie es nur irgend möglich war. Zunächst überprüfte sie des Königs Herzschlag – sein Herz schlug wie ein Schmiedehammer – und redete ihm leise zu, dass er sich erst einmal beruhigen solle. Sie wartete, bis seine Atemfrequenz sich wieder normalisierte, dann fing sie an, ihn so zu untersuchen, wie sie das bei Medicus Aaron gelernt und inzwischen verinnerlicht hatte. Sie drückte hier und dort, um herauszubekommen, ob und wie stark er Schmerzen verspürte, sah die Zunge an und erkundigte sich nach allem, ohne Rücksicht auf falsche Scham oder Animositäten. Sie fragte nach den Essgewohnheiten, was er getrunken hatte, wie oft und wie heftig er sich übergeben musste, ob er Schwindelgefühle hatte, Fieber oder Krämpfe. Dann bat sie Bruder Thomas, den Kammerdiener zu holen, der praktischerweise gleich vor der Tür zum Gang wartete. Ihn unterzogen sie diskret im Vorraum des Gemachs einer minutiösen Befragung, die nichts ausließ, jedes noch so intime Detail wollten sie wissen, auch Art, Farbe und Geruch der Ausscheidungen. Der Kammerdiener machte auf sie einen eifrigen und konzentrierten Eindruck, seine anfängliche Hochnäsigkeit war nun einem ehrlichen Ehrgeiz gewichen, so gut es ging zu helfen. Er schien ernsthaft besorgt über den Zustand seines Herrn zu sein und war bemüht, mit seinen Auskünften die Ursache und den Beginn der Krankheit so gut wie möglich zu eruieren. Er gab außerdem an, dass der König seit zwei Wochen bis zu dreimal am Tag zur Ader gelassen worden sei, was Anna und Bruder Thomas mit Entsetzen zur Kenntnis nahmen, sich aber nichts anmerken ließen und nur heimlich einen Blick austauschten, der ihre Besorgnis darüber zum Ausdruck brachte. Nach herkömmlicher Lehrmeinung war ein Aderlass bei jeder Krankheit angebracht, um die Körpersäfte, Gelbe Galle, Schwarze Galle, Blut und Schleim, wieder in ein Gleichgewicht zu bringen, so war es Anna auch als Famula des Infirmarius Pater Urban im Kloster beigebracht worden. Doch dann hatte Anna von ihrem jüdischen Medicus gelernt, dass dies ein Irrweg war. Als Famula des jüdischen Medicus war sie durch dessen Heilerfolge mit ganz anderen Methoden konfrontiert worden und hatte schließlich auch Bruder Thomas davon überzeugt, dass der Aderlass in den meisten Fällen den Zustand eines Patienten eher verschlechterte als verbesserte. Aber diese Meinung behielten sie einstweilen lieber für sich. Ihre neuen Theorien öffentlich zu machen, hätte einen Aufstand sämtlicher Heilkundiger, Bader und Quacksalber zur Folge gehabt und konnte sie Kopf und Kragen kosten, weil sie an den Grundfesten des gängigen Dogmas rüttelten. Dass der Leibmedicus des Königs unbeirrt an der These festhielt, dass nicht falsch sein konnte, was seit Jahrhunderten so praktiziert wurde, war für sie deshalb nicht überraschend.

Bruder Thomas wollte vom Kammerdiener noch wissen, ob sich die Farbe des königlichen Blutes im Laufe der Zeit verändert habe, und dann schickten sie den Kammerdiener wieder hinaus, baten ihn aber, frisches Wasser und Tücher zu holen und sich damit vor der Tür bereitzuhalten, bis sie ihn wieder rufen würden.

Zur abschließenden Beratung beschlossen sie, den Grafen hinzuzuziehen. Sie konnten ihm vertrauen, dieses Vertrauen hatte er schon mehr als einmal gerechtfertigt und unter Beweis gestellt. Der König war in einen unruhigen Dämmerschlaf gefallen, und so zogen sie sich mit Graf Georg in den Vorraum zurück, um ungestört den Stand der Dinge festhalten und über die Konsequenzen reden zu können.

»Vermutest du dasselbe wie ich?«, fragte Anna, und Bruder Thomas zuckte mit den Schultern.

»Ich befürchte«, sagte er und kratzte sich am Kopf, »der König ist vergiftet worden.«

»Das ist auch meine Meinung«, sagte Anna, und sie sahen beide Graf Georg an, der einen bedrückten Eindruck machte und den Kopf schüttelte. »Wenn das stimmt, dann gibt es einen Verräter in der Burg. Oder kann es sein, dass der König schon vergiftet war, als er hier ankam?«

»Vermutlich. Aber wir sollten mit allem rechnen«, antwortete Anna.

»Wird er wieder gesund?«

»Wir werden unser Möglichstes tun.«

Bruder Thomas dachte laut. »Ich befürchte, dass er weiterhin Gift bekommen hat, auf welche Art auch immer, im Essen oder im Getränk. Und dass man beabsichtigt, das so lange zu tun, bis er stirbt.«

»Und vom Tod ist er nicht mehr weit entfernt«, fügte Anna ernst hinzu. »Dazu kommt nämlich noch der ständige Aderlass. Mich wundert, dass er diese Tortur bisher überlebt hat.«

»Glaubt Ihr, der Leibmedicus hat damit zu tun?«, wollte der Graf wissen.

»Wir wissen es nicht«, antwortete Anna. »Jeder, der Zugang zu Konrad oder zu den Speisen für ihn hatte, kann seine Finger im Spiel haben.«

Sie war aufgestanden und ging hin und her, so konnte sie besser nachdenken. »Wir wissen nicht, welche Art von Gift ihm verabreicht worden ist. Es gibt so viele unterschiedliche Gifte. Pflanzliche, mineralische, tierische. Aber die meisten, die mir bekannt sind, wirken binnen Stunden und sind tödlich. Oder sie haben noch andere Auswirkungen – Visionen, Fieber, Lähmungserscheinungen. Der König kann Gott sei Dank klar denken, er fantasiert nicht wie im Fieberwahn oder sieht Dinge, die nur er sehen kann. Die Dosis, die man ihm verabreicht hat, ist also nicht tödlich. Wie zum Beispiel bei Jeronimus, unserem Knochenhauer.«

Der Graf verstand nicht, worüber Anna sprach, aber er wollte sich jetzt nicht in ihre Gedankengänge einmischen.

Bruder Thomas nahm den Faden auf. »Ja, uns wollte man gleich ganz aus dem Weg räumen.«

»Mit dem König hat man wohl anderes vor. Bei uns war es eine klare Angelegenheit.«

»Nach uns hätte auch kein Hahn gekräht, wenn wir ins Gras gebissen hätten«, fügte Bruder Thomas sarkastisch hinzu. »Bei einem König muss man raffinierter vorgehen, es muss so aussehen, als wäre er krank geworden, in Siechtum verfallen und eines natürlichen Todes gestorben, damit es nicht einen riesigen Skandal gibt, Verhöre, Verdächtigungen, Schuldzuweisungen.«

»Der Zeitpunkt macht mich stutzig – jemand will vielleicht verhindern, dass er überhaupt zum Hoftag antreten kann«, bemerkte Anna.

»Cui bono?«, warf Bruder Thomas ein.

Sie sahen den Grafen an. »Wer hat ein Interesse an seinem Tod?«, fragte Anna.

»Da könnte ich Euch eine ganze Litanei aufzählen. Die Hälfte der Edlen des Reiches will die Staufer vom Thron stoßen«, antwortete der Graf.

»Mit Seiner Eminenz Konrad von Hochstaden an der Spitze«, bemerkte Bruder Thomas. »Wir haben mit eigenen Augen gesehen, wie Jeronimus mit ihm konspiriert hat. Jeronimus, ein Bediensteter aus dem Haushalt des Grafen Greifenklau, Eures Schwiegervaters, sollte uns im Auftrag des Erzbischofs vergiften«, fügte er erklärend hinzu. »Anna und ich wissen, dass er uns lieber heute als morgen ausgeschaltet haben will. Und dann, Anna – vergiss eines nicht: Er hasst uns zutiefst. Die Demütigung, die wir ihm bereitet haben, als er uns im Inquisitionsprozess freisprechen musste, wird er nie vergessen. Der Erzbischof ist rachsüchtig und nachtragend. Auch wenn er so getan hat, als wäre die Sache für ihn erledigt.«

»Du hast recht. Der Anschlag auf uns – das war persönlich.«

»Aber der Anschlag auf den König ist geschäftlich, oder politisch, ganz wie man will.«

»Da kann nur eine sehr einflussreiche und wohlhabende Person dahinterstecken, die die Möglichkeit und das Wissen hat, an ein Gift heranzukommen, das langsam wirkt. Und der jemanden seines Vertrauens damit beauftragen kann, es dem König zu verabreichen, ohne dass es auffällt.«

»Damit kommen wir wieder darauf zurück, dass es im

Umfeld des Königs jemanden geben muss, der ihm das Gift zuführt. Eine verteufelte Sache …«

Er bekreuzigte sich.

Anna nickte. »Ja, da will ich dir ausnahmsweise einmal nicht widersprechen. Da hat der Teufel die Hand im Spiel, und wir kennen seinen Namen. Konrad von Hochstaden.«

»Das ist eine schwerwiegende Anschuldigung. Können wir das beweisen?«, wandte Graf Georg ein.

»Nein«, sagte Anna. »Wir wissen nicht einmal, was es für ein Gift ist und ob es ein Gegengift gibt.«

Sie hörte auf, herumzugehen, und brachte ihre Gedankengänge auf den Punkt. »Vorrangig ist jedenfalls, dass der König wieder zu Kräften kommt und gesund wird.«

Der Graf unterbrach sie. »Da sind wir uns absolut einig. Aber wenn ich jetzt vor die Hofgesellschaft trete, kann ich kein Wort über unseren Verdacht darüber verlieren, dass der König langsam vergiftet wird.«

»Nein«, stimmte Anna zu. »Wir sagen, wir behandeln den König, weil er eine fiebrige Erschöpfung hat. Und wir tun unser Möglichstes für seine Genesung. Das ist alles.«

Bruder Thomas war einverstanden. »Ihr habt recht. Wenn wir von einer schleichenden Vergiftung sprechen, schöpft derjenige, der dafür verantwortlich ist, noch Verdacht und befürchtet seine Entdeckung oder dass er vom Gefolge des Königs ausgeschlossen wird und nicht mehr an ihn herankommt.«

»Du meinst – dann geht er aufs Ganze und verabreicht ihm eine tödliche Dosis.«

Bruder Thomas nickte nur.

Anna traf eine Entscheidung. »Ich schlage Folgendes vor. Der König wird vollkommen isoliert. Niemand, der nicht von uns überprüft oder überwacht wird, darf Zutritt zu ihm haben. Nicht der Leibmedicus, nicht der Kammerdiener, keine Magd. Die Zubereitung und Verabreichung seines Essens und der Getränke darf nur im Beisein von mir oder Bruder Thomas erfolgen.«

»Die Küche überwache ich«, sagte Bruder Thomas. »Ich werde jedem noch so rotzlöffligen Küchenjungen auf die Finger sehen. Und wenn ich Tag und Nacht dort verbringen muss.«

»Gut«, sagte Anna. »Ich werde mir gleich noch die Leute vornehmen, die im gräflichen Haushalt und im Gefolge des Königs am Herd stehen und mit der Essenszubereitung zu tun haben.« Sie sah Bruder Thomas an. »Aber zuerst musst du den König mit Hilfe des Kammerdieners laxieren und einer Ölbehandlung unterziehen.«

»Was ist das?«, fragte der Graf.

»Eine arge Rosskur«, gab Bruder Thomas zu und verzog das Gesicht, weil er wusste, was man dem König zumuten würde. »Die Behandlung ist ziemlich unangenehm, und es wäre für Konrad sicher besser, wenn ein Mann sie durchführt und nicht eine junge Frau wie die Medica. Ich denke, Ihr versteht, was ich meine.«

Der Graf verstand sehr wohl und nickte.

»Der König wird klistiert und muss Öl trinken, so viel wie möglich«, erklärte Anna. »Das wird ihn zwar vorübergehend noch mehr schwächen und ihm erst einmal nicht gut bekommen, aber damit können wir die Gifte, die sich noch nicht in seinem Körper aufgelöst haben, wenigstens herausschwemmen. Danach wird er gründlich gewaschen, bekommt frisches Bettzeug und wird in einen Tiefschlaf fallen. Erst dann können wir nach und nach damit anfangen, ihn wieder langsam mit Brei und unserem Kräutertrank aufzupäppeln. Wir werden in ein, zwei Tagen sehen, ob diese Behandlung anschlägt und ob dadurch eine Besserung eintritt. Wenn nicht ...«

»Davor behüte uns Gott, der Allmächtige!«, sagte Bruder Thomas und bekreuzigte sich. »Daran dürfen wir nicht einmal denken.«

»Nein, weil wir tun, was in unserer Macht steht. Aber im schlimmsten Fall würde man uns die Schuld in die Schuhe schieben.«

Bruder Thomas stimmte seufzend zu. »Der Leibmedicus wäre der Erste. So könnte er seine Reputation zurückgewinnen. Wir sind noch nicht mal einen Tag hier und haben uns schon mehr Feinde gemacht, als uns lieb sein kann.«

Anna zuckte mit den Schultern. »Darauf können wir keine Rücksicht nehmen. Es steht zu viel auf dem Spiel.«

Graf Georg von Landskron war der gleichen Meinung. »Der Tod des Königs hätte allerdings weitreichende Folgen …«

»In der Tat. Für das Reich und für uns. Seid Ihr trotzdem bereit?«

»Was bleibt uns anderes übrig?«, entgegnete Bruder Thomas.

Der Graf sah grimmig entschlossen aus. »Wir müssen diesen Schurken ausfindig machen, der das Gift hat.«

»Das sollten wir. Aber da ist noch ein zweites Problem. Soll der Hoftag abgesagt werden?«

»Darauf haben unsere Gegner doch nur gewartet«, warf Graf Georg ein.

»Selbst wenn der König wieder gesund wird, was wir jetzt noch gar nicht absehen können – aber in zwei Wochen wird er auf gar keinen Fall schon in der Lage sein, einen Hoftag durchzustehen«, gab Anna zur Antwort.

»Wir können den Hoftag unmöglich absagen. Wir können ihn nicht einmal verschieben. Es ist erstens eine kaiserliche Anordnung, und zweitens wurden schon alle offiziellen Einladungen verschickt. In der kurzen Zeitspanne ist es unmöglich, rechtzeitig alle davon in Kenntnis zu setzen. Wenn der Hoftag nicht stattfindet, ist das Chaos im Reich perfekt. Spekulationen über den Grund würden ins Kraut schießen … Ich wage nicht einmal, nur daran zu denken!«

Bleierne Stille trat ein.

Anna und Bruder Thomas ahnten, in was für einer Zwickmühle der Graf war, aber diese schwerwiegende Entscheidung war seine Angelegenheit, niemand konnte sie ihm abnehmen.

Schließlich rang sich der Graf zu einem Entschluss durch. »Es bleibt mir nichts anderes übrig. Ich werde Boten ins Land schicken müssen mit der Botschaft, dass der Hoftag verschoben wird. Bis auf weiteres. Wegen einer ernsthaften Krankheit des Königs.«

»Das wird gleichzeitig als Eingeständnis gewertet werden, dass der König nicht handlungsfähig ist«, wandte Anna ein.

»Ich weiß. Aber was soll ich tun? Warten, bis alle versammelt sind, und dann wie ein Schaf vor ein Rudel Wölfe hintreten und zugeben, dass Konrad IV. leider nicht in der Lage ist, zu kommen, geschweige denn einen Hoftag abzuhalten? Sie würden mich zerreißen!« Er holte einmal tief Luft, bevor er weitersprach. »Was ich Euch jetzt anvertraue, ist zwar noch ein Gerücht, aber es wurde mir von einer hochstehenden Persönlichkeit unter dem Siegel der größten Verschwiegenheit mitgeteilt. Ihr müsst mir beim Blute Christi versprechen, dass es unter uns bleibt!«

Anna und Bruder Thomas warfen sich einen Blick zu und nickten ernst.

»Ihr habt unser Wort«, sagte Anna.

Der Graf wurde so leise, als hätten die Wände Ohren. »Es gibt das Gerücht, dass der Erzbischof mehrere Kandidaten an der Hand hat, die großes Ansehen auf welfischer Seite und deren Unterstützung genießen. Konrad von Hochstaden soll nur auf den richtigen Moment warten, einen von ihnen zum Gegenkönig auszurufen.«

»Er wird diese Gelegenheit nutzen«, stellte Bruder Thomas lapidar fest.

»Kein Wunder. Er hat sie ja verursacht«, sagte Anna niedergeschlagen.

Graf Georg zog ein deprimierendes Resümee. »Unter diesem Gesichtspunkt kommt erst seine ganze Niedertracht zum Vorschein. Der Erzbischof hat das alles von langer Hand vorbereitet. Seinen Griff zur Macht. Dass der König im Sterben liegt, ist Teil seiner Strategie. In dem Augenblick, in dem ich zugeben muss, dass Konrad IV. nicht in der Lage ist, sein Zepter in der Hand zu halten, wird der Erzbischof einen Gegenkönig inthronisieren und mit dem Argument, dass er damit die Schwäche des Reiches überwinden will, alle Macht an sich reißen. Er kann sogar darauf hoffen, dass er mit diesem Taschenspielertrick Fürsten auf seine Seite bringt, die bisher den Staufern die Treue hielten. Weil sie befürchten, dass beim offenen Ausbrechen eines Kampfs um die Krone das Ende des vom Kaiser garantierten Landfriedens gekommen ist. Im schlimmsten Fall kommt es zu einem Krieg um die Vorherrschaft, und die Fürsten zerfleischen sich alle gegenseitig. Was das für uns alle und die Menschen im Land bedeutet, brauche ich Euch nicht auszumalen. Wir können davon ausgehen, dass der vom Erzbischof designierte König nur eine Marionette ist, deren Fäden er in der Hand hält. Damit wäre Konrad von Hochstaden der eigentliche Herrscher des Heiligen Römischen Reiches nördlich der Alpen. Was Kaiser Friedrich im fernen Pülle niemals verhindern kann, er hat mit den großen und reichen Städten im oberen Italia genug zu tun, die ihm alle feindlich gesinnt sind.«

Anna brachte den Exkurs des Grafen auf den Punkt. »Also

würde ein Hoftag ohne Konrad IV. zu nichts anderem führen als zu einer Spaltung des Reiches.«

Die Last der Verantwortung war Graf Georg anzusehen. »Genauso ist es. Mit allen unabsehbaren und zerstörerischen Folgen.«

Anna ging in ihren Schlussfolgerungen noch ein Stück weiter. »Verzeiht, aber ich glaube nicht, dass sich Konrad von Hochstaden damit zufriedengibt. So, wie ich ihn kenne, wird er dann erst einmal mit allen staufischen Anhängern blutig abrechnen. Und wir alle stehen ganz oben auf seiner Liste.«

Wieder schwiegen sie. Die Konsequenzen dessen, dass Konrad das Kind handlungsunfähig auf Leben und Tod im Nebenzimmer lag, mussten unweigerlich in einer Katastrophe enden.

»Das können wir nicht zulassen«, sagte Anna schließlich in die schwer lastende Stille hinein.

Die Blicke von Graf Landskron und Bruder Thomas richteten sich ungläubig auf sie. Auf die schmächtige, aber energische Medica, deren Augen auf einmal vor Verwegenheit blitzten. Eine junge Frau, vor kurzem noch ein Mädchen aus dem Kloster, wollte es mit dem mächtigsten und machthungrigsten Mann weit und breit aufnehmen, dem mit allen Wassern gewaschenen und skrupellosen Erzbischof von Köln? War sie jetzt vollkommen anmaßend geworden? Es war, als würde ein weiblicher David den Riesen Goliath herausfordern. Nur dass dieser David namens Anna nicht einmal eine Steinschleuder hatte und unscheinbar, schutzlos und mit bloßen Händen dastand. Schon wenn der Schatten des Riesen auf sie fiel, war sie nicht mehr zu sehen. Aber trotzdem würde sie nie klein beigeben. Niemals.

Bruder Thomas kannte Anna gut genug, um ihr vom Gesicht ablesen zu können, dass sie vorhatte, den Fehdehandschuh, den Konrad von Hochstaden den Staufern hingeworfen hatte, aufzunehmen. Bei dem Gedanken daran schauderte ihn.

Doch Anna war eine geborene von Hochstaden, der Erzbischof ihr Onkel. Es war ein Spiel mit dem Teufel. Nur dass der Teufel in diesem Fall bereits alle Trümpfe auf seiner Seite hatte. Das Spiel um alles oder nichts schien den Hochstadens im Blut zu liegen.

Im Bösen wie im Guten.

Der Graf sprach aus, was er und Bruder Thomas dachten. »Der Erzbischof hat alles von langer Hand geplant. Er ist uns weit überlegen. Mit ihm können wir uns nicht anlegen.«

»Er wird es versuchen«, entgegnete Anna. »Er wird annehmen, dass wir angesichts der Kräfteverhältnisse von vornherein kapitulieren. Seine Überheblichkeit ist seine Schwäche. Er hat den Sieg schon greifbar vor Augen. Er denkt, er muss nur noch zupacken. Aber damit haben wir das Überraschungsmoment auf unserer Seite. Niemand rechnet damit. Am wenigsten der Erzbischof von Köln.«

»Aber womit willst du zurückschlagen, Anna, womit?! Die himmlischen Heerscharen werden uns nicht beistehen!« Der Ausruf des Grafen war fast schon verzweifelt.

»Ich weiß. Wir werden ihn mit seinen eigenen Waffen schlagen. Mit Arglist und Täuschung«, sagte sie und lächelte vielsagend.

TEIL IV

I

Anna trieb ihr Pferd an, sie hatte es eilig. Es war kalt, aber es schneite wenigstens nicht. Die Fähre über den Rhein hatte sie in aller Früh schon hinter sich gelassen. Am Fluss entlang war es diesig, aber die Landstraße war hart gefroren und gut begehbar. Ein ums andere Mal begegnete sie Fuhrwerken oder Händlern, die mit Kiepen zu Fuß unterwegs nach Oppenheim waren. An dic Gefahren, die einer allein durch die Gegend reitenden Frau drohten, wagte sie gar nicht zu denken, ihr ging zu viel anderes durch den Kopf. Sie hoffte darauf, dass ihre schwere Kutte Schutz und Verkleidung genug war; dass ein junger Mönch überfallen wurde, war unwahrscheinlich, nicht aus Respekt vor einer Todsünde gegen einen Kleriker, sondern weil da normalerweise nichts zu holen war. Bis auf das Pferd. Der Gedanke daran ließ sie doch bei einem in ihrer Richtung fahrenden Wagenkonvoi Anschluss suchen, aber bald merkte sie, dass sie viel zu langsam vorankam, und setzte ihren Weg wieder allein fort. Sie musste so schnell wie möglich zurück nach Burg Greifenklau.

Es war ein gewagtes Spiel, auf das sich Anna einließ, ein Spiel, das auf gar keinen Fall auffliegen durfte. Sonst würde es nicht nur sie, sondern alle, die daran beteiligt waren, den Kopf kosten. Das war der Grund, warum sie vorläufig noch niemanden in ihre Pläne einweihte. Je länger kein Mensch wusste, was sie vorhatte, desto besser. Außerdem schien es Anna, seit sie erfahren musste, dass es auf Burg Landskron und auf Burg Greifenklau eingeschleuste oder gekaufte Verräter im Auftrag des Erzbischofs gab, allemal besser zu sein, ein Geheimnis für sich zu behalten. Grundsätzlich vertraute sie dem Grafen von Landskron und Bruder Thomas natürlich. Aber ein unbedachtes Wort, eine falsche Bemerkung zur falschen Zeit, und die Gegenseite würde Wind davon bekommen, dass doch nicht alles so glatt in Richtung Sturz des Herrscherhauses der Staufer ging, wie sie es vorgesehen hatte. So sehr der Graf und Bruder Thomas sie auch gedrängt hatten, ihr war keine weitere Erläuterung darüber, was sie im Schilde führte, um die Intrigen des Erzbischofs zu durchkreuzen, über die Lippen gekommen. Ihre vermeintliche Sturheit stärkte ihre Position nicht, im Gegenteil, Graf Landskron befürchtete, dass sie nur auf Zeit spielte und sie alle in falscher Sicherheit wiegte, weil sie in Wirklichkeit nichts anzubieten hatte, was aus staufischer Sicht dienlich sein konnte. Er sprach dieses Misstrauen nicht aus, aber Anna spürte, dass sie nicht allzu lange zögern durfte und so schnell wie möglich handeln musste. Sie war sich ihrer Verantwortung für die Sache und für ihre Mitstreiter bewusst, und diese Verantwortung lastete schwer auf ihren schmalen Schultern. Immer wieder hatte sie um Vertrauen geworben, aber dass dieser Vertrauensvorschuss schnell aufgebraucht war, wurde mit jedem Tag, an dem der Hoftag näher rückte, offenkundig.

So sehr sie es auch in ihrem Kopf drehte und wendete, es gab keine Alternative zu ihrem Vorhaben, sie musste das enorme Risiko eingehen. Die Zeit drängte, bis Weihnachten, dem Beginn des Hoftages, waren es nur noch knapp zwei Wochen. Bis dahin musste alles so vorbereitet sein, dass ihr Plan auch wirklich funktionierte. Dabei gab es unendlich viele Unwägbarkeiten und Kalamitäten, die ihre gewagte

Unternehmung wie ein Kartenhaus zum Einsturz bringen würden. Sie zwang sich dazu, nicht ständig alle Möglichkeiten gedanklich durchzuspielen, die schiefgehen konnten. Sie setzte auf die »Chuzpe«, wie ihr jüdischer Medicus gesagt hätte. Chuzpe war Grundlage und Voraussetzung für ihr Vorhaben. »Hilf dir selbst, so hilft dir Gott« – nach dieser Devise handelte sie, eine Devise, die sie schmerzlich genug gelernt und verinnerlicht hatte. Sie durfte einfach nicht zulassen, dass die teuflischen Strategien des Erzbischofs aufgingen. Das war sie sich, dem König und ihrem Gewissen schuldig.

Außerdem kam noch etwas hinzu, das sie niemandem gegenüber zugeben würde, weil es nicht mit dem christlichen Verständnis von Nächstenliebe und Vergebung in Einklang zu bringen war. Sie wollte ausgleichende Gerechtigkeit. Oder, alttestamentarisch ausgedrückt: Auge um Auge, Zahn um Zahn – sie wollte schlicht und einfach Rache.

Rache, weil die Schergen des Erzbischofs den Tod ihrer Ziehmutter verursacht hatten. Anna hatte sie geliebt wie eine leibliche Mutter – die ihre hatte sie nie kennengelernt.

Rache, weil der Erzbischof ihren Infirmarius Pater Urban vergiften hatte lassen, was sie aber nie beweisen konnte.

Rache, weil er sie mit einer Krankheit anstecken ließ, die wie Lepra aussah, sie deswegen aus dem Kloster vertrieb und so dem sicheren Tod ausgesetzt hatte.

Rache, weil er sie wegen Häresie auf den Scheiterhaufen bringen wollte.

Rache, weil er ihren Liebsten, Graf Chassim, den sie nun doch allmählich schmerzlich vermisste, durch einen hinterlistig ausgeführten Turnierunfall beinahe getötet hätte.

Und nicht zuletzt Rache, weil er erneut einen Giftanschlag auf sie und Bruder Thomas in Auftrag gegeben hatte und den König langsam und qualvoll vergiften wollte.

Wenn das nicht genügend hinreichende Gründe für Vergeltung waren …

Bisher war Konrad von Hochstaden stets ungeschoren davongekommen. Vor ein weltliches Gericht konnte sie ihn deswegen nicht zerren, obwohl sie das in ihren nächtlichen Träumen gern getan hätte. Und auf ein himmlisches wollte sie nicht warten.

Es war an der Zeit, den Erzbischof einmal seine eigene Verderbtheit und Skrupellosigkeit schmecken zu lassen. Woher nahm Konrad von Hochstaden, geschützt durch seinen Rang und seine Machtfülle, sich die Frei- und Frechheit heraus, über dem Recht zu stehen? Weil er als Erzbischof glaubte, dem Allmächtigen näher zu sein als gewöhnliche Menschen? Weil er Gottes Stellvertreter auf Erden war? Sah er sich so? Durfte er sich deshalb selbst zum obersten Richter, zum Herrn über Leben und Tod, aufschwingen?

Keines von seinen Verbrechen konnte ihm nachgewiesen oder auf ihn zurückgeführt werden. Aber so leicht wollte es ihm Anna nun doch nicht machen. Ihm, der immer noch größer und mächtiger geworden war und in seiner selbsterschaffenen Gloriole aus Erhabenheit, Gottesgnadentum und Mittlerrolle zwischen Himmel und Erden ein strenges, aber makelloses Bild für diejenigen abgab, die ihn nur in seiner Macht und Herrlichkeit sahen, wenn er sich in vollem Ornat präsentierte und an hohen kirchlichen Festtagen die heilige Messe höchstselbst zelebrierte.

Eine unbedeutende Medica wie sie war außerstande, den Machenschaften so eines Gegners eine Grenze zu ziehen oder gar ein Ende zu setzen. Aber wenigstens würde sie ihr Möglichstes tun, ihn zu behindern und ihm in die Quere zu kommen, wo sie nur konnte. Ihn in seiner ganz großen Verschwörung gegen die legitimen Interessen der Staufer und die Einheit des Reichs scheitern zu lassen, gab ihr doch klammheimlich ein großes Gefühl der Genugtuung.

So wurde Annas Energie und Entschlossenheit aus mehreren Quellen gespeist, die alle ein Ziel hatten: Konrad von Hochstaden auf dünnes Eis zu führen und ihn dann, vor aller Welt, einbrechen zu lassen.

Bevor Anna in aller Herrgottsfrüh von Burg Landskron losgeritten war, noch vor Einbruch der Dämmerung, hatte sie, die in der Nacht kein Auge zugetan, sondern nur über ihre Vorgehensweise nachgedacht hatte, beschlossen, noch einmal die Burgkapelle aufzusuchen. Sie hatte ihren kindlichen Glauben an Gott und daran, dass der Allmächtige jederzeit seine schützenden Hände über sie hielt, verloren, und diese bittere Gewissheit schmerzte sie bisweilen immer noch. Der einfache, kindliche Glaube war wie eine Schutzmantelmadonna für sie gewesen, bei Angst oder Gefahr hatte sie unter diesem imaginären Mantel Geborgenheit und Sicherheit gefunden und neue Zuversicht und Kraft daraus geschöpft. Lange Zeit hatte sie nach den Schicksalsschlägen, mit denen Gott, der Herr, sie geprüft hatte, mit ihrem Schöpfer gehadert, so übel war ihr mitgespielt worden. Aber letzten Endes hatte sie sich doch wieder mit ihm versöhnen können, weil alles noch einmal gut ausgegangen war. Ende gut, alles gut?

Nein, mit dieser Verallgemeinerung konnte sie nichts anfangen. So hörten vielleicht Märchen für kleine Kinder am abendlichen Herdfeuer auf, die sich wohlbehütet im mütterlichen Schoß fühlten. Anna war auf sich allein gestellt gewesen und hatte ihr Schicksal selbst in die Hand genommen, unbeirrbar, zäh und gegen alle Widrigkeiten. Das hatte sie reifer und erwachsener werden lassen, und so erging es ihr auch mit ihrem Glauben. Er war auf unspektakuläre Weise wieder zurückgekehrt, auf einer anderen, höheren Ebene, wie sie fand. Ihre Zwiesprache mit einem Gott, von dem sie früher immer Wunder oder zumindest ein Zeichen erwartete, beschränkte sich jetzt darauf, dass sie zufrieden damit war, wenn er sie nur anhörte. Zwar antwortete er ihr nicht, aber ihr war leichter zumute, wenn sie ihm ihr Herz ausschütten konnte. Mit diesem innerlichen Abkommen, das sie jetzt mit ihrem Herrgott geschlossen hatte, konnte sie gut leben.

Blieb nur die Frage, ob auch Chassim damit leben konnte. Dass sie ihrer Bestimmung folgen würde, koste es, was es wolle. Würde sie damit ihr Glück aufs Spiel setzen? Sie wusste es nicht, und sie wollte im Augenblick nicht einmal daran denken. Sie wünschte sich nur nichts sehnlicher, als dass Chassim sie verstehen würde. Die inständige Bitte darum schloss sie in ihr Gebet ein.

Sie war schon abreisefertig in ihre Kutte gehüllt gewesen, als sie die stille und nur von ein paar flackernden Kerzen spärlich beleuchtete Burgkapelle betrat und den Gang zum Altar nach vorne ging. Dort kniete sie sich nieder und versank vor dem Kruzifix in ein stilles Gebet. Zu dieser frühen Stunde war sie allein mit sich und ihrem Gott. Sie betete für Kraft und für den König. Und dafür, dass ihr gewagtes Vorhaben aufgehen möge. Zum Abschluss warf sie noch einen Blick auf das Kruzifix und bekreuzigte sich. Die kirchlichen Gesten und Rituale waren ihr seit der Zeit im Kloster Heisterbach in Fleisch und Blut übergegangen, und sie empfand immer etwas Tröstliches dabei, es war wie das Anlegen eines unsichtbaren Schutzpanzers, bevor sie wieder hinausging in die kalte und gefährliche Welt draußen.

So gestärkt an Geist und Seele wollte sie sich eben erheben, als sie eine Tür quietschen hörte. Es war nicht die Eingangstüre, sondern die Pforte zur Empore, die nur für die gräfliche Familie bestimmt war und auf die man direkt aus den höher gelegenen Gemächern im Palas gelangen konnte. Sie drehte sich um und sah, wie Gräfin Ottgild in Begleitung eines Mädchens die Empore betrat.

Gräfin Ottgild brauchte im fahlen Dämmerlicht, das nun durch die wenigen, hochgelegenen Fensterlaibungen hereinfiel, eine ganze Weile, bis sie die Person erkannte, die sich mit heruntergelassener Kapuze vor dem Altar ihr zugewandt hatte. Dann rief sie »Anna!«, raffte den langen Umhang und kam die schmale Treppe von der Empore heruntergeeilt. Anna ging ihr mit einem Lächeln auf den Lippen entgegen und umarmte sie schwesterlich. Die Gräfin hatte eine Haube über dem Haar und ließ Annas Schultern nicht los, als sie ihr freudestrahlend in die Augen sah. »Anna – wie schön, dich zu sehen! Warum hast du mich nicht aufgesucht? Ich habe dich bei deiner Ankunft in der Halle kaum erkannt in deiner Verkleidung!«

»Verzeiht mir, Gräfin, aber es gab keine Gelegenheit. Ihr wisst, um den König steht es ernst, und ich hatte alle Hände voll zu tun.«

»Ich weiß, ich weiß, Anna.« In ihrer Stimme lag kein Vorwurf. »Aber was ist los mit dir – willst du uns schon wieder verlassen? Ich habe so viele Fragen an dich. Wie es dir geht, wie es meinem Bruderherz geht, wann du endlich meine Schwägerin wirst …«

Anna war dankbar, dass es in der Burgkapelle so düster war, dass man nicht sehen konnte, wie sie errötete. Sie überspielte ihre Verlegenheit. »Ich habe ebenfalls eine Menge Fragen an Euch. Aber das muss noch warten. Ich hoffe, dass ich bald wiederkomme und wir dann ein wenig Zeit füreinander finden. Aber jetzt muss ich los. Nur eines noch: Wie geht es Eurem Sohn?«

»Er schläft, schreit und gedeiht.« Sie lachte. »Du musst ihn sehen. Er wird seinem Onkel Chassim immer ähnlicher!«

»Das freut mich für Euch!« Sie umarmte die Gräfin innig.

Inzwischen war die Begleiterin der Gräfin schüchtern herangekommen. Sie trug ihr pechschwarzes, gewelltes Haar schulterlang und offen und war eine Schönheit, die sich dessen noch nicht bewusst war. In ihr Haar war ein mit Juwelen verziertes goldenes Band eingeflochten. Scheu schlug sie die Augen mit den langen Wimpern nieder, als sie den Blick bemerkte, den Anna ihr zuwarf.

Die Gräfin trat beiseite und wies auf sie. »Anna, darf ich dir unseren hohen Gast vorstellen: Elisabeth von Bayern. Elisabeth, das ist Anna von Hochstaden, die Medica.«

Elisabeth neigte respektvoll ihren Kopf vor Anna. »Ihre Gnaden Gräfin Ottgild hat mir viel von Euch erzählt. Ihr seid eine außergewöhnliche Frau. Es ist mir eine große Ehre und Freude, Eure Bekanntschaft machen zu dürfen.«

Anna lächelte sie freundlich an. Elisabeth war von zierlicher Gestalt wie sie, und der Altersunterschied war nicht groß, sie hätte Annas jüngere Schwester sein können. Das also sollte die zukünftige Braut des Königs sein: blutjung, sie war vierzehn Jahre alt, mit einem offenen Gesicht und strahlenden Augen.

»Ich habe auch schon von Euch gehört, Elisabeth«, antwortete sie. »Aber Ihr seid noch schöner, als man mir erzählt hat.«

Anna glaubte sich in diesem ernsten Mädchen wiederzuerkennen, so, wie sie selbst vor drei oder vier Jahren gewesen war. Äußerlich zerbrechlich und doch willensstark.

Elisabeth schlug erneut die Augen nieder. »Darf ich Euch etwas fragen?«, sagte sie leise. »Ihr seid doch beim König gewesen. Ich weiß, er ist sehr krank – könnt Ihr ihn wieder gesund machen? Ich bitte Euch von Herzen …« Dabei sah sie

Anna mit einem so verzweifelten und flehentlichen Ausdruck in den Augen an, dass Anna sich selbst darin sah, wie sie vor Sorge um Chassim schier den Verstand verloren hatte. Gräfin Ottgild und Anna warfen sich einen kurzen Blick zu. »Bruder Thomas und ich tun alles, was in unserer Macht steht. Aber das Leben des Königs liegt in Gottes Hand.«

»Ich bete Tag und Nacht für ihn. Bitte richtet ihm von mir aus, dass ich mir nichts sehnlicher wünsche, als dass er wieder gesund wird.«

»Das werde ich.«

Als Anna bemerkte, dass Elisabeth Wasser in die Augen schoss und ihr, als sie blinzeln musste, zwei dicke Tränen die Wangen herunterkollerten, beging sie eine Todsünde für eine Heilerin. »Er wird wieder gesund werden. Ich verspreche es dir«, flüsterte sie Elisabeth ins Ohr, während sie sie umarmte.

Dann löste sie sich, umarmte Gräfin Ottgild zum Abschied noch einmal und verließ mit wehender Kutte die Burgkapelle.

Eine von ihrem Pferd aufgescheuchte Feldschnepfe flatterte knapp an Annas Kopf vorbei, schreckte sie aus ihren Gedanken und brachte sie wieder in die Gegenwart zurück. Sie orientierte sich an der Landschaft. So weit das Auge reichte, war alles von weißem Pulverschnee bedeckt, der Himmel war dunstig, das Blau dahinter milchig und blass, kein Lufthauch war zu spüren. Nur an den Atemwolken des Pferdes und ihren eigenen erkannte man, wie kalt es war. Büsche und Bäume waren von einer dicken Schicht Reif überzogen. Sie ließ ihr Pferd vom Trab in leichten Schritt übergehen. Anna war eine gute Reiterin, sie war schon als Kind, bevor sie ins Kloster kam, unter der Anleitung ihres Ziehvaters mit Begeisterung auf einem eigenen Gaul unterwegs gewesen.

Deshalb wusste sie auch beizeiten, wann sie ihr Pferd schonen musste, wenn sie es nicht zuschanden reiten wollte.

Vor Einbruch der Dämmerung musste sie einen trockenen Unterschlupf finden, wo sie ein Feuer machen und die Nacht verbringen konnte. Sie beschloss, im nahen Wald nach einer passenden Stelle zu suchen, vielleicht fand sie irgendwo eine leerstehende Hütte.

Als sie am Waldrand ankam, sah sie am Horizont einen Reitertrupp auftauchen. Schnell dirigierte sie ihr Pferd weiter in den Wald hinein, um sich hinter den Bäumen zu verbergen. Falls das der Trupp eines Landesherrn war, wollte sie unangenehmen Fragen lieber ausweichen. Aber sie führten weder Fahnen noch Abzeichen mit. Hier in dieser einsamen Gegend war es sowieso ratsam, einer so großen Zahl fremder und bewaffneter Männer – es waren bestimmt zwei Dutzend Reiter – aus dem Weg zu gehen. Sie stieg vom Pferd und tätschelte ihm beruhigend den Widerrist, als die gegen die Kälte vermummte Meute in ausreichender Entfernung vorbeigaloppierte, dass der pulvrige Schnee nur so staubte und die gefrorene Erde zu beben schien.

Sie wartete, bis der Trupp außer Sichtweite und der letzte Hufschlag verklungen war, und wollte gerade wieder aufsitzen, als sie in ihrem Rücken Schritte im Schnee knirschen hörte, die auf sie zukamen.

II

Bruder Thomas war stinksauer. Erstens, weil ihn die Medica allein auf Burg Landskron zurückgelassen hatte. Und zweitens, weil sie ihn nicht in ihre Pläne einweihen wollte. Das wertete er als Vertrauensbruch, auch wenn sie mehrfach versucht hatte, ihn vom Gegenteil zu überzeugen. Ihm war klar, dass er der Einzige war, der sich in ihrer Abwesenheit um den König kümmern konnte. Aber dass sie auch noch allein aufgebrochen war, im ersten Morgenlicht – das war der Gipfel! Schließlich fühlte er sich für sie verantwortlich. Und da packte sie einfach das Nötigste zusammen, verschwand in der Burgkapelle, kam nach einer kleinen Ewigkeit wieder heraus, schwang sich auf ein Pferd, zog sich die Kapuze tief ins Gesicht und ritt durch das Burgtor hinaus. Am liebsten wäre er ihr heimlich nachgeritten, um sie wenigstens aus der Ferne zu beschützen, aber er war dazu verurteilt, den König keinen Wimpernschlag lang aus den Augen zu lassen. Selbst eine Reitereskorte, die der Graf ihr angedient hatte, hatte sie ausgeschlagen. Bruder Thomas durfte gar nicht daran denken, was er von Graf Chassim zu hören bekommen würde, wenn Anna auch nur das Geringste passierte, weil er sie im Stich gelassen hatte.

Dabei war es umgekehrt gewesen – sie hatte ihn im Stich gelassen.

Er hatte alles für den König getan, was sie besprochen hatten und darüber hinaus. Nach der Behandlung mit Klistier und Öl – der Burgherr hatte sogar teures Olivenöl in seiner Vorratskammer –, bei der ihm der Kammerdiener hilfreich zur Hand gegangen war, fiel der König in einen tiefen Erschöpfungsschlaf, wie es die Medica vorausgesagt hatte. Bruder Thomas blieb am Bett des Königs, studierte nebenher bei Kerzenlicht die verbotenen Schriften der Hildegard von Bingen, die er als Lektüre mitgenommen hatte, und sah stündlich nach Konrad, überprüfte seinen Atem, der regelmäßig war, genauso wie sein Herzschlag. Er schlief in der Vorkammer des Königs bei Nacht, schlich sich, wenn er glaubte, dass außer den Wachen niemand mehr in der Burg unterwegs war, in die große Küche, die hinten an die Empfangshalle angebaut war, steckte seine Nase in sämtliche Töpfe, Tiegel und Trinkgefäße, durchstöberte die Vorratskammern neben den Stallungen und eilte dann mit schlechtem Gewissen wegen seiner kurzzeitigen Abwesenheit wieder hinauf ins königliche Schlafgemach. Dessen Zugang war zwar ständig von zwei Wachen gesichert – die bärtige Wache, die Bruder Thomas außer Gefecht gesetzt hatte, war für einen anderen Dienst abgezogen worden, aber auch sie konnten insgeheim im Sold des Erzbischofs stehen. Bruder Thomas ging nicht das geringste Risiko ein, für ihn war jeder grundsätzlich verdächtig, ohne Ausnahme. Wenn er dann mit seiner Öllampe in der Hand leise das Schlafgemach betrat, inspizierte er zuerst den Holzboden rund um das Bett, den er vorsorglich mit Mehl bestreut hatte, ob dort vielleicht verräterische Fußspuren zu entdecken waren.

Seit er auf Burg Landskron war, musste er mit wenig Schlaf auskommen, der Zustand des Königs erforderte seine ständige Bereitschaft. Und falls er wirklich einmal dazu kam, einen Moment lang die Augen zu schließen, dachte er ständig an die Medica. Einen Schlaftrunk wollte er sich nicht zubereiten, aus Sorge um die Sicherheit des Königs. Wenn er dann doch noch in einen unruhigen Schlaf fiel, schreckte er beim geringsten Geräusch hoch, horchte, stand auf, warf einen Blick in das königliche Schlafgemach und gab Konrad bei Bedarf vom selbstgebrauten Kräutertrank zu trinken. Der König hatte großen Durst, was kein Wunder war, hatte er sich doch die letzten Wochen fast ständig übergeben und war zusätzlich wegen der häufigen Aderlässe durch großen Blutverlust geschwächt. Mittlerweile behielt er es bei sich, wenn er etwas getrunken hatte, was Anlass zur Hoffnung gab.

Graf Georg von Landskron erkundigte sich regelmäßig nach dem Befinden des Königs und berichtete, dass der Leibmedicus, der in seinem Stolz und seiner Berufsehre tief getroffen war, unter Protest die Burg verlassen hatte, nicht ohne dem Grafen vorher mitzuteilen, dass Konrad IV. zukünftig auf seine Dienste würde verzichten müssen. Bruder Thomas strich ihn von seiner Liste der Verdächtigen, die er noch zusammen mit Anna angelegt hatte. Auf ihr waren die Namen aller Personen verzeichnet, die irgendwie mit den Speisen in der Burg zu tun hatten und mit denen die Medica noch vor ihrer Abreise gesprochen hatte. Köche, Mägde, Küchenhelfer, Knochenhauer, Bäcker – der gesamte Haushalt von Burg und königlichem Tross. Dann fiel ihm ein, dass der Leibmedicus vielleicht eingesehen hatte, dass er nicht mehr an den König herankam. Konnte es nicht sein, dass er deshalb die Gelegenheit nutzte, Fersengeld zu geben, bevor man in ihm einen Hauptverdächtigen sah und ihn noch einem verschärften Verhör unterzog? Bruder Thomas nahm ihn also wieder in die Liste auf, die eine ganze Seite füllte. Es war nicht auszuschließen, dass der Leibmedicus ein Mann des Erzbischofs war. Niemand sonst hatte so gute Kenntnisse über Wirkungen von Heilmitteln und die Gelegenheit, das Gift dem König zu verabreichen.

Während Bruder Tomas noch grübelte, fiel ihm ein, wie man dem unbekannten Täter eine Falle stellen könnte. Man müsste ihm nur die Gelegenheit bieten, eine Möglichkeit zu finden, die Kontrollen und die Überwachung zu umgehen. Wenn Bruder Thomas erst einmal einen Verdächtigen hatte, dann würde es doch ein Leichtes sein, das Gift in seinen Habseligkeiten zu finden und ihn damit zu überführen. Wenn Anna jetzt da gewesen wäre, dann hätten sie sich zusammengesetzt und entsprechende Vorkehrungen getroffen, in dieser Hinsicht war die Medica eine wahre Meisterin.

Das brachte ihn wieder dazu, über Annas plötzlichen Aufbruch gestern Morgen zu spekulieren. Sie wollte ihn mit ihrer Geheimniskrämerei schützen, indem sie ihm ihre Pläne verschwieg, je länger er darüber nachdachte, desto sicherer war er sich dessen. Er wusste, dass sie zu Burg Greifenklau wollte. In einem Anfall von unstillbarer Sehnsucht nach Chassim? Oder weil sie in Sorge war, dass er wegen ihrer nicht abgesprochenen Abwesenheit eifersüchtig oder sogar ernsthaft verärgert war? Bruder Thomas seufzte – er sah ein, dass er auf dem Gebiet der Liebe zwischen Mann und Frau nicht gerade ein ausgewiesener Fachmann war. Außer einer harmlosen Schwärmerei im zarten Bubenalter hatte er in dieser Hinsicht keinerlei Erfahrung nachzuweisen. Sein Leben, seine Liebe und Hingabe hatte er seinem Herrn Jesus Christus verschrieben, er hatte immer zölibatär gelebt. Aber so gut glaubte er die Medica schon zu kennen, dass sie nicht wegen einer möglichen Liebesnacht mit Chassim alles einfach stehen und liegen ließ, dazu war ihr Verantwortungsbewusstsein viel zu stark ausgeprägt. Doch was wusste er schon über die Rätsel der menschlichen Natur, insbesondere der weiblichen?

Nein, ihr Motiv, einfach loszureiten, war ein anderes. Sie hatte es eilig gehabt, und mit dem Pferd war sie um einiges schneller als mit dem Fuhrwerk. Warum nur hatte sie dann ein paar Mann Begleitschutz abgelehnt?

Er schüttelte den Kopf vor lauter Unverständnis über ihre Sprunghaftigkeit. Oder war so eine spontane Handlung etwa auch typisch weiblich? Oder typisch Anna? Wahrscheinlich beides.

Er rechnete nach. Wenn alles gutging – ein Stoßgebet! – und das Wetter nicht plötzlich umschlug – ein zweites Stoßgebet! – und wenn sie nicht von einer marodierenden Räuberbande überfallen wurde … Er unterbrach seine Stoßgebete und nahm sich vor, bei nächster Gelegenheit die Burgkapelle aufzusuchen und alle Heiligen, sämtliche Apostel und die Muttergottes um Beistand für die heile Rückkehr seiner Medica anzuflehen.

Also zwei bis drei Tage hin, ein Tag Aufenthalt und zwei bis drei Tage zurück – dann könnte Anna theoretisch kurz vor Weihnachten wieder auf Burg Landskron sein. Wohlgemerkt, wenn alles gutging.

Er seufzte wieder. Der König war seiner Meinung nach über den Berg, von Tag zu Tag ging es ihm ein kleines bisschen besser. Er war zwar immer noch so geschwächt, dass er nicht aufstehen konnte, aber er hatte Hunger, was ein untrügliches erstes Anzeichen für eine allmähliche Genesung war. Bruder Thomas hatte ihm von Veit, einem freundlichen, hilfsbereiten Koch aus des Königs Gefolge, extra ein schönes, mit Fettaugen gespicktes Hühnersüppchen zubereiten lassen, selbstverständlich unter strenger Aufsicht und mit der Maßgabe, die Anna für alles, was für Mund und Magen des jungen Königs bestimmt war, sich hatte einfallen lassen. Nämlich dass derjenige, der für eine Essenszubereitung zuständig war, auch selbst davon kosten musste. Als Veit umstandslos von der Suppe probiert hatte, nahm auch Bruder Thomas einen Löffel von der köstlichen Brühe, tat noch eine gute Prise Salz hinein, schlürfte geräuschvoll, gab Veit mit einer Geste zu verstehen, dass er sie überaus gelungen fand, stülpte einen Deckel über den Topf und brachte diesen in höchster Eile, ihn vor sich hertragend wie eine unschätzbar wertvolle Reliquie, den Treppenturm hoch und den langen Gang entlang bis zum Zimmer des Königs, wo er ihm die Suppe, auf der Bettkante sitzend, Löffel für Löffel langsam einflößte. Zum ersten Mal hatte er das befreiende Gefühl, dass Konrad IV. nicht mehr aussah wie Lazarus – und zwar bevor ihn der Herr wieder von den Toten auferweckt hatte. Der junge König war auch wieder ansprechbar. Seit der Rosskur, nach der Anna und Bruder Thomas spürten, dass sein Leben nur noch an einem seidenen Faden hing, hatte Konrad geschlafen, nur kurzzeitig unterbrochen von kleinen Wachphasen, in denen er aber auch den Eindruck erweckte, als sei er nur halb bei Bewusstsein und dämmere vor sich hin.

Bruder Thomas hatte ihn jeden Tag gewaschen und ihm mit Hilfe des Kammerdieners eine frische Tunika übergezogen. Heimlich hatte er sogar, weil er sich für dieses Eingeständnis eines schon fast krankhaften Misstrauens ein wenig genierte, die frisch gewaschene und mit Rosenöl parfümierte Tunika und sogar das Bettzeug einer genauen Überprüfung und Riechprobe unterzogen, weil er einmal von einem Todesfall gehört hatte, bei dem die Todesursache ein mit Gift getränktes Untergewand gewesen sein sollte. Die Freude darüber, dass es mit dem Gesundheitszustand des Königs zunehmend aufwärtsging, wog nun doch stärker als sein Groll gegen die Medica, der inzwischen nach und nach verraucht war und einer zuversichtlichen Spannung wich. Sie würde doch noch rechtzeitig wieder auftauchen und mit einer Überraschung aufwarten, mit der kein Mensch gerechnet hatte, denn für so etwas war sie immer gut.

Zwar verbesserte sich der Zustand des Königs einerseits zusehends, andererseits war nicht im Entferntesten daran zu denken, dass er zum Hoftag antreten, seine Funktion als Herrscher ausüben und so seine Macht und Legitimation vor aller Welt demonstrieren konnte. In der Burg und an den Burganlagen wurde schon fieberhaft daran gearbeitet, alles für die zu erwartende große Anzahl illustrer Gäste vorzubereiten. Die Bediensteten wurden ausquartiert, und viele der bereits eingetroffenen Gäste mussten mit Ausweichquartieren in der Stadt unterhalb der Burg vorliebnehmen. Deren Wirte rieben sich über die willkommenen Zusatzeinnahmen erfreut die Hände und orderten fleißig neue Vorräte in Erwartung vermehrten Andrangs. Landauf und landab wussten die Leute inzwischen, dass an Weihnachten ein Hoftag in Oppenheim abgehalten werden sollte, was trotz der kalten und unwirtlichen Jahreszeit Händler, Kaufleute, Bauern, Gesindel und auch Hübschlerinnen zuhauf auf den Plan rief, die alle auf einträgliche Geschäfte aus waren. Essen, Trinken, Übernachtungen und Dienstleistungen wurden täglich teurer. Da man sich bei den Witterungsbedingungen nicht so lange im Freien aufhalten wollte und konnte wie zur Sommerzeit, waren die Gaststuben allenthalben bald restlos überfüllt.

Wenn der Graf einen Spaziergang mit einem wichtigen Gast durch die Stadt unternahm, um ihm Oppenheim zu zeigen und einer Messe in einer der Kirchen beizuwohnen, wurde ihm zunehmend unwohler bei dem Gedanken, worauf er sich da eingelassen hatte, indem er Anna Glauben geschenkt hatte, sie werde schon dafür sorgen, dass der Hoftag wie vorgesehen über die Bühne gehen würde. Je näher Weihnachten kam, desto mehr wurde aus dem mulmigen Gefühl des Unbehagens ein furchtbares Eingeständnis dessen, dass er sich mit der Zusage einer normalen Abwicklung aller Vorbereitungen, die zudem eine enorme Summe verschlang, einen Bärendienst erwiesen hatte. Jetzt gab es kein Zurück mehr, auch wenn er es gewollt hätte, der Rubikon war überschritten.

Auf die Frage, was denn mit dem König sei – und diese Frage wurde öfter gestellt, als ihm lieb sein konnte –, antwortete er stets, Konrad IV. sei unpässlich und habe sich zurückgezogen, um sich ganz der Heiligen Schrift und seinem Auftritt am Hoftag zu widmen. Er wolle sich erst zeigen, wenn der Hoftag mit einer feierlichen Messe in der halb erbauten und provisorisch mit Brettern abgedeckten Katharinenkirche eröffnet würde. Meist erntete er für diese Auskunft misstrauische Blicke und weitere Fragen, aber dann zuckte er nur mit den Achseln und antwortete, das sei nun mal der ausdrückliche Wunsch Seiner Majestät, und den habe auch er zu respektieren.

Graf Georg von Landskron hatte bei seinem jüngsten Besuch beim König mit unendlicher Erleichterung gesehen, dass Konrad wirklich auf dem Weg der Besserung war – dem Allmächtigen, der Medica und Bruder Thomas sei Dank! Dennoch war er noch immer nicht in der Lage, sich von seinem Bett ohne Hilfe zu bewegen. Es reichte gerade für ein paar flüsternde Bemerkungen und ein selbständiges Aufstützen. Wie sollte er da eine langwierige liturgische Zeremonie, einen Empfang für die wichtigsten Fürsten des Reiches und ein festliches Bankett durchstehen?

Jeden Tag löcherte er Bruder Thomas mit der Frage nach Neuigkeiten. Bruder Thomas wusste, dass sich diese Frage nicht nur auf den Zustand des Königs bezog, sondern auch darauf, ob er vielleicht Nachricht von Anna hatte. Und stets war er gezwungen, den Kopf zu schütteln, was Anna anging. Aber einen großen Fortschritt gab es – Konrad hatte seinen Krankenpfleger um einen Gefallen gebeten …

Bruder Thomas brachte nach einer Nacht, die der König ohne Störung durchgeschlafen hatte, die erste Schüssel Hirsebrei zum Frühstück ans Bett. Den Brei hatte er wie immer vorher selbst gekostet und für einwandfrei befunden. Er fand den König zu seiner Überraschung aufrecht sitzend im Bett vor, den Oberkörper hatte er mit Kissen abgestützt.

»Guten Morgen, Majestät. Es freut mich ungemein, dass Ihr wieder unter den Lebenden weilt. Wie geht es Euch?«

»Großartig«, krächzte der König. »Solange ich nicht wieder eimerweise Öl trinken muss …«

Bruder Thomas lachte. »Ihr wisst gar nicht, wie schön es ist, Euch wieder fröhlich zu sehen!«

Konrad schloss die Augen und schnüffelte. »Ist das Brei, was ich da rieche?«

»Habt Ihr Hunger?«

»Wie ein Wolf!«

Bruder Thomas wollte sich schon zu ihm setzen und ihn, wie die letzten Tage auch, füttern. Aber der König streckte die Hände aus. »Darf ich selbst?«

Bruder Thomas erkannte, dass die feingliedrigen Hände des Jungen zitterten. Aber er setzte sich an den Bettrand, stellte ihm einen Teller auf die Brust, legte ihm ein Tuch um den Hals und drückte ihm einen Löffel in die rechte Hand. Dann schöpfte er Brei aus der Schüssel in den Teller und sah zu, wie der König Löffel um Löffel an den Mund führte und gierig aß. Zwar ging die Hälfte daneben, aber das machte nichts – Konrad grinste über das ganze Gesicht, wie nur ein

Vierzehnjähriger grinsen konnte, über etwas, das er zum ersten Mal vollbracht und das ihm nie jemand zugetraut hätte. »Was sagt Ihr nun?«, fragte er, als er tatsächlich den Teller leer gegessen hatte und Bruder Thomas anstrahlte, die Mundpartie verschmiert wie ein Neugeborenes. Bruder Thomas nahm ihm Teller und Löffel ab und tupfte die Breireste mit dem Tuch weg. »Ich bin stolz auf Euch, Majestät.«

Konrad ließ sich zurück in die Kissen fallen und schloss vor Erschöpfung die Augen, das Essen hatte ihn offensichtlich über Gebühr angestrengt.

»Nein, nein«, widersprach er leise. »Ich bin stolz auf Euch! Ich werde Euch das nie vergessen, wie Ihr Euch um mich gekümmert habt. Ihr und die Medica. Wo ist sie eigentlich? Ich möchte sie sprechen.«

Bruder Thomas zog seine Stirn in Sorgenfalten. »Sie ist weg«, antwortete er wahrheitsgemäß. »Aber sie kommt bald wieder. Hoffentlich …«

Konrad suchte den Blick von Bruder Thomas, der aufstehen wollte, aber Konrad ergriff seine Hand. »Weicht mir nicht aus. Ihr braucht mich nicht mehr zu schonen. Ihr müsst mir immer die Wahrheit sagen, versprecht mir das! Seinen König darf man nicht anschwindeln!«

»Verzeiht, Majestät. Ich wollte Euch nicht anschwindeln. Ich weiß nur nicht, ob Ihr schon so gefestigt seid, dass Ihr alles hören wollt. Ihr solltet Euch lieber ausruhen.«

»Ich habe mich lange genug ausgeruht. Wisst Ihr, ich bin von so vielen Beratern und Höflingen umgeben, die mir nach dem Mund reden, dass es eine Wohltat ist, jemanden an seiner Seite zu wissen, der mir nicht schmeicheln muss, weil er mir in meinen schwächsten Stunden beigestanden und mir geholfen hat, als ich völlig in seiner Hand war.«

»Ihr wisst, was mit Euch geschehen ist?«

»Ich weiß nicht, wie viel Zeit vergangen ist, seit ich angefangen habe, mich sterbenselend zu fühlen. Aber ich habe immer alles mitbekommen, glaubt mir.«

»Ihr seid einige Wochen außer Gefecht gesetzt worden. Die Medica und meine Wenigkeit sind der Meinung, dass Euch jemand langsam vergiftet hat.«

»Ja, ich weiß. Mein Vater, der Kaiser, hat mich immer davor gewarnt. Er wusste, wovon er spricht. Auch bei ihm hat man es schon versucht. Es ist nicht leicht, ein Herrscher zu sein. Man hat so viele Feinde.«

Bruder Thomas nickte nur. Er wusste nicht, was er darauf antworten sollte. Der König fasste wieder nach seiner Hand und drückte sie.

»Wollt Ihr mein Beichtvater sein?«

»Es wäre mir eine Ehre. Wollt Ihr Eure Seele jetzt erleichtern?«

»Ich meinte das auch im übertragenen Sinn. Ich brauche jemanden, bei dem ich mich frei von der Leber weg äußern kann. Ohne Gefahr zu laufen, dass es am nächsten Tag in jeder Ecke des Reiches bekannt ist, was ich sage.«

»Oh, wenn Ihr damit das Beichtgeheimnis meint …«

»Das auch. Aber nicht nur. Ich habe das Gefühl, in Eurer Gegenwart ehrlich sein zu können, versteht Ihr?«

»Jawohl, Majestät. Ich schwöre beim Kreuze Christi, dass alles, was Ihr mir unter dem Siegel der Verschwiegenheit sagt, unter uns bleiben wird.«

Der König schloss zufrieden die Augen und atmete tief durch. »Ich danke Euch. Es ist beruhigend, dass Gott mir jemand wie Euch geschickt hat, der es gut mit mir meint. Euch und die Medica. Ich wusste es vom ersten Augenblick an, als ich sie gesehen habe. Also – wo ist sie?«

»Sie ist nach Burg Greifenklau geritten. Den Grund hat sie mir nicht genannt.«

»Ich dachte, Ihr seid ihr Vertrauter.«

»Das dachte ich auch, Majestät.«

»Ihr zweifelt an ihr?«

»Nein. Obwohl – ich darf ja nicht lügen. Ja, ich habe kurz gezweifelt. Aber bisher hat sie mich nie enttäuscht. Ich bin überzeugt, das wird sie auch diesmal nicht tun. Sie hat gesagt, sie sei unterwegs, um Euch zu helfen. Ich weiß allerdings beim besten Willen nicht, wie sie das anstellen will.«

Sie schwiegen eine Weile, jeder hing seinen Gedanken nach.

Konrad besann sich wieder auf seine Pflichten. »Sagt mir – ist der Hoftag verschoben?«

»Nein. Der Graf wollte ihn absagen. Aber die Medica hat ihn gebeten, es nicht zu tun. Er soll wie vorgesehen stattfinden. In einer Woche ist Weihnachten.«

»Gott steh mir bei! Ich weiß, wie wichtig dieser Hoftag ist. Mein Vater hat es mir geschrieben. Aber ich weiß nicht, ob ich schon in der Verfassung dazu bin.«

Er wandte sein Gesicht ab. »Wenn mein Vater von meiner Schwäche erfährt, wird er enttäuscht sein.«

»Es ist nicht Eure Schuld.«

»Darum geht es nicht. In den Augen meines Vaters habe ich versagt.«

»Das denke ich nicht. Wenn er nicht an Euch glauben würde, hätte er Euch nicht mit der Königswürde betraut.«

Konrad stieß einen tiefen Seufzer aus. »Seid versichert, es ist eher eine Bürde denn eine Würde.«

»Ihr werdet sie meistern, davon bin ich fest überzeugt.«

»Sagt mir eins, Bruder Thomas … Das ist doch Euer Name, richtig?«

»Ganz richtig. Verzeiht, Majestät, dass ich mich nicht einmal vorgestellt habe.«

»Nach allem, was wir miteinander durchgemacht haben die letzten Tage, dürfte das auch ziemlich überflüssig sein.«

Er lächelte. »Ihr kennt mich, wie man einen Menschen nur kennen kann. Sagt mir, Bruder Thomas, wollt Ihr das ausnutzen?«

»Wie meint Ihr das?«

»Warum habt Ihr das getan?«

»Was … getan?«

»Mich gerettet. Warum?«

»Verzeiht, Majestät – ich bin Infirmarius. Anna von Hochstaden ist Medica. Es ist unsere heiligste Pflicht zu helfen.«

»Weil ich der König bin?«

»Nein. Weil Ihr ein Mensch seid, der Hilfe brauchte.«

»Ohne Ansehen der Person?«

»Wenn Ihr ein Bettler gewesen wärt, hätten wir genauso gehandelt.«

»Warum?«

»Vergebt mir, Majestät – kann es sein, dass Ihr den Glauben an das Gute im Menschen verloren habt? Bei allem Respekt, das ist das Einzige, was uns vom Tier unterscheidet.«

Das Gesicht des Königs verdüsterte sich. »Was ist dann mit meinem Gepard, meiner Lea? Sie war ein gutes Tier. Wer immer das war – sie haben sie umgebracht. Ich bin mir sicher. An Lea haben sie das Gift ausprobiert. An einem unschuldigen Tier, das ihnen nichts getan hat. Was sind das für Menschen?«

Bruder Thomas legte beruhigend seine Hand auf Konrads zitternde Hände. »Hört auf, Euch zu quälen, Majestät. Es bringt nichts, glaubt mir. Ihr lebt! Und wer immer davon ausgeht, dass Ihr bald tot seid, der irrt!«

Konrad schloss die Augen und verbarg sein Antlitz in den Händen. »Ich zermartere mir den Kopf darüber, wer mich so hasst, dass er meinen Tod wünscht. Weil ich sein Gesicht sehen möchte, wenn ich ihn frage, was ich ihm angetan habe. Aber es sind so viele, so viele, Bruder Thomas …«

Am liebsten hätte Bruder Thomas ihn jetzt in den Arm

genommen und getröstet, aber das ziemte sich nicht bei einem König. »Ihr müsst auf andere Gedanken kommen, Majestät. Diese schwarzen Gedanken sind nicht gut für Eure Genesung.«

Konrad nickte und legte seinen Kopf zurück ins Kissen. »Ja. Ja, Ihr habt recht.« Auf einmal stahl sich ein Lächeln in sein Gesicht. »Bruder Thomas – wisst Ihr, was der Hauptgrund für diesen Hoftag ist?«

»Nun«, sagte Bruder Thomas, »ich nehme an, die Bestätigung und Festigung Eurer Königswürde.«

»Das ist richtig. Aber es gibt noch einen zweiten Grund.«

»Ah, ich kann mir denken, worauf Ihr hinauswollt … Es gibt da so einiges an Klatsch und Tratsch …«

»So? Das übliche Dienstbotengewäsch?«, schmunzelte Konrad.

»Ja. Man sagt, dass Ihr Euch verloben wollt.«

»Ja. Mein Vater wünscht es.«

»Und Ihr? Wie steht Ihr dazu? Kennt Ihr Eure Zukünftige überhaupt?«

»Ich bin ihr einmal begegnet. Ihr wisst, wie das gehandhabt wird, wenn man ein Fürst ist. Da heiratet man aus politischen und dynastischen Erwägungen. Nun trifft es sich zufällig, dass meine Braut nicht nur aus hohem Hause ist und die Wittelsbacher ein starker Verbündeter sind, sondern … sondern …«

»Sondern dass Ihr auch Gefallen aneinander findet?«, half ihm Bruder Thomas auf die Sprünge.

»So ist es. Ihr seid ein Mann von Welt, Bruder Thomas. Obwohl Ihr kein weltlicher Mann seid.«

»Oh, mir ist nichts Menschliches fremd, Majestät, glaubt mir.«

»Deshalb spreche ich ja mit Euch über solche Angelegenheiten. Weil ich mich bei Euch nicht vorsehen muss. Außerdem kann ich mich darauf verlassen, dass Ihr anderen gegenüber darüber kein Wort verliert, was ich Euch anvertraue. Das ist doch so?«

»Ja«, sagte Bruder Thomas einfach. »So ist es.«

»Nun gut, ich bin Elisabeth von Bayern einmal kurz vorgestellt worden. Wir haben sogar getanzt miteinander. Sie ist eine hervorragende Tänzerin. Ich habe sie sofort in mein Herz geschlossen.«

»Habt Ihr das Gefühl, dass es umgekehrt genauso ist?«

Er nickte. »Ich wünsche es mir. Sie ist bezaubernd. Seht Ihr die Schatulle auf dem Tisch? Darin sind die Briefe meines Vaters. Und dann ist da noch etwas, ein Geschenk für Elisabeth. Es ist ein handgeschriebenes Gedicht. Von einem Dichter, der meinem Vater sehr zugetan war und es ihm zukommen hat lassen, weil er es sehr geschätzt hat. Ich möchte es Elisabeth schenken.«

Bruder Thomas war schon an die Schatulle gegangen und brachte sie dem König. Er öffnete sie und kramte einen zusammengefalteten Brief heraus, den er öffnete und las.

»Darf ich wissen, von wem das Gedicht ist?«, fragte Bruder Thomas.

»Es ist von einem unserer größten Minnedichter, Walther von der Vogelweide«, sagte Konrad mit Ehrfurcht in der Stimme. »Wollt Ihr so freundlich sein und es Elisabeth übergeben? Mit meinen besten Empfehlungen?«

»Es ist mir eine Ehre, Majestät«, sagte Bruder Thomas und nahm den Brief vorsichtig in Empfang, wie es einer Kostbarkeit angemessen war.

»Lest Ihr mir das Gedicht vor, Bruder Thomas?«, sagte Konrad und lehnte sich in seine Kissen zurück. »Es ist noch schöner, wenn man es hört, statt es nur zu lesen. Und dann sagt mir, ob es das richtige Geschenk für die Edeldame meines Herzens ist.«

Bruder Thomas räusperte sich, dann las er vor:

Saget mir ieman, waz ist minne?
weiz ich des ein teil, sô wist ichs gerne mê.
der sich baz denn ich versinne,
der berihte mich durch waz si tuot sô wê.
minne ist minne, tuot si wol:
tuot si wê, so enheizet si niht rehte minne.
sus enweiz ich wie si danne heizen sol.

»Das reicht«, sagte Konrad. »Der Rest ist nur für Elisabeth bestimmt.«

Bruder Thomas nickte, faltete das Dokument sorgfältig wieder zusammen und steckte es ein. »Ich kenne es. Es ist wunderschön. Aber auch … nun … ein wenig weltlich.«

»Wisst Ihr, warum sich mein Vater und Walther so gut verstanden haben? Es heißt, weil beide sich der Freiheit des Denkens verschrieben haben.«

»Wollt Ihr etwa mit mir ein Gespräch über Ketzerei führen?«, tadelte Bruder Thomas ihn spielerisch.

Konrad winkte ab. »Nein. Das wäre mir jetzt zu anstrengend. Mir wäre es jetzt nach ein wenig Zerstreuung. Bruder Thomas – sagt mir, spielt Ihr Schachzabel?«

Bruder Thomas nickte versonnen. »Ich habe es in meinem Kloster in Weingarten gelernt. Aber der dortige Abt hat es nicht so gern gesehen, wenn sich die Brüder daran ergötzt haben. Zeitweilig waren sie so darin vertieft, dass sie die Gebetszeiten darüber versäumt haben.«

»Ihr auch?«

Bruder Thomas ersparte sich eine Antwort und zuckte nur vielsagend mit den Schultern.

»Also könnt Ihr es?«, insistierte der junge König.

In den Augen von Bruder Thomas war der Schalk zu ahnen. »Ich habe den Abt mehrmals darin geschlagen. Bis er gesagt hat, dass Luzifer das Spiel erfunden haben muss. Fortan war es im Kloster verboten.«

»Großartig! Ich mag ebenbürtige Gegner. Wenn ich mit Höflingen spiele, lassen sie mich immer gewinnen. Das macht keinen Spaß.«

»An mir werdet Ihr Euch die Zähne ausbeißen, Majestät!«

»Das werden wir sehen!« Sein jugendlicher Kampfgeist war erwacht. Über nichts freute sich Bruder Thomas mehr in diesem Augenblick.

»Werft doch einen Blick in diese Truhe dahinten«, sagte der König und zeigte in die hinterste Ecke des Gemachs. »Darin müsste ein Spiel sein.«

Bruder Thomas fand das Spielbrett, das sehr edel aussah, es war glänzend schwarz, wohl aus Ebenholz, am Rand mit feinen Intarsien verziert, die weißen Felder schienen aus Elfenbein zu sein. Im dazugehörigen Ebenholzkästchen mit einem Schiebedeckel lagen die filigran geschnitzten Spielfiguren, die ebenfalls aus Elfenbein waren, jede einzeln in ein schwarzes Samttuch eingewickelt. Bruder Thomas nahm die Spielfigur des Königs heraus und bestaunte das Können des Handwerkers, der sie gefertigt hatte. Er war selbst nicht ungeschickt im Umgang mit Holz und Schnitzmesser, und seine liebevoll gestalteten Tierfiguren hatten schon so manche Angst und Schmerzen bei Kindern, die er und die Medica behandeln mussten, in Staunen und Freude umgewandelt und sie abgelenkt. Er erkannte es, wenn er ein Meisterwerk der Schnitzkunst vor sich hatte, und diese Figuren waren wahrlich eines Königs würdig.

Aber als er sich damit dem Bett zuwandte, sah er, dass der junge König den Kopf weggedreht und die Augen geschlossen hatte. Er war eingenickt, wahrscheinlich hatte ihn das lange Gespräch vollkommen überanstrengt.

Bruder Thomas nahm es als gutes Zeichen, deckte ihn fürsorglich zu und freute sich schon insgeheim auf die erste Partie Schachzabel nach zehn Jahren. Er drehte die Spielfigur des weißen Königs im Licht, das durch das Fenster hereinfiel.

Er hatte früher schon gegen einige höherstehende Herrschaften gespielt. Aber noch nie gegen einen richtigen König.

III

Als Anna die Schritte im Schnee hörte, nachdem sie sich mit ihrem Pferd im Wald versteckt hatte, rechnete sie mit dem Schlimmsten. Wer, wenn nicht jemand, der böse Absichten hatte, würde sich sonst hinterrücks an sie heranschleichen? Ihre Hand fuhr instinktiv in den Schlitz an ihrer Kutte, wo sie den scharfen, spitzen Dolch versteckt hatte. In einer gleitenden Bewegung zog sie ihn aus seinem Futteral, das sie immer um ihren Oberschenkel geschnallt hatte, und wirbelte herum.

Keine fünf Schritte entfernt stand er da, das Schwert gezückt, und sah sie mit einer Mischung aus Vorwurf, Überraschung und überschwänglicher Freude an: Chassim.

Obschon genauso dick vermummt gegen die Kälte wie sie, erkannten sie einander sofort. Alle Anspannung fiel in diesem Augenblick von Anna ab, machte einer grenzenlosen Erleichterung Platz, und sie flog in Chassims Arme. Der ließ sein Schwert fallen und drückte sie so fest, dass ihr die Luft wegblieb.

»Was machst du hier?!«, fragten sie beide gleichzeitig und mussten darüber so lachen, dass sie das Gleichgewicht verloren und in den Schnee fielen, was ihnen aber gleichgültig war, weil sie sich so heftig küssten, dass sie darüber beinahe vergaßen, wo sie waren.

Endlich lösten sie sich voneinander. Anna wischte Chassim den Schnee aus den Haaren und liebkoste sein Gesicht, als wolle sie sichergehen, dass er sich nicht vor ihren Augen auflöste und nur eine Vorspiegelung ihrer Sehnsüchte war. Sie halfen sich gegenseitig hoch und klopften sich den Schnee aus den Kleidern. Plötzlich knackten Zweige, und Pferdeschnauben war zu hören. »Das sind nur meine Männer«, beruhigte Chassim Anna. »Ich bin ihnen voraus und durch den Wald geritten, weil ich einen Fremden in einer Kutte gesehen hatte, der sich im Wald verstecken wollte. Dich. Die Männer haben Befehl, weiterzureiten, als hätten sie dich nicht bemerkt, und dann umzukehren.«

Er fasste Anna an der Schulter, und sie warteten, bis sie von zwanzig Männern auf ihren Pferden umringt waren. »Männer, wir haben sie gefunden«, rief Chassim. »Das ist Anna von Hochstaden, meine Medica. Und das sind meine Männer, die ich zusammengetrommelt habe für einen kleinen Feldzug gegen Baldur von Veldern.«

Die Männer verneigten sich angemessen vor der Medica, und diese sah sie reihum an, bevor sie mit ernster Stimme sprach. »Ich komme geradewegs von unserem König, er weilt in Oppenheim und hat mich mit einer wichtigen Mission beauftragt. Ihr wundert euch, warum ich als Frau in dieser Verkleidung unterwegs bin und keine Eskorte habe. Aber diese Mission ist geheim, keiner der Feinde des Königs darf davon erfahren. Es geht um das Leben unseres Königs und darum, das Reich vor Zerstörung und Krieg zu bewahren. Wollt ihr mir dabei helfen?«

Die Männer waren alle in dicke Kleidung und Felle gegen die Kälte eingehüllt und sahen dadurch noch wilder und verwegener aus, als sie es ohnehin schon waren. Die Unrasierten unter ihnen hatten weiße Eisschichten in den Bärten. Sie sahen sich an und schienen im ersten Moment nicht sicher zu sein, ob sie dieser kleinen Weibsperson, die da in einer unscheinbaren Mönchskutte vor ihnen stand, Glauben schenken sollten. Oder ob das nicht ein wenig weit hergeholt war, was diese junge Frau da von sich gab.

Aber dann stieg einer von ihnen vom Pferd und nahm den Schal ab, den er sich um Kopf und Hals gewickelt hatte. Anna erkannte ihn, es war der pockennarbige Bursche aus Wesling, dem Dorf, das der Plackerer in Flammen hatte aufgehen lassen. Er beugte das Knie vor ihr, bot ihr demonstrativ mit beiden Händen sein Schwert dar. »Verfügt über mich, Gräfin. Mein Schwert gehört Euch!«

Es waren einfache, harte Männer, aber diese ritterliche Geste war nicht misszuverstehen und zeigte Wirkung. Die Männer zogen ihre Waffen und senkten sie vor der Medica als Zeichen dafür, dass sie Anna als ihre Herrin anerkannten.

Chassim, der sich nicht mehr darüber wunderte, was die Medica manchmal für eine seltsame Wirkung auf gestandene Männer hatte, durchbrach die feierliche Stimmung und holte die Männer wieder in die Realität zurück. »Ich danke euch für diesen Beweis eures Vertrauens. Wir werden euch und euren starken Arm noch brauchen. Doch jetzt sollten wir uns um ein Nachtlager kümmern, bevor wir die Medica zurück nach Burg Greifenklau begleiten.«

Einer der Männer hob die Hand. »Ich kenne die Gegend und weiß, dass nicht weit von hier eine alte Kate steht, die unbewohnt ist.«

»Gut. Reite voraus, wir folgen«, sagte Chassim und half der Medica auf ihr Pferd. Einer der Männer hatte Chassims Pferd, das dieser weiter weg im Wald zurückgelassen hatte, schon am Zügel herangeführt, und dann ritten sie alle los.

Die Tage im Monat Julmond waren kurz geworden, gerade noch vor Einbruch der Dunkelheit fanden sie die Kate auf einer Lichtung im Wald. Sie war leer und verfallen, aber sie bot ihnen wenigstens ein Dach über dem Kopf. Während die Männer Holz sammelten, ein Feuer entfachten und die Pferde versorgten, gingen Anna und Chassim ein paar Schritte vor die Kate. Chassim machte ein ernstes Gesicht und bat Anna um ein Gespräch unter vier Augen.

Als er sicher war, weit genug weg zu sein, um nicht gehört werden zu können, wandte er sich ihr zu, der Zorn stand ihm ins Gesicht geschrieben. »Anna, auf ein Wort …«

Anna wollte ihn beschwichtigen. »Ich weiß, Chassim, du bist mir böse …«

Doch Chassim ließ sie gar nicht erst zu Wort kommen. »Anna, ich habe mir große Sorgen um dich gemacht. Ich verstehe einfach nicht, warum du das tust.«

»Was meinst du?«

»Ich meine, du bist meine zukünftige Frau. Die Herrin auf Burg Greifenklau. Du … Du kannst nicht einfach in der Gegend herumreiten, wie es dir passt.«

Jetzt trat der Trotz in Annas Augen. »Und warum nicht?«

»Warum nicht? Weil es zu gefährlich ist! Mein Gott, Anna – ich liebe dich! Aber du handelst verantwortungslos!«

»Wem gegenüber? Dir? Das tut mir leid.«

»Nein. Dir selbst gegenüber! Und deinen zukünftigen Untertanen gegenüber! Du kannst nicht allein und ohne jeglichen Schutz bei diesem Wetter über Land reiten. Du spielst mit deinem Leben.«

»Chassim – hier handelt es sich um einen Notfall! Der König hat mich gerufen, er liegt im Sterben und braucht Hilfe.«

»Dann hättest du auf mich warten können. Ich hätte dich begleitet.«

»Ich wusste ja nicht, wann du zurückkommst. Das wäre vielleicht zu spät gewesen. Ich musste sofort handeln. Außerdem war ich nicht allein. Bruder Thomas war bei mir.«

Chassim schüttelte verständnislos den Kopf. »Und jetzt? Jetzt bist du mutterseelenallein unterwegs.«

»Es ging nicht anders.«

»Verstehst du denn nicht? Ich habe schon genug Ärger mit den Plackerern. Ich will mir nicht auch noch ständig Sorgen um dich machen müssen.«

»Und? Was willst du tun? Mich einsperren?«

»Nein. Aber ich kann nicht tatenlos zusehen, wie du aus Trotz in dein Verderben rennst.«

»Das war kein Trotz. Das war pure Notwendigkeit.«

»Das kann ich nicht zulassen.«

Anna wich zurück. Ihre Stimme wurde hart. »Du willst also über mein Leben bestimmen?«

Chassim schüttelte den Kopf. »Anna – ich will dich doch nur beschützen!«

Er fasste sie an den Schultern und sah ihr beschwörend in die Augen. Sein Zorn war verflogen, und Annas Zorn ließ so schnell nach, wie er aufgeflammt war. Sie umarmten sich, und Chassim flüsterte ihr ins Ohr: »Verstehst du denn nicht. Ich will dich nicht verlieren!«

Anna schluckte an seiner Schulter, ihre Augen wurden feucht. »Ich dich auch nicht, Chassim. Aber es geht um das Leben des Königs. Ich muss ihm helfen. Als Medica.«

»Dann lass mich an deiner Seite sein«, sagte Chassim.

Er sah Anna tief in die Augen, so als suche er ihre Antwort darin. Schließlich nickte sie.

Chassim atmete erleichtert auf. Unvermittelt zog er sie in seine Arme und küsste sie zärtlich. Anna spürte, dass Chassim all seine Liebe in diesen Kuss legte, und erwiderte ihn mit derselben Innigkeit. Leider war der Kuss viel zu schnell vorbei. Mit einem Seitenblick auf seine Männer kam Chassim wieder auf die aktuelle Situation zu sprechen.

»Erzähl mir, was geschehen ist.«

Anna schilderte Chassim in allen Einzelheiten, was in der Zwischenzeit auf Burg Landskron passiert war. Ihm vertraute sie auch ihren Plan an, der sie wieder auf den Weg zurück nach Burg Greifenklau geführt hatte. Chassim musste zuerst einmal tief Luft holen, als er davon erfuhr. Der Plan war außerordentlich gewagt und riskant, aber er musste ihr zustimmen, dass es die einzige Möglichkeit war, das Vorhaben der Gegenseite zu konterkarieren.

Er selbst war jetzt wochenlang damit beschäftigt gewesen, für einen Feldzug gegen Baldur von Veldern zu werben, und hatte von allen Seiten Unterstützung erfahren. Einmal waren sie sogar auf die Fährte der Bande gestoßen, hatten sie dann aber beim plötzlichen Einbruch des Winters wieder verloren. Sie hatten den Beschluss gefasst, den Winter über zwanzig wehrfähige Männer im Zentrum des Geschehens auf Burg Greifenklau zu stationieren, um eine schnelle Eingreiftruppe zur Verfügung zu haben, die jederzeit sofort zuschlagen konnte, falls sich Baldur von Veldern mit seinen Männern zeigte. Als Chassim auf Greifenklau eingetroffen war und gehört hatte, dass Anna sich nur in Begleitung von Bruder Thomas nach Oppenheim aufgemacht hatte, war er ohne zu zögern sofort erneut aufgebrochen, um ihr beizustehen. Seine Männer, denen er es angesichts des widrigen Wetters freigestellt hatte, mit ihm zu kommen, hatten sich ihm ohne Ausnahme wortlos angeschlossen.

Chassim sah ein, dass es keine Alternative zu Annas Entschluss, allein loszureiten, gegeben hatte – Bruder Thomas konnte den kranken König nicht einen Moment aus den Augen lassen, und bei einer Begleiteskorte konnte man nicht sicher sein, dass sich darunter kein Mann des Erzbischofs befand. Annas riskantes Vorhaben hatte nur dann Aussicht auf Erfolg, wenn nicht das Geringste davon durchsickerte. Obwohl die beiden sich nach körperlicher Nähe sehnten, vermieden sie es strikt, vor den Augen der Männer weitere Zärtlichkeiten auszutauschen. Ihr Versöhnungskuss sollte eine Ausnahme bleiben. Auch auf Burg Greifenklau hatten sie, um Anstand und Sitte zu wahren, weit auseinanderliegende Zimmer, damit es erst gar nicht zu Tratsch und Klatsch kam. Die Nächte waren lang, und es hatte sich vor ihrer Abreise nach Köln immer eine Möglichkeit für heimliche Treffen gefunden. Berbelin, die in Annas Zimmer schlief, war sowieso stumm, aber auch, wenn sie fähig gewesen wäre zu sprechen, wäre kein Wort über ihre Lippen gekommen, darauf konnte sich Anna felsenfest verlassen, das wusste sie.

Zwischen ihr und Chassim gab es jetzt nur einen versöhnlichen und innigen Kuss im Wald, bevor sie wieder zurückgingen und mithalfen, das Innere der Kate, das nur aus einem großen, heruntergekommenen Raum mit einer Feuerstelle bestand, einigermaßen in ein Lager für eine Nacht herzurichten.

Die Männer hatten Trockenfleisch, Brot und Bier dabei und waren natürlich begierig darauf, von Anna zu erfahren, was der König in Oppenheim wollte und was sie auf Burg Landskron erlebt hatte. Sie enttäuschte sie nicht und schlug sie mit ihren eindrucksvoll geschilderten Erlebnissen in ihren Bann, behielt aber für sich, dass der König vergiftet worden war und mit dem Tode gerungen hatte. Den wahren Grund ihrer jetzigen Mission verschwieg sie ebenfalls, bevor sie alle unter ihre Decken krochen und versuchten, dringend benötigten Schlaf zu finden. Anna hätte sich jetzt am liebsten an Chassim gekuschelt, aber er wies ihr ein wenig abseits von den Männern am warmen Feuer eine Schlafstelle zu und wachte selbst die ganze Nacht, damit das Feuer nicht ausging. Seit langer Zeit fühlte sich Anna wieder sicher und geborgen wie in Abrahams Schoß. Es war ein wunderbares Gefühl, das sie lange entbehrt hatte. Kaum hatte sie sich in ihre Decke eingewickelt, da war sie auch schon eingeschlafen.

IV

Hütejunge Ambros schob Wache auf dem Wehrgang von Burg Greifenklau und langweilte sich zu Tode. Er fror erbärmlich und hüpfte deshalb von einem Bein auf das andere. Lieber wäre er jetzt im Stall bei seinen Tieren gewesen. Da war es warm und gemütlich, im Heu hätte er auf seinem Lager liegen und an den Sommer denken können, die schönste Jahreszeit, wenn er sich auf einem Hügel die Sonne auf den Pelz brennen ließ, schläfrig unter halbgeschlossenen Lidern auf seine friedlich grasenden Schafe und Ziegen hinuntersah und auf seinen Schäferhund, der sie eifrig umkreiste oder nach Feinden Ausschau hielt. Den Schäferhund hatte er »Wolf« getauft, weil er seinen wilden Vettern in den Wäldern so ähnlich war. Aber nur vom Aussehen her, vom Wesen war er lammfromm, und er gehorchte aufs Wort, Ambros hatte ihn gut abgerichtet, er hatte ein Händchen für Tiere. Der Hütejunge träumte gern in den Tag hinein und spielte auf seiner selbstgeschnitzten Flöte. Er fühlte sich nicht zu Höherem berufen, an einem heißen Tag im Monat Heuert war er mit sich, seiner Aufgabe – Arbeit konnte man das ja nicht unbedingt nennen – und der Welt im Reinen. Solange er genug zu essen und zu trinken hatte, ein Zuhause und hier, abseits der Burg auf den gräflichen Wiesen, den lieben Gott einen guten Mann sein lassen konnte; keinen Herrn, nur den blauen, leicht bewölkten Himmel über sich, auf dem die Wolken dahinzogen, denen man nachsehen konnte, war er glücklich. Wolf tat, wozu er ausgebildet worden war, und hielt die kleine Herde zusammen. Wenn Ambros nach Gesellschaft zumute war, pfiff er nach seinem Hund, der dann sofort herangehechelt kam, sich brav neben ihn setzte und sich hinter den Ohren kraulen ließ. Eine saftige Sommerwiese, das gelegentliche Blöken der Schafe und das Meckern der Ziegen waren für Ambros der Garten Eden, vollkommener konnte das himmlische Paradies für ihn auch nicht sein.

Und nun war er vom Burghauptmann dazu verdonnert worden, die ganze Woche bei Eiseskälte auf dem zugigen Wehrgang Wache zu schieben. Warum hatte er auch gestern vergessen, seinen Milchbart wegzuputzen, nachdem er verbotenerweise von diesem köstlichen Milchrahm probiert hatte, den die Magd Berbelin so vorzüglich zubereiten konnte? Dass er der Versuchung nicht widerstanden hatte, wäre ja noch einzusehen gewesen – nur dabei erwischen lassen durfte man sich eben nicht. Aber kaum war er aus der Vorratskammer neben der Küche gekommen, rannte er dummerweise geradewegs dem gestrengen Burghauptmann und Hofmeister in die Arme, der natürlich auf den ersten Blick sah, was Ambros angestellt hatte, und ihm nicht nur die Ohren langzog, sondern auch gleich noch zur Strafe den Wachdienst aufbrummte.

Wenigstens stand Weihnachten bald vor der Tür, da gab es immer etwas Besonderes zu essen, und er durfte beim alljährlichen Krippenspiel mitmachen, das in der großen Scheune vor allen Herrschaften und Bediensteten der Burg aufgeführt wurde. Er spielte sich selbst, einen Hirtenjungen, der mit den Heiligen Drei Königen die Krippe aufsuchte, in der das Jesuskind lag, umringt von Maria und Josef und Ochs und Esel.

Jetzt war er der Esel, jedenfalls kam er sich so vor, wie er da auf und ab ging und nach möglichen Feinden Ausschau hielt, die Gott sei Dank nicht kamen. Wahrscheinlich weil ihnen auch zu kalt war, vermutete er fröstelnd, stampfte mit den Füßen auf und schlug mit den Armen um sich.

Aber dann erspähte sein scharfes Auge zwei Punkte am Horizont, die schnell näher kamen. Reiter auf ihren Pferden, in gestrecktem Galopp. Und in ihrem Gefolge weitere Reiter, dick vermummt und ohne Feldzeichen. Er wollte schon Alarm schlagen, als er die ersten zwei Reiter erkannte. Es waren sein junger Herr, Graf Chassim, und, kaum erkennbar unter der Kutte mit der Kapuze über dem Kopf, die Medica. Er schrie in den Burghof hinunter: »Öffnet das Tor! Der Graf kommt zurück. Er hat viele Männer dabei.«

Der Burghauptmann streckte seinen Kopf aus der Stalltür und schrie zurück: »Wie viele?«

»Weiß nicht … ungefähr zwanzig. Und die Medica!«

Der Burghauptmann und zwei Männer kamen aus den Stallungen und beeilten sich, das schwere Tor zu öffnen. Ambros sah neugierig zu, wie die Meute auf den Hof geritten kam und haltmachte, die Pferde dampften in der Kälte. Die Männer stiegen ab und führten ihre Rösser in die Stallungen, während Chassim und die Medica in das Herrenhaus stürmten.

Der Burghauptmann, dem wie immer nichts entging, winkte zu ihm hoch. »Du sollst hier keine Maulaffen feilhalten, sondern Wache schieben, hast du mich verstanden?«, brüllte er.

Widerwillig hob Ambros die Hand zum Zeichen, dass er ihn gehört hatte, und drehte sich wieder um. Oh, wie sehr er sich nach dem Sommer und seiner Freiheit sehnte, die ihn dort auf den hügeligen, weitläufigen Wiesen erwartete, wo ihn niemand ankeifte und er seine Ruhe hatte!

Er drehte mehr oder weniger pflichtbewusst weiter seine Runden auf dem Wehrgang und träumte sich dabei wieder in eine wärmere und schönere Welt, als er jemand die Holzstufen zum Wehrgang hochpoltern hörte. Es war der schwer atmende Burghauptmann. »Ambros! Mach, dass du herkommst!«, brüllte er zu ihm herüber.

Was war denn nun schon wieder los? Er hatte sich doch nichts zuschulden kommen lassen. Aber dem Burghauptmann fiel immer irgendetwas ein. Ambros stöhnte unwillig in sich hinein und trottete auf ihn zu.

Der Burghauptmann packte ihn am Arm und zerrte ihn ungeduldig hinter sich her. »Jetzt komm schon. Die Herrschaften warten auf dich!«

»Auf mich? Aber ich habe doch gar nichts getan!«

Er wollte sich zur Wehr setzen, aber der Burghauptmann war unerbittlich. »Halt den Schnabel und komm!«, sagte er nur, zog ihn hinter sich her die Treppe zum Hof hinunter und auf das Herrenhaus zu. Jetzt wurde es Ambros doch allmählich mulmig zumute. Aber so sehr er auch nachdachte, er war sich keiner größeren Schuld bewusst, die ein Zu-Kreuze-Kriechen vor dem Grafen samt anschließender Strafpredigt nach sich gezogen hätte.

Ohne Anmeldung ging es schnurstracks in die Empfangshalle, wo der alte und der junge Graf und die Medica vor dem Kaminfeuer standen und dem Burghauptmann und Ambros gespannt entgegensahen. Jetzt erst ließ der Burghauptmann den Hütejungen los, der sich verneigte und bangen Gesichts der Dinge harrte, die da auf ihn zukommen würden. Irgendwie hatte Ambros das dumpfe Gefühl, dass die Herrschaften auf ihn gewartet hatten.

Das konnte nicht sein, er war unbedeutend, galt weniger als nichts in der Burghierarchie, es konnte sich nur um ein

Missverständnis handeln. Ein Knuff vom Ellenbogen des Burghauptmanns, der sich seine Mütze längst vom Kopf gerissen hatte, erinnerte ihn daran, dass er seine noch aufhatte. Rasch nahm er sie ab und knetete sie verlegen mit den Händen.

Die beiden Grafen warfen der Medica einen Blick zu. Sie hatte ihre Kutte inzwischen abgelegt und wärmte ihre Hände am Kaminfeuer. Noch immer sprach keiner ein Wort. Allmählich wurde Ambros die Stille, in der man nur das Lodern und Knacken des Kaminfeuers hörte, unangenehm. Er trat unruhig von einem Bein auf das andere, aber er wusste, dass man zuerst angesprochen werden musste, bevor man in Gegenwart der Herrschaften den Mund aufmachen durfte, so viel Manieren hatte man ihm beigebracht, obwohl der alte Graf in dieser Beziehung ziemlich großzügig war und in seiner leutseligen Art darüber hinwegsah, wenn man sich nicht immer daran hielt. Außerdem hätte Ambros gar nicht gewusst, was er in dieser Situation sagen sollte.

Jetzt kam die Medica auch noch auf ihn zu und lächelte ihn an. Ambros mochte sie, sie war beliebt bei den Bediensteten, weil sie nicht unnahbar war und von oben herab Anordnungen gab, sondern immer mit anpackte und für jeden ein freundliches Wort hatte. Aber er zuckte nun doch zusammen, als sie ihm seine langen Haare aus dem Gesicht strich und hinter die schmutzigen Ohren klemmte, doch er wagte es nicht, zurückzuweichen. Seinen Blick hielt er unterwürfig auf den Boden gerichtet, es war nicht statthaft, jemand Höherrangigem ins Gesicht zu sehen. Fast erstarrte er zur Salzsäule, als die Medica auch noch sanft sein Kinn fasste. »Komm, Ambros, sieh mich an!«

Jetzt wagte er es, in ihre Augen zu blicken. Es war so, wie es sich die Leute hinter vorgehaltener Hand erzählten: Die Medica hatte tatsächlich zwei verschiedenfarbige Augen, ein grünes und ein braunes. Tapfer hielt er ihrem Blick stand. Dabei überkam ihn das seltsame Gefühl, sie könne in diesem Moment seine Gedanken lesen. Nicht dass diese besonders tiefgründig oder bedeutsam gewesen wären, aber es machte ihm Angst. Ein leiser Schauer fuhr ihm den Rücken hinunter.

Die Medica ließ ihn los und drehte sich zu Chassim um. »Na – was meinst du?«

Jetzt kam auch noch der junge Graf näher heran, vom alten Grafen wusste Ambros, dass er sowieso fast blind war. Chassim musterte Ambros von oben bis unten und beruhigte den Hütejungen, dessen zunehmende Besorgnis er ihm ansah. »Keine Bange, Ambros, dir wird nichts geschehen.«

Dann nickte er der Medica zu. »Wenn er ein Bad nimmt und ordentlich abgeschrubbt wird, könnte es gehen.«

»Es muss gehen, wir haben keine Wahl«, antwortete sie.

»Vielleicht sollten wir ihn erst einmal fragen, ob er überhaupt bereit ist, bei deinem Spiel mitzumachen«, mischte sich der alte Graf ein. »Schließlich ist es nicht ganz ungefährlich.«

Wieder kroch Ambros die Angst den Rücken hoch. Was hatten sie nur vor mit ihm? Himmel, wie sehnte er sich nach seinen Tieren und dem Stall zurück!

Chassim wandte sich an den Burghauptmann. »Danke, Hauptmann. Den Rest erledigen wir selbst.«

Der Burghauptmann hatte verstanden, dass er nicht weiter erwünscht war, und verließ die Halle. Verunsichert schaute Ambros ihm hinterher. Er hatte großen Respekt vor ihm, weil er immer so laut und streng war, und normalerweise atmete er auf, wenn er sich wieder entfernte, aber jetzt wäre es ihm doch lieber gewesen, er wäre an seiner Seite geblieben.

Die Medica nahm Ambros an der Hand. »Komm«, sagte sie. »Setz dich.«

Vielleicht war das alles nur ein schlechter Traum, dachte

sich Ambros, und ich wache jeden Moment auf und liege auf meinem Wiesenhügel, Wolf neben und das blaue Himmelszelt über mir. Er schloss kurz die Augen, aber als er sie wieder öffnete, hatte sich nichts verändert. Er war immer noch in der gräflichen Empfangshalle. Folgsam ließ er sich von der Medica zu einem Hocker vor den Kamin führen und setzte sich.

Der alte Graf ließ sich in seinem Lehnstuhl nieder, Chassim und die Medica auf weiteren Hockern.

»Dir steht es selbstverständlich frei«, begann die Medica, »nein zu sagen, zu dem, was wir mit dir vorhaben. Ich verspreche dir, das wird nicht zu deinem Nachteil sein, es wird sich nichts für dich verändern. Wenn du allerdings einwilligst, gibt es kein Zurück mehr.«

Ambros nickte zwar verdattert, aber verstanden hatte er immer noch nichts. Nur dass die Medica von ihm, dem Hütejungen, zu dessen anspruchsvollsten Aufgaben es gehörte, den Stall auszumisten, etwas wollte. Etwas sehr Wichtiges.

V

Hast du schon einmal davon geträumt, ein König zu sein, Ambros?«

Mit allem hatte Ambros gerechnet, nur nicht mit dieser Frage. Damit konnte er nichts anfangen, absolut nichts. Zögernd schüttelte er den Kopf.

»Na komm, uns kannst du es sagen. Jeder Junge träumt doch einmal davon, auf einem weißen Ross zu sitzen, eine Krone zu tragen und dass die Leute sich vor ihm verneigen. Du nicht auch?«

Die Medica war ihm ganz nahe gerückt, versuchte in seinem Antlitz zu lesen, weil er den Mund nicht aufbrachte. Er äugte in die erwartungsvollen Gesichter der beiden Grafen und der Medica, und endlich kam eine zaghafte Frage über seine Lippen. »Meint Ihr … meint Ihr vielleicht beim Krippenspiel an Weihnachten? Soll ich einen der Heiligen Drei Könige spielen?«

Chassim lachte. »So ähnlich. Ja, du sollst den König spielen. Aber nicht im Krippenspiel. Du sollst ihn richtig spielen. Vor aller Welt.«

Verdattert fragte der Junge: »Aber warum ich? Ich weiß überhaupt nicht, was ein König tun muss.«

»Das bringen wir dir schon bei, Ambros«, sagte die Medica sanft.

»Aber … aber so kann ich doch kein König sein!«, erwiderte er, sah an sich hinunter und zupfte an seinem wollenen

Kittel und den Beinkleidern, die ihre besten Zeiten schon lange hinter sich hatten.

»Nein, natürlich nicht«, stimmte die Medica zu. »Du bekommst die schönsten Kleider, Schuhe aus Leder, einen Umhang mit Pelzen, du schläfst in einem Federbett, trinkst aus silbernen Bechern – alles, was du dir vorstellen kannst und darüber hinaus.«

Jetzt schien Ambros zum ersten Mal über die Möglichkeit nachzudenken, wie das wohl wäre; jedenfalls zog er seine Stirn in Falten.

»Muss ich dann nicht mehr Wache schieben?«, fragte er vorsichtig.

»Nein, natürlich nicht. Für so was Gewöhnliches hat ein König keine Zeit. Er hat Wichtigeres zu tun. Außerdem ist das unter seiner Würde.«

»Und was ist mit meinen Tieren? Darf ich dann auch im Sommer nicht mehr mit ihnen auf die Weide?«

»Aber natürlich darfst du das. König bist du nur für ein paar Tage. Danach kannst du wieder alles machen wie bisher. Du kehrst zurück und bist wieder Hütejunge, ganz wie es dir gefällt.«

»Nur dass du dann ein wohlhabender Hütejunge bist«, fügte Chassim hinzu. »Mit einer Herde, die nur dir gehört.«

»Ich soll eine eigene Herde bekommen? Ich?« Ambros konnte es nicht glauben.

»Ja, du. Als Belohnung für dich, wenn du deine Sache gut machst und dir alle Mühe gibst.«

Ambros' Augen wurden zu schmalen Schlitzen. »Ihr macht Euch lustig über mich.«

»Nein. Dies ist eine sehr ernste Angelegenheit, glaub mir«, sagte die Medica. »Kein Mensch macht sich lustig über dich.«

»Aber warum? Warum ausgerechnet ich?«, fragte Ambros erneut. Diesmal schon wesentlich forscher.

Die Medica stand auf und sah ins Kaminfeuer. Ihre Stimme war auf einmal hart geworden. »Weil du unserem König gleichst wie ein Ei dem anderen.«

Sie wandte sich Ambros zu, ihr Blick war von einer beschwörenden Eindringlichkeit, wie sie Ambros noch nie bei einem Menschen gesehen hatte, als sie sprach. »Man könnte meinen, ihr seid Zwillinge, Ambros. Du und Konrad von Hohenstaufen. Der König ist aber sehr krank. Ich war bei ihm, ich habe ihn behandelt. Doch er muss sich beim Hoftag zeigen, der heiligen Messe beiwohnen, eine Rede halten, Edelleute empfangen. Dazu ist er aber viel zu schwach. Und das ruft seine Gegner auf den Plan. Wenn er nicht auftritt, wird es heißen, er ist nicht in der Lage, seine Pflichten zu erfüllen. Man wird einen anderen zum König ausrufen. Das könnte dazu führen, dass das Reich gespalten wird und dass es Krieg gibt.«

Die Medica hatte auf einmal wie zu einem Erwachsenen mit ihm geredet, einem Ebenbürtigen, das war Ambros aufgefallen. Sie sah ihn prüfend an und ließ ihre Worte wirken. Sie wusste nicht, ob er alles verstanden hatte, vor allem nicht die Konsequenzen einer Absenz des Königs. Sie und die beiden Grafen warteten auf eine Reaktion von Ambros. Der befeuchtete die trockenen Lippen mit seiner Zunge, dann sagte er mit der ganzen Ernsthaftigkeit, die ihm zur Verfügung stand: »Krieg ist schlimm. Ich will nicht, dass es einen Krieg gibt. In einem Krieg sterben viele Menschen. Wie bei einer Seuche. Meine Eltern sind am Schweißfieber gestorben. Ich kenne sie nicht einmal. Ich war viel zu klein damals. Vielleicht drei oder vier Jahre alt. Ich habe keine Erinnerung an sie. Das macht mich manchmal traurig.«

»Ich kannte deine Eltern«, sagte der alte Graf. »Sie waren mir treu ergeben. Aber am Schweißfieber sind damals viele Menschen gestorben.«

Die Medica nickte. »Auch meine Mutter starb daran.«
»Hat der König noch Eltern? Wie alt ist er?«, wollte Ambros wissen.
»Er ist in deinem Alter. Sein Vater ist der Kaiser, Friedrich II., er lebt im fernen Pülle. Seine Mutter war Isabella von Brienne, die Königin von Jerusalem, die zweite Ehefrau des Kaisers. Sie ist bei der Geburt gestorben.«
»Kann ich ihn sehen? Den König, meine ich.«
»Du wirst ihn sehen.«
»Wird er wieder gesund?«
»Wir hoffen es inständig. Sobald er wieder bei Kräften ist, kannst du wieder hierher kommen und weiterleben, als sei nichts geschehen. Glaub mir, in einem Jahr wirst du meinen, es sei alles nur ein Traum gewesen.«
»Und wenn der König stirbt?«
»Dann ist alles verloren. Dann bringt es auch nichts mehr, dass du vorgibst, der König zu sein.«
»Wie lange, sagt Ihr, muss ich König sein?«
»Drei oder vier Tage, das ist alles.«
»Das ist eine ganz schön lange Zeit«, stöhnte Ambros und bewies zum ersten Mal, dass er doch nicht ganz so begriffsstutzig war, wie er sich zuweilen gab.
»Ja«, sagte Chassim ernst. »Und du wirst bis zu deinem ersten Auftritt eine Menge zu lernen haben. Wie du dich zu benehmen hast, wie du zu reden hast, wie du gehst, wie du dich kleidest, wie du isst … All das und noch viel mehr werden wir dir beibringen. Du brauchst keine Angst zu haben, dass du etwas falsch machen kannst. Graf Georg von Landskron, mein Schwager, und ich werden immer an deiner Seite sein und dir helfen, wenn du in Schwierigkeiten gerätst, weil du vielleicht irgendeine Frage nicht beantworten kannst oder dich falsch benimmst.«
Ambros nickte, dann stand er auf. »Ich will es versuchen.

Was ist, wenn es herauskommt – wenn jemand erkennt, dass ich nicht der echte König bin?«

»Die Wahrscheinlichkeit ist gering. Die meisten Anwesenden haben den König nie gesehen, oder nur aus der Ferne. Außerdem bist du in einem Alter, in dem man sich innerhalb eines Jahres schnell verändert. Des Königs engste Vertraute – seinen Kammerdiener oder seinen Leibmedicus zum Beispiel – werden wir gezwungenermaßen einweihen. Ansonsten müssen wir eben zusehen, dass dein wahres Ich nicht bekannt wird. Das darf einfach nicht passieren«, sagte die Medica und erhob sich ebenfalls. Sie wirkte trotz der schweren Aufgabe, die noch vor ihnen lag, erleichtert, dass Ambros bereit war, die Rolle des Königs zu übernehmen. Anna legte ihre Hände auf seine Schultern. »Du hast eine große Verantwortung. Es wird nicht leicht werden. Aber ich bin davon überzeugt, zusammen schaffen wir es. Du bist ein starker und kluger Junge, Ambros. Danke für dein Vertrauen, wir stehen in deiner Schuld.«

Dann küsste sie ihn auf die schmutzige Stirn.

So etwas war Ambros noch nie passiert. Er schloss kurz die Augen. Als er sie wieder öffnete, war ein trotziger Zug in seinem Gesicht. »Eine Bedingung hätte ich«, sagte er in einem Ton, der jeden Widerspruch ausschloss.

Die Medica hob erwartungsvoll die Hände. »Und die wäre?«, fragte sie.

»Wenn ich das alles so hinbekomme, wie Ihr das gesagt habt – dann darf der Burghauptmann mich nie wieder beschimpfen oder bestrafen.« Jetzt war es heraus. Er verschränkte die Arme und wartete darauf, dass seine Forderung als unverschämt empfunden und abgeschmettert würde, aber das war ihm in diesem Augenblick gleichgültig.

Die Medica drehte sich zu den Grafen um. »Das könnten wir unter Umständen einrichten, was meint ihr?«

Chassim zögerte spielerisch und zog eine Augenbraue skeptisch in die Höhe, bis er schließlich zustimmend nickte. »Ja, ich denke, das lässt sich machen.«

Jetzt, zum allerersten Mal, lächelte Ambros. Nein, er lächelte nicht – es war schon ein breites, spitzbübisches Grinsen.

»Womit fangen wir an?«, fragte er geradezu tatendurstig.

VI

Bruder Thomas hatte den König mit seiner geballten Angriffslust in echte Schwierigkeiten gebracht. Konrad lag in seinem Kissen und fixierte das Spielbrett. Seit geraumer Zeit dachte er angestrengt über seinen nächsten Zug nach.

Bruder Thomas hatte sein ganzes verschütt geglaubtes Können beim Schachzabelspiel wieder hervorgekramt und war dem König, der ein ausgezeichneter Spieler war, ein ernsthafter Gegner. Aber Schachzabelspielen verlernte man anscheinend nicht, das war wie Schwimmen.

Konrad hatte lange geschlafen, nach dem Aufwachen viel von Annas Kräutermischung mit Honig getrunken – und dann hatte er seinen Wunsch nach einem Spiel geäußert.

Jetzt schaute er auf einmal vom Spielbrett auf. »Bruder Thomas – ich habe ziemlichen Hunger. Wollt Ihr mir was bringen?«

»Aber natürlich«, sagte Bruder Thomas und sprang auf. »Bis ich wieder da bin, könnt Ihr ja schon Euren nächsten Zug überlegen.«

»Der nächste Zug ist nicht das Problem«, seufzte Konrad und kratzte sich am Kinn. »Den kenn ich schon längst. Euer Zug, der übernächste und die darauffolgenden Züge sind es ...«

Bruder Thomas eilte nach unten, als ihm einfiel, dass er noch des Königs Brief, den er bei sich trug, an Elisabeth von

Bayern übergeben musste. Er wusste, dass sich die Hofdamen in den neu eingerichteten gräflichen Gemächern aufhielten, die beheizbar waren, und dort zusammen plauderten, stickten, Tänze einübten und musizierten, wie es sich für die hohen Frauen geziemte, wenn die Männerwelt Politik machte und diplomatische Gespräche führte. Als Mönch konnte er es sich unter einem Vorwand erlauben, sich Zutritt zu den Frauengemächern zu verschaffen.

Der Wachposten ließ ihn auch unbeanstandet durch, als er in demütigster Manier fragte, ob er eintreten dürfe, weil Gräfin Ottgild mit ihm eine Bibelstelle durchgehen wolle, die Bibel hatte er – wie stets – sowieso zur Hand. In den Gängen hörte er schon Spielleute musizieren und folgte einfach seinem Gehör. Gut zwanzig Damen in farbenprächtigen Kleidern saßen oder standen in einer fröhlichen Runde und sahen, den Takt mitklatschend, sechs blutjungen Mädchen zu, die unbeschwert kichernd unter der Anleitung von Gräfin Ottgild einen Ringeltanz zur Musik von zwei Spielleuten mit Laute und Fiedel einübten. Er sah eine Weile zu, und es juckte ihn in den Füßen. Im Grunde war er nun mal eine Frohnatur, am liebsten hätte er mitgetanzt, ein wenig Zerstreuung zwischen all den Sorgen hätte ihm gutgetan, aber das war nun wirklich weder der Ort noch die Zeit dazu. Als Gräfin Ottgild seiner gewahr wurde, kam sie auf ihn zu und nahm ihn beiseite. Den anderen gab sie ein Zeichen, dass sie ohne sie weitermachen sollten.

»Ist etwas mit dem König?«, fragte sie leise und besorgt, als sie sich in eine Ecke verzogen hatten, neugierig und verstohlen beäugt von einigen Damen.

»Nein, nein, es geht ihm zunehmend besser«, beruhigte Bruder Thomas. »Aber ich habe eine Nachricht des Königs für Gräfin Elisabeth, wenn es statthaft ist …«

»Dann scheint es ihm ja wirklich nicht mehr so schlecht zu

gehen«, lächelte Gräfin Ottgild vielsagend. »Wartet, ich hole sie. Sie wird sich sehr freuen.«

Bruder Thomas war gespannt, welches der anmutig tanzenden Mädchen die Gräfin Elisabeth von Bayern war, und welche wohl seiner Meinung nach am besten zu Konrad passte. Er war dann nicht überrascht, als die Gräfin die Hübscheste herauspickte und ihr ein paar Worte ins Ohr flüsterte, woraufhin ihre Augen sofort in seine Richtung gingen. Sie kam förmlich auf ihn zugeflogen und fragte ihn, noch atemlos vom Tanz: »Ihr habt Nachricht von Seiner Majestät? Ist er auf dem Weg der Besserung?«

Bruder Thomas neigte höflich seinen Kopf. »Ihr seid Gräfin Elisabeth?«

»Verzeiht meine Voreiligkeit, ja, ich bin Elisabeth. Ihr seid der Infirmarius der Medica, ich habe Euch schon zusammen mit ihr gesehen. Doch jetzt sagt mir – wie geht es ihm?«

Die Sorge um den König schien Bruder Thomas echt und nicht aufgesetzt zu sein. Er senkte seine Stimme zu einem Flüsterton. »Ihr müsst mir versprechen, das, was ich Euch jetzt sage, für Euch zu behalten. Es ist sehr wichtig, versteht Ihr?«

Sie nickte, aber ihr fragender Blick blieb.

»Er wird wieder gesund werden«, flüsterte er. »Aber behaltet das unbedingt für Euch!«

Sie schloss für einen Augenblick voller Inbrunst die Augen und faltete die Hände. »Dem Herrn sei's gedankt! Ich habe so um seine Genesung gebetet!« Dann bekreuzigte sie sich. »Ihr habt eine Nachricht für mich?«

Bruder Thomas achtete darauf, dass niemand sah, wie er Gräfin Elisabeth das gefaltete Dokument übergab. »Es ist ein Geschenk an Euch. Lasst es niemanden sehen. Es ist nur für Eure Augen bestimmt. Der König hat mir aufgetragen, Euch auszurichten, dass er diesen Brief mit seinen besten Empfehlungen schickt.«

Geschickt ließ ihn Elisabeth in einer Falte ihres Kleides verschwinden.

»Wenn Euch eine von Euren neugierigen Mädchen fragt, was es mit mir so Heimliches zu besprechen gab, dann sagt Ihr, dass Ihr mich für eine Beichtstunde einbestellt habt.«

»Das will ich tun! Ihr glaubt nicht, wie sehr Ihr mein Herz erleichtert habt! Sagt Seiner Majestät … Ach, sagt ihm einfach, wie froh ich bin, wenn ich ihn gesund wiedersehen darf. Sagt ihm das!«

»Gräfin …«, grüßte Bruder Thomas, verneigte sich formvollendet und sah zu, wie Elisabeth sich wieder bei den Tanzenden einreihte. Er verabschiedete sich von Gräfin Ottgild mit einem Kopfnicken, dann ging er, um die Speise für den König zu holen.

Als Bruder Thomas durch die Halle zur Burgküche eilte, staunte er, wie viele Leute dort inzwischen zugange waren; dass der Hoftag in zwei Tagen beginnen sollte, war unverkennbar. Die letzten Vorkehrungen für den großen Fest- und Bankettsaal wurden von Handwerkern getroffen, Sitzreihen errichtet, es wurde gesägt und gehämmert, durch die Gänge zur großen Küche zogen schon die köstlichsten Wohlgerüche, es war noch Fastenzeit, trotzdem roch es bereits verführerisch nach Gewürzen, Backwaren und gebratenem Fisch. Er musste sich geradezu durchkämpfen bis zu Veit, der mit seiner Schürze mit Töpfen und Kesseln hantierte. Bruder Thomas sah in alle Kessel und schöpfte dann Dinkelbrei in eine Schüssel, den er selbst mit Honig beträufelte und mit Zimt abschmeckte. Er ließ Veit davon probieren, kostete anschließend selbst davon und wollte sich damit gerade wieder durch die zahlreichen herumwuselnden Küchenhelfer zum Treppenturm durchschlängeln, als Graf Georg von Landskron ihn heranwinkte. Der Graf sah so aus, als wüsste er vor lauter Beanspruchung durch Haus- und Hofangelegenheiten so kurz vor dem großen Ereignis nicht mehr, wo ihm der Kopf stand. Nebenher begrüßte er auch noch Gäste und kümmerte sich mit Fragen der Organisation, Repräsentation und Koordination, obwohl diese Aufgaben eigentlich in den Zuständigkeitsbereich des Haushofmeisters und der Gräfin fielen, die sich aber vor allem um ihre weiblichen Gäste kümmern mussten. Trotzdem war er insgeheim ganz auf den einen, zentralen Punkt fokussiert: die Genesung des Königs. Er und Bruder Thomas warteten ab, bis sie sich sicher waren, nicht belauscht zu werden. Das war gar nicht so einfach, denn es ging zu wie in einem Bienenstock. Vorräte wurden hereingetragen, es wurde gekocht, gebacken, gebraten, durcheinandergeschrien, gebrüllt, geschimpft, befohlen, kurz, es herrschte das reinste Chaos. Der Graf versuchte, in all dem Durcheinander nicht den Überblick zu verlieren, während Bruder Thomas sein Hauptaugenmerk darauf richtete, dass ihm seine Schüssel, die er mit einem Deckel abgesichert hatte, nicht aus den Händen gestoßen wurde. Endlich konnte er dem Grafen zuzischen: »Es geht aufwärts. Wir spielen schon Schachzabel miteinander.«

Der Graf sah ihn an, als wäre Bruder Thomas ein dringender Fall für einen Exorzismus. »Seid Ihr noch bei Trost, oder habe ich mich verhört?«

»Nein, nein«, beruhigte ihn Bruder Thomas mit einem fröhlichen Lächeln. »Der König braucht Ablenkung. Sonst verliert er sich in düsteren Gedanken.«

»Gott steh uns bei! Das Reich droht im Abgrund zu versinken, und Ihr spielt seelenruhig Schachzabel!«

»Wenn es Konrads Genesung förderlich ist …«

Graf Georg bedeckte für einen kurzen Moment seine Augen mit der Hand und rieb seine Stirn, bevor er wieder einen

Blick auf das Durcheinander um sich herum warf. »Ich kann nur hoffen, Ihr wisst, was Ihr tut.«

»Keine Sorge, Konrad ist bei mir in besten Händen.«

»Hat er das Bett schon verlassen?«

»Nein, das kann er noch nicht. Dazu ist er noch zu schwach.«

»Wie lange, denkt Ihr, braucht er noch?«

»Schwer zu sagen. Er ist auf dem besten Wege. Wenn wir weiterhin so gute Fortschritte machen, kann er zum Jahreswechsel ein paar Schritte machen, ohne gleich umzufallen.«

»Zum Jahreswechsel!«, stöhnte der Graf. »Bis dahin ist alles zu spät.« Er schüttelte verzweifelt den Kopf. »Habt Ihr keine Nachricht von Anna?«

Bruder Thomas zuckte mit den Schultern. »Sie wird rechtzeitig kommen. Und sie wird uns Hilfe bringen. Welcher Art auch immer. Vertraut ihr.«

Damit wollte Bruder Thomas gehen, aber der Graf hielt ihn am Ärmel fest. »Woher nehmt Ihr nur Eure Zuversicht?«

Bruder Thomas wies mit den Augen nach oben und bekreuzigte sich. »Woher wohl?«

»Euer Gottvertrauen in Ehren – aber versetzt Euch in meine Lage! Heute soll der Erzbischof samt Gefolge eintreffen! Es heißt, Wilhelm von Holland ist dabei!«

»Und was bedeutet das?«

»Das bedeutet, dass er Wilhelm als Gegenkönig vorstellen, einsetzen und krönen will.«

Bruder Thomas brauchte eine Weile, bis er diese Neuigkeit verdaut hatte. »Das sage ich unserem König besser nicht.«

»Und was sage ich dem Erzbischof, wenn er nach Konrad fragt?« Dem sonst so besonnenen und ruhigen Grafen stand die Panik ins Gesicht geschrieben.

»Haltet ihn hin! Wie besprochen.«

»Ihr habt gut reden.«

»Verzeiht, aber ich muss zum König«, sagte Bruder Thomas, dem das Gespräch allmählich zu heikel wurde. Er hielt seinen Topf mit dem Brei hoch, um die Dringlichkeit seines Aufbruchs zu unterstreichen.

»Geht nur, spielt Schachzabel, während hier unten alles in Trümmer fällt.« Mit diesen Worten zog der Graf seinen Umhang fest um seinen Körper, als könne er sich damit unsichtbar machen, und stürmte auf den Küchenmeister zu, der sich schon aufgeregt bemerkbar machte, weil irgendwo ein neues Debakel zu vermelden war und der Graf eine dringende Entscheidung treffen musste.

Bruder Thomas empfand es geradezu als Wohltat, aus den Gefilden der lärmenden und aufgeregten Betriebsamkeit der Burgküche wieder herauszukommen und sich in die düsteren und abgelegenen, aber ruhigen Gemächer des Königs zurückziehen zu können, die zwei Stockwerke und am Ende des Ganges über dem Getümmel lagen. Er wusste selbst nicht, woher er seine völlig unbegründete Zuversicht in Sachen Hoftag nahm, es schien ihm, dass sie aus der schieren Not der Verzweiflung geboren war. Jedenfalls hatte er für sich beschlossen, dass er bis zum letzten Atemzug fest an ein gutes Ende glauben wollte, so lange es noch einen Funken Hoffnung gab. Er hatte das Gefühl, wenn er jetzt auch noch anfing herumzujammern, würde endgültig alles zusammenbrechen. Er war stark und konnte einiges aushalten, schließlich stammte er aus einer Bauernfamilie, in der es keine Zeit und kein Verständnis für Trübsalblasen gegeben hatte, sondern nur harte, ehrliche Arbeit und den täglichen Kampf ums Überleben. Und hier auf Burg Landskron, im Auge des Orkans, saß er nun wieder neben seinem König, der, ein Schatten seiner selbst, dankbar seinen Brei löffelte und ihm gespannt zuhörte, wie Elisabeth sein Geschenk aufgenommen hatte. Jedes Wort und jede Regung von ihr musste Bruder Thomas genau wiedergeben, strahlend vernahm er, wie sehr sie sich darüber freute, dass es ihm besserging. Dann lieferte er Bruder Thomas auf dem Spielbrett ein gnadenloses Gefecht, bis er wieder einnickte, weil Bruder Thomas sich den nächsten Zug ganz genau überlegen musste und eine kleine Ewigkeit für seine Entscheidung brauchte. Aber so sehr er auch alle Möglichkeiten in Gedanken durchexerzierte – er musste eingestehen, dass er in drei Zügen matt war, es gab keine Rettung mehr für seinen Schachzabelkönig.

Der wirkliche König hatte ihn geschlagen.

Bruder Thomas nutzte die Pause und ging an den Wachen vorbei auf den Gang hinaus. Als er sich mit einem Blick über seine Schulter zurück vergewissert hatte, dass man ihn nicht mehr sehen konnte, eilte er zum Ende des Ganges, wo ein Vorhang eine Geheimtür verdeckte, die ihm noch von früher bekannt war. Hinter der Tür war der Zugang zum Bergfried, den er überquerte. Im Bergfried eilte er über die enge Treppe nach oben, um von dessen hohen Zinnen Ausschau nach der Medica zu halten.

Es hatte wieder leicht zu schneien begonnen, sanft rieselten die Schneeflocken vom grauen Himmel. Aber so sehr er seine Augen anstrengte und die Straße nach Osten absuchte, die in den Wald und dann zum Rhein hinabführte, war keine Gestalt auf einem Pferd zu erkennen, die der Medica auch nur ähnelte. Nur eine Vielzahl von Menschen und Gespannen, die alle Richtung Oppenheim zogen, am Fuß der Burg entlang, den Weihnachtsfeierlichkeiten entgegen. Wenn er einen Blick in den mit Fuhrwerken fast vollgestellten Burghof warf, wurde ihm bewusst, wie viele illustre

Gäste schon eingetroffen sein mussten, so wimmelte es von Bediensteten und Bewaffneten, überall flatterten Wimpel und Fahnen und waren Wappen zu sehen. Ihn fror allmählich, auf der Spitze des Bergfrieds zog es gewaltig.

Gerade wollte er sich wieder nach unten und hinüber zum Palas begeben, als er den auffälligen gedeckten Reisewagen des Erzbischofs erspähte. Er wurde unter den Anfeuerungsrufen und Peitschenhieben der nebenher laufenden Fuhrleute von sechs Pferden die steile Zufahrt zur Toranlage hochgezogen, gefolgt von einer Eskorte, bestehend aus einem Dutzend Reitern mit dem Wappen des Erzbischofs, einem silbernen Reichsadler auf rotem Grund.

Der Wagen und die Eskorte wurden von den Wachen der Burg, die strengste Instruktionen hatten, was den Zugang ins Innere der Burganlage anging, nach einer kurzen Kontrolle gerade noch eingelassen. Man hatte sie wohl erwartet, denn hinter ihnen wurde die Brücke zur Toranlage mit einem Querbalken kurzerhand für weitere Fuhrwerke gesperrt. Die Kapazität der Burg samt Zufahrten und Innenhof war nun erschöpft, die Wagen waren teilweise schon auf dem Zwinger, dem freien Ring zwischen erstem und zweitem Wehrgang, abgestellt.

Die Ankunft Konrad von Hochstadens war dem Grafen schon gemeldet worden. Dem höfischen Protokoll entsprechend erwarteten der Graf und seine Gattin einen der ranghöchsten Fürsten des Reiches auf den Treppen vor dem Haupteingang zum Palas. Bruder Thomas konnte von so hoch oben keine Einzelheiten erkennen, aber er stellte sich die Miene des Grafen und der Gräfin leicht säuerlich vor, eine höfliche Begrüßung beiderseits war unumgänglich, obwohl beide Parteien wussten, dass sie der anderen Seite alles andere wünschten als ein herzliches Willkommen und Gottes Segen.

Bruder Thomas wurde es jetzt wirklich zu kalt, es schien ihm, als wäre die Temperatur mit der Ankunft des Erzbischofs noch einmal rapide gefallen. Ein Schaudern durchlief seinen Körper, als er Konrad von Hochstaden aussteigen sah, schnell wandte er sich ab und machte, dass er von seinem Ausguck wieder nach unten und in die warmen Gemächer des Königs gelangte, wo das Kaminfeuer flackerte und sein Schützling friedlich wie ein Kind schlief.

Bruder Thomas beschloss, im Vorraum auf dem Strohlager, das eigentlich dem Kammerherrn des Königs als Schlafstelle diente, ebenfalls ein kleines Nickerchen zu halten. Mit geschlossenen Augen dachte er noch an die Medica. Allmählich wurde es Zeit, dass sie eintraf, sonst gab es nicht mehr viel zu retten. Er malte sich aus, wie sie sich allein auf weiter und weißer Flur, in ihre Kutte gewickelt, mit ihrem Pferd gegen ein dichtes Schneetreiben stemmte, verloren in einer unendlichen, weißen Landschaft im Nirgendwo; es reichte gerade noch für ein kurzes Stoßgebet, bevor er eingeschlafen war.

VII

Wieder hämmerte es ans Tor, dass es bis ins häusliche Schlafgemach zu hören war.

»Jajaja, klopf du nur, bis dir die Knöchel abfallen, du kannst mich mal!«, brummte Bechthold, der Weinhändler, und drehte sich herum, um weiterzuschlafen.

Herrgott im Himmel – was war seit ein paar Tagen bloß los in dieser Stadt? Spielten jetzt alle verrückt?, fragte er sich, als das Klopfen wieder heraufdröhnte. Er lag neben seiner Frau im warmen Bett, es war mitten in der Nacht in der Adventszeit, draußen schneite es und war bitterkalt, und er hasste es, aus seinem wohlverdienten Schlaf aufgeschreckt zu werden, nur weil ein paar Besoffene es furchtbar lustig fanden, an fremde Türen und Tore zu klopfen und sämtliche Hausbewohner zu wecken. Dabei hatte er gerade heute, einen Tag vor Weihnachten, außerordentlich gut geschlafen, schließlich waren die Geschäfte geradezu glänzend gelaufen. Dieser Hoftag auf Burg Landskron oberhalb der Stadt hatte, so unerwartet er gekommen war, genauso überraschend eine Menge Geld in seine Schatulle gespült. Er hatte dem Haushofmeister des Grafen von Landskron nicht nur alle Fässer seines besten und teuersten Rheinweins verkauft, sondern auch noch den feinsten toskanischen Rotwein, dessen Preis er geistesgegenwärtig verdoppelt hatte, als er hörte, dass nur allerhöchste Herrschaften mit Gefolge eingetroffen waren und entsprechende Ansprüche an Küche und Keller des Grafen stellten.

Sogar der König persönlich sollte anwesend sein. Wenn das kein Grund für eine saftige Preiserhöhung des größten Weinhändlers in Oppenheim war, wann dann?

Der Haushofmeister, sonst ein knickriger und hartnäckiger Schacherer, hatte nicht einmal mit der Wimper gezuckt und alles mit barer Münze aus seiner prall gefüllten Geldbörse bezahlt.

Noch am Abend hatte Bechthold sich hingesetzt und seiner jungen Frau auf Heller und Pfennig vorgerechnet, wie hoch sein Reingewinn war. Sie hatte ihn Halsabschneider genannt, aber dabei einvernehmlich gelächelt mit diesem seltsamen Glitzern und Glänzen in den Augen, das er liebte, weil es die Seligkeit versprach und weil sie dieses Versprechen auch umgehend einlöste. Und zwar im Schlafgemach. Und dann auch noch so, wie er es sich in seinen kühnsten Träumen nicht besser hätte ausmalen können. Danach waren sie beide Arm in Arm eingeschlafen, so wunderbar erschöpft waren sie.

Und jetzt dieser Krach am Tor, das in den Innenhof führte, aber nachts immer mit einem schweren Holzbalken von innen abgeriegelt war.

Wumm wumm wumm, machte es erneut. So laut, dass seine Gattin ihn mit dem Ellenbogen in die Rippen stieß. »Willst du nicht endlich gehen und nachsehen, wer das ist?«

»Mir egal, wer das ist. Von mir aus der Kaiser höchstpersönlich. Irgendwann wird es ihm schon zu dumm werden«, sagte er und zog sich seine Decke über den Kopf. Normalerweise war eine Dienstmagd oder der Hausknecht dafür zuständig, in solchen Fällen nachzusehen, wozu bezahlte er sie schließlich. Aber ausgerechnet heute waren keine Bediensteten im Haus. Sie wollten an Weihnachten ihre Verwandtschaft besuchen, und die blendenden Geschäfte hatten ihn dermaßen in Hochstimmung versetzt, dass er ihnen ein paar

Tage freigegeben hatte, was sonst so gut wie nie vorkam. Und jetzt bereute er es auch, aber das war nicht mehr zu ändern.

Er lauschte. Außer dem Atem seiner Frau war nichts mehr zu hören. Er sah, dass die kleine Öllampe immer noch flackerte, sie waren eingeschlafen, ohne sie zu löschen.

Endlich! Der besoffene Störenfried, wer immer es auch war, schien Gott sei Dank aufgegeben zu haben und weitergegangen zu sein. Bechthold drehte sich wieder zu seiner Frau und schmiegte sich an ihren weichen Körper. »Bist du auch so wach wie ich?«, flüsterte er nicht ohne Hintergedanken und küsste sie. Sie erwiderte seinen Kuss, seine Hand begann schon, unter ihre Tunika zu gleiten, seine Frau kicherte leise, was er als hoffnungsvolles Zeichen nahm, weitere Körperregionen zu erforschen. Als er ihr Hinterteil erreichte, stöhnte sie lustvoll auf, und auch ihre Hände wanderten langsam und tastend seinen Bauch hinunter, so dass ihm die Glut der Leidenschaft in die Lenden schoss …

Wumm wumm wumm, schepperte es lauter als je zuvor vom Tor her. In drei Teufels Namen – das ging jetzt wirklich zu weit! Diese Trunkenbolde da draußen wollte er Mores lehren! Er sprang aus dem Bett, fluchte zum Gotterbarmen, schlang sich die dicke Decke um die Schultern, schlüpfte in seine Holzpantinen, zog seine Schlafmütze zurecht, griff nach der Öllampe und dem armdicken Knüppel, den er immer bereitgestellt hatte für solche Eventualitäten, und klapperte die Außentreppe hinunter in seinen Innenhof, wo er es schon wieder an das Tor hämmern hörte.

»Ja, bei allen Heiligen, ja!! Ich komme ja schon!«, rief er, blinzelte in die Schneeflocken, die aus dem pechschwarzen Himmel rieselten, es dämmerte noch nicht, und stapfte durch den knöcheltiefen Schnee zum Tor.

»Wer ist da?«, rief er und packte seinen Knüppel fester.

»Wisst Ihr, wie spät es ist? Oder besser: wie früh? Was wollt Ihr?!«

»Ich bin's«, ertönte eine weibliche Stimme. »Die Medica.«

Die Medica? Dieses junge Ding, die Nachfolgerin seines alten Medicus Aaron, die mit ihrer Salbe einen fürchterlichen Ausschlag bei seiner bildhübschen Frau geheilt hatte, der ihr Gesicht und ihren ganzen Körper verunstaltet und auch noch grauenhaft gejuckt hatte, bis sich seine arme Frau blutig gekratzt hatte? Die Medica, der er damals so dankbar war – er liebte seine Frau –, dass er ihr versprochen hatte, was immer sie sich wünschen würde – wenn er könnte, würde er diesen Wunsch erfüllen? Sie war doch auf Nimmerwiedersehen mit diesem jungen Grafen verschwunden. Das konnte nicht sein …

Er zog die Decke enger um seine Schultern und brauchte eine Weile, bis er den schweren Holzbalken so weit in seinen Eisenhalterungen zurückgeschoben hatte, dass er das Tor einen kleinen Spaltbreit öffnen konnte, um einen Blick auf die Straße zu werfen.

Er sah drei Gestalten mit ihren Pferden am Zügel draußen stehen, dick vermummt gegen den Schnee und die Kälte.

»Verzeiht, dass wir Euch aufgeweckt haben, aber Ihr seid der Einzige, der uns helfen kann. Wir kommen in einer dringlichen Angelegenheit, sonst hätten wir nicht gewagt, Euch zu behelligen«, sagte die kleine Gestalt mit der schneebedeckten Kapuze über dem Kopf, die sie jetzt vom Kopf schob, so dass Haare und Gesicht im Lichtkegel der Öllampe erkennbar waren. Es war tatsächlich die Medica.

»Dann kommt herein, in Gottes Namen«, seufzte Bechthold und zog den Torflügel so weit auf, dass sie mit ihren Pferden in den Innenhof konnten. Rasch schob er den massiven Querbalken wieder vor und ging voraus zum Stall. Dort öffnete er einen Torflügel und ließ sie hinein.

Die drei klopften sich erst einmal den Schnee von ihren Umhängen. Bechthold kam sich mit seiner Decke um den Schultern und der Schlafmütze auf dem Kopf ziemlich albern vor, aber die Neugierde über den unerwarteten Besuch überwog. »Was um Gottes willen ist denn so wichtig, dass Ihr bei diesem Sauwetter Leib und Leben aufs Spiel setzt und durch die Nacht reitet?«, fragte er. »Und wer ist das an Eurer Seite?«

»Das ist Graf Chassim von Greifenklau«, stellte die Medica vor. »Und das ein Pferdeknecht.«

Bechthold verbeugte sich vor Chassim, als eine weibliche Stimme von draußen zu hören war. »Bechthold – was ist los? Wer ist das? Wo steckst du?«

»Das ist meine Frau«, entschuldigte sich Bechthold.

»Erfindet eine Ausrede. Schnell!«, bat ihn die Medica.

Bechthold schlüpfte durch das Tor nach draußen und rief hoch zum ersten Stock, wo seine Frau in ihrer Tunika stand und heruntersah. »Geh wieder rein, Liebes, du holst dir noch den Tod. Ich komme gleich. Es sind Freunde von außerhalb, die vom Wetter überrascht worden sind und bei uns Unterschlupf suchen.«

»Du hast doch keine Freunde, jedenfalls hast du mir das immer gesagt!«, rief sie in den Hof hinunter.

»Freunde, mit denen ich früher einige Geschäfte gemacht habe, du kennst sie nicht«, beruhigte er sie.

»Dann bring sie doch rauf!«

»Nein, nein, sie schlafen im Stall. Geh schon ins Bett, ich komme gleich nach!«

Nach kurzem Zögern verschwand seine Frau wieder im Haus. Bechthold schnaufte erleichtert durch und eilte wieder in den Stall zurück.

»Frisch verheiratet?«, riet Chassim und konnte sich ein Schmunzeln nicht verkneifen.

»Gut verheiratet!«, antwortete Bechthold und grinste zurück. »Also – was wollt Ihr von mir?«

»Einen großen Gefallen«, sagte die Medica. »Mein Medicus hat mir einmal erzählt, dass Ihr auch einen Zugang zum Geheimgang habt, der zur Burg führt.«

Bechthold kratzte sich am Kopf. »Das wisst Ihr noch? Die Keller der halben Stadt führen in unterirdische Gänge, der ganze Untergrund von Oppenheim gleicht einem Dachsbau. Euer Medicus hatte auch einen Zugang dazu.«

»Ich weiß. Der geheime Gang hat dem Medicus und mir mehrfach wertvolle Dienste geleistet. Und jetzt brauchen wir ihn wieder. Der Zugang vom Haus des Medicus wurde verschüttet, als damals sein Haus abbrannte. Deshalb sind wir zu Euch gekommen. Ich zähle auf Euch, dass Ihr uns nicht verraten werdet.«

»Was habt Ihr vor? Ihr werdet mich doch nicht in Schwierigkeiten bringen ...«

Chassim trat vor. »Ihr habt mein Wort, dass niemand davon erfahren wird. Und dass wir nichts Unrechtes vorhaben, das Eurem christlichen Gewissen eine Last aufbürdet. Wir müssen nur unerkannt auf die Burg. Gräfin Ottgild, meine Schwester, ist die Frau des Grafen. Wir wollen sie überraschen. Morgen kehre ich zurück, nehme die Pferde und reite offiziell auf der Burg ein. Damit seid Ihr uns endgültig los.«

Er tastete nach einem Lederbeutel, den er an seinem Gürtel hängen hatte.

»Was wollt Ihr damit?«, fragte Bechthold, als er sah, wie Chassim in den Beutel griff.

»Für Euer Entgegenkommen und für die Unterbringung unserer Pferde«, sagte Chassim.

Bechthold hob abwehrend die Hand. »Lasst Euer Geld stecken. Dafür will ich nichts. Ich pflege meine Schulden zu bezahlen. Und ich schulde der Medica einen Gefallen.«

»Und wir Euch eine Erklärung. Aber dazu fehlt uns jetzt die Zeit«, sagte die Medica.

Bechthold hob abermals die Hand. »Behaltet die Erklärung für Euch. Es ist besser, wenn ich nicht weiß, was Ihr vorhabt. Dann muss ich nicht lügen, wenn mich jemand danach fragt. Folgt mir, um die Pferde kümmere ich mich später.« Er spähte schon aus dem Tor in den Innenhof und leuchtete mit der Öllampe. Die Luft war rein, er winkte ihnen und ging voraus an der Scheune entlang bis zu einem breiten Tor, das er so weit aufzog, dass sie alle durch den Spalt schlüpfen konnten. Sie gelangten in eine Halle, in der unzählige Weinfässer bis zur Decke gestapelt waren.

Eine Treppe in der hintersten Ecke führte ein Stockwerk tiefer in den Keller, in dessen schier endlosen Gewölben weitere Weinfässer in allen Größen lagerten. Es roch muffig, ein schwerer Weindunst hing in der Luft.

Bechthold nahm zwei der Fackeln, die in einem Ledereimer bereitstanden, und zündete sie an seiner Öllampe an. Er reichte sie der Medica und Chassim, dann marschierte er weiter.

Er legte ein gehöriges Tempo vor, und die Medica, Chassim und ihr Begleiter hatten Mühe, ihm zu folgen. Ein Gewölbe ging ins nächste über, im dritten lagen keine Fässer mehr, nur Gerümpel und vereinzelte Fassdauben. Die Decke wurde immer niedriger, und der Weg mündete in einen Gang, der in Stein gehauen war. Der Weinhändler wurde langsamer, der Boden war nun uneben, sie mussten vereinzelten Wasserpfützen ausweichen, Steinbrocken lagen herum.

Bechthold machte sich so seine Gedanken, was die drei wohl wirklich vorhatten und warum sie nicht den direkten Weg zur Burg nahmen. Chassim musste der junge Graf sein, der Schwager von Graf Landskron, das stimmte schon, er hatte ihn auf dem großen Turnier letzten Sommer gesehen, das Graf Landskron veranstaltet hatte. Wer der Dritte im Bunde war, erschloss sich Bechthold nicht so recht. Ein Pferdeknecht? So hatte ihn die Medica vorgestellt. Seltsam war nur, dass er auch jetzt noch als Einziger seine Kapuze tief in die Stirn gezogen hatte, so dass sein Gesicht nicht zu erkennen war. Ein junger Bursche offensichtlich, der Gestalt und den Bewegungen nach, aber der Weinhändler hörte auf, zu spekulieren. Er war im Weingeschäft, damit kannte er sich aus, und das sollte auch so bleiben. Alles andere ging ihn nichts an. Und wenn diese Geschichte, in die er da hineingeraten war, etwas mit hoher Politik zu tun hatte – wovon angesichts des Hoftages auszugehen war –, erschien es ihm sowieso ratsam, sich aus allem herauszuhalten.

Schließlich hielt er an und wartete, bis die anderen zu ihm aufgeschlossen hatten, dann leuchtete er weiter in den Gang hinein, der allmählich niedriger wurde, so dass man gebückt weitergehen musste. Von der Decke tropfte es, die Wände waren nass.

»Ihr könnt jetzt ohne mich weitergehen«, sagte Bechthold. »Passt auf Eure Köpfe auf. Nach ungefähr zweihundert Fuß kommt Geröll, ein Teil der Decke ist eingestürzt. Ihr müsst darüber kriechen, es wird sehr eng. Aber danach landet Ihr im Hauptgang. Haltet Euch links.«

»Von da an kennen wir uns aus«, versicherte ihm die Medica. »Habt Dank für Eure Hilfe.«

Sie ging schon voraus, der Junge mit der Kapuze folgte ihr. Er hatte die ganze Zeit kein Wort gesprochen, und irgendwie konnte Bechthold sich des Eindrucks nicht erwehren, dass er sein Gesicht absichtlich vor ihm verborgen hielt.

Chassim reichte Bechthold die Hand. »Was erzählt Ihr jetzt Eurer Frau?«

»Das muss ich mir noch gut überlegen«, antwortete er. »Aber egal, was ich sage, sie wird mir sowieso nicht glauben.«

»Ist das so in der Ehe?«, fragte Chassim.

Bechthold zuckte mit den Schultern. »Sie merkt es sofort, wenn ich sie anlüge.«

»Dann sagt die Wahrheit, aber verpflichtet sie zum Stillschweigen. Wenigstens für ein paar Tage. Dann ist entweder alles verloren, oder niemand interessiert sich mehr dafür.«

Mit dieser kryptischen Bemerkung ließ Chassim Bechthold zurück und beeilte sich, die Medica und ihren Begleiter einzuholen, die schon aus dem Blickfeld verschwunden waren. Nur der Lichtschein der Fackel flackerte noch an den Wänden.

Bechthold machte sich auf den Rückweg und zerbrach sich den Kopf darüber, was er seiner Frau erzählen sollte, die sich sicher schon Sorgen machte, wo er so lange blieb. Aber egal, wie er es drehte und wendete, ihm fiel nichts Plausibles ein. Vielleicht blieb er tatsächlich am besten bei der Wahrheit. Aber wahrscheinlich würde seine Frau ihm die auch nicht glauben. Er seufzte. Es war nicht einfach, mit einer klugen Frau verheiratet zu sein.

VIII

Der Erzbischof kniete in der düsteren Burgkapelle auf Landskron vor dem Altar und betete. Er bevorzugte es, vor dem ersten Hahnenschrei seine Zwiesprache mit Gott abzuhalten. Nicht dass er ihn etwa anflehte, ihm beizustehen, die verhassten Staufer zu stürzen oder seine persönlichen Feinde wie die Medica zu vernichten. Für diese irdischen Niederungen war er, der Erzbischof, selbst zuständig. Schließlich war er das Werkzeug, das im Auftrag seines Herrn dessen Willen verwirklichte, und da musste er schon selbst Hand anlegen. Er betete um genügend Kraft und um ausreichend Zeit für all die Aufgaben, die Gott ihm aufgetragen hatte. Kraft, um Rückschläge in umso glorreichere Siege zu verwandeln, und irdische Lebenszeit, um seine langfristigen Ziele politischer und profaner Natur, wie den Bau seiner Kathedrale, noch mitzuerleben und gestalten zu können. So etwas wie Furcht kannte Konrad von Hochstaden nicht, bis auf eine einzige Ausnahme. Das war die Begrenzung seiner Lebenszeit. Für die Durchsetzung und endgültige Verwirklichung seiner Pläne hätte er eigentlich drei Menschenleben gebraucht, mindestens. Er wandte sein Antlitz hoch zum Kruzifix, schloss die Augen und fühlte, wie der Odem des Herrn ihn mit Energie erfüllte für die schweren Aufgaben, die ihm auf Burg Landskron bevorstanden. Die ersten diplomatischen Begegnungen mit Graf Georg von Landskron und den anwesenden hohen Fürsten des

Reichs hatte er routiniert absolviert, jedes Wort sorgfältig abgewogen und auf die Goldwaage gelegt, eine anstrengende Tortur, die er aber raffiniert hinter sich gebracht hatte. Doch das war alles nur Vorgeplänkel. Erst mit der heutigen Mitternachtsmesse am Heiligen Abend in der Katharinenkirche in Oppenheim begann der offizielle Teil des Hoftages, der die Machtverhältnisse im Reich auf den Kopf stellen sollte. Oder wieder auf die Füße, dachte der Erzbischof in einem seltenen Anflug von Sarkasmus. Wie es sich gehörte, um das Reich Gottes schon auf Erden zu verwirklichen. Tiefe Befriedigung und innere Genugtuung erfüllten ihn bei dem Gedanken daran, wie er das Reich dem obersten Häretiker, Kaiser Friedrich II., entreißen und seine Anhänger mitsamt ihrem selbsternannten König dem Untergang preisgeben würde. War das nicht der höchste Triumph, seine Feinde straucheln zu sehen und den Ausdruck des Grauens in ihren Gesichtern zu lesen, sobald die Erkenntnis sie überkam, dass sie in den Staub gestoßen werden würden? Endlich, endlich würde ein Sturm entfacht werden, der das Unterste zuoberst kehrte und die alte Ordnung wieder einführte. Eine gottgewollte, gottgegebene Ordnung mit einem Papst seiner Wahl auf dem Stuhle Petri, der die unumstößliche Suprematie über die weltlichen Herrscher wieder herstellte, für jetzt und immerdar.

Pater Severin, der seinen Herrn und dessen Eigenart, bei seinen täglichen Ritualen, denen er üblicherweise nachkam, egal wo er war, auf keinen Fall gestört zu werden, nur allzu gut kannte, wachte an der Pforte darüber, dass niemand die Andacht des Erzbischofs behelligen konnte. Gestern bei der Ankunft auf Burg Landskron hatte er wieder einmal zu spüren bekommen, was es hieß, auf einem sehr schmalen Grat zu wandeln. Seine Dienste für den Erzbischof, denen er stets mit höchstem Eifer und größter Beflissenheit nachkam, hatten ihn zu einem mächtigen und einflussreichen Diener Gottes gemacht; und, was ihm noch viel besser gefiel: zu einem allseits gefürchteten. Er genoss es, wenn Gespräche verstummten, sobald er gesichtet wurde; wenn vor ihm die Augen niedergeschlagen wurden, sobald er mit wehendem Habit einen Raum betrat, immer in Eile, immer auf dem Sprung. Seine schlichte, schwarze Soutane hatte er absichtlich weiter schneidern lassen, weil das den dämonischen Eindruck verstärkte. Er fand, er sah dann aus wie ein schwarzer Racheengel, der im Auftrag seines Herrn unterwegs war, ein schwarzer Engel, der jederzeit zuschlagen konnte und vor dem sich alle duckten.

Was er nicht wusste, war, dass man ihn insgeheim auch als schwarzen Raben bezeichnete. Aber der Eindruck war derselbe. Schwarze Raben galten als Unglücksvögel, als Todesboten, bei deren Anblick sich jedermann bekreuzigte in der Angst, der Nächste zu sein, der seine Seele aushauchen musste. Wenn er an den Bittstellern und Konkurrenten vorbeirauschte, die ständig im Dunstkreis des Erzbischofs herumlungerten, spürte er die Blicke geradezu körperlich, die sich in seinen Rücken bohrten; manche wünschten wohl, es wären Dolche. Aber er fühlte sich unverwundbar, die ständigen Verletzungen, denen er in den Jahren seiner Kindheit und Jugend wegen seines Hinkens und seiner Missgestalt ausgesetzt war, der offene Hohn und Spott seitens der anderen Kinder hatten ihn immun gemacht. Oh, er hatte viel Leid ertragen. Aber dabei immer gewusst, dass er es der Welt eines Tages heimzahlen würde. Und jetzt hatte er sie alle überflügelt. Er war so weit emporgestiegen, dass sie alle vor ihm zitterten. Seine Achillesferse war die Abhängigkeit von seinem Herrn, dem Erzbischof, dem er seine jetzige Stellung verdankte. So lange er dessen Wohlwollen genoss und in seiner Gunst stand, konnte ihm nichts und niemand etwas anhaben. Doch dieser Gunst tagtäglich gerecht zu werden und sie nicht zu verlieren, war ein gefährlicher Ritt auf der Schwertklinge. Pater Severin war klar, dass sein Herr ihn sofort fallenlassen und den Wölfen zum Fraß vorwerfen würde, wenn er versagte oder gar dem Erzbischof selbst gefährlich werden konnte.

Die Nagelprobe war der kommende Hoftag. Er hatte alles, was in seiner Macht stand, sorgfältig durchdacht und vorbereitet, hier durfte ihm kein Fehler unterlaufen. Damit würde er sich sein eigenes Grab schaufeln, und das im wörtlichen Sinne. Wer bei Konrad von Hochstaden in Ungnade fiel und dazu noch zu viel schmutzige Geheimnisse hütete, war so gut wie tot, das wusste er selbst am besten.

Er hatte Veit zu dieser frühen Stunde herbestellt. Veit, den Koch im königlichen Haushalt, der seit geraumer Zeit auf seiner Soldliste stand, und der seiner ihm anvertrauten geheimen Aufgabe, den König einen langsamen Vergiftungstod sterben zu lassen, bisher anscheinend zur vollen Zufriedenheit nachgekommen war. Als sich der Erzbischof beim Empfang durch Graf Georg von Landskron scheinheilig nach des Königs Befinden erkundigte, hatte Pater Severin neben ihm gestanden und im Gesicht des Grafen die Wahrheit gelesen. Der Graf behauptete zwar, dass Konrad IV. bei bester Gesundheit sei, jedoch vor der Mitternachtsmesse nicht in Erscheinung treten würde, um so seinen großen Auftritt vor der Versammlung des Hochadels eindrucks- und wirkungsvoller zu gestalten. Die besorgte Miene des Grafen sprach Bände, das war der habichtsgleichen Aufmerksamkeit des Erzbischofs auch nicht entgangen.

Genaueres hofften sie jetzt von Veit zu erfahren, der sich um diese Zeit am ehesten unter dem Vorwand aus der Küche davonschleichen konnte, dass er kurz die Burgkapelle zum Beten aufsuchen würde. Aber allmählich wurde Pater Severin unruhig, weil Veit immer noch nicht eingetroffen war und der Erzbischof sich vorne am Altar erhob und sich ihm zuwandte. Konrad von Hochstaden wartete nicht gerne. Geduld war nicht gerade eine seiner hervorstechendsten Eigenschaften.

In diesem Moment quietschte die Eingangspforte, und Veit spähte vorsichtig herein. Pater Severin packte ihn sofort am Arm und zog ihn nach unten. Veit verstand und beugte das Knie vor dem Erzbischof, der sich näherte.

»Euer Eminenz«, sagte er und wartete darauf, angesprochen zu werden.

Der Erzbischof verschränkte die Arme und sah auf den Koch herunter. Sein Gesicht drückte unverhohlene Geringschätzung aus. Einmal hatte er zu Pater Severin gesagt: »Ich liebe den Verrat. Aber ich verachte den Verräter.«

»Wie ist dein Name, Koch?«, fragte er leise.

»Veit, Euer Eminenz.«

»Du kannst aufrecht stehen, Veit.«

Veit erhob sich, hielt den Blick aber mit gebührendem Respekt zu Boden gerichtet.

»Kommen wir gleich zur Sache. Wie steht es nun um den König?«

Veit fuhr sich mit seiner rechten Hand unsicher über seine glänzende Glatze. »Es hat unvermutete Schwierigkeiten gegeben«, sagte er zögernd.

»Schwierigkeiten?«, zischte der Erzbischof.

Pater Severin fuhr den Koch an. »Drück dich gefälligst deutlicher aus, Bursche. Was für Schwierigkeiten?«

Veit druckste herum. »Seit die Medica da ist …«

Der Erzbischof hob die Hand und unterbrach ihn. »Anna von Hochstaden ist hier? Auf Burg Landskron?«

Veit zuckte hilflos mit den Schultern. »Heißt sie so? Alle nennen sie nur Medica.«

Das Gesicht des Erzbischofs versteinerte sich. »Wo ist sie untergebracht?«

»Das ist es ja«, sagte Veit kleinlaut. »Beim König. Sie ist eine große Heilerin, heißt es, und sie lässt keinen Menschen mehr vor. Sogar des Königs Leibarzt nicht. Er war darüber so verärgert, dass er schon vor ein paar Tagen abgereist ist.«

Der Erzbischof schwieg, nur seine Augen wurden schmal, und seine Kiefer fingen an zu mahlen.

Pater Severin versuchte seinerseits ebenfalls, die Ruhe zu bewahren. Er sprach ungewöhnlich milde auf Veit ein. »Was ist vorgefallen? Erzähl! Von Anfang an.«

»Na ja, vor ein paar Tagen kam besagte Medica mit ihrem Infirmarius an, diesem Mönch, er nennt sich Bruder Thomas. Seither hat niemand mehr Zutritt zum König.«

»Wer hat das befohlen?«, mischte sich der Erzbischof wieder ein. »Du willst mir doch nicht weismachen, dass alle Welt die Befehle der Medica befolgt.«

Veit war verunsichert, sich aber keiner Nachlässigkeit bewusst. »Ich war nicht dabei«, antwortete er tapfer. »Sein Kammerdiener hat das Wenige, was für den König nötig war, immer bei mir geholt. Schon seit geraumer Zeit konnte der König nichts mehr bei sich behalten, egal, was es war. Das weiß ich von ihm. Aber dann teilte er mir mit, dass er den König nicht mehr bedienen dürfe, weil es die Medica untersagt habe. Es gibt Gerüchte …« Er zögerte.

Jetzt wurde Pater Severin doch zunehmend ungeduldig. »Was für Gerüchte? Komm schon, lass dir doch nicht jedes Wort einzeln aus der Nase ziehen!«

»Bedienstetengeschwätz. Es heißt, der König selbst hat ausdrücklich befohlen, dass nur noch die Medica oder dieser Mönch sein Gemach betreten dürfen.«

Pater Severin sah den Erzbischof an. »Ihr habt recht gehabt, Euer Eminenz. Sie muss eine Hexe sein.«

Der Erzbischof ging nicht auf Pater Severin ein, sondern fragte: »Sag mir eines, Koch. Wie kann es sein, dass der König in der Lage ist, Befehle zu erteilen, wenn er im Sterben liegt? Ich denke, du hast ihm seit Wochen das Mittel zugeführt, das du von Pater Severin bekommen hast und wie es dir aufgetragen wurde?«

»Das habe ich, Euer Eminenz, bei allen Heiligen, das habe ich. Es ging ihm auch schlechter und schlechter. Wie es Pater Severin vorausgesagt hat. Aber seit die Medica und der Mönch da sind und ihn abschirmen, war es mir nicht mehr möglich, an das Essen oder die Getränke für den König heranzukommen. Selbst wenn, dann hat mir immer dieser Mönch genau auf die Finger gesehen. Er hat sämtliche Zubereitungen beaufsichtigt, und ich musste vorher probieren.«

Pater Severin hatte nachgedacht und stellte eine weitere Frage. »Wie ist es überhaupt möglich, dass die beiden an den König herangekommen sind? Es stehen doch Wachen vor seiner Tür.«

Veit zuckte wieder mit den Schultern. »Ich weiß es nicht.«

Erneut warf Pater Severin dem Erzbischof einen bedeutungsschwangeren Blick zu. »Eine Hexe. Sie ist eine Hexe. Sie muss mit dem Teufel im Bunde sein, sonst könnte sie das alles nicht bewerkstelligen.«

»Da sagt Ihr mir nichts Neues«, brummte der Erzbischof und sah zum Kreuzrippengewölbe der Burgkapelle mit dem aufgemalten Sternenhimmel hoch. Er fasste einen Entschluss. »Außergewöhnliche Umstände erfordern außergewöhnliche Maßnahmen.« Er wandte sich wieder an Veit. »Hast du noch von dem besagten Mittel?«

»Genügend, aber ich kann es nicht einsetzen.«

»Du wirst es müssen. Heute noch. Bei nächster Gelegenheit. Lass dir gefälligst was einfallen. Such dir den rechten Moment, lenk den Mönch ab, wie, bleibt dir überlassen. Aber es muss erledigt werden. Hast du gehört? Vielleicht hilft dir ein Bonus auf die Sprünge.« Er bedachte Pater Severin mit einem auffordernden Seitenblick, den dieser mit einem kurzen Kopfnicken bestätigte. »Wenn du Vollzug melden kannst, lass Pater Severin eine Nachricht zukommen.«

Er beugte sich zu Veit hinunter. »Fürchte dich nicht. Du tust ein gottgefälliges Werk. Aber tu es bald!«, zischte er ihm ins Ohr.

Damit verließ er die Burgkapelle und ließ Pater Severin und Veit zurück.

»Es wird nicht einfach, Euer Gnaden«, wagte Veit zu sagen. »Ich riskiere sehr viel. Mit Giftmischern wird kurzer Prozess gemacht.«

»Niemand wird etwas merken, wenn du dich geschickt anstellst. Hast du Familie?«

»Ja. Eine Frau und eine kleine Tochter.«

»Sollten sie dich erwischen …«, sagte Pater Severin und sah, wie sich die Augen des Kochs bei dieser Vorstellung vor Furcht weiteten.

»Auf der Streckbank hat noch jeder geredet«, sagte Veit mit gepresster Stimme.

Pater Severin legte ihm beruhigend die Hand auf die Schulter. »Es ist bis jetzt gutgegangen, und so wird es auch diesmal sein.« Er drückte ihm ein paar Silbermünzen in die Hand. »Das dürfte helfen, deine Bedenken zu zerstreuen. Sollte dir etwas zustoßen, kann ich dir eines versichern. Dann wird für deine Familie gesorgt sein.«

»Versprecht Ihr mir das?«

»Wenn kein Wort über deine Lippen kommt, auch nicht bei einer peinlichen Befragung. Du weißt, was das bedeutet.«

Veit begriff und nickte mit zusammengepressten Lippen.

»Ich habe noch genügend von dem Pulver, um einen Rest für mich zurückzubehalten.«

»Das ist sehr klug von dir. Wenn du eine große Dosis nimmst, wirkt es tödlich. Wie du vorhin erwähnt hast, auf der Streckbank hat noch jeder geredet.«

»So weit lasse ich es nicht kommen.«

»Gut, dann ist alles gesagt. Von jetzt an kennen wir uns nicht mehr. Warte ein wenig, bevor du die Burgkapelle verlässt. Es darf uns niemand zusammen sehen.«

Mit seiner wehenden Soutane eilte Pater Severin hinaus.

Veit stand unsicher da und sah die Münzen in seiner Hand an. Statt schließlich auch zu gehen, kniete er vor den Altar und betete für seine unsterbliche Seele, die er soeben verkauft hatte.

IX

Ein gutes Dutzend Partien Schachzabel später war der König eingeschlafen und Bruder Thomas, der sich eigentlich immer für einen mehr als passablen Schachzabelspieler gehalten hatte, seiner Illusion in dieser Hinsicht beraubt. Er hatte alles gegeben und Konrad ein hartes Gefecht nach dem anderen geliefert, aber er war chancenlos gegen ihn. Einmal, ein einziges Mal nur, brachte er seinen Gegner an den Rand einer Niederlage. Aber im Eifer des Gefechts machte er vorschnell einen falschen Zug, und der König nutzte diese Schwäche gnadenlos aus. Bruder Thomas war schließlich froh, dass der König murmelte, er sei müde, den Kopf wegdrehte und einschlief. Seufzend packte Bruder Thomas die wertvollen Figuren fein säuberlich wieder weg und beschloss, sich ebenfalls noch aufs Ohr zu legen.

Draußen dämmerte es bereits, er wickelte sich im Vorraum in seine Decke und schloss die Augen. Es war nur vernünftig, sich noch eine Mütze voll Schlaf zu genehmigen, der Tag vor Weihnachten und die anschließende Mitternachtsmesse würden aufregend genug werden. Gerade als er trotz seiner Besorgnis im Begriff war, wegzudämmern, hörte er Stimmen auf dem Gang. Er stand auf und horchte kurz an der Tür, dann riss er sie auf. Die zwei Wächter vor der Tür sahen sich überrascht nach ihm um. Ein Strahlen ging über sein Gesicht, als sich auch eine Gestalt im Kapuzenumhang nach ihm umdrehte, die eben mit den beiden gesprochen hatte. Er wusste, dass er ihre Stimme gleich erkannt hatte, und er konnte nicht anders, als der Medica, die nun vor ihm stand, um den Hals zu fallen, so erleichtert und froh war er, sie gesund und munter wiederzusehen. Schnell wurde ihm bewusst, dass eine so herzliche Begrüßung einer Gräfin durch einen Mönch vor den Augen des Wachpersonals vielleicht unangebracht war, aber im Überschwang der Gefühle hatte er sich nun einmal dazu hinreißen lassen. Als er von ihr genauso herzlich gedrückt wurde, konnte er sie endlich loslassen, weil er merkte, dass es ihr so ging wie ihm. Die Wachen sahen recht zerknittert und verschlafen aus, wahrscheinlich waren ihnen in den frühen Morgenstunden doch die Augen zugefallen. Sie taten so, als würden sie ihr Hauptaugenmerk darauf richten, dass ihre Uniform richtig saß, und zupften an sich herum. Aber sie nahmen sofort wieder Haltung an, als die Medica sie ansprach. »Vorläufig darf niemand Kenntnis davon bekommen, dass ich wieder eingetroffen bin. Meldet meine Rückkehr nur dem Grafen von Landskron mit der Bitte, so schnell es ihm möglich ist, ohne Aufsehen zu erregen zum Gemach des Königs zu kommen. Passt auf, dass niemand sonst etwas von eurer Benachrichtigung mitbekommt. Wann trifft eure Ablösung ein?«

»Jeden Augenblick, Hoheit«, antwortete der Ältere der beiden.

»Gut. Dann geht und tragt ihr auf, dass sie uns aus der Küche etwas zu essen und zu trinken bringen soll.«

Als die Wachen zögerten und sich unsicher anblickten, fügte sie hinzu: »Macht euch keine Sorgen um die Sicherheit des Königs. Bruder Thomas wird so lange Wache halten, bis eure Ablösung eingetroffen ist.« Ihr strenger Blick und Tonfall waren unmissverständlich, und die beiden eilten los, um ihrem Befehl Folge zu leisten.

Bruder Thomas wollte etwas sagen, aber Anna legte ihren Zeigefinger zum Zeichen des Schweigens auf ihre Lippen und wartete, bis die Wachen endgültig verschwunden waren. Dann löste sich ihre Anspannung, und sie atmete erleichtert auf. »Endlich. Ich dachte schon, wir würden sie nie loswerden!«

Sie wandte sich Bruder Thomas zu. »Das Wichtigste zuerst: Wie geht es dem König?«

»Von Stunde zu Stunde besser«, antwortete Bruder Thomas. »Doch sag mir, wo warst du so lange?«

Sie hob einen Zeigefinger. »Du wirst gleich alles erfahren. Hab noch einen winzigen Augenblick Geduld! Warte hier«, befahl sie, und schon rannte sie den Gang hinunter in Richtung des versteckten Zugangs zum Bergfried. Bruder Thomas ging ihr verunsichert ein paar Schritte nach, blieb dann aber stehen, weil er die Tür zu den königlichen Gemächern nicht aus den Augen lassen wollte. Was hatte die Medica vor? Sie blieb vor dem Wandbehang stehen, der ganz am Ende des Ganges an der Stirnseite hing, schob ihn beiseite und klopfte an die dahinterliegende geheime Tür, die den Zugang zum Bergfried versperrte. Die Tür ging auf, und Chassim kam mit einer Person heraus, deren Gesicht wegen der tiefhängenden Kapuze für Bruder Thomas nicht zu erkennen war. Rasch zog Anna den Wandbehang wieder vor die Tür und kam mit Chassim und der dritten Person herangeeilt, offensichtlich war es ein junger Bursche. Chassim begrüßte Bruder Thomas, der sich verneigte, während Anna den Burschen an ihnen vorbei in den Vorraum des Gemachs schob. Chassim folgte ihnen mit dem Mönch und schloss die Tür. Endlich waren die vier im dunklen Vorraum versammelt, der nur von einer Öllampe erhellt wurde. Anna wandte sich an Bruder Thomas. »Ich habe hier jemanden mitgebracht. Er wird, so lange es nötig und angebracht ist, die Rolle des Königs spielen.« Bevor der konsternierte Bruder Thomas den Mund aufbrachte, nahm sie in einer einzigen geschickten Bewegung dem Burschen den Umhang samt Kapuze ab.

Im spärlich flackernden Licht der Ölfunzel glaubte Bruder Thomas, seinen Augen nicht trauen zu können. Vor ihm stand Konrad IV., nur in wesentlich besserer Verfassung und kerngesund, und verzog keine Miene.

Bruder Thomas bekreuzigte sich instinktiv, nahm die Öllampe und hielt sie auf Augenhöhe, um das Antlitz des Königs besser begutachten zu können. Anna und Chassim beobachteten die Reaktion des Mönchs genau. Seine Hand mit der Öllampe zitterte. »Ambros. Du bist Ambros. Der Hütejunge von Burg Greifenklau!«

Jetzt stahl sich doch ein freches Grinsen in das Gesicht des Jungen. »Ja, Herr, der bin ich.«

Bruder Thomas drehte sich mit dem Ausdruck grenzenloser Verblüffung zu Anna und Chassim um. »Das ist Ambros. Aber er gleicht dem König tatsächlich wie ein Ei dem anderen. Wieso ist mir das nie aufgefallen?«

»Du kanntest den König ja nicht. Aber ich«, entgegnete Anna. »Wir dürfen jetzt keine Zeit mehr verlieren. Thomas, du weckst den König. Ambros hat zum Glück auch in etwa die Statur des Königs. Er muss in des Königs Gewänder schlüpfen, seine Haare habe ich mit Berbelins Hilfe schon so geschnitten, wie sie der König trägt. Er wird lernen müssen, sich zu bewegen und so zu sprechen wie Konrad.«

»Und das alles in ein paar Stunden, mehr Zeit haben wir nicht. Wir alle müssen ihm dabei helfen«, sagte Chassim.

»Das … das ist ein Ding der Unmöglichkeit«, stotterte Bruder Thomas. Aber Anna hatte schon damit begonnen, fieberhaft in den zahlreichen Truhen des Königs, die im Vorraum an den Wänden lagerten, herumzukramen und Gewänder, Schuhe, Mäntel und Pelze herauszulegen. »Uns bleibt keine andere Wahl«, sagte sie, während sie schnell an Ambros Maß nahm. »Ich habe mir alles sehr genau überlegt. Von den anwesenden Gästen kennt keiner den König näher. Außer seinem Leibarzt und seinem persönlichen Kammerdiener. Selbst seine Wachen haben ihn immer nur flüchtig gesehen.«

»Der Leibarzt ist abgereist. Nicht ohne Verwünschungen gegen dich auszustoßen«, wandte Bruder Thomas ein.

»Umso besser. Das erleichtert uns die Angelegenheit. Hier, Ambros, nimm das.« Sie warf Ambros Beinkleider und eine prächtige, mit Juwelen bestickte Tunika zu. »Das ziehst du an, während Bruder Thomas zum König geht und ihn einweiht. Wir müssen ihn darauf vorbereiten, was ihn erwartet. Thomas – wenn du so weit bist, holst du uns.«

Sie fasste Ambros bei den Schultern und sah ihn eindringlich an. »Ambros, sag mir, hast du das alles verstanden?«

Der Hütejunge antwortete, ganz in Ton und Gestus eines eingebildeten, schnöseligen Adelssprosses, der es gewohnt war, von vorn bis hinten bedient und verwöhnt zu werden, indem er die Nase rümpfte und ein blasiertes Gesicht machte. »Was erlaubt Ihr Euch, so mit Eurem König zu reden? Ich kann zwar weder lesen noch schreiben, aber ich bin nicht blöde.«

Anna, Bruder Thomas und Chassim blieb kurz die Luft weg, und sie starrten Ambros ungläubig an. Der musste lächeln, als er mit normaler Stimme weitersprach. »War das gut so?«

Damit löste er die Verblüffung, und Bruder Thomas konnte sich nicht mehr zurückhalten. Er schlug ihm mit seiner Pranke anerkennend auf die Schulter und lachte schallend. »Ambros, für einen Augenblick hast du es tatsächlich geschafft, uns zu täuschen. Das war für den Anfang schon mal nicht schlecht.«

Ambros schien sich mit seiner kurzfristigen Rolle schon auseinandergesetzt zu haben, Chassim hatte ihn auch auf dem ganzen Herweg so detailliert und ausführlich mit Einzelheiten über Benehmen und Eigenheiten eines Königs gefüttert, dass ihm der Kopf schwirren musste. Aber er war tatsächlich nicht dumm und schien ein natürliches schauspielerisches Talent zu besitzen und sich nicht um die Meinung anderer zu scheren. Er war nicht schüchtern, wenn man ihn erst aus seinem Schneckenhaus, in das er sich für gewöhnlich zurückgezogen hatte, herausgelockt hatte.

Bruder Thomas warf einen Blick ins königliche Schlafgemach, sah, dass Konrad wach war, schlüpfte hinein und schloss die Tür hinter sich. »Was ist denn da draußen los, Bruder Thomas?«, fragte der junge König. »Haben wir Besuch?«

»Ja, Majestät. Hohen Besuch sozusagen.«

»Spannt mich nicht unnötig auf die Folter – wer ist es? So wie ich aussehe, kann ich doch unmöglich jemanden empfangen.«

»Keine Bange, es ist gerade so, als würdet Ihr in einen Spiegel sehen. Kennt Ihr den 1. Brief des Apostels Paulus an die Korinther, Kapitel 13, Vers 12?«

»Nein. Aber Ihr werdet mir die Bibelstelle sicher gleich zitieren.«

»Videmus nunc per speculum in aenigmate tunc autem facie ad faciem nunc cognosco ex parte tunc autem cognoscam sicut et cognitus sum.«

»Wir sehen jetzt durch einen Spiegel in das Rätselhafte, dann aber von Angesicht zu Angesicht. Jetzt erkenne ich es stückweise, dann aber werde ich erkennen, gleichwie ich erkannt bin«, übersetzte Konrad fließend. »Ihr sprecht in Rätseln. Ich verstehe nicht ...«

»Gleich werdet Ihr verstehen, Majestät. Die Medica ist soeben eingetroffen und Graf Chassim ebenfalls. Sie haben noch jemanden mitgebracht. Es ist eine Überraschung, also macht Euch auf etwas gefasst.«

Bruder Thomas öffnete die Tür wieder einen Spaltbreit und spähte in den Vorraum, wo Ambros, nun königlich gekleidet, bereitstand. »Bitte, tretet ein! Seine Majestät bittet zur Audienz.«

Herein kamen Anna und Chassim, sie verneigten sich angemessen vor dem König in seinem Bett, und dann folgte der Auftritt von Ambros, der in des Königs eigenen Gewändern sein Knie beugte und in dieser demutsvollen Haltung verharrte.

Konrad blinzelte ein paar Mal heftig, rieb sich die Augen, schob seinen Oberkörper höher ins Kissen, damit er einen besseren Überblick hatte. »Bruder Thomas – träume ich, oder habt Ihr mir etwas in meinen Trank gemischt?«

»Weder noch, Majestät. Dieser junge Mann …«, damit zog er Ambros am Ärmel, so dass dieser aufstand und mit gesenktem Blick stehen blieb. »Dieser junge Mann, den ich Euch vorstellen will, heißt Ambros.«

Anna sprach weiter. »Majestät, ich habe diesen jungen Mann mitgebracht als Euren Stellvertreter für den Hoftag.« Mit einer tänzerisch anmutenden Bewegung nahm sie die Hand von Ambros und ließ ihn eine Umdrehung um seine Achse vollführen.

»Einen höfischen Tanz kann er noch nicht«, sagte sie, »aber in der Kürze der Zeit war es uns nicht möglich, ihm das auch noch beizubringen.«

Endlich fand Konrad seine Sprache wieder. »Ist es möglich, dass ich einen Zwillingsbruder habe, von dem ich bisher nichts gewusst haben sollte? Komm näher, Ambros, ich will dich genauer ansehen. Na komm schon.«

Er winkte ihn heran. Anna schob den Zögernden sanft

zum Bett. Der König klopfte auffordernd neben sich auf die Matratze. »Setz dich zu mir.«

Ambros sah Anna an, und als diese ihm aufmunternd zunickte, setzte er sich vorsichtig an den äußersten Rand des Bettes.

»Gib mir deine Hände«, sagte Konrad, und Ambros zeigte sie vor – wie ein Kind, das vor dem Zubettgehen beweisen will, dass es die Hände auch sauber gewaschen und die Fingernägel gereinigt hatte. Konrad nahm die Hände und drehte sie. »Du hast die Hände eines Bauern«, stellte er fest.

Sofort zog Ambros seine Hände zurück.

Konrad lachte. »Das war nicht böse gemeint, Ambros. Wir beide sind wie Brüder. Du wirst meine schönsten Handschuhe bekommen. Ich habe mehrere. Und jetzt sage ich dir eins: Das wird ein Riesenspaß! Ich wünschte, ich könnte dabei sein! Du wirst diesen ganzen Höflingen und den anderen hohen Herrschaften zeigen, was ein König ist. Oh, wenn das mein Vater sehen könnte! Ich bin sicher, er würde sich über alle Maßen amüsieren. Er liebt Experimente. Ich werde ihm alles schreiben, wenn es gut ausgegangen ist. Was wir alle hoffen …«

Er warf der Medica, Chassim und Bruder Thomas einen Blick zu, bevor er weitersprach. »Aber kannst du auch reden? Seit du hier bist, habe ich noch kein Wort von dir gehört.«

Ambros nickte schüchtern, aber er brachte keinen Ton hervor.

Konrad fasste ihn am Kinn, so dass Ambros ihm in die Augen sehen musste. »Was machst du? Du arbeitest mit den Händen, das sehe ich an deinen Schwielen.« Er schwieg und wartete auf eine Antwort.

»Ich … Ich bin ein Hütejunge auf Burg Greifenklau, Euer Majestät«, kam es schließlich stockend aus Ambros heraus.

»Hütejunge also«, murmelte Konrad. »Dann hast du mit

Tieren zu tun. Siehst du, wir haben doch mehr miteinander gemeinsam, als man meinen könnte. Ich nehme an, du magst deine Tiere?«

»O ja, Herr«, nickte Ambros eifrig. »Ich habe einen Schäferhund, er heißt Wolf. Er gehorcht mir aufs Wort.«

»Ich hatte auch ein schönes Tier, aus dem fernen Ägyptenland, einen Gepard. Ich nehme an, du hast noch nie so ein Tier gesehen?«

Ambros schüttelte den Kopf. Der König fuhr mit einem Anflug von Trauer in seiner Stimme fort. »Das ist eine große, geschmeidige Wildkatze, gelb mit schwarzen Flecken. Lea war ihr Name. Sie hat mir auch gehorcht. Na ja, nicht immer, aber meistens. War es schwer, deinen Hund zu zähmen?«

»Überhaupt nicht. Er ist sehr gelehrig, und es gefällt ihm, wenn er mir zeigt, was er alles kann und dass er sogar weiß, was zu tun ist, je nachdem, wie ich ihm pfeife.«

Konrad seufzte tief auf. »Wir sollten tauschen, Ambros. Niemand würde es merken. Ich beneide dich um deine Freiheit. König zu sein, ist wie eingekerkert zu sein. Nie bist du allein. Nie kannst du tun, was du willst. Auf jede Geste, auf jedes Wort musst du achten, weil dich alle mit Argusaugen beobachten. Du darfst keinen Fehler machen, weil es so viele in deiner Umgebung gibt, die nur darauf warten, dass du stolperst und sie mit dem Finger auf dich zeigen und es gegen dich verwenden können.

Aber genug davon! Ich werde dir jetzt ein paar Regeln beibringen, die du unbedingt einhalten musst, damit niemand Verdacht schöpft und unser schönes Spiel durchschaut.«

Er wandte sich an Anna. »Medica, ich bitte Euch, kommt näher.«

Anna, Chassim und Bruder Thomas hatten sich geziemend im Hintergrund gehalten, so lange Konrad mit Ambros gesprochen hatte. Anna war, wie stets, wenn sie dem jungen König begegnet war, beeindruckt davon, wie bescheiden und verständnisvoll er war, wie hellsichtig er seine Rolle und seine Stellung sah, wie klar er Schlussfolgerungen zog. Konrad war mehr als ein kluger, aufgeweckter Junge. Er musste viel von seinem Vater haben, dem stupor mundi, dem Staunen der Welt, wie er allseits genannt wurde, weil er nicht nur auf dem politischen Geläuf zu Hause war, sondern auch in den Bereichen Natur, Verständnis und Toleranz für andere Religionen und Sprachbegabung seine Vielseitigkeit und seinen Wissensdrang immer wieder von neuem unter Beweis stellte. Friedrich II. hatte sich so weit über die Menschheit und sogar den Papst erhoben, wie das sinnbildlich nur die Falken konnten, über die der Kaiser ein Buch geschrieben hatte, wenn sie stundenlang am Himmel kreisten. Manchmal taten sie einen unmerklichen Flügelschlag, um ihre Flugrichtung zu korrigieren, aber ansonsten schwebten sie über den Dingen, als hätten sie es nicht nötig, zu fressen oder zu schlafen wie normale sterbliche Lebewesen, weil sie nicht von dieser Welt waren.

Diese Eigenschaften hatten im gesamten Abendland aber nicht nur Erstaunen und Bewunderung ausgelöst, sondern Friedrich auch den Unmut und die Todfeindschaft der allerchristlichsten Kirche eingebrockt. In den Augen vieler Kirchenfürsten war er der Schlimmste aller Häretiker, er konnte nur ein Abgesandter Luzifers sein, für Papst Gregor IX. war der Hohenstaufer der Antichrist schlechthin.

Groß waren die Fußstapfen seines Vaters für Konrad, so groß …

Doch dieses hohenstaufische Blut floss auch in seinen Adern. Anna sah es in seinen Augen und spürte es in allem, was und wie er es sagte. Und sie fand es bemerkenswert. Wie sein Vater war Konrad jemand, der für sie eine andere Welt verkörperte. Eine Welt, in der die menschliche Vernunft das Maß aller Dinge war; die Freude am Diesseits, nicht die allerorten gepredigte Furcht vor dem Jenseits; die Neugier, diese Welt und ihre Gesetze zu entschlüsseln, zu verstehen, zu entdecken und zu erforschen; der Dialog und die Auseinandersetzung mit Andersdenkenden, nicht die Verteufelung oder die Vernichtung. Was für eine wunderbare Vorstellung! Gleichheit für jedermann, egal ob Frau oder Mann, ob arm oder reich, Bauer oder Edelmann. Für so eine Welt lohnte es sich, alles zu geben. Wenn es sein musste, das eigene Leben.

Aber vielleicht war Konrad der zukünftige Kaiser, der die Hoffnung der Medica für eine gerechtere Welt verwirklichen konnte. Darauf setzte sie.

Konrad winkte Anna heran. »Jetzt reicht mir Eure Hand, Medica.«

Anna reichte ihm ihre Rechte und erwartete, dass er sie begutachtete wie die von Ambros. Aber Konrad drückte überraschend seine Lippen auf ihren Handrücken. Anna spürte, wie ihr das Blut ins Gesicht schoss.

»Medica, ich weiß, was ich Euch, Bruder Thomas und Graf Chassim zu verdanken habe. Ohne Euch wäre ich wahrscheinlich nicht mehr am Leben. Wie soll ich das je wiedergutmachen?«

»Indem Ihr uns helft, so gut Ihr das in Eurem Zustand vermögt.«

»Das ist das Mindeste, was ich tun kann«, entgegnete Konrad. Dann fragte er den in königlichen Kleidern gewandeten Hütejungen: »Ambros – du weißt, dass du eine Rede halten musst?«

Ambros wurde bleich. »Davon hat mir niemand etwas gesagt.«

»Es ist so vieles in kürzester Zeit auf dich eingestürzt«, erklärte ihm Anna. »Wir wollten dir nicht alles auf einmal aufbürden.«

Konrad hob die Hand. »Bruder Thomas – seht Ihr die Schatulle dort auf dem Tisch? Nehmt doch den Brief meines Vaters heraus, und gebt ihn mir.«

Bruder Thomas tat wie ihm geheißen. Konrad entfaltete das mit einem gebrochenen Siegel versehene Pergament. »Mein Vater hat mir genaue Instruktionen für den Hoftag geschickt. Wie ich auftreten und was ich sagen soll. Gebt Ambros und mir zwei Stunden, und er weiß, was für eine Erklärung er abgeben soll. Ich werde es mit ihm einüben.«

Es klopfte an die Tür. Alle erstarrten.

»Wer kann das sein?«, fragte Chassim.

»Das muss der Graf sein«, sagte Anna. »Ich hoffe es jedenfalls. Ich habe nach ihm geschickt. Chassim, sieh vorsichtshalber nach. Los, Ambros, du versteckst dich!« Schnell zog sie den Hütejungen hinter das Bett des Königs, löste den Vorhang des Baldachins und zog ihn so auf, dass niemand, der hereinkam, Ambros sehen konnte.

Jetzt erst öffnete Chassim die Tür vorsichtig eine Handbreit und warf einen Blick in den Vorraum.

Dort wartete ein Mann mit angespannten Gesichtszügen: Graf Georg von Landskron.

»Schwager, Gott sei Dank«, sagte Chassim erleichtert. »Komm herein.«

Er umarmte Graf Georg und führte ihn ins Schlafgemach, Bruder Thomas schloss die Tür wieder.

Der Graf wollte Konrad mit einer Verbeugung seinen Respekt bezeugen. Aber der hatte sich in einer kindischen Anwandlung einen Scherz erlaubt und sich blitzschnell seine

Bettdecke über den Kopf gezogen, so dass er nicht mehr zu sehen war.

»Wo ist der König?«, fragte Graf Georg erstaunt und halb erschrocken.

Anna hatte geistesgegenwärtig verstanden, was der Streich des Königs bewirken sollte, und reagierte als Erste. Dieser Auftritt sollte zur Nagelprobe für den Hoftag werden. Sie machte einen Schritt hinter den Vorhang des Baldachins, packte Ambros an der Hand und zog ihn ans Bettende. Dort blieb er stehen, in seine geliehenen königlichen Gewänder gehüllt, und sah Graf Georg mit gespielt herrschaftlicher Attitüde herausfordernd an.

Graf Georg starrte ungläubig zurück, dann beugte er sein Knie und bekreuzigte sich. »Herr im Himmel – was habt Ihr mit dem König vollbracht, Medica?! Könnt Ihr Tote auferwecken?«

Jetzt hielt es der wahre König unter seiner Bettdecke nicht länger aus, er prustete los, zeigte sich lachend und genoss das völlig konsternierte Gesicht des Grafen Georg, dessen Blick fassungslos zwischen dem König in den Bettlaken und dem König, der aufrecht und gesund in seinen vornehmen Gewändern posierte, hin und her wechselte. Schließlich bekreuzigte er sich erneut. »Wenn ich es nicht besser wüsste, Medica, dann müsste ich jetzt wirklich glauben, dass Ihr Zauberkünste beherrscht, die nur eine Hexe mit Hilfe des Teufels zustande bringt!«, brachte er heraus.

Freudestrahlend klatschte der König begeistert über den gelungenen Schabernack in seine Hände. »Also wenn schon Graf Georg auf Ambros hereinfällt – was kann da noch schiefgehen?«

X

In der riesigen Burgküche herrschte Hochbetrieb. Vor der Mitternachtsmesse musste alles für das anschließende nächtliche Festessen in der weitläufigen Empfangshalle vorbereitet werden. Die adventliche Fastenzeit war damit vorbei, jetzt wurde alles aufgefahren und zubereitet, was Keller und Vorratskammern zu bieten und Markthändler, Bauern und Jäger von nah und fern herangeschafft hatten. Dutzende fleißige und geübte Hände schnitten, schürten, schüttelten, kneteten, brieten, rührten, rupften, zupften, klopften, formten, würzten, salzten, entbeinten, brühten, kochten und buken. Jeder Handgriff musste sitzen, darüber wachte der Hofmeister mit gestrengen Augen, die überall zu sein schienen. Die köstlichsten Düfte zogen in den Burghof hinaus, manchen Soldaten, die in der Nähe zu tun hatten, lief schon voller Vorfreude das Wasser im Mund zusammen.

Nur Veit war nicht konzentriert beim Gemüseschneiden und lutschte gedankenschwer an seinem blutenden Zeigefinger, in den er sich eben geschnitten hatte. Seit seiner frühmorgendlichen Unterredung mit dem Erzbischof und Pater Severin war er nicht mehr ganz bei der Sache. Er wurde unerklärlicherweise von schweren Gewissensbissen geplagt.

Vor einem Jahr, als ihn ein Mann im Auftrag der rechten Hand des Erzbischofs, Pater Severin, zum ersten Mal angesprochen hatte, ob er gegen einen gewissen, regelmäßigen Sold bereit war, alles, was er aus der Umgebung des königlichen Hofs, dessen Koch er seit geraumer Zeit war, berichten konnte, weiterzugeben, fand er, dass das leicht verdientes Geld war. Welches er dazu noch gut gebrauchen konnte. Er schickte es regelmäßig zu seinen Eltern und seiner Frau nach Hause, er selbst brauchte nicht viel, Kost und Logis waren frei, er konnte essen und trinken, so viel er wollte. Der Nachteil war nur, dass er im Gefolge des Hofes nie lange Zeit an einem festen Ort blieb. Seine Familie lebte im Herrschaftsgebiet der Wittelsbacher in Vohburg, und er zog mit dem königlichen Tross von Burg zu Burg, von Stadt zu Stadt, von Grafschaft zu Grafschaft. Im Reich war es – anders als in anderen Königreichen und Fürstentümern Europas – nicht üblich, dass der oberste Herrscher einen festen Stammsitz hatte, wo er die meiste Zeit des Jahres residierte. Seit Karl dem Großen waren die Kaiser des Heiligen Römischen Reiches ruhelos umhergezogen. Aber das war ein wichtiger und grundsätzlicher Bestandteil ihrer Politik. Sie mussten sich möglichst überall im riesigen Reich sehen lassen, Gerichtstage, Reichstage und Hoftage abhalten, Kriege führen, sich ihrer Verbündeten versichern, neue Bündnisse suchen und schließen, kurz, der Hof im Reich war ständig unterwegs. Nur den Winter brachte man auf einer der Kaiserpfalzen zu oder bei einem befreundeten Fürsten.

So war Veit, seit er sich erinnern konnte, durch das halbe Reich nördlich der Alpen gereist und hatte seine Frau und sein Kind seit Jahr und Tag nicht mehr gesehen. Seine Tochter Agnes, sie musste jetzt vier Lenze zählen, würde ihren Vater vermutlich gar nicht erkennen, wenn er eines Tages an ihre Tür klopfte. Damit konnte er leben, er war froh, ein gutes Auskommen zu haben. Und das konnte er mit seinem Nebenverdienst noch wesentlich aufbessern.

Aber dann hatte sein Leben eine entscheidende Wendung genommen. Nach einer Messe in Wetzlar, der er beiwohnte, er war ein guter und gläubiger Christ, war sein Verbindungsmann plötzlich auf ihn zugekommen und hatte ihn in die Sakristei gebeten, wo ihn ein gedrungener, ganz in Schwarz gekleideter, leicht hinkender Kleriker erwartete. Er stellte sich als Pater Severin vor. Das Angebot, das er ihm im Auftrag seines Herrn, des Erzbischofs von Köln, unterbreitete, war so lukrativ, dass Veit nach anfänglichem Zögern nicht nein sagen konnte. Ausschlaggebend war aber nicht unbedingt die beträchtliche Summe, die er im Erfolgsfall erhalten sollte, sondern die Tatsache, dass Pater Severin ihn ausdrücklich von jeder Sünde, die er im Zusammenhang mit seinem Auftrag zweifellos begehen musste, freisprach. Es war eine Todsünde, das Leben eines anderen Menschen allmählich auszulöschen, indem er diesen nach und nach vergiftete. Aber Pater Severin versicherte Veit glaubhaft, dass er damit der Heiligen Mutter Kirche einen Gefallen erwies und dass diese Tat nicht nur schon jetzt auf Erden, sondern auch dereinst im Himmelreich belohnt würde. Kaiser Friedrich II. war 1239 von Papst Gregor IX. zum zweiten Mal exkommuniziert und gebannt worden, und damit hatte jeder Christenmensch, wenn er die Gelegenheit dazu bekam, nicht nur das Recht, sondern ausdrücklich die Pflicht, ihn und seinen Sohn, den er zu seinem Nachfolger bestimmt hatte und der nicht von allen Fürsten anerkannt wurde, aus dem Weg zu räumen.

Als Veit von höchster Stelle, dem Erzbischof selbst, die Dispens bestätigt bekam, nahm er den Auftrag an und schritt zur Tat. Es war für ihn ein Leichtes, er hatte Zugang zu sämtlichen Speisen, die dem König aufgetragen wurden, niemand verdächtigte ihn. Er ging so vor, wie Pater Severin es ihm vorgeschrieben hatte, hielt sich penibel an die Dosierung des pulverförmigen Gifts, das laut Aussage des Paters ein Mönch aus einem fernen Land namens Persia mitgebracht hatte, wo man es aus dem Samen einer Pflanze gewann, die nur dort wuchs. Anfangs verspürte er kein schlechtes Gewissen, er handelte schließlich in höherem Auftrag und zum Wohle des Reiches, wie ihm Pater Severin mit Engelszungen eindrucksvoll versicherte. Aber als er in der Burgkapelle auf Burg Landskron die Silbermünzen in der Hand hielt, als Blutgeld dafür, ein sofortiges und finales Ende des jungen Königs herbeizuführen, war es ihm auf einmal, als hätte er seine unsterbliche Seele für ein Erbsengericht verkauft. Lag es daran, dass er inzwischen mitbekommen hatte, dass und wie sich Menschen wie dieser Bruder Thomas oder diese Medica für den König einsetzten? Oder verspürte er plötzlich Mitleid mit dem König, weil er einmal gesehen hatte, wie dieser leiden musste? Und dann war da noch der Traum eines Nachts, in dem ihm seine Tochter erschien, die an seinem Grab um ihn weinte, und seine Frau sagte, dass Veit nun auf ewig der Verdammnis anheimgefallen sei?

Er wusste es nicht.

Er wusste nur, dass er, wenn er den Auftrag wirklich ausführte, sein Leben riskierte und, wenn es ganz schlimm kam, ihm selbst ein Ende setzen musste. Das war eine unverzeihliche Todsünde. Er würde nicht einmal in geweihter Erde beigesetzt werden. Keine Dispens, und kam sie von noch so hoher Stelle, konnte ihm in diesem Fall seine Seele retten. Er würde bis ans Ende aller Tage im Höllenfeuer schmoren, und seine Pein würde ewiglich währen.

Sobald er darüber nachdachte – und das tat er unentwegt –, trat ihm der Schweiß auf die Stirn, und das nicht, weil es in der Küche bei Hochbetrieb unerträglich heiß und stickig war. Der Drang, seine auswegslose Lage jemandem zu beichten, sich jemandem anzuvertrauen, wurde bei jedem Atemzug größer. Aber bei wem konnte er diese unerträglich werdende Last abladen, ohne sofort deswegen denunziert, festgenommen und an den Pranger einer Anklage mit unvermeidlicher Verurteilung gestellt zu werden? Er hatte einmal gehört, was die Strafe für einen ertappten Giftmischer war: der Tod in einem Kessel mit kochendem Wasser …

Gerade als er sich darüber den Kopf zerbrach, entdeckte er den einzigen Mann, der dafür in Frage kam. Bruder Thomas schien ihn zu suchen, denn er hatte eine leere Schüssel in der Hand für die leicht verträgliche Speise des Königs und kam sofort auf ihn zu, als er ihn erblickte. Veit nahm ihn beiseite. »Bruder Thomas – habt Ihr kurz Zeit für mich? Ich habe etwas auf dem Herzen, etwas Schwerwiegendes.«

Bruder Thomas sah ihm an, dass es ihm sehr ernst war, und nickte. Der Zeitpunkt war günstig, der Küchenmeister war in ein Streitgespräch mit einer Köchin verwickelt, und so zog Veit den Mönch durch einen Seiteneingang, durch den die Küchenabfälle nach draußen auf einen Haufen an der inneren Burgmauer geworfen wurden.

Veit sah sich um, wartete, bis eine Magd ihre volle Schürze mit Gemüseresten ausgeleert hatte und wieder in der Küche verschwand, bis er anfing zu sprechen.

»Ich muss Euch etwas fragen, Bruder Thomas. Ihr seid doch ein geweihter Priester und demzufolge berechtigt, die Beichte abzunehmen und Absolution zu erteilen?«

»Was hast du denn angestellt, Veit?«, fragte Bruder Thomas, der den Koch zunächst gar nicht ernst nahm. »Hast du ein wenig süßes Naschwerk mitgehen lassen?«

»Es ... Es fällt unter das Beichtgeheimnis, Bruder Thomas.«

»Hat das nicht Zeit? Nach der Mitternachtsmesse ist doch noch genug Gelegenheit dafür.«

Veit schüttelte den Kopf. »Nein, es muss jetzt sein.«

»Ich kann dir schon die Beichte abnehmen, wenn es für dich so dringlich ist.«

»Das ist es, bei Gott, das ist es.«

Bruder Thomas erkannte nun, dass es Veit wirklich ein Bedürfnis war, und schlug den Weg zur Burgkapelle ein. »Dann komm.«

Sie betraten die schummrige Kapelle. Eine alte Frau säuberte auf den Knien den Steinfußboden mit einem nassen Lappen, den sie in einen Ledereimer mit Putzwasser tauchte. Veit sah sich um, außer ihr war niemand anwesend. Die Mitternachtsmesse sollte in der Katharinenkirche in Oppenheim stattfinden, sie allein war groß genug, alle Gäste aufzunehmen, auch wenn sie noch im Bau war.

Die alte Frau kümmerte sich nicht um Bruder Thomas und Veit und putzte unbeirrt weiter.

Bruder Thomas betrat den Beichtstuhl, machte die Tür zu, setzte sich und wartete, bis Veit sich im Seitenteil hingekniet hatte. Der Mönch konnte Veit hinter dem geschnitzten Beichtgitter nur schemenhaft erkennen, als er anfing, die übliche Einleitungsformel zu sprechen. »In nomine Patris et Filii et Spiritus Sancti.«

Bruder Thomas bekreuzigte sich, als er antwortete: »Amen. Gott, der unser Herz erleuchtet, schenke dir wahre Erkenntnis deiner Sünden und seiner Barmherzigkeit.«

»Amen.«

»Sprich, was bedrückt dich?«

»Bruder Thomas, seid Ihr dem Beichtgeheimnis verpflichtet?«

»Was ist denn das für eine Frage? Selbstverständlich bin ich das.«

»Auch bei einem schwerwiegenden Fall?«

»In jedem Fall.«

»Schwört Ihr mir das?«

»Was ist es denn, was du mir beichten willst?«

»Schwört Ihr mir, dass Ihr das Beichtgeheimnis wahrt, egal, was ich Euch beichte?«

»Beim Leben der Heiligen Jungfrau, ich schwöre.«

»Ich bin des Todes, wenn Ihr Euer Versprechen brecht.«

Bruder Thomas seufzte. »Du kannst dich auf mein Wort verlassen. Die Beichte und das Beichtgeheimnis sind für immer untrennbar miteinander verbunden. Nur Gott und ich als sein Stellvertreter werden davon erfahren, was dich belastet. Jetzt sprich!«

»Bruder Thomas, ich habe schwere Schuld auf mich geladen.«

»Was hast du getan?«

»Ich habe den König vergiftet.«

»Du hast was?!«

»Ihr habt recht gehört. Ich habe den König vergiftet.«

Bruder Thomas hielt den Atem an, in der Kapelle war nur das Klatschen des nassen Putzlappens zu hören, den die alte Frau ausgewrungen hatte und nun wieder auf den Boden fallen ließ. Endlich fand er seine Fassung und seine Stimme wieder. »Weißt du, was du da sagst?«

»Ja, Bruder Thomas. Und es kommt noch schlimmer. Ich soll den König noch heute töten. Und dann, falls man mir auf die Schliche kommt, mich selbst.«

Bruder Thomas musste sich schwer am Riemen reißen, um in seinem plötzlich aufwallenden heiligen Furor nicht vollkommen aus der Haut zu fahren, Veit am Kragen zu packen, zu schütteln und sofort die ganze schreckliche Wahrheit aus ihm herauszuprügeln. Ausgerechnet Veit hatte er vertraut und sich von ihm das Essen des Königs zubereiten lassen! Gott sei Dank hatte der Koch vorher immer davon probiert, also war es Veit wohl unmöglich, sein Gift in der Zeit, in der er, Bruder Thomas, auf Burg Landskron war, zur Anwendung gebracht zu haben. So konnte man sich in einem Menschen täuschen. Er verbarg sein Gesicht in den Händen, bis er schließlich mit Müh und Not einen Satz herausbrachte. »Wer hat dich beauftragt, so eine abscheuliche Tat zu begehen?«

»Das kann ich nicht sagen.«

»Veit, Veit – auf welche Teufelei hast du dich da nur eingelassen?«

Es dauerte einen Moment, bis Veit mit abgrundtiefer Bestimmtheit sagte: »Ich habe es gewusst. Von Anfang an habe ich es gewusst.«

»Was hast du gewusst?«

»Dass Ihr jetzt aufstehen werdet, mit meinem Geständnis zum Grafen und zur Medica geht und alles berichtet. Habe ich recht?«

»Nein. Das kann ich nicht. Das Beichtgeheimnis ist mir heilig.«

Wieder war eine ganze Weile nichts zu hören außer Veits schweren Atemzügen. Schließlich sagte er: »Bruder Thomas – ich bereue meine Sünden. Könnt Ihr mir vergeben?«

Bruder Thomas schloss die Augen und ließ eine lange Zeit verstreichen, bevor er antwortete. »Das kann ich nicht. Sie wiegen zu schwer. Ich bin nur ein Mensch. Ich fühle mich für den König und sein Wohl verantwortlich. Ich kann es nicht, Veit. Vielleicht kann Gott es, aber ich nicht.«

Die Stimme von Veit zitterte. »Jetzt, hier in diesem Beichtstuhl seid Ihr kein Mensch. Ihr seid ein Priester. Und ich bereue. Ihr müsst mir vergeben, Pater. Ich bitte Euch inständig. Ihr könnt mir die Absolution nicht verweigern. Gebt mir eine Gelegenheit, um zu sühnen. Ich bin zu allen Opfern bereit, aber gebt mir eine!«

Bruder Thomas stand auf, verließ den Beichtstuhl und ging den Mittelgang der Burgkapelle auf und ab wie ein Tier im Käfig. Die Alte mit ihrem Putzkübel war verschwunden, aber das fiel ihm gar nicht auf. Der Kapellenboden glänzte feucht im Licht der vielen Kerzen. Die Beichte von Veit hatte Bruder Thomas in tiefste Zerrissenheit gestürzt. Was sollte er tun? Er musste darauf in irgendeiner Weise reagieren, jetzt, wo er wusste, wer den König vergiftet hatte. Und seit wann. Aber wie? Er durfte mit niemandem darüber reden. Nicht einmal mit der Medica.

Aber mit Veit …

Er musste ihn zu einem vollständigen Geständnis überreden. Er musste alles in Erfahrung bringen, um zu verhindern, dass Veit und seine Auftraggeber doch noch ihren Plan ausführten. War Veit überhaupt noch da? Er, der Beichtvater, hatte seinen Pönitenten einfach im Beichtstuhl zurückgelassen. Er drehte sich suchend um und erblickte Veit auf den Stufen zum Altar sitzend, das Gesicht in den Händen vergraben. Er setzte sich neben ihn.

»Bin ich verloren, Bruder Thomas?«, murmelte Veit dumpf in seine Hände. »Ist meine Seele verloren? Sagt mir …«

Er konnte nicht weitersprechen, weil er in ein krampfhaftes Schluchzen verfiel. Bruder Thomas nahm seinen Kopf und drückte ihn tröstend an seine Schulter. »Was hast du getan, mein Sohn?«, sagte er. »Auf was hast du dich da nur eingelassen! War es Hass, war es Habgier? Haben sie dir gedroht? Haben sie etwas gegen dich in der Hand?«

Aber Veit brachte außer seinem hemmungslosen Schluchzen nichts heraus. So saßen sie eine ganze Weile da, der eine verzweifelt bis über den Rand der Hoffnungslosigkeit hinaus, der andere zerrissen zwischen seiner Verantwortung dem Wohle des Königs und der Sicherheit des Reiches gegenüber und gegenüber seinem Pönitenten, der sich ihm anvertraut hatte.

Leise fiel die Zugangstür vom Palas zur gräflichen Empore in der Burgkapelle wieder zu, ohne dass es die beiden am Altar bemerkt hätten. Pater Severin, von der Alten mit dem Lappen und dem Putzeimer davon in Kenntnis gesetzt, dass dieser Bruder Thomas dem Koch eine Beichte abnahm, hatte genug gesehen. Veit hatte also geplaudert. Er musste aus dem Weg geräumt werden, und zwar schnellstens. Offenbar hatte er gebeichtet, das gab Pater Severin noch Zeit. Nicht viel, aber doch so viel, dass er eine günstige Gelegenheit abpassen konnte und nicht planlos vorgehen musste. Bruder Thomas war dem Schweigegelübde verpflichtet, aus dieser Richtung drohte vorerst keine Gefahr, aber wie lange noch? Er und die Medica hatten alles für den König getan, wer weiß, ob Bruder Thomas seine Pflicht gegenüber dem König nicht höher einstufte als seine Schweigepflicht. Aber man musste damit rechnen, dass er wegen seines konkreten Wissens um die Gefahr und von wem sie ausging entsprechende Gegenmaßnahmen ergreifen würde, ohne etwas von der Beichte preiszugeben. Aber dazu war es jetzt eigentlich schon zu spät. Heute Abend, wenn der König nicht auftreten konnte, würde Konrad von Hochstaden den Gegenkönig Wilhelm von Holland ins Spiel bringen. Und wenn dieser Stein erst einmal ins Rollen gekommen war, war er nicht mehr aufzuhalten. Bei entsprechenden Vorwürfen von Bruder Thomas würde man natürlich alles abstreiten und behaupten, es sei ein Lügengebilde der Gegenseite, im Verdrehen von Wahrheiten war der Erzbischof ein gewiefter Taktiker und wahrer Meister. Aber bis dahin durfte Veit nicht mehr unter den Lebenden weilen. Er musste es wie einen Unfall aussehen lassen.

Sorgfältig erwog Pater Severin die verschiedenen Möglichkeiten und Konsequenzen und huschte schließlich mit wehender Soutane durch die Gänge der Burg auf der Suche nach seinem Herrn.

In der Burgkapelle hatte Bruder Thomas einen Entschluss gefasst. Er stand auf und sah auf Veit hinunter, der immer noch, niedergedrückt von der Schwere seiner Schuld, zusammengekauert auf den Stufen vor dem Altar saß.

»Veit, ich möchte dir einen Vorschlag unterbreiten. Lass mich darüber nachdenken, was du mir gebeichtet hast. Wir treffen uns nach der Mitternachtsmesse wieder hier in der Burgkapelle. An der Messe muss ich teilnehmen. Das ist unvermeidlich. Bis dahin weiß ich, wie und unter welchen Bedingungen ich dir Absolution erteilen kann. Von dir verlange ich, dass du noch mal in dich gehst und mir doch die ganze Tragweite deines schändlichen Vorhabens schilderst und wer dich dazu angestiftet hat. Denn nur so kann ich deine vollkommene Reue sehen und als wahrhaftig und aus tiefstem Herzen kommend empfinden. Ich nehme an, du hast Geld dafür bekommen.«

»Ja.«

»Diese Vorgehensweise kommt mir bekannt vor. Wie dem auch sei – am besten, du packst schon mal deine Sachen und hältst dich verborgen bis nach der Messe. Hier kannst du so oder so nicht länger bleiben. In der Küche lässt du dich nicht mehr sehen. Ich werde dich entschuldigen.«

»Ja, Bruder Thomas.«

»Geh in dich, bereue vor Gott. Gott ist unerforschlich und unergründlich in seiner Barmherzigkeit.«

Er machte Veit mit dem Daumen das Kreuzeszeichen auf die Stirn, in diesem Augenblick verspürte er Mitleid mit dem Koch. Dann ging er, um endlich für den König eine Kleinigkeit aus der Küche zu holen, wie er ursprünglich vorgehabt hatte.

TEIL V

I

Es war kurz vor Mitternacht am Heiligen Abend. In der Katharinenkirche zu Oppenheim standen die Leute dicht an dicht. Zimmerleute hatten ein provisorisches Holzdach errichtet und die hohen Spitzbogenfenster mit Brettern abgedichtet. Das gewaltige Kirchenschiff war noch im Bau, die Seitenmauern und der Altar standen bereits, aber bis die geplanten schweren Kreuzrippengewölbe, das Dach, die Türme und die teuren Bleiverglasungen für die Fenster fertiggestellt waren, würden noch Jahre ins Land ziehen.

Als Graf Georg von Landskron davon erfuhr, dass der Hoftag für die Weihnachtsfesttage angesetzt und auf Wunsch des Königs in Oppenheim und auf Burg Landskron abgehalten werden sollte, hatte er zusammen mit dem Rat der Stadt beschlossen, die Katharinenkirche, das größte Gebäude und gleichzeitig die größte Baustelle im Land, so weit instand setzen zu lassen, dass darin eine heilige Messe für den König abgehalten werden konnte, in der es allen Beteiligten des Hoftags und einem Großteil der Bevölkerung ermöglicht werden sollte, daran teilzuhaben. Es war nicht so, dass Großveranstaltungen dieser Art und Wertigkeit in einem nur für wenige Auserkorene bestimmten Konklave abgehalten wurden. Ganz im Gegenteil, ein Hof- und mehr noch ein Reichstag sollte auch nach außen Pracht, Herrlichkeit und aktives Gestalten der Reichspolitik unter der Herrschaft der Hohenstaufen demonstrieren und repräsentieren. Auch der

Geringste unter den Untertanen musste einmal in seinem Leben die Gelegenheit haben, wenn auch vielleicht nur aus weiter Ferne, aber immerhin mit eigenen Augen den König oder wenigstens seine Fürsten zu sehen. Das stärkte den Gemeinsinn und insbesondere den Glauben daran, dass es ein weltliches Machtinstrumentarium gab, das, mit Gottes Gnade und Wohlgefallen, die irdischen Belange durch Gesetze regelte, Verstöße ahndete und richtete. Es förderte den Handel und Wandel, demonstrierte einen gemeinsam aufs Neue beschlossenen Landfrieden und somit die Grundlage für ein prosperierendes und friedvolles, von Recht und Gesetz und unter dem Primat des christlichen Glaubens regiertes Gemeinwesen. Nichts anderes als die Bestätigung des Status quo war das Mindeste, was ein Hoftag bewirken sollte. Dass dieser Status quo ständig gefährdet war durch gegensätzliche Interessen verschiedenster Natur, durch Intrigen, Verschwörungen oder offenen Schlagabtausch stand auf einem anderen Blatt. Die Fürsten waren wankelmütig, sie schlugen sich stets auf die Seite dessen, von dem sie sich einen größeren Vorteil versprachen. Diese Kräftegemengelage auszutarieren, war eine der vorrangigsten Aufgaben des obersten Herrschers, und das gelang nicht immer. Wenn der König sich nicht regelmäßig zeigte und seine Macht ausübte, konnte ein politisches Wackeln sehr schnell Wirkung zeitigen und alte Machtverhältnisse umkehren.

Graf Georg von Landskron hatte mit großer Sorge beobachtet, wie und vor allem mit wem der stärkste Gegner der Hohenstaufen auf Burg Landskron aufgetreten war. Er kannte Wilhelm von Holland, und er wusste, dass der Erzbischof ihn in der Hinterhand hatte, um ihn als Gegenkönig vorzuschlagen, wenn Konrad IV. ins Straucheln geraten oder gar ganz ausfallen sollte.

Trotz der Eiseskälte war mehr als die halbe Stadt auf den Beinen, es bot sich nicht oft die Gelegenheit, einer so wichtigen und pompösen Veranstaltung und so zahlreichen hohen Herrschaften teilhaftig zu werden. Außerdem hielt sich hartnäckig das Gerücht, dass es vielleicht zu einem Skandal kommen könnte, ausgelöst durch die Anwesenheit des Erzbischofs, der immer für einen besonderen Auftritt gut war. Nur zu genau erinnerten sich die Oppenheimer an den im vergangenen Sommer geplatzten und aufsehenerregenden Inquisitionsprozess gegen die Medica, der nicht nur in Oppenheim, sondern landauf und landab für Furore und wochenlangen Gesprächsstoff gesorgt hatte.

So war die Anspannung im halbfertigen Kirchenschiff mit den Händen zu greifen, je mehr sich das Langhaus füllte. Vor der zukünftigen Apsis, am Altar, versammelte sich die Elite des Reiches, die ihre besondere Stellung durch prächtige Gewänder und Schmuck, extravagante Hüte und Gebende, mit Pfauenfedern und Perlen geschmückt, und durch lederne Schuhe für jedermann sichtbar kundtat. Man sah Pelze, teuerste und in allen Farben leuchtende Stoffe wie Atlas, Barchent, Brokat, Damast, Samt und Scharlach. In den vordersten Reihen schimmerte und glitzerte es im Licht tausender Kerzen.

Es war kalt im Kirchenbau, aber das Gedränge war so groß, die Menschen standen dicht an dicht und wärmten sich gegenseitig. Der Hochadel wurde durch einen Sperrriegel, den Soldaten des Grafen bildeten, vom gewöhnlichen Volk abgeschirmt. Je niedriger ein Gläubiger in der Rangordnung stand, desto weiter hinten musste er sich seinen Platz erkämpfen, wenn es sein musste mit dem Ellenbogen. Aber auch die Geringsten unter den Anwesenden kamen in den Genuss des Einzugs von Graf und Gräfin von Landskron und ihren Ehrengästen, dem Erzbischof und dem König, auf die man gespannt wartete. Sie würden selbstverständlich erst kurz vor Beginn der Zeremonie auftreten.

Der Chor aus Nonnen vom außerhalb der Stadtmauern vor dem Seilertor gelegenen Kloster Mariacron setzte mit einem Choral ein, was die Unruhe unter den Anwesenden allmählich verebben ließ. Die Atmosphäre war seltsam unwirklich in dem gerade zur Hälfte errichteten Langhaus mit dem Bretterdach, als spiegelte der bauliche Torso einer Kirche die Gespaltenheit des Reiches wider, das Unvollendete einer prinzipiell an der Universalität der Christenheit ausgerichteten Reichsidee, die je nach Laune der Geschichte sich zu vorher nie für möglich gehaltener erhabener Größe aufschwingen oder beim geringsten Sturm in sich zusammenbrechen würde.

In die wartende Menschenmenge kam Bewegung. Eine kleine Seitentür vorne am Altar ging auf, und herein schritt Seine Eminenz, der Erzbischof, in vollem Ornat. Hinter ihm folgte Pater Severin, diesmal in strahlend weißer Kukulle, der Farbe der Unschuld, einem Mantel mit Kapuze und sehr weiten Ärmeln, in der seine Hände steckten. Diese Kukulle war eigentlich den Kartäusern vorbehalten, Pater Severin war Benediktiner, aber er schien sich um solche Nebensächlichkeiten nicht zu kümmern. Er war wie immer nur auf Wirkung bedacht.

Konrad von Hochstaden hatte sich vom Grafen ausbedungen, das Pontifikalamt höchstselbst zu zelebrieren, schließlich war er der ranghöchste Kirchenfürst, ausgestattet mit sämtlichen Insignien seiner kirchlichen Macht, dem Bischofsstab und der Mitra. Er bot eine eindrucksvolle Erscheinung in seiner bis zum Boden reichenden weißen Alba aus Seidenstoff, darüber eine rote Dalmatica, ein Überziehkleid. Um seine Schultern hingen die Casula, der geschlossene

Umhang, und darüber das Pallium, eine Binde mit Kreuzeszeichen. Seine Hände steckten in weißen, nahtlosen Handschuhen aus Seide, auf dem Handrücken befand sich ein eingesticktes, goldenes Kreuz. Zwei Ringe trug er an Ring- und Zeigefinger, der Ring der Hochstadens und sein Bischofsring.

Der Erzbischof ging vor zum festlich von Kerzen erleuchteten Altar und kehrte der Gemeinde den Rücken zu. Er wartete, bis absolute Stille eingekehrt war. Als auch das letzte Scharren und Hüsteln verklungen war, drehte er sich um und sah von oben herunter. Pater Severin verharrte einen Schritt hinter ihm, als wäre er des Bischofs Schutzengel, der über ihn wachte. In seinem Habit wie aus weißem Marmor gemeißelt stand er bewegungslos da, nur seine Augen streiften unentwegt über die Gemeinde der Gläubigen.

In der vordersten Reihe verlagerte ein Mann in seinen Vierzigern unruhig das Gewicht von einem Fuß auf den anderen. Es war Wilhelm von Holland, drahtig, stolz, mit gestutztem Bart und perlenbesetztem Hut. Er wusste, dies könnte seine Stunde werden, und wartete nur auf ein Zeichen. Unmerklich kreuzte er seinen Blick mit dem von Pater Severin, der kurz die Augen schloss als beruhigende Bestätigung, dass schon alles seinen geplanten Gang nehmen würde.

Immer noch warteten sie.

Auch Elisabeth von Bayern, die in der zweiten Reihe neben ihren Eltern stand. Sie war die Einzige, die zuversichtlich war, dass der König kommen würde. Sie schloss die Augen und betete inständig dafür.

Allmählich wurde es wieder unruhig. Die enorme Anspannung, die sich immer weiter aufbaute, war dem Erzbischof nicht anzumerken, er stand unbeirrbar fest wie ein Fels, die Augen schienen in imaginäre Weiten zu blicken, dahin, wo kein Normalsterblicher Zugang hatte. Dann, plötzlich, hob er seinen Bischofsstab, als könne er jeden Moment ein Wunder bewirken.

Wieder wurde es mucksmäuschenstill.

Einige Gläubige zuckten zusammen, als plötzlich die Stimme des Erzbischofs in einem liturgischen Singsang einsetzte, der mit seinem Bischofsstab das Kreuzeszeichen andeutete. »In nomine Patris et Filii et Spiritus Sancti.«

Die Gemeinde antwortete: »Amen.«

Der Erzbischof hob die Arme und intonierte: »Introibo ad altare Dei.« Dann drehte er sich zum Altar um.

Pater Severin fing an, das Stufengebet anzustimmen, das den üblichen Eröffnungsteil der Messe bildete.

Als das Wechselgebet zu Ende war, schwieg der Erzbischof nun und ließ das Amen des Pater Severin verhallen. Dann, mit einem Mal, wandte er sich wieder den Gläubigen zu, hielt den Bischofsstab Aufmerksamkeit heischend in die Höhe und ließ seine schneidende Stimme durch das Kirchenschiff erschallen, dass es jedem Christenmenschen durch Mark und Bein fahren musste. »Ihr Gläubigen im Herrn, die ihr im Namen Gottes hier zur heiligen Messe versammelt seid – wir haben heute, am Heiligen Abend, eine traurige Botschaft zu verkündigen. So sehr wir gebetet und Gott den Allmächtigen angefleht haben, ein großes Unheil ist über uns und unser Land gekommen. Konrad IV. kann offensichtlich nicht an der heiligen Messe teilnehmen. So, wie es aussieht, liegt er sterbenskrank auf seinem Lager und wird nach menschlichem Ermessen nie mehr in der Lage sein, die Geschicke des Reiches zu lenken. Die Tage des Königs sind gezählt. Möge Gott, der Allmächtige, ein Einsehen haben und ihn von seinem schweren Leiden, das ihn befallen hat, erlösen und ihm die ewige Ruhe schenken!«

Jetzt brach unter den Gläubigen erhebliche Unruhe aus.

Ein Raunen, Flüstern und Zischeln ging um im Kirchenschiff, einige Frauen fielen auf die Knie, bekreuzigten sich und fingen an zu weinen.

Elisabeth von Bayern war bei den Worten des Erzbischofs leichenblass geworden. Ihr Vater, Herzog Otto II., sah sich besorgt zu ihr um und flüsterte mit seiner Gemahlin. Der Erzbischof wartete, bis sich die erste Aufregung legte. Dann fuhr er in staatstragender Manier fort: »Genauso wie es keine Kirche ohne einen Papst geben darf, darf es kein Reich ohne weltlichen Herrscher geben. Ein Reich, dessen König im Sterben liegt, ist bald verdorrt wie eine Wüstenei, es dürstet nach Wasser. In meiner Eigenschaft als Vertreter des Heiligen Stuhls ist es mein Recht und meine heilige Pflicht, dafür Sorge zu tragen, dass in diesen schweren Zeiten ein neuer, starker König ausgerufen wird. Die Mehrheit der hier anwesenden Reichsfürsten stimmt mit mir überein, dass mir, in Absprache mit ihnen, die Investitur eines solchen Königs kraft meines Amtes und meines Ranges obliegt. Ich bestimme nun feierlich, dass …«

Ein mächtiger Rums gegen das Portal ertönte, einmal und laut.

Alle drehten sich nach dem Lärm um und wandten sich, als nichts weiter geschah, wieder dem Altar zu.

Der irritierte Erzbischof fing noch einmal von vorne an. »… bestimme ich feierlich, dass Wilhelm von Holland …«

Weiter kam er nicht, denn nun wurde auf einmal das schwere, zweiflügelige Hauptportal krachend mit solcher Wucht aufgestoßen, als sei ein Rammbock dagegen gefahren.

Die meisten Gläubigen schrien auf, weil sie befürchteten, der Tag des Jüngsten Gerichts wäre angebrochen, und drehten sich erneut nach der Ursache des Lärms um.

Durch das Hauptportal, das bereits fertiggestellt war,

kamen jedoch nicht die himmlischen Heerscharen, sondern Soldaten mit dem königlichen Wappen auf der Brust im Laufschritt herein und schoben sich mit Gewalt wie ein Keil in die Menge, um rücksichtslos Platz zu schaffen. Als sich endlich eine Gasse durch die Menschenleiber bis vor zum Altar gebildet hatte, die von den Ketten bildenden Soldaten abgeschirmt wurde, trat Totenstille ein. Im Kerzenlicht konnte man die Atemwölkchen sehen, die in der kalten Weihnachtsnacht aus Hunderten von Mündern und Nasen ausgestoßen wurden.

Dem Erzbischof und Pater Severin war die Bestimmung des Geschehens auf einmal aus den Händen genommen, sie hatten die Situation nicht mehr unter Kontrolle. Ihnen blieb nichts anderes übrig, als abzuwarten, was jetzt kommen würde.

Das Portal wurde jetzt ganz geöffnet. Der Schein von Fackeln fiel in die Kirche. Und dann kam ein riesiger Mönch in seiner braunen Kutte hereingerannt, ungeachtet der feierlichen Stunde und Umgebung, beugte kurz in Richtung Altar sein Knie, bekreuzigte sich und eilte weiter durch die fassungslos ihm nachstarrende Menschenschneise vor bis zum Chor, dessen Leiterin er ein hastiges Zeichen gab: Bruder Thomas. Anscheinend war dies abgesprochen, denn die Nonnen fingen im gleichen Augenblick an, wie mit Engelsstimmen zu singen. Bruder Thomas schickte ein kurzes Kopfnicken zum Erzbischof, das man nicht unbedingt ehrerbietig und respektvoll nennen konnte, weil es mit einem fast unmerklichen spöttischen und schadenfrohen Grinsen garniert war.

Der unorthodoxe Auftritt von Bruder Thomas war erst der Auftakt zu einem genau geplanten, bemerkenswert effektvollen Schauspiel, das alle Anwesenden in seinen Bann zog und den Erzbischof und Pater Severin zu hilflos wirkenden

Statisten degradierte, die vom überfallartigen Geschehen auf dem falschen Fuß erwischt und an den Rand gedrängt worden waren.

Bruder Thomas trat beiseite, und die allgemeine Aufmerksamkeit wandte sich erneut dem Eingangsportal zu. Gemessenen Schrittes kamen zwei uniformierte Soldaten in den Farben des Königs, drei rote Löwen auf goldenem Grund, mit Fackeln in den Händen herein. Ihnen folgte der junge König, aufrecht und kraftvoll, bekleidet mit kostbaren Gewändern in byzantinischem Stil. Er trug eine Dalmatika, ein violettes Unterkleid, das bis über die Knie reichte. Die langen Ärmel schmückten auf rotem Grund Zierblätter aus Goldfäden und Perlen. Über der Dalmatika war die Alba gezogen, sie war aus weißer Seide und an den Säumen goldbestickt. Um seinen Hals hing ein langer, schmaler Stoffstreifen aus violetter Seide, die Stola, sie hatte lange goldene Quasten, war auf der Brust gekreuzt und an den beiden Gürteln aus Silber- und Goldfäden befestigt. Um die Schultern lag ein mit Taft gefütterter Mantel aus rotem Seidenstoff, das Pluviale, der durch eine goldene Schulterspange zusammengehalten wurde. Auf der Rückseite des Mantels war mit Goldfäden der Lebensbaum eingestickt, der von einem Löwen auf der einen und einem Kamel auf der anderen Seite flankiert wurde. Seine Handschuhe waren aus Purpurseide und bestickt mit Perlen und Juwelen. An den Beinen trug er rote Seidenstrümpfe, und seine mit Gold und Perlen verzierten Schlupfschuhe waren aus karmesinrotem Atlas.

Wie er so einherschritt, war er ganz Majestät, obwohl es nur Ambros, der Hütejunge, war, in den vom wahren König ausgeliehenen Kleidern. Da das niemand wusste, ging ein ehrfürchtiges Raunen durch die Reihen, die Frauen sanken in die Knie, und die Männer rissen sich die Kopfbedeckungen herunter und taten es ihnen nach. Wie eine Welle erfasste die Ehrbezeugung nach und nach alle Anwesenden und schließlich sogar den Hochadel in den vorderen Reihen, wenn auch einige der Fürsten anfangs stehen blieben, aber sich letztendlich der allgemeinen Demutsgeste nicht länger verweigern konnten und einer nach dem anderen, wenn auch widerwillig, ebenfalls das Knie beugte und den Kopf senkte.

Würdevoll, nicht nach rechts oder links schauend, mit einem goldenen Zepter in der Hand und einer schmalen, goldenen Krone auf dem Kopf, die schmucklos und ausgesprochen schlicht war, durchmaß Ambros den ganzen langen Mittelgang des Kirchenschiffs bis vor zum Altar. Dass ihm Schweißperlen der Anstrengung und Konzentration auf die Stirn traten, sah niemand.

Dass er den absoluten Herrschaftsanspruch der Hohenstaufen verkörperte, erkannte jedermann.

Auch Konrad von Hochstaden und sein Adlatus Pater Severin, der vor unterdrückter Wut zu zittern anfing, als der König näher kam und er einen kurzen, aber aufschlussreichen Seitenblick des Erzbischofs auffing, der ihn bis auf den Grund seiner Seele durchbohrte. Er wusste, dass sein Herr ihn für den Fehlschlag der heutigen Nacht verantwortlich machen würde. Was das bedeutete, konnte er sich wahrhaftig ausmalen. Auch ihm traten jetzt die Schweißtropfen auf die Stirn, aber aus anderem Grund.

Der König blieb zwanzig Fuß vor den Altarstufen stehen und sah die beiden Männer in Ornat und weißer Kukulle erst einmal nur schweigend und mit traurigem Vorwurf im Blick an, wie Jesus im Garten Gethsemane seine Jünger, als er verraten worden war.

Der Chor beendete seinen Gesang.

Die Stille, die nun eintrat, war so kalt und eisig wie die Heilige Nacht selbst.

Die Menge hielt den Atem an, um ja nichts von dem, was nun geschehen würde, zu verpassen.

Elisabeth von Bayern liefen Tränen der Freude die Wangen herunter, aber sie schien es nicht zu bemerken.

Der König blieb noch immer stumm und sah sich um, dann winkte er zum Portal.

Dort hatten der Graf, die Gräfin, die Medica und Chassim nur auf das Zeichen von Ambros gewartet und traten nun ebenfalls ein. Alle waren, dem Anlass entsprechend, festlich gekleidet. Auch die Medica. Sie trug ihre vollen Haare offen, sie reichten bis auf die Schultern und waren mit Goldbändern durchflochten. Ihre Oberkleidung bestand aus grünem Samt und war bis zur Taille eng geschnitten, von dort fiel sie in weiten Falten bis zu den Füßen, die in spitz zulaufenden Lederschuhen steckten. Ihr langer, ebenfalls grüner Mantel wurde am Hals durch zwei goldene Broschen, den Tasseln, zusammengehalten und wehte hinter ihr her, als wären es Flügel. Sie schritt energisch einher, zwei Finger auf der Schnur ihres Mantels und mit der anderen Hand ihr Oberkleid raffend, der versinnbildlichte und von jedem Zuschauer verstandene Gestus einer Edeldame von Ehrbarkeit, hohem Rang und Ansehen.

Während sie nach vorne zum König schritten, schlossen zwei Soldaten die Eingangspforte wieder.

Den ganzen Nachmittag und Abend hatte Ambros mit Konrad, Chassim und der Medica für diesen Auftritt geübt, jeden Schritt, jede Geste, jede Haltung einstudiert. Konrad klatschte stets aufs Neue vor Freude und Aufregung in die Hände, wenn er sah, dass Ambros in seiner Rolle immer perfekter und ihm immer ähnlicher wurde. Aber allmählich hatten alle Hunger bekommen, sogar Konrad.

Endlich war Bruder Thomas gekommen, er hatte den Kammerdiener des Königs dabei, der ihm geholfen hatte, Essen für alle aus der Küche mitzubringen, und den er unter vier Augen eingeweiht und ihm den heiligen Schwur abgenommen hatte, niemals jemandem von ihrem bevorstehenden tolldreisten Vorhaben zu erzählen.

Die Stimmung in den königlichen Gemächern war voller Anspannung und doch in gewissem Sinne euphorisch gewesen. Das rührte vor allem daher, dass der junge König und Ambros sich so gut verstanden und eine geradezu kindliche Freude an den Tag legten, weil es darum ging, den erklärten Feinden des Königs ein Schnippchen zu schlagen und ihnen eine lange Nase zu drehen. Die Medica und die beiden Grafen waren da schon ernster bei der Sache, sie verkannten die Gefährlichkeit ihrer geplanten Aktion nicht und wussten um die Konsequenzen, wenn das Schauspiel auffliegen sollte. Auch Bruder Thomas war still und in sich gekehrt, ganz entgegen seiner sonstigen Lebensfreude und seiner unbändigen Lust, dem Erzbischof und seinen Helfern eins auszuwischen. Die Medica nahm ihn beiseite, weil sie ihm sehr schnell anmerkte, dass etwas nicht stimmte. Aber Bruder Thomas meinte nur, darüber könne er nicht sprechen.

Die Zeit lief ihnen allmählich davon, Graf Landskron musste sich um die Organisation der Nacht und um seine Gäste kümmern, aber sie hatten noch alle zusammen ihren Schlachtplan ausgearbeitet und besprochen. Er sah vor, dass der Graf bis zum letzten Augenblick offiziell seiner Hoffnung Ausdruck geben sollte, dass der König rechtzeitig genese, aber unter der Hand verbreiten sollte, dass nicht damit zu rechnen sei und die Mitternachtsmesse ohne ihn stattfinden würde. Sie alle nahmen an, dass der Erzbischof und seine Mitverschwörer die Gelegenheit zu ihren Gunsten nutzen würden. Im letzten Moment sollte Ambros als Konrad IV. einen fulminanten Auftritt hinlegen und alle Zweifel an der Fähigkeit des Königs, seinen Repräsentations- und Führungsansprüchen gerecht werden zu können, mit einem Schlag beseitigen und ins Gegenteil verkehren.

Die letzte Frage war nur noch, wie sie diesen überraschenden Auftritt bewerkstelligen sollten, ohne dass vorher etwas davon durchsickerte. Selbst wenn man Ambros in einem geschlossenen Wagen nach Oppenheim und zur Kirche brachte, so wie das mit den meisten anderen Gästen der Burg geschah, konnte es passieren, dass ein Pferdeknecht oder Wachposten Ambros sah und weitergab, dass der König doch zur Mitternachtsmesse unterwegs sei. Das musste auf jeden Fall verhindert werden, alle, insbesondere der Erzbischof, sollten glauben, dass der König bettlägerig und nicht imstande war aufzustehen. Die Medica hatte die entscheidende Idee. Sie würden den geheimen Gang benutzen, der ihnen schon mehrfach so gute Dienste geleistet hatte. Chassim sollte durch den Geheimgang voraus bis zu den Weinkellern des Hauses von Bechthold, dem hilfsbereiten Weinhändler, gehen und darum bitten, dass sie sich alle bei ihm umziehen und so lange versteckt halten konnten, bis die Zeit gekommen war. Das Haus von Bechthold lag gleich um die Ecke zur Katharinenkirche, so dass dies der ideale Ausgangspunkt für den überraschenden Auftritt zum Pontifikalamt war. Es brauchte nicht viel Überredungskunst von Chassim, Bechthold und dessen Frau von der Notwendigkeit zu überzeugen, dass sie ihre Hilfe für eine gute Sache brauchten. Im Gegenteil, die beiden waren stolz darauf, dem König und dem Grafen einen Gefallen tun zu können und ihr Haus zur Verfügung zu stellen. Die Medica, Bruder Thomas und Ambros nahmen mit all den benötigten Gewändern bepackt den Weg durch den geheimen Gang, nachdem sie den Kammerdiener als Leibwache bei Konrad gelassen hatten. Bruder Thomas hatte ihm noch einmal strengstens eingeschärft, niemandem außer ihm selbst Zugang zu gewähren, insbesondere niemandem von den Küchenbediensteten.

Sie trafen rechtzeitig im Haus von Bechthold ein, um sich noch umzuziehen und letzte Einzelheiten zu besprechen.

Als Mitternacht immer näher rückte, ging es nur noch darum, die Idee zum genau richtigen Zeitpunkt in die Tat umzusetzen.

Und jetzt standen die Medica, Bruder Thomas, Chassim, der Graf und die Gräfin von Landskron hinter Ambros, der Konrad perfekt verkörperte, in der Katharinenkirche ihrem Erzfeind gegenüber und warteten darauf, dass Ambros den Satz aussprach, mit dem sie alles auf eine Karte setzten und den sie vorher Dutzende Male geprobt hatten. Die Medica hätte Ambros am liebsten angestupst, weil die Stille allmählich für ihren Geschmack unerträglich wurde, aber das war natürlich unmöglich.

Endlich sagte Ambros in der Gestalt des Königs mit lauter, klarer und fester Stimme: »Wollt Ihr nicht herunterkommen und mir den Friedenskuss geben, Euer Eminenz?«

Ein halbes Vaterunser lang geschah nichts. Es war die Probe aufs Exempel, jetzt entschied sich, ob die Strategie der Medica aufging oder nicht. Ob sich der ganze Aufwand gelohnt hatte und alle, einschließlich Konrad von Hochstaden, in Ambros Konrad IV. erkannten, oder ob sie alle, die an diesem Komplott beteiligt waren, aufflogen und des Hochverrats bezichtigt wurden. Anna verzog keine Miene. In diesem Augenblick, in dem alles auf des Messers Schneide stand, war sie die Ruhe selbst. Sie hatte das ihrige für ein Gelingen getan. Der Rest lag bei Ambros. Und bei ihrem Onkel, dem Erzbischof.

Und siehe da, nach schier unendlichem und unerträglichem gegenseitigen Belauern kam Bewegung in den Erzbischof, sein Hirtenstab senkte sich.

Pater Severin wollte ihm eine stützende Hand reichen, aber Konrad von Hochstaden schüttelte sie unwillig ab und schritt allein langsam die Treppenstufen vom Altar herunter und auch noch die restliche Strecke auf Ambros zu, der ihm keinen Fußbreit entgegenkam.

Der Erzbischof verharrte vor dem König und starrte ihm ins Gesicht, versuchte, zu ergründen, warum der König doch noch im allerletzten Moment von den Toten auferstanden zu sein schien. Aber das Antlitz von Ambros blieb unergründlich, tapfer hielt er dem bohrenden Blick des Erzbischofs stand und zuckte nicht mit der Wimper. Der Erzbischof atmete einmal tief durch, dann beugte er seinen Kopf vor und gab dem König den verlangten Friedenskuss auf die Wange.

Graf Georg von Landskron erfasste die Situation als Erster, nahm die Stufen zum Altar im Sturmschritt und deklamierte, für alle hörbar, indem er eine Hand hob: »Ihr Fürsten und ihr Bürger von Oppenheim. Das ist Konrad, der Vierte seines Namens und euer unbestrittener König!«

Für einen Augenblick lang war es, als hätte die beißende Kälte der Winternacht alle Gläubigen im Kirchenschiff zu Eis erstarren lassen.

Bis Bruder Thomas neben den Grafen an den Altar eilte und mit aller Inbrunst und so laut er konnte schrie: »Gott schütze den König! Gott schütze Konrad IV.!«

Der Jubel, der daraufhin mit einem Mal losbrach, war unbeschreiblich. Die Menschen brüllten, klatschten, johlten, umarmten sich gegenseitig, warfen ihre Hüte in die Höhe, kurz, es war der reinste Freudentaumel, als alle, bis auf ein paar wenige Fürsten, wie aus einem Mund skandierten, dass man befürchten musste, das provisorische Kirchendach aus Brettern würde davonfliegen: »Gott schütze den König! Gott schütze den König!«

Zufrieden mit seinem spontanen Auftritt und dem, was er ausgelöst hatte, lächelte Bruder Thomas Anna zu und zwinkerte verschwörerisch, aber so, dass es außer der Medica und Chassim niemand bemerkte. Sowieso waren alle damit beschäftigt, nicht aufzuhören mit ihren Rufen, bis der König mit beruhigenden Gesten und strahlenden Gesichts wieder für allmählich einkehrende Ruhe sorgte. Als endlich wieder Stille herrschte, nahm er, für alle sichtbar, in einer eleganten Geste, die Bruder Thomas mit ihm einstudiert hatte, die linke Hand des Erzbischofs und küsste den Bischofsring, bevor er zu Konrad von Hochstaden sagte: »Fröhliche Weihnachten, Euer Eminenz.«

Der Erzbischof brachte nur ein knappes Nicken zustande, ihm waren die Worte im Hals stecken geblieben, was ganz selten vorkam.

Dann winkte der König leutselig der Menschenmenge zu, die von den Soldaten, die sie vor ihm abschirmten, kaum noch im Zaum gehalten werden konnte. »Frohe Weihnachten, ihr lieben Leute!«, rief er. »Euch allen frohe Weihnachten!«

Die Menschen lachten, jubelten und winkten zurück. Jeder Einzelne wünschte seinem König ebenfalls lautstark und von Herzen frohe Weihnachten, in der Ungleichzeitigkeit und Disharmonie aus Hunderten von individuellen Kehlen lag eine Harmonie des Gleichklangs aller Wünsche und Hoffnungen, fokussiert auf diesen prächtig gekleideten Jüngling mit der schlichten Krone, der selig lächelnd und huldvoll vor ihnen stand.

Das war eine Majestät ganz nach dem Herzen und Geschmack des einfachen Volkes, das war ihr König!

Für einen winzigen Moment gab es keine Kluft mehr zwischen Volk und Herrscher, zwischen oben und unten. Nur noch die tief empfundene, wahrhaftige Freude über die bevorstehende Ankündigung der frohen Botschaft, dass ihnen allen heute der Heiland geboren worden war.

Anna gab Chassim ein verstecktes Zeichen – ihr schien der gute Ambros allmählich so in seiner Rolle aufzugehen, dass er anfing, sie zu übertreiben. Graf Chassim verstand ihre Besorgnis sofort, ging zu Ambros und flüsterte ihm etwas ins Ohr. Der nickte und hob erneut die Hand zum Zeichen der Ruhe. »Lasset uns mit dem Gottesdienst fortfahren.«

Er begab sich, begleitet von Anna von Hochstaden und Graf Chassim, neben Graf Georg und dessen Gemahlin in die erste Reihe des Hochadels, nickte den Fürsten und ihren Frauen gnädig zu – Elisabeth von Bayern versuchte vergebens, seinen Blick einzufangen – und wartete darauf, dass der Erzbischof wieder zum Altar trat, während der Nonnenchor auf ein Zeichen von Bruder Thomas anfing zu singen. Das beruhigte die allgemeine Aufregung nach und nach, so dass die heilige Messe endlich wieder ihren geordneten und gewohnten Verlauf nehmen konnte.

Nur Pater Severin war plötzlich wie vom Erdboden verschwunden. Der geschlagene Erzbischof musste die Messe allein zelebrieren.

Bruder Thomas erbarmte sich schließlich seiner und stand ihm bei der liturgischen Zeremonie zur Seite, was die Angelegenheit für Konrad von Hochstaden nur verschlimmerte, soweit das überhaupt noch möglich war.

II

Veit hatte sich in den Stallungen der Burg verkrochen und sich dort hinter den Haufen aus Heu und Stroh versteckt. Er zitterte am ganzen Körper, als hätte er Fieber. Denn jeden Moment rechnete er eigentlich damit, von den königlichen Wachen aufgestöbert, mit Mistgabeln auf den Hof getrieben und auf Geheiß des Königs auf die Streckbank gefesselt zu werden, damit man ihn einer peinlichen Befragung unterziehen konnte. Dabei wusste er gar nicht, ob es auf Burg Landskron überhaupt eine Folterkammer gab, er wusste nur, dass er nicht unbedingt nähere Bekanntschaft mit ihr machen wollte. Eigentlich hätte er seine wenigen Habseligkeiten packen, ein Pferd nehmen und sich schnellstmöglich aus dem Staub machen sollen. Hier auf Burg Landskron war sein Leben keinen Pfifferling mehr wert, seit er sich im Klaren darüber war, dass er den finalen Auftrag des Pater Severin mit all seinen Konsequenzen nicht mehr ausführen konnte und wollte. Es war nur noch eine Frage der Zeit, bis er aufflog oder bis Pater Severin kam, um einen unliebsamen Zeugen wie ihn aus dem Weg zu räumen. Für den Erzbischof war er ein Stachel im Fleisch und zum Sicherheitsrisiko geworden. Geld, um eine gewisse Zeit über die Runden zu kommen, besaß Veit genügend. Aber er hatte noch einen Funken Hoffnung, dass Bruder Thomas ihn nicht hereinlegen wollte und mit offenen Karten spielte. Dies war sein Strohhalm, an den er sich klammerte und weswegen er nicht schon längst über alle Berge war.

Es ging ihm nur noch um die Unsterblichkeit seiner Seele. Wenn er schon durch sein abscheuliches Vorgehen gegen Leib und Leben des Königs sein eigenes Leben verwirkt hatte, wollte er nicht auch noch für alle Zeiten dem Höllenfeuer preisgegeben sein, ohne Aussicht auf Erlösung. Und diese bestand einzig und allein in der Absolution. Veit setzte seine letzte Hoffnung daran, dass Bruder Thomas sich dazu durchgerungen hatte, ihm diese zu gewähren, schließlich hatte er, Veit, gebeichtet und bereut. Lange konnte es nicht mehr dauern, dann musste die Mitternachtsmesse zu Ende sein, die adligen Herrschaften würden in die warme Halle des Palas strömen, und die Festlichkeiten nach der langen Fastenzeit würden bis in die frühen Morgenstunden dauern. Wenn der Mönch sein Versprechen eingehalten und nichts ausgeplaudert hatte, konnte Veit in der Burgkapelle auf Vergebung hoffen. Das war sein einziger Trost und der Gedanke, auf den er sich mit aller Willenskraft konzentrierte, weil ihn das ständige Grübeln ganz mürbe im Kopf gemacht hatte. Es blieb ihm nichts anderes übrig, als auf Gottes Barmherzigkeit und die des Mönchs zu vertrauen. Veit beschloss, schon einmal die Burgkapelle aufzusuchen, um dort auf Bruder Thomas zu warten und solange zu beten. Vielleicht konnte er auf diese Weise die Zeit überbrücken, ohne Gefahr zu laufen, vor lauter Verzweiflung und Angst vollends den Verstand zu verlieren.

Er schlich aus den Stallungen und überquerte den Hof, wobei er sich sorgfältig im Schatten hielt. Der Innenhof von Burg Landskron war, wie die übrige Burganlage, mit Hunderten von Fackeln feierlich erleuchtet. Veit gelangte ungesehen in die Burgkapelle, alle Welt war in einer der zahlreichen Mitternachtsmessen, außer den Bediensteten, die in der Burgküche schufteten und die große Halle für die Festlichkeiten vorbereiteten. Von überall her waren hektische Rufe und Befehle zu hören. Aber in der Kapelle war es still wie in einer Gruft, nur ein paar Kerzen flackerten in der Zugluft, als Veit die Tür hinter sich schloss. Erleichtert atmete er die weihrauchgeschwängerte Luft ein und versuchte, sich an die Dunkelheit zu gewöhnen. Die Säulen und der Altar waren nur schemenhaft zu erkennen, es schien niemand da zu sein. Doch – auf den Stufen zum Altar kniete eine Gestalt, dunkel gekleidet mit einer Kapuze auf dem Kopf. Das konnte nur Bruder Thomas sein, der dort wie verabredet auf ihn wartete. Langsam näherte er sich dem Altar. Seine Schritte auf dem Steinfußboden waren deutlich zu hören, obwohl er so leise wie möglich auftrat. Aber die Gestalt verharrte in ihrer betenden Haltung und drehte sich nicht nach ihm um. Sie verschmolz beinahe mit der Dunkelheit. Veit trat hinter die Gestalt und sprach sie an. »Bruder Thomas, ich bin es, Veit, der Koch.«

Der Mann in seiner Mönchskutte bewegte sich nicht und blieb stumm.

Veit räusperte sich zaghaft. »Wie ist es … Seid Ihr zu einer Entscheidung gelangt, was mich betrifft?«, fragte er flüsternd. »Könnt Ihr mir die Absolution geben?«

»Ja«, kam nun plötzlich die flüsternde Antwort. »Ja, ich gebe dir, was du verdienst. Knie nieder.«

Veit verstand ihn kaum, so leise war der Flüsterton, aber er tat wie ihm befohlen, kniete neben die Gestalt, senkte wie ein wahrer Sünder den Kopf und bekreuzigte sich. »In nomine Patris et Filii et Spiritus Sancti.« Übergroße Erleichterung und Dankbarkeit durchströmten ihn in diesem Augenblick. Er spürte, wie die Gestalt neben ihm aufstand, hinter ihn trat und ihm wie segnend eine Hand auf den nackten

Schädel legte. Sie sprach weiterhin nur zischelnd, wie eine Schlange, schoss es Veit durch den Kopf. »Amen. Gott, der unser Herz erleuchtet, schenke dir wahre Erkenntnis deiner Sünden und seiner Barmherzigkeit.«

»Amen.«

»Sag mir eines, Veit. Warum hast du nicht durchgeführt, was dir befohlen wurde?«

»Ich konnte es nicht. Vater, ich habe gesündigt und bitte um Vergebung.«

»Bereust du?«

»Ja, von ganzem Herzen. Mea culpa, mea culpa, mea maxima culpa.« Veit liefen Tränen über die Wangen, er schlug sich auf die Brust. O ja, er bereute wirklich zutiefst und aus ganzem Herzen. Die Buße für seine Taten würde er mit Freuden auf sich nehmen, egal, wie groß sie war.

Der Druck auf seiner Glatze war auf einmal weg. Wieder bekreuzigte er sich in Erwartung der Absolution, der erlösenden Lossprechung.

Da spürte er etwas, das sich blitzschnell um seinen Hals wickelte und ihm die Luft abschnürte. Seine Hände fuhren im Reflex an seine Kehle, der Strick schlang sich aber schon so fest um seinen Hals, dass er die Finger nicht mehr dazwischen brachte. Er wollte schreien, aber es ging nicht. Er wollte sich fallen lassen, aber der eiserne Griff um seinen Hals ließ es nicht zu, wurde unerbittlich enger und enger. Seine Augen traten aus ihren Höhlen, es tat höllisch weh, er gierte nach Luft, aber gegen die Schlinge um seinen Hals kam er nicht an. Dann zerbrach etwas mit einem lauten Knacken, aber das hörte Veit schon nicht mehr. Seine Beine zuckten, doch der erbarmungslose Griff ließ nicht locker, bis sein Körper erschlaffte und, als sich der Strick endlich löste, leblos auf dem Boden zusammensackte. Seine Augen starrten gebrochen zur Decke der Kapelle hinauf, die mit gemalten Sternen übersät war wie das nächtliche Himmelszelt. Sie konnten nicht mehr sehen, wie sich ein Gesicht und eine Kerze über ihn beugten, um sicherzugehen, dass der letzte Funken Leben in ihnen erloschen war. Heißes Wachs tropfte auf seine Augäpfel, es löste kein Zucken mehr aus.

Pater Severin handelte überlegt und schnell. Die Schubkarre, die gewöhnlich für Stallarbeiten genutzt wurde, war schon in einer dunklen Nische der Burgkapelle bereitgestellt. Er schlang sich sein Zingulum, das er als Henkersstrick benutzt hatte, wieder um die Hüfte, tastete die Kleidung des Kochs ab, fand den gut gefüllten Geldbeutel, nahm ihn, steckte ihn ebenfalls ein, schleifte Veits Leichnam über den Steinboden zur Schubkarre, wuchtete ihn auf die Ladefläche und fuhr damit zur Tür. Dort spähte er erst einmal in den Hof, ob die Luft rein war.

Das Geläut der Kirchenglocken in Oppenheim trug gerade die frohe Botschaft von der Ankunft des Herrn in die Nacht hinaus. Die Messen in der Stadt waren also zu Ende.

Jetzt musste Pater Severin sich beeilen. So rasch er konnte, schob er die Schubkarre über den Hof durch eine unbewachte Pforte unter dem Wehrgang hindurch auf den Zwinger und von dort zur äußeren Wehrmauer auf der Rückseite der Burg, die am Rand eines felsigen Abgrunds stand, der steil zum Halsgraben abfiel. An der äußeren Wehrmauer war eine Pforte, die ins Nichts führte und meistens offen stand, weil man sie unmöglich von außen erklimmen konnte, der Fels ging glatt und senkrecht doppelt baumhoch bis zum Burggraben hinunter, dessen Wasseroberfläche mit einer leichten Eisschicht bedeckt war. Durch diese Pforte wurde für gewöhnlich der Abfall geleert, der im Wassergraben landete. Pater Severin sah hinunter, im Mondlicht war das glitzernde Eis zu erkennen. Er zerrte den Körper von der

Schubkarre herunter und durch die Pforte, dann ließ er ihn in die Tiefe fallen.

Der Leichnam, der von großer Höhe herunterplumpste, durchschlug die Eisdecke und verschwand im Wasser. Zurück blieb ein schwarzes Loch. Pater Severin überzeugte sich davon, dass von der Leiche nichts mehr zu sehen war, und brachte die Schubkarre zurück an ihren angestammten Platz in den Stallungen. Dann verschwand er, um sich umzuziehen.

Beim festlichen Bankett durfte er schließlich nicht fehlen.

III

Die Augen des jungen Königs glänzten vor Freude und Aufregung, als die Medica, Ambros und Bruder Thomas ihm erzählten, wie die Mitternachtsmesse abgelaufen war.

Er hatte darauf bestanden, geweckt zu werden, sobald sie vom Gottesdienst zurückkamen, aber das war gar nicht nötig, er hatte vor Anspannung sowieso kein Auge zugetan. Je länger er nichts von ihnen hörte, umso mehr Angst bekam er, dass das gewagte Vorhaben der Medica schiefgegangen war und sein Doppelgänger Ambros samt Medica und Bruder Thomas bereits im Verlies schmorten und einem Prozess wegen Hochverrats entgegensahen. Gleichzeitig fürchtete er natürlich, dass damit der Erzbischof die Oberhand behalten und einen Gegenkönig an seiner Stelle eingesetzt hatte.

Doch Gott sei Dank war alles nach Plan gelaufen, wenn nicht noch viel besser. Konrad IV. ergötzte sich an jeder Einzelheit, von der ihm berichtet wurde. Dabei spielte der regelrecht aufgedrehte Bruder Thomas die Rolle des Erzbischofs und dessen Gesichtsausdrücke von besorgt bis stinkwütend, die er dementsprechend deftig übertrieb, bis Konrad der Echte, wie er sich selbst inzwischen nannte, sich vor lauter Lachen den Bauch hielt und ihn bat, sofort aufzuhören, weil er nicht mehr konnte.

Die Medica übernahm den ernsteren Part und berichtete davon, wie das Ansehen des Königs durch den perfekten

Auftritt von Ambros gestiegen war und das Königtum der Hohenstaufen in den Augen des Volkes und der meisten Fürsten gefestigt hatte. Der Rest war sowieso unbelehrbar. Ambros hielt sich im Gemach des Königs auffallend zurück, er war gottfroh, aus den steifen, zeremoniellen Gewändern herauszukommen. Außerdem war er zu Tode erschöpft, das stundenlange, anstrengende Üben vor der Messe und der Auftritt selbst, die furchtbare Anspannung sowie das anschließende Festbankett, an dem er mit der Medica, Chassim und Bruder Thomas an seiner Seite wenigstens anstandshalber noch eine Weile teilnehmen musste, bevor er sich mit der Medica und Bruder Thomas zurückziehen konnte – das alles hatte seinen Tribut gefordert. Im Vorzimmer hatte er sich bis auf seine Tunika mit Hilfe des Kammerdieners seiner sorgfältig angelegten Gewänderschichten entledigt und war sofort auf dem Strohlager von Bruder Thomas eingeschlafen.

Beim Festbankett hatte er auf einem eigens angefertigten thronähnlichen Lehnstuhl gesessen, unzähligen Fürsten und deren Gemahlinnen zugeprostet und wohl auch ein wenig zu viel Wein erwischt, obwohl Chassim neben ihm saß und Ambros beim Trinken und Essen genau auf die Finger geschaut hatte. Aber der Hütejunge unter den königlichen Gewändern war nach zwei Schlucken vom Wein beschwipst, er war es nicht gewohnt, etwas anderes als Wasser oder Milch zu trinken. Die eigens aufspielenden Musiker waren laut, es wurde viel gelacht, gegessen und getrunken, aber trotz der unbeschwerten Fröhlichkeit durfte Ambros kein unbedachtes Wort über die Lippen kommen, auch wenn nicht viel gesprochen wurde. Dies war der unbeschwerte Teil des Hoftags, an dem gefeiert und getanzt wurde. Von Letzterem hielt sich Ambros zum Leidwesen von Elisabeth fern. Ein

Schritttanz mit ständigem Partnerwechsel wäre die einzige gesellschaftlich akzeptierte Möglichkeit für sie gewesen, ihm näher zu kommen und vielleicht ein paar Worte mit ihm zu wechseln. Aber die höfischen Tänze hatte er in der Kürze der Vorbereitung auf seine Rolle nicht auch noch einstudieren können, abgesehen davon, dass er keine Ahnung hatte, ob er dazu auch nur die geringste Begabung besaß. Der politische Teil des Hoftags würde erst am Mittag des folgenden Tages eingeläutet werden. Er bestand aus einer Ansprache, dem Empfang der hohen Fürsten und dem Einzelgespräch mit ihnen, eine erneute Herkulesaufgabe, die Ambros nur mit Hilfe der Medica, der Grafen Georg und Chassim und Bruder Thomas, die versicherten, dass sie nicht von seiner Seite weichen würden, meistern konnte.

Der Erzbischof, Pater Severin, Wilhelm von Holland und die welfischen Anhänger waren dem Brauch und der Hofsitte gemäß ebenso dazu verurteilt, wenigstens bis zum Aufbruch des Königs am Bankett teilzunehmen, was sie in einer Ecke der Halle auch mit mehr oder weniger verbiesterter Miene pflichtgemäß über sich ergehen ließen.

Die Medica und der Erzbischof waren sich ostentativ aus dem Weg gegangen. Wenn Anna zufällig den Blick mit ihrem Onkel kreuzte, was durchaus geschah, obwohl sie es tunlichst vermied, sah jeder der beiden schnell in eine andere Richtung.

Im Schlafgemach des Königs hatte sich Bruder Thomas kurz entschuldigt, ihm war im letzten Moment eingefallen, dass er mit Veit ein geheimes Treffen vereinbart hatte. Chassim hatte sich noch mit ein paar befreundeten Fürsten zu Beratungen über das Vorgehen gegen den Plackerer Baldur von Veldern zurückgezogen.

Und so war die Medica schließlich allein mit Konrad IV. Jetzt war es an der Zeit, ihm noch ein kleines Geheimnis mitzuteilen, sozusagen als Betthupferl. Sie hatte für Konrad ganz persönliche Rache dafür genommen, dass der Erzbischof zweifellos der Auftraggeber für die Vergiftung war, wenn man ihm auch nie etwas nachweisen könnte. Es war mehr ein hinterlistiger Denkzettel für Konrad von Hochstaden als eine wirkliche Vergeltung, aber vielleicht eine kleine und feine Genugtuung für den König. Konrad IV. lauschte mit zunehmender Begeisterung und roten Ohren, als Anna ihm unter dem Siegel der Verschwiegenheit gestand, dass sie es mit der Hilfe von Bruder Thomas geschafft hatte, den Getränken des erzbischöflichen Kreises heimlich etwas aus ihren Kräuterbeständen beizumischen, nämlich eine hochwirksame, purgierende Mixtur aus der Aloepflanze und Flohsamenschleim. Dieses Mittel hatte die fatale Wirkung, dass die Herrschaften, die ahnungslos davon genossen hatten, sich tagsüber besser nicht weit weg von den Latrinen aufhalten würden, denn es war stark abführend.

Diese Nachricht allein war für Konrad Labsal für die Seele, endlich hatte er das Gefühl, es seinen Peinigern wenigstens im Kleinen auf ihre Art heimzahlen zu können. Dafür und für alles andere dankte er der Medica, aber Anna winkte nur ab. Man sollte den Tag nicht vor dem Abend loben. Erst wenn alle Gäste wieder abgereist waren, ohne Verdacht zu schöpfen, war der Hoftag mit Glanz und Gloria überstanden und zu einem erfolgreichen Sieg für die staufische Sache geworden, auf den auch Konrads Vater stolz sein konnte.

»Ja«, nickte der König. »Und das habe ich einzig und allein Euch und Euren Freunden zu verdanken. Das werde ich Euch nie vergessen.« Er küsste ihre Hände. Anna wurde wieder einmal rot vor Verlegenheit.

»Meine Mission ist erst erfüllt, wenn Ihr wieder ganz gesund seid. Und um das zu werden, Majestät, empfehle ich Euch dringend als Eure Medica, ein wenig zu schlafen.«

Sie hatte schon einen Becher mit einem leichten Schlafmittel vorbereitet, denn sie ahnte, dass Konrad vor lauter Aufregung nur schwer Ruhe finden würde. Der König trank den Becher in einem Zug aus und ließ sich mit einem tiefen Seufzer ins Kissen sinken. Das war der Moment, wo auch Anna endlich Zeit fand, sich schlafen zu legen. Sie war so erschöpft, dass sie kein Schlafmittel brauchte. Kaum hatte sie sich in ihrer Kammer bis auf die Tunika ausgezogen, sich auf ihre Matratze gelegt und zugedeckt, war sie auch schon eingeschlafen.

Dasselbe Schlafbedürfnis hatte auch Bruder Thomas überkommen. Er war in der Burgkapelle im Beichtstuhl im Sitzen eingenickt, weil er dort auf Veit gewartet hatte, der einfach nicht kam.

Nach der langen Nacht und dem rauschenden Fest waren alle, ob Wachposten oder Fürst, Dienstmagd oder Gräfin, so müde, dass man annehmen konnte, jedermann auf der Burg und in Oppenheim ruhte in Morpheus' Armen. Doch es gab Ausnahmen. Der kleine Friedrich, der halbjährige Sohn des Grafen und der Gräfin von Landskron, war hellwach und krähte vor Hunger. Aber er hatte eine Amme, die sich sofort um ihn kümmerte und ihn stillte.

Elisabeth von Bayern fand keinen Schlaf, weil sie nicht begreifen konnte, dass ihr zukünftiger Verlobter, der ihr so ein wunderschönes Gedicht hatte zukommen lassen, das ganze Fest über nicht ein einziges Mal zu ihr hingesehen hatte. Sie hätte sich so über ein kleines Zeichen, das nur für sie bestimmt war, gefreut. Warum nur hatte er sie mit demonstrativer Nichtachtung gestraft? Sie konnte sich das einfach nicht erklären, so sehr sie sich darüber den Kopf zerbrach.

Und dann waren da noch Konrad von Hochstaden und dessen Gefolge. Bei ihnen war an Schlaf nicht zu denken, weil sie ständig zur Latrine rennen mussten, die barmherzigerweise nicht weit von ihren Unterkünften entfernt war, denn sonst hätten sie es nicht immer rechtzeitig geschafft.

IV

Ihr seht mich hier … Ihr seht mich hier stehen … als Euer … als Euer gesalbter, nein, gewählter König von … von Gottes Gnaden und … O mein Gott – ich kann das nicht! Ich kann mir das einfach nicht merken!« Ambros sank resigniert auf den Hocker und schüttelte verzweifelt den Kopf.

Sie waren wieder einmal in des Königs Gemach und probten. Ihre Nachtruhe war nur kurz gewesen, Anna hatte darauf bestanden, in aller Früh aufzustehen und erneut alles durchzunehmen. Drei Klippen musste Ambros noch umschiffen; drei Klippen, dann hatten sie es geschafft. Die Begrüßung und Aussprache mit den Fürsten und Vertretern des Volkes, anschließend die Rede, und dann, ja dann war da noch die größte von allen, die Klippe, von der Ambros noch gar nichts wusste, weil Anna sie ihm vorsichtshalber vorenthalten hatte. Am dritten Tag, dem Abschluss- und Verabschiedungstag, sollte das offizielle Heiratsversprechen zwischen Elisabeth von Bayern und Konrad IV. besiegelt werden. Anna schwitzte Blut und Wasser, wenn sie daran dachte. Sie hatten gemeinsam beschlossen, die Verlobung für Ambros vorerst auszuklammern. Die ersten zwei Tage ohne Zwischenfall über die Bühne zu bringen, war schon aufreibend und anstrengend genug für den jungen und unbedarften Burschen. Ihn dazu noch damit zu konfrontieren, einem ihm unbekannten Mädchen ein Heiratsversprechen vorzugaukeln – das erschien ihnen doch zu viel des Guten. Anna hatte dem Hütejungen schon verschwiegen, dass er eine Ansprache halten musste, weil sie ahnte, welche Schwierigkeiten er damit haben würde, denn Ambros konnte nicht lesen. Andernfalls hätten sie ihm den Text einfach auf ein Pergament geschrieben, und er hätte die Rede vom Blatt ablesen können. So musste er sie immer wieder aufs Neue anhören, wiederholen und auswendig lernen, aber Anna, Konrad, Chassim und Bruder Thomas konnten sie ihm noch so oft herunterbeten – sie wollte und wollte einfach nicht in seinen Kopf. Sei es, dass Ambros von der Mitternachtsmette und dem anschließenden Bankett noch so erschöpft und ausgelaugt war, dass er innerlich kapitulierte, sei es, dass es ihn einfach überforderte, in den gestelzten Formulierungen der höfischen Sprache zu reden.

Die Medica hatte insgeheim die leise Hoffnung, den wirklichen König so weit aufpäppeln zu können, dass er imstande sein würde, die Zeremonie auf eigenen Füßen durchzustehen. Aber das behielten sie und Bruder Thomas einstweilen für sich, sie mussten zusehen, dass sie die nächstliegenden Schwierigkeiten meisterten. Schritt für Schritt, eins nach dem anderen. Ambros war sowieso kurz davor durchzudrehen.

Anna tröstete ihn, aber Ambros war am Boden zerstört. Es hatte so fulminant angefangen, aber jetzt sah es ganz danach aus, als sei er am Ende der Fahnenstange und seiner Möglichkeiten angekommen. Sie waren ratlos, was sie tun sollten, aber wenn sie ihre eigene Unsicherheit zeigten, machte das Ambros nur noch nervöser, als er ohnehin schon war.

Also schlug Anna vor, eine Pause einzulegen. Sie hatte Ambros aus dem Tiefschlaf reißen müssen, er sah furchtbar müde aus. Sollte sie zum letzten Mittel greifen und dem Jungen etwas geben, das ihn wach machte und ihm Selbstbewusstsein gab? Sie hatte eine Kräutermischung von Jakob Ben Ascher dabei, dem Medicus und Händler aus Köln, die er ihr zum Abschied geschenkt hatte mit dem Hinweis, dass sie die Dosierung erst testen sollte, bevor sie sie anwendete. Es handelte sich um eine Mischung aus Alraune, Bilsenkraut und Tollkirsche, eine hochwirksame, aber gefährliche Mixtur, die, richtig angewendet, einen stundenlang wach und bei bester Laune halten würde, wenn man müde war und nicht mehr konnte. Jakob hatte die Medica allerdings ausdrücklich gewarnt. Wenn man zu viel davon einnahm, bestand erstens die Gefahr einer Vergiftung, und zweitens konnte es passieren, dass man nicht mehr Herr seiner Sinne war und Dinge sah, die gar nicht existierten und einem panische Angst einflößten, weil man sich einbildete, der Satan habe das Portal zu seinem Pandämonium weit aufgestoßen und sämtliche seiner scheußlichsten Kreaturen und Dämonen auf einmal auf die Welt losgelassen.

Bruder Thomas versuchte es noch einmal mit Ambros, er sprach ihm mit Engelsgeduld vor, was er sagen sollte. Aber erneut verhaspelte sich Ambros heillos oder blieb hängen. So hatte es keinen Sinn.

Es konnte nicht mehr lange dauern und Graf Georg würde anklopfen und sie auffordern, sich in die große Empfangshalle zu begeben, weil der zweite Tag des Hoftags beginnen würde.

Anna zögerte nicht länger. Aber sie wollte niemandem verraten, was sie vorhatte, nicht einmal Bruder Thomas; diese Verantwortung musste sie ganz alleine schultern. Ohne ein weiteres Wort zu verlieren, eilte sie in ihre Kammer, wo sie die wichtigsten Utensilien und Heilmittel aufbewahrte. Sie suchte, fand den Beutel von Jakob und nahm ihn mit nach unten in die Burgküche. Dort gab sie kochendes Wasser in einen Becher und fügte eine winzige Prise der getrockneten Kräutermischung hinzu, überlegte kurz, gab noch ein paar Krümel dazu, rührte den Sud um, goss ihn durch ein Tuch in einen zweiten Becher, um die Kräuter abzuseihen, und machte sich mit dem Trank wieder auf in die königlichen Gemächer.

Dort war Ambros immer noch mit dem unermüdlichen Bruder Thomas zugange, der auf den Trichter gekommen war, dass Ambros ihm mit geschlossenen Augen zuhören sollte, weil er sich vielleicht auf diese Weise die Worte besser einprägen konnte. Anna redete erst gar nicht lange um den heißen Brei herum und bat Ambros einfach, den Becher, in dem sich der Trank inzwischen abgekühlt hatte, in einem Zug zu leeren. Sie behauptete, er würde ihm helfen, sich das Vorgesagte besser zu merken. Dafür erntete sie einen misstrauischen Seitenblick von Bruder Thomas, doch sie versicherte Ambros, dass das Gebräu nur aufmunternde und wachhaltende Wirkung hätte, und sah zu, wie er den Becher austrank und dann die Miene ob des bitteren Geschmacks verzog. Er war inzwischen für den feierlichen Anlass wieder in seine königlichen Gewänder gekleidet worden, und da klopfte es auch schon an die Tür. Graf Georg von Landskron war mit zwei Wachposten des Königs bereit, Ambros zur Empfangshalle zu geleiten. Alle anderen schlossen sich ihnen an, nur Konrad IV. blieb mit bangem Gesicht im Bett zurück.

Im Hinausgehen flüsterte Bruder Thomas Anna zu: »Was hast du ihm da eingeflößt?«

»Wie ich schon sagte«, flüsterte Anna zurück. »Etwas, das ihn munter macht.«

Bruder Thomas verdrehte die Augen gen Himmel, murmelte etwas, das sich nach einem seiner Stoßgebete anhörte, und folgte der Medica.

V

Die große Empfangshalle auf Burg Landskron war leergeräumt worden bis auf den Thronsitz aus Holz, der vor der hinteren Querwand in der Mitte auf einem Podest stand. Darüber wölbte sich ein Baldachin aus Stoffen in den Farben der Hohenstaufen, Gold, Schwarz und Rot. Jeder, der vor den König treten wollte, musste die gesamte Länge der Halle durchqueren. Wenn man hereinkam, war man schon von der schieren Größe der Halle beeindruckt, erst recht, wenn man wie ein gewöhnlicher Bittsteller an den Wachen und Höflingen vorbeischritt, sobald man vom Hofmeister gerufen wurde, der die Zeremonie leitete. Ausgedacht hatte sich die spärliche Einrichtung Graf Georg von Landskron, um damit symbolisch die Alleinstellung der Hohenstaufer zu demonstrieren. Auf dem Podium standen noch zwei Hocker rechts und links vom Thron. Sie waren für Graf Chassim und Graf Georg gedacht, die Berater des Königs, der an diesem wichtigen Tag wieder, ohne dass es jemand merken durfte, von Ambros vertreten wurde. Es ging vor allem darum, dass sämtliche anwesenden Fürsten des Reiches dem jungen König ihre Aufwartung machen mussten und sich vor ihm verbeugten zum allgemeinen Zeichen dafür, dass sie seinen Herrschaftsanspruch anerkannten.

Ambros hatte, in seine repräsentativen Staatsgewänder gehüllt und mit der schlichten Krone auf dem Kopf, die schwierige Aufgabe, für jeden Fürsten und, falls sie dabei war, dessen Gemahlin ein freundliches Wort zu finden, bei Streitfällen nach Beratung mit seinen Beisitzern zu schlichten und, falls notwendig, eine Entscheidung zu fällen und bekanntzugeben. Die beiden Grafen zu seiner Seite gaben ihr Bestes, um Ambros nicht im Regen stehen zu lassen. Sie stellten vor, gaben flüsternd Ratschläge oder instruierten ihn, welche Anrede er wählen und welche Fürsten er besonders gnädig behandeln sollte, weil sie loyal auf seiner Seite standen. Es war ein anstrengendes, stundenlanges Procedere, das streng nach hierarchischen Gesichtspunkten und den geschriebenen und ungeschriebenen Gesetzen des höfischen Zeremoniells ablief. Ambros, dem die lange Nacht und das anschließende Bankett noch in den Knochen steckten, riss sich gewaltig zusammen und versuchte alles, um den guten Eindruck, den sein Auftritt in der Katharinenkirche hinterlassen hatte, nicht durch eine falsche oder unbedachte Äußerung oder Geste wieder zunichtezumachen. Im Großen und Ganzen verlief alles nach Plan, Ambros machte mehr und mehr einen aufgeweckten, ja munteren Eindruck. Seine anfängliche Müdigkeit schien auf einmal wie weggeblasen zu sein, seine ursprüngliche besorgte Ernsthaftigkeit und Nervosität wich, je näher seine angekündigte Rede rückte, einer gewissen Zappeligkeit, so als warte er nur darauf, aufzustehen und eine Ansprache zu halten. Chassim warf der Medica, die neben Bruder Thomas an der Seite des Baldachins saß, einen besorgten Blick zu, den diese mit aufmunterndem Lächeln erwiderte.

Anna war von Anbeginn an gespannt, wie sich der Erzbischof verhalten würde, sobald er seinen Auftritt hatte. Bis jetzt war er nicht anwesend, sie wusste auch genau, warum nicht. Die Frage war nur, wann er und seine Gefolgschaft ihre Unpässlichkeit überwunden hatten oder ob sie so geschwächt waren, dass sie gar nicht erst kommen konnten.

Aber das glaubte sie nicht. Konrad von Hochstaden konnte und durfte sich die Gelegenheit einer Konfrontation mit dem König auf gar keinen Fall entgehen lassen, wenn er auch nur eine winzige Möglichkeit sah, ihn irgendwie doch noch zu Fall zu bringen.

Dann war Einlass für die einfachen Leute, natürlich handverlesen von Graf Georg und seiner Gemahlin persönlich, sonst hätte es das Fassungsvermögen der Halle gesprengt. Einzelne Bauern, Bürger und Bedienstete durften ihr Anliegen vortragen, wurden gehört oder, falls sie schreiben konnten, überreichten sie Bittschriften. Ein Schreiber notierte alles in einer riesigen Kladde, auf dass es dann besprochen und nötigenfalls ein Urteil gefällt oder eine Bitte erfüllt wurde.

Aber irgendwann war es dann genug, die einfachen Leute waren durch ein Seil, das von Wachsoldaten gehalten wurde, von den Adligen abgetrennt und mussten endgültig dahinter Aufstellung nehmen. Der Hofmeister, der die Oberaufsicht über den Ablauf der Zeremonie hatte, klopfte mit seinem Stock dreimal laut auf den Boden, so dass letzte Gespräche verstummten und Ruhe einkehrte.

Genau in diesem Moment, als Ambros schon aufstand, um seine Ansprache kundzutun und Chassim ihm noch einiges einsoufflieren wollte, entstand wieder Unruhe. Eine Gruppe von Fürsten, darunter Wilhelm von Holland, unter der Führung von Konrad von Hochstaden kam durch den Haupteingang, bahnte sich einen Weg durch die Menschen und platzierte sich in vorderster Reihe.

Anna und Bruder Thomas, die als Einzige den Grund für die Verspätung und die bleichen Gesichter der Ankommenden kannten, wechselten einen kurzen Blick. Jetzt spitzte sich die Situation wirklich zu.

Ambros wartete auf das Zeichen des Hofmeisters, der wieder dreimal mit seinem Stock auf den Boden klopfte, bevor er verkündete: »Ihr, die Ihr anwesend seid – verneigt Euch vor dem Sohn Friedrichs II., dem Herzog von Schwaben, dem König von Jerusalem und dem zum König des Heiligen Römischen Reiches Gewählten, Konrad IV.!«

Alle im Saal senkten das Haupt und beugten das Knie.

Bis auf Konrad von Hochstaden.

Anna, die ebenfalls ihr Kleid gerafft und das Knie gebeugt hatte, schielte verstohlen zum Erzbischof und befürchtete schon einen Affront, als dieser auf den eisigen Blick von Ambros hin doch noch ausreichend ehrerbietig den Kopf zum Gruß neigte. Einer offenen Konfrontation schien er jedenfalls noch aus dem Weg zu gehen, zu groß war der Zuspruch für den König bei der Christmette gewesen, so dass er es in diesem Moment anscheinend für angeraten hielt, sich zurückzuhalten und auf eine Schwäche des Königs zu spekulieren, um dann Flagge zu zeigen.

Anna sah, dass Bruder Thomas inbrünstig vor sich hin flüsterte, er hatte die Hände zum Gebet gefaltet und die Augen fest zugedrückt. Im Stillen schloss sie sich seinem Stoßgebet an, sie wunderte sich, wie kühl und forsch Ambros auf einmal wirkte. Er schien verinnerlicht zu haben, was die Stunde geschlagen hatte, nestelte noch einmal kurz an seiner schlichten Krone, bat die Anwesenden mit einer Geste, sich wieder zu erheben, und – o Wunder! – begann noch stockend, aber fehlerfrei mit einer Stimme zu sprechen, die nicht zitterte, sondern kraftvoll war und immer lauter und sicherer wurde.

»Ihr seht mich hier vor Euch stehen als Euren gewählten König, vom Kaiser eingesetzt und von Gottes Gnaden.

Dem Reich und Euch, edle Fürsten, sowie meinem Volk gilt meine ganze Sorge. Aber dazu brauche ich Eure Unterstützung und Eure Wertschätzung, mehr noch: Eure Liebe.

Was sind alle Schätze und alle Reichtümer dieser Welt gegen die Zuneigung meiner Untertanen. Ohne die Liebe des Volkes und die Zustimmung seiner Fürsten kann kein König dieser Welt regieren.«

Er machte eine wohlüberlegte Pause, ganz so, wie sie es ihm bei den Proben vergeblich eingetrichtert hatten. Dann fuhr er fort.

»Dafür bin ich Euch zutiefst dankbar in der begründeten Hoffnung, dass Eure Liebe und Euer Vertrauen in Euren Herzen verankert ist, so wie es in meinem Herzen verankert ist, das ist nicht nur meine Pflicht, sondern auch meine Verpflichtung als Herrscher. Dieses goldene Band zwischen Euch und mir möge so unzerstörbar sein wie das Band zwischen unserem Herrn Jesus Christus und allen Christenmenschen.«

Annas anfängliches Staunen wuchs – der Hütejunge fühlte sich mehr und mehr in seine Rolle ein, so dass er vom vorgesehenen Text abwich und selbständig zu formulieren begann. Aber es war gut, was er da sagte, und es klang echt und tief empfunden. Sie war fassungslos und beeindruckt – genauso wie die anderen Eingeweihten, Bruder Thomas, Chassim, der Graf und die Gräfin von Landskron, das konnte sie ihnen vom Gesicht ablesen.

»Aber nicht nur das. Es ist meine heilige Bestimmung, mich dafür einzusetzen, mit Eurer und Gottes Hilfe den von meinem Vater, dem Kaiser, ausgesprochenen allgemeinen Landfrieden zu bewahren, nach Recht und Gesetz zu handeln und zu urteilen. Niemand im ganzen Reich soll hungern oder Furcht haben. Dafür Sorge zu tragen, habe ich mir zur Lebensaufgabe gemacht. Einzig und allein im Streben nach diesen hehren Zielen verdiene ich Eure Liebe und Zuneigung. Und ich bin nicht gewillt, Unrecht und Tyrannei zu dulden, noch Uneinigkeit oder sinnlose Gewalt.«

Jetzt hatte sich Ambros völlig frei gemacht von jeglicher Textvorgabe, er wuchs förmlich über sich hinaus und warf dem Erzbischof einen warnenden Blick zu. Anna kam es vor, als habe Ambros eine Eingebung des Heiligen Geistes.

Bruder Thomas schien denselben Gedanken zu haben, jedenfalls deutete sie seinen verwunderten Gesichtsausdruck so.

Ambros sprach weiter. »Seid gewiss, dass mein Herz nicht auf weltliche Dinge gerichtet ist, sondern einzig und allein auf das Wohl des Reiches, seiner Fürsten und seiner Untertanen.«

Einige Zuhörer klatschten, darunter auch einige Fürsten. Und Elisabeth.

Ambros wehrte den Beifall fast unwirsch mit den Händen ab. »Ihr dankt mir, aber ich versichere Euch, ich habe Euch zu danken, denn ohne Euer Vertrauen stünde ich jetzt nicht hier. Glaubt mir, König zu sein ist nicht einfach, im Gegenteil, es ist schwierig. Aber noch schwieriger ist es, ein guter König zu sein, ein gerechter König. Ich habe vor einiger Zeit mit einem der Geringsten meiner Untertanen gesprochen, einem einfachen Hütejungen, der weder schreiben noch lesen kann und nicht viel von dieser Welt gesehen hat. Aber er hat mir eine Wahrheit gesagt, die sich tief in mein Herz eingegraben hat. Er sagte: Gott hat die Welt für uns alle geschaffen, damit jeder seinen Platz findet und glücklich werden kann. Dies nach Kräften zu unterstützen und anzustreben, sehe ich als meine heiligste Aufgabe an.«

Er sah beschwörend in die Runde. »Gehet hin in Frieden, und verkündet meine königliche Botschaft.«

Zuerst war es ganz still in der Halle. Aber dann setzte heftiges Klatschen ein, wieder ertönten Rufe, ohne dass Bruder Thomas die Anwesenden dazu anfeuern hätte müssen. »Gott schütze den König! Es lebe der König!« Auch einige Fürsten wurden vom allgemeinen Enthusiasmus angesteckt und fielen ein.

Elisabeth von Bayern hing sowieso von Anfang an mit schmachtenden Augen an den Lippen von Ambros und wäre ihm in ihrem mädchenhaften Überschwang am liebsten sofort um den Hals gefallen. Nur ein Rest von Vernunft und ihre strenge höfische Erziehung zur unbedingten Zurückhaltung hielten sie davon ab.

Ambros grüßte noch einmal und streifte Elisabeth mit einem verwunderten Blick wegen ihrer offensichtlichen überschäumenden Begeisterung. Dann verließ er, entgegen jeder Abmachung, das Podium und verschwand im Treppenturm nach oben.

VI

Die Vorbereitungen zum großen Abschlussbankett des Hoftages waren in vollem Gange. Früh am nächsten Morgen, das Wetter war beständig kalt, aber klar, es hatte kaum noch geschneit, war der allgemeine Aufbruch der Gäste vorgesehen. Umso heftiger sollte noch einmal gefeiert werden, der Hoftag wurde allgemein als glanzvoller Erfolg für das Herrscherhaus, die Hohenstaufen, gewertet. Die Welfen waren eindeutig in ihre Schranken verwiesen worden.

Nur Konrad von Hochstaden wollte nicht einsehen, dass er der eigentliche Verlierer war. Aber noch gab er sich nicht endgültig geschlagen, auch wenn seine Anhänger jetzt, nach einer Messe, die er nur für sie gehalten hatte, einigermaßen betreten in der Burgkapelle in Gruppen herumstanden und nicht so recht wussten, was sie sagen sollten. Der Erzbischof hatte jedem von ihnen das heilige Sakrament der Kommunion gespendet, Leib und Blut Christi, und jetzt, nach der Transsubstantiation und dem Schlusssegen, warteten sie nur darauf, was er ihnen abschließend zu sagen und auf den Heimweg mitzugeben hatte, damit sie ihre Sache nicht endgültig als hoffnungslos verloren sahen. Einige von ihnen, darunter Wilhelm von Holland, hatten die Nase voll und wollten nur noch so rasch als möglich der Stätte ihrer schmerzhaften Niederlage den Rücken kehren. Tagelange Fahrten im geschlossenen oder offenen Wagen oder beschwerliche Ritte durch lausig kalte, verschneite oder, noch schlimmer, verschlammte Landschaften standen ihnen bevor, und ihre Laune war nicht nur deswegen auf dem Tiefpunkt angelangt. Zwei oder drei fühlten sich nach wie vor schlapp und elend, sie mussten etwas gegessen haben, was ihnen ganz und gar nicht bekommen war. Schon der bloße Gedanke an das Abschlussbankett ließ ihre Mägen flau und ihre Gesichter grün werden. Außerdem fröstelten sie in der klammen Burgkapelle, die letzten Tage des Monats Julmond krochen doch trotz der dicken, pelzgefütterten Mäntel allmählich in alle Knochen.

Konrad von Hochstaden flüsterte am Altar erregt mit seinem Messdiener, Pater Severin, an ihren Atemwölkchen war deutlich zu erkennen, dass das Gespräch hitzig geführt wurde.

Was die beiden da zu besprechen hatten, wollten die welfischen Anhänger lieber gar nicht wissen. Sie hielten gebührenden Abstand, denn jetzt von einem mies gelaunten Erzbischof zu allem Übel auch noch den Kopf gewaschen zu bekommen, darauf konnten sie getrost verzichten. Dass der erzbischöfliche Vulkan kurz vor dem Ausbruch stand, konnte man seinen hochroten Gesichtszügen und seinen fahrigen Bewegungen ansehen, mit denen er die Kommunion erteilt hatte.

Konrad von Hochstaden kanzelte seinen Adlatus nach Strich und Faden ab. Warum er das nicht schon früher gemacht hatte, lag schlicht und einfach daran, dass es ihnen allen zeitweise so schlecht gegangen war und die körperlichen Nöte und Bedürfnisse ihren Tribut gefordert hatten – Pater Severin war gar nicht dazu gekommen, seinem Herrn und Meister mit aller gebotener Diskretion zu berichten, was alles schiefgelaufen war und was er im letzten Moment auf gewaltsame Weise korrigieren musste, damit man der Verschwörung gegen den König nicht noch auf die Schliche kam. Das holte Pater Severin jetzt in aller Eile und Kürze nach. Konrad von Hochstaden interessierte sich gar nicht dafür, wie Pater Severin missliebige Personen ausschaltete, die ihrer Sache gefährlich werden konnten. Er war immer noch außer sich vor Zorn, weil Konrad IV. nicht die geringste Unsicherheit oder Kraftlosigkeit gezeigt hatte, sondern im Gegenteil alle Versuche, ihn zu schwächen, körperlich und geistig, unbeschadet überstanden und in einen geradezu triumphalen Sieg verwandelt hatte. Pater Severin schob alles auf die Medica. Sie musste mit ihren Zauberkräften den jungen König gerettet und rechtzeitig so wiederhergestellt und auf Vordermann gebracht haben, dass dieser souveräner und selbstbewusster aufgetreten war, als es irgendjemand für möglich gehalten hätte. Anders konnte er sich das Verhalten des Königs nicht erklären.

Konrad von Hochstaden packte Pater Severin am Kragen seiner schwarzen Soutane und zischte ihn an, dass diesem die Speicheltröpfchen nur so ins Gesicht regneten: »Zauberkräfte und Hexenkünste! Zum Teufel mit Zauberkräften und Hexenkünsten! Das erzählt Ihr mir schon lange! Das haben wir von Anfang an gewusst! Dann hättet Ihr entsprechende Maßnahmen treffen müssen, um das zu unterbinden! Und was habt Ihr getan? Nichts!«

Er stieß ihn verächtlich weg. Pater Severin wäre beinahe gestolpert, konnte sich aber gerade noch am Altar festhalten. Der Erzbischof war mit seiner Tirade noch nicht fertig, jetzt achtete er auch nicht mehr darauf, dass mehrere Zeugen anwesend waren. Alle konnten sie hören, was er zu sagen hatte. Er rief so laut, dass es durch die ganze Burgkapelle schallte. »Ich will keine Erklärungen und Ausflüchte mehr hören! Ihr habt auf der ganzen Linie versagt. Über die Konsequenzen sprechen wir in Kloster Heisterbach. Ich habe einen Auftrag für Euch. Ich kann nur hoffen, dass Ihr diesen wenigstens zustande bringt, es dürfte nicht allzu schwer sein.«

»Was soll ich tun, Euer Eminenz?«, katzbuckelte Pater Severin mit hündischer Unterwürfigkeit, um den Zorn seines Dienstherrn nicht noch mehr anzufachen.

»Ihr sorgt dafür, dass ich die Gelegenheit bekomme, mit meiner ketzerischen Nichte unter vier Augen zu sprechen.«

»Die Medica? Ihr wollt mit der Medica sprechen?«, rutschte es Pater Severin heraus.

»Ja habe ich etwa noch eine Nichte mit Hexenkräften?«, polterte der Erzbischof. »Natürlich Anna von Hochstaden, wen denn sonst?«

»Gewiss, Euer Eminenz, gewiss. Wann wollt Ihr sie sprechen?«

»Heute Abend oder heute Nacht, das ist mir egal. Aber ich muss allein mit ihr sein. Glaubt Ihr, Ihr bringt das zuwege?«, fragte er mit Sarkasmus in der Stimme.

»Ich werde mein Möglichstes tun«, liebedienerte Pater Severin.

»Ich hege so meine Zweifel, ob das in Zukunft noch ausreichend ist«, ätzte der Erzbischof, bevor er sich von ihm abwandte. Dann marschierte er zum Ausgang, blieb aber noch kurz bei seinen Anhängern stehen und fuhr sie verächtlich an. »Ihr wollt Manns genug sein, um die Hohenstaufen vom Thron zu stoßen? Der Herzog von Schwaben ist noch ein Kind, und ihr bepisst euch vor Angst!«

Mit diesen Worten verließ er die Burgkapelle, nicht ohne mit voller Absicht die schwere Eingangstür krachend ins Schloss fallen zu lassen, so dass all die hohen Herrschaften, die verlegen herumstanden wie gemaßregelte Klosterschüler, noch einmal zusammenzuckten.

VII

Konrad IV., der Echte, war selbstverständlich über alle Vorgänge genauestens unterrichtet worden und konnte immer noch kaum glauben, was sich da während seiner erzwungenen Bettruhe auf Burg Landskron und in der Katharinenkirche abgespielt hatte. Da ging es der Medica, Bruder Thomas, Chassim und dem Grafen nicht viel anders, obwohl sie selbst Augen- und Ohrenzeugen aller Veranstaltungen gewesen waren.

Nur Ambros war immer noch wie aufgedreht. Nach seinem schnellen Abgang aus der Halle hatte er sich nicht ausgeruht, wie es allgemein erwartet worden wäre, sondern er war rastlos in des Königs Gemach umhergegangen, nachdem er Konrad von seiner Rede berichtet hatte und der darauf erfolgten Reaktion. Konrad selbst lobte den Hütejungen über den grünen Klee, immer wieder beglückwünschte er ihn, und dann geschah etwas, mit dem keiner gerechnet hatte – er stand auf und ging auf wackeligen Beinen auf Ambros zu, um ihn zu umarmen. »Ambros«, sagte er feierlich, »fortan nenne ich dich meinen Bruder. Und ich bin stolz auf dich! Und mein Vater wäre auch stolz auf dich! Ich bin gerade dabei, ihm einen Brief zu schreiben und ihm über alle Vorgänge zu berichten. Wenn du einen Wunsch hast, dann sag ihn mir. Falls es in meiner Macht steht, werde ich ihn dir gewähren.«

»Majestät, ich danke Euch«, sagte Ambros. »Aber ich habe meinen Wunsch schon der Medica und dem Grafen von

Greifenklau geäußert, sie werden ihn mir sicher erfüllen.« Er sah Chassim und Anna an, die beide zustimmend nickten.

»Dann habe ich nur eine Bitte, Majestät«, sagte Ambros mit blitzenden Augen. »Jetzt will ich auch noch tanzen lernen, damit ich einmal im Leben mit diesen schönen Damen, die es am Hofe gibt, Umgang haben kann.«

Diese Bitte des sonst so schüchternen Hütejungen überraschte alle, Konrad blickte die Medica fragend an. Anna zuckte mit den Schultern. »Du spielst doch Flöte, nicht wahr?«

Ambros nickte eifrig.

»Dann hast du auch ein natürliches Verhältnis zur Musik. Es ist nicht weiter schwierig.«

Der König saß vergnügt in seinem Bett und sah zu, wie die Medica und Chassim ihrem Zögling die wichtigsten Grundschritte und Haltungen beibrachten, bevor sie alle wieder zum Bankett gerufen würden.

Im Festsaal, nach dem fröhlichen Schlemmen und dem Auftritt einiger Gaukler, die alle hohen Gäste zum Staunen und Lachen brachten, wurde die Tanzfläche freigeräumt, und Musikanten spielten auf.

Ambros, der auf dem Ehrenplatz des Königs saß, sah zuerst dem bunten Treiben eine Weile mit großem Vergnügen zu, aber dann hielt es ihn nicht länger auf seinem Sitz. Ohne viel Federlesens forderte er Gräfin Anna von Hochstaden formvollendet auf, wie er es eben erst gelernt hatte, und reihte sich mit ihr in den Tanzreigen ein. Es war guter Brauch, dass die Tanzenden sich nach bestimmten Schrittfolgen dem nächsten Partner zuwandten, so dass jedes Mädchen und jede Frau einmal das Privileg hatte, an der Seite des Königs von ihm geführt zu werden. Zunächst stellte sich Ambros ein wenig ungeschickt an, was einige Hofdamen zum Kichern brachte, aber er lachte selbst mit und berührte mit seiner unverstellten Fröhlichkeit und seiner Ausdauer reihenweise die Herzen der jungen Mädchen, das sah die Medica ihnen an. Mit rotglühenden Wangen und strahlendem Lächeln wechselten sie sich ab, vom König wenigstens einmal berührt zu werden, der mit unermüdlichem und geradezu heiligem Eifer Tanz um Tanz absolvierte.

Chassim, der sich längst auch unter die Tanzenden begeben hatte, fragte Anna, als sie gerade an seiner Seite war, so laut, dass nur sie es hören konnte: »Was hast du bloß mit ihm gemacht?« Sie warf ihm einen belustigten Blick zu, der zugleich signalisierte, dass dies ihr Geheimnis bleiben würde.

»Was du ihm gegeben hast, möchte ich auch haben!«, flüsterte er ihr ins Ohr, als es die Tanzschritte erlaubten, sich nahe zu kommen, ohne dass es unschicklich war.

»Es war riskant, aber, wie man sieht, erfolgreich«, flüsterte sie Chassim bei der nächsten Tanzbegegnung ins Ohr zurück. »Ich befürchte nur …« Sie mussten sich wieder trennen, und es dauerte eine Weile, bis sie wieder zusammentrafen und Anna ihren Satz beenden konnte. »Ich befürchte nur, dass er übertreibt und plötzlich zusammenklappt. Die Wirkung des Mittels, das ich ihm gegeben habe, hält nur ein paar Stunden. Dann verkehrt es sich ins Gegenteil.«

Chassim sah besorgt zu Ambros, der keinen Tanz auszulassen schien. Er genoss es und tanzte, als ob er noch nie etwas anderes gemacht hätte, und als gebe es kein Morgen mehr. Dabei war er alles andere als perfekt. Aber unterlief ihm einmal ein falscher Schritt, dann bügelte er dies mit übertrieben galanten Bewegungen aus und brachte seine jeweilige Partnerin und die Umstehenden gleich wieder zum Lachen. Es war so viel Unschuld, Freude und Unbeschwertheit in seinen Verrenkungen, dass keiner es ihm übelnehmen konnte und er alle mitriss. Je länger das Tanzvergnügen dauerte, umso ausgelassener und hitziger wurden die Tanzenden.

Anna und Chassim hatten eine Ruhepause eingelegt und schauten nur zu. Der Medica, die Ambros nicht aus den Augen ließ, fiel auf, dass er es verstand, immer wieder auf dasselbe Frauenzimmer zu treffen. Er himmelte es unverblümt an, es war ein blondes, etwas dralles Mädchen. Anna fragte Chassim, wer das war. »Adelheid von Meinfeld«, antwortete er. »Aus guter Familie. Aber sie ist schon Geowulf, dem zehnjährigen Herzog von Zähringen, versprochen, es gibt, soviel ich weiß, bereits einen schriftlichen Heiratsvertrag.«

»Es könnte gefährlich werden, wenn Ambros so weitermacht«, meinte Anna besorgt, als sie wieder bemerkte, wie sich Ambros und Adelheid erneut schmachtende Blicke zuwarfen.

»Vor allem in Hinblick auf die morgige Bekanntmachung der Verlobung des Königs mit Elisabeth von Bayern«, fügte Chassim hinzu, der wie Anna immer wieder unauffällig auf Elisabeth sah, die bisher mitgetanzt, aber nun ebenfalls eine Pause an der Seite ihrer Eltern eingelegt hatte. Sie atmete heftig und ihr Gesicht glühte, aber, wie es Anna schien, weniger aus Eifer, vielmehr aus Eifersucht. Und sie hatte allen Grund dazu.

Ambros umtänzelte die blonde Schönheit namens Adelheid immer unverfrorener. Aber wer konnte ihm einen Vorwurf machen? Der gute Ambros wusste ja nichts von der Absicht, den König mit Elisabeth von Bayern zu verloben. Doch nun war sich Anna mit Chassim einig, als sich ihre Blicke trafen. Es war höchste Zeit, dem Tanzvergnügen von Ambros ein Ende zu setzen, bevor es noch zu einem Skandal kam – wenn sie Elisabeths Zornfalten in ihrem hübschen Gesicht und ihre dunklen Augen richtig deuteten, konnte es nicht mehr lange dauern, und Elisabeth würde aufstehen und vor aller Welt erklären, dass sie mit Konrad IV. nichts mehr zu tun haben wollte. Zwar war sie bestimmt dazu erzogen, ohne Widerrede das zu tun, was Eltern und Stand von ihr verlangten, selbst eine Ehe mit einem dreißig Jahre älteren Mann. Aber in diesem Fall, so wusste Anna von Bruder Thomas, der beim König in dessen Gemächern weilte, gab es zarte Bande zwischen Konrad IV. und Elisabeth, das bewies das Geschenk des Königs, ein Minnegedicht des berühmten Barden Walther von der Vogelweide. Elisabeth, die den wahren König nur aus der Ferne ein- oder zweimal gesehen und einmal, ein Jahr zuvor, kurz mit ihm getanzt hatte, konnte ja nicht ahnen, warum Ambros, den sie für den König halten musste, sie schlichtweg nicht beachtete. Vielleicht hatte sie auch mit ihm beim Tanz gesprochen, und er hatte falsch oder überhaupt nicht reagiert. Jedenfalls musste Anna dafür sorgen, dass Ambros schleunigst das Feld räumte, bevor der Schaden überhaupt nicht mehr gutzumachen war. Und unauffällig musste sie obendrein vorgehen, schließlich konnte sie den Königsstellvertreter nicht vor aller Augen von der Tanzfläche zerren.

Ein interessierter Beobachter, der niemandem weiter aufgefallen war, weil er sich strikt abseits hielt, war inzwischen im Festsaal aufgetaucht und versuchte aus den Geschehnissen seine Schlüsse zu ziehen. Es war Pater Severin, der den richtigen Moment abpassen wollte, um mit der Medica zu reden. Der Erzbischof samt Gefolge war, der unbedingten und hinreichenden Höflichkeit geschuldet, nur zu Beginn der Festlichkeiten anwesend. Schon bald hatte er sich, ebenso wie seine Anhänger, still und leise absentiert und in seine Räumlichkeiten zurückgezogen. Aber sein Adlatus Pater Severin hatte die Stellung gehalten, der Schatten seines Herrn hatte schließlich noch einen Auftrag zu erledigen. Er fand, dies sei der richtige Zeitpunkt, schlängelte sich durch die Sitzbankreihen hindurch und gelangte hinter die Medica, wo er sich zu ihr herunterbeugte und ihr ins Ohr zischelte. »Euer Gnaden, ich darf mir gestatten, mich vorzustellen. Ich bin Pater Severin. Im Namen meines Dienstherrn, Seiner Eminenz Konrad von Hochstaden, darf ich Euch ausrichten, dass der Erzbischof Euch höflich bittet, ihm eine Unterredung zu gewähren.«

Anna drehte sich überrascht zu Pater Severin um und sah in dessen unergründliche dunkle Augen. Chassim, der daneben saß und sehr genau zuhörte, tat so, als sei sein ganzes Interesse auf die Tanzdarbietungen gerichtet.

Anna ließ sich diese unerwartete Einladung erst durch den Kopf gehen. »Der Erzbischof? Mein Onkel will mich sprechen? Warum schickt er dann Euch und nicht seine Soldaten? Normalerweise bittet und bettelt er doch nicht, sondern befiehlt oder lässt verhaften.«

Pater Severin lächelte maliziös. »Bei allem Verständnis für Eure Vorbehalte, Euer Gnaden, aber wir sind hier auf einem königlichen Hoftag. Seine Eminenz rechnet auf Euer wohlwollendes Entgegenkommen, er ist nicht darauf aus, irgendjemandem zu drohen. Es ist eher eine Art ... Friedensangebot.«

»So? Das wäre mir neu. Was will er von mir?«

»Nichts als reden. Von Onkel zu Nichte.«

»Verwandtschaftliche Bande haben ihn nicht davon abgehalten, sein eigen Fleisch und Blut der Ketzerei anzuklagen. Und jetzt will er auf einmal nur reden?«

»Ja. Er bittet Euch in aller Demut darum.«

»Na gut. Wann und wo?«

»Ist Euch um Mitternacht recht? In der Burgkapelle?«

Anna überlegte und sah Chassim fragend an. Der rümpfte die Nase und schüttelte leicht den Kopf.

»Na gut«, sagte Anna entschlossen. »Ihr könnt ihm ausrichten, dass ich komme.«

Pater Severin verneigte sich und ging rückwärts in leicht gebückter Haltung davon. Chassim wandte sich Anna vorwurfsvoll zu. »Wie kannst du nur zusagen? Glaubst du wirklich, er meint es ehrlich? Er will dich doch nur in die Enge treiben und dich ausfragen. Er will wissen, was hier gespielt wird.«

»Glaubst du, das wird er von mir erfahren?«

Chassim sah in Annas ernstes Gesicht. »Nein, natürlich glaube ich das nicht.«

»Siehst du. Genau dieses Gefühl der Aussichtslosigkeit seiner Intrigen will ich ihm vermitteln. Und dazu möchte ich ihm in die Augen sehen.«

Pater Severin, der sich wieder in den Hintergrund zurückgezogen hatte, beobachtete, wie sich die Hexe Anna von Hochstaden unauffällig von ihrem Platz erhob und sich unter die Tanzenden mischte, bis das Bäumchen-wechsle-dich-Spiel erforderte, dass sie zum König weitergereicht wurde. Sie flüsterte ihm ein paar Worte ins Ohr, die zur Folge hatten, dass sich der König nach kurzem Zögern mit einer knappen Verbeugung bei seinen Mittänzerinnen bedankte, eine Bedauern ausdrückende Extraverbeugung war an ein blondes, etwas dralles Mädchen in rotem Damastkleid gerichtet, und dann folgsam hinter der Medica zum Treppenhausturm weiterging, von dem aus man in die oberen Gemächer gelangte.

In Pater Severins Gesicht schlich sich leise Genugtuung. Er hatte also doch recht gehabt – die Medica hatte den jungen König völlig in der Hand, sie musste irgendein Zaubermittel eingesetzt haben, das bewirkte, dass Konrad IV. wie ein Schoßhündchen hinter seiner Herrin hertrottete. Rasch nahm er die Verfolgung der beiden mit genügend Abstand auf, vielleicht ergab sich doch noch eine neue überraschende Erkenntnis, mit deren Hilfe er die Gunst des Erzbischofs zurückgewinnen konnte.

Die Medica und der König gingen die Treppen bis zum zweiten Stock hoch, wo sich der Gang zu den königlichen Gemächern befand, wie Pater Severin wusste. Er blieb in Hörweite hinter den beiden, hörte sie miteinander reden, schloss aber vorsichtshalber, um nicht bemerkt zu werden, nicht so nahe zu ihnen auf, dass er verstehen konnte, was sie sagten. Sie mussten inzwischen im zweiten Stock sein, als er von oben her noch eine andere, helle weibliche Stimme vernahm. Die Person musste dort auf die beiden gewartet haben und klang über die Maßen erregt. Pater Severin beeilte sich, so weit hochzugehen – ohne gesehen zu werden –, dass er mitbekommen konnte, um was es da ging.

»Majestät – Ihr vergesst wohl ganz, dass morgen unser Verlöbnis bekanntgegeben wird! Und Ihr macht mich heute Abend mit Eurem Verhalten zum Gespött der Leute!«, fauchte die weibliche Stimme.

»Welches Verlöbnis?«, konnte Pater Severin einen verdatterten König sagen hören.

»Ich bitte Euch, Elisabeth, beruhigt Euch, ich werde Euch alles erklären«, versuchte die Medica zu deeskalieren.

Pater Severin äugte hinter einer Säule hervor um die Ecke und konnte den König, die Medica und ein schwarzhaariges Mädchen, das ganz in jungfräuliches Weiß gekleidet war, erkennen. Das Mädchen war ihm als Elisabeth von Bayern bekannt, eine Wittelsbacherin, die auf der Seite der Staufer standen. Sie machte einen zickigen Eindruck und schien so aufgebracht zu sein, dass sie sich nicht einmal von der Medica beruhigen ließ, die allgemein als Respektsperson angesehen und auch so behandelt wurde, wie er bei einigen Gelegenheiten beobachten konnte.

»Vergebt mir, Gräfin«, widersprach Elisabeth trotzig, »aber dies ist eine ganz persönliche Angelegenheit zwischen Seiner Majestät und mir.«

»Umso mehr gehört sie nicht hierher, wo sie jeder hören kann«, sagte die Medica streng.

»Doch, Gräfin. Sie lässt sich ganz schnell klären. Ich weigere mich nämlich, mich einem Mann zu versprechen, der mir zuerst ein Minnegedicht schickt und dann einer anderen den Hof macht …«

»Was für ein Minnegedicht? Ich weiß von keinem Minnegedicht«, unterbrach der König verdutzt. »Ich habe niemandem ein Gedicht geschickt!«

Pater Severin hinter seiner Säule frohlockte innerlich. Das war ja höchst aufschlussreich, was er da zu hören bekam.

»Und was ist das?«, hörte er Elisabeth aufgebracht sagen. »Saget mir ieman, waz ist minne? Weiz ich des ein teil, so wist ich's gerne me. Der sich baz denn ich versinne, der berihte mich durch waz si tuot so we …«, zitierte sie und drückte dem König ein gefaltetes Pergament in die Hand.

»Ich habe das noch nie gesehen oder gehört«, sagte dieser mit einem Ausdruck der wahrhaftigen Fassungslosigkeit.

»Lasst gut sein, Majestät. Ihr könnt es ja dieser blonden Mähre schenken, die auf dem Boden herumstampft, anstatt zu tanzen.«

»Ich weiß beim besten Willen nicht, wovon Ihr sprecht!«, versuchte der König vergebens sich zu verteidigen.

»Oh, ich habe genau gesehen, wie Ihr Adelheid von Meinfeld mit Euren Blicken beim Tanz verschlungen habt. Für eine Mätresse bin ich mir zu schade. Majestät, ich darf mich empfehlen.«

Sie wollte schon gehen, aber die Medica hielt sie am Arm fest. »Nein, du bleibst hier!«, sagte sie in einem Ton, der keinen Widerspruch duldete. »Ihr, verehrtes Fräulein Elisabeth, wartet hier auf mich und bewegt Euch nicht von der Stelle! Ich schulde Euch eine Erklärung, und Ihr werdet sie bekommen. Und glaubt mir, Ihr werdet dann diese Angelegenheit in einem ganz anderen Licht sehen. Euer Misstrauen ist vollkommen unangebracht.«

Jetzt brach Elisabeth in Tränen aus. »Ich habe doch Augen und Ohren. Warum sollte ich jetzt auf Euch hören?«, schluchzte sie vollkommen aufgelöst. »Sagt mir – warum?«

Anna antwortete ganz ruhig, aber bestimmt: »Weil dieser junge Mann vor Euch nicht derjenige ist, von dem Ihr das Gedicht zugeeignet bekommen habt. Darum.«

»Was? Wer seid Ihr dann, wenn nicht der König?«, fragte Elisabeth konsterniert.

»Ich bin Ambros, der Hütejunge«, antwortete der Junge in des Königs Kleidern, den alle, auch Pater Severin, jenseits allen Zweifels für den König angesehen hatten.

»Genug jetzt!«, gebot die Medica forsch.

»Elisabeth – bist du da oben?«, dröhnte eine männliche Stimme plötzlich von unten durch das ganze Treppenhaus herauf. Pater Severin zuckte erschrocken zusammen, er kannte sie – es war die Stimme von Herzog Otto, Elisabeths Vater.. Die Medica schob den Jungen, der vorgab, der König zu sein, weg und ging, nachdem sie schnell noch das Pergament an sich genommen hatte, mit Elisabeth untergehakt zur Treppe. »Ja, Euer Gnaden«, rief sie in den Treppenturm, »wir sind hier. Bemüht Euch nicht, wir kommen zu Euch herunter.« Nebenbei wischte sie Elisabeth mit ihrem Ärmel noch schnell die Tränen weg.

Gerade noch rechtzeitig konnte sich Pater Severin in den Schatten der Säule verdrücken, da kamen die Medica und Elisabeth schon Arm in Arm die Treppen heruntergeeilt. Er wartete, bis ihre Schritte verklungen waren, dann sah er zu, dass er verschwand.

Er hatte genug gesehen.

Und vor allem hatte er genug gehört.

VIII

Die Glocken der Kirchtürme in Oppenheim schlugen zwölf Mal. Mitternacht. Konrad von Hochstaden wartete in der Burgkapelle auf seine Nichte Anna von Hochstaden.

Anna hatte Chassims Bedenken wegen eines Treffens zerstreut, er war besorgt um ihre Sicherheit, dem Erzbischof traute er jede Schandtat zu, vor allem dann, wenn er auf der Verliererseite stand. Anna glaubte das nicht. Ihr Onkel hatte es stets anderen überlassen, sich die Hände schmutzig zu machen. Wenn sich Chassim um ihre Sicherheit sorgte, könnten er und Bruder Thomas ja auf der Empore der Burgkapelle Zeuge ihres Treffens sein, sie wollte die Kapelle sowieso über den gräflichen Zugang zur Empore betreten. Unter diesen Umständen erklärte sich Chassim damit einverstanden, zumal ihm Anna versicherte, dass sie beim geringsten Anzeichen dafür, dass der Erzbischof sie nur zu diesem Treffpunkt bestellt hatte, um sie zu beschimpfen oder zu bedrohen, ihrem Onkel sofort den Rücken kehren wollte.

Ambros war inzwischen völlig übermüdet auf dem Lager von Bruder Thomas eingeschlafen, gerade dass er noch mit Hilfe des Kammerdieners aus den königlichen Gewändern geschlüpft war. Die Angelegenheit mit Elisabeth hatte Anna mit weiblichem Einfühlungsvermögen und der Wahrheit über Konrad IV. wieder in Ordnung gebracht. Elisabeth hatte ihr versprechen müssen, nicht einmal ihren Eltern zu erzählen, was sie über den wahren König und die Rolle von Ambros in aller Kürze erfahren hatte. Dem besorgten Vater gegenüber hatte Elisabeth ihre Aufgelöstheit auf Annas hilfreichen Ratschlag damit hinreichend begründet, vor Aufregung über den nächsten Tag mit ihrer sonstigen Gelassenheit am Ende gewesen zu sein und Hilfe und Verständnis bei der Medica gesucht und gefunden zu haben. Im Grunde genommen war sie ein vernünftiges Mädchen, fand Anna, die eine schwesterliche Zuneigung zu Elisabeth verspürte. Sie war bis über beide Ohren verliebt und hatte deshalb beinahe ihre anerzogene Fassung verloren, als sie annehmen musste, dass ihr Liebster, dessen Gedicht von Walther von der Vogelweide sie wohl tausendmal in der Nacht bei Kerzenlicht heimlich gelesen, an ihren Busen gedrückt und sich seufzend ihrer Sehnsucht hingegeben hatte, plötzlich Interesse für eine andere entwickelt hatte. Dieses überschwängliche Verhalten war für ein vierzehnjähriges Mädchen durchaus verständlich, das fand auch Chassim. Nur Konrad IV. war besorgt, als Anna ihm von den Missverständnissen erzählte, weil ihm wirklich etwas an Elisabeth lag. Aber er musste doch schmunzeln, als er erfuhr, durch welche Umstände und Irrtümer es überhaupt zu dieser Zuspitzung der Gefühlslage bei Elisabeth kommen konnte. Schließlich versicherte ihm Anna, dass sie alles wieder ins rechte Fahrwasser gebracht hatte. Elisabeth hätte den wahren König natürlich am liebsten noch aufgesucht und selbst mit ihm gesprochen, aber das war am Abend vor der Verlobung einfach nicht statthaft, zumal Konrad immer noch bettlägerig war. Bruder Thomas wich nicht von seiner Seite und versorgte ihn ständig mit Speis und Trank, persönlich von ihm in der Burgküche zubereitet. So etwas wie mit Veit würde ihm nicht noch einmal passieren. Veit wurde vermisst, er war einfach nicht mehr aufgetaucht, kein Mensch wusste, was mit ihm geschehen war. Bruder Thomas vermutete, dass er sich schlichtweg aus dem Staub gemacht hatte. Er konnte nicht behaupten, dass er ihm eine Träne nachweinte. Er traute dem Frieden nicht, bis die welfische Partei – er sprach es absichtlich falsch aus, nämlich »die wölfische Partei« – Burg Landskron verlassen hatte. Am folgenden Tag sollte es so weit sein. Und die Medica, Chassim und Bruder Thomas konnten es kaum erwarten, nach ihrer Heimreise auf Burg Greifenklau zusammen mit dem alten Grafen vor einem flackernden Kaminfeuer zu sitzen, Graf Claus von ihren Abenteuern zu erzählen und ein friedliches und familiäres Weihnachtsfest nachzufeiern.

Ambros konnte dazu nichts beitragen, er schlief immer noch wie ein Toter …

Konrad von Hochstaden ging unruhig in der dämmrigen, wie stets nur von ein paar Kerzen spärlich beleuchteten Burgkapelle hin und her. Die Medica war immer noch nicht gekommen. Nichts hasste er mehr als Unpünktlichkeit, und normalerweise wäre er jetzt einfach gegangen, aber diese Unterredung war viel zu wichtig. Im Grunde genommen war er dankbar für den Aufschub, denn seine Gedanken rasten. Noch war nicht alles verloren. Was Pater Severin ihm vor kurzem mit triumphierendem Gesichtsausdruck berichtet hatte, konnte alles, aber auch wirklich alles auf den Kopf stellen. Mit diesem Wissen konnte er im letzten Moment die Sache zu seinen Gunsten wenden, wenn er es richtig anging. Ein Plan begann sich in seinem Kopf zu formen, aber er musste äußerst vorsichtig zu Werke gehen. Dabei durfte er auf gar keinen Fall den fatalen Fehler begehen, die Medica zu unterschätzen. Das hatte er schon einmal getan und hinterher bitter bereut. Sie war zweifellos eine Hexe, das stand nicht nur für Pater Severin fest, auch der Erzbischof war sich dessen sicher. Sie in den lodernden Flammen des reinigenden Scheiterhaufens brennen zu sehen, war vom ersten Augenblick, als er ihr begegnet war und ihre böse Aura gespürt hatte, sein übergroßes Verlangen gewesen. Und seine heiligste Pflicht. Vielleicht gab Gott ihm ein zweites Mal die Möglichkeit, sie und ihr frevelhaftes, ketzerisches Wirken von der Erde zu tilgen. Wenn er vor aller Welt beweisen konnte, dass die Medica in ihrer teuflischen Durchtriebenheit einen falschen König auf den Thron gesetzt hatte, würde sie das ohne Zweifel den Kopf kosten. Dann hatte er es zwar nicht geschafft, sie dem Flammentod auszuliefern, aber die Furcht und den brechenden Stolz in ihren Augen zu sehen, wenn sie ihren Kopf und den schlanken Schwanenhals in Erwartung des niedersausenden Henkerbeils auf den Richtblock legen musste, würde ihn befreiende Genugtuung schenken. Je länger er darüber nachdachte, desto mehr wurde ihm klar, dass er eines unbedingt und mit aller Macht anstrebte: Die Medica sollte ihn um Gnade anflehen. Er wollte ihren Stolz brechen. Den Hochstaden'schen Stolz, den er nur allzu gut kannte, denn schließlich floss er auch in seinen Adern. Im Grunde waren sich er und Anna ähnlicher, als es vom Äußeren her den Anschein hatte, jeder auf seinem Weg, den er eingeschlagen hatte, aber ebenso stur und unbeugsam in der Verfolgung seiner Ziele. Was hätten sie ausrichten können, wenn sie ihre Kräfte zusammengetan hätten! Er schüttelte über diese Erkenntnis den Kopf. Ein Jammer, was für ein Jammer!

Ob der König überhaupt noch lebte? Als Pater Severin von seiner Lauschaktion erzählt hatte, konnte der Erzbischof die unglaubliche Dreistigkeit und Tragweite des gigantischen Betrugs, den die Medica eingefädelt hatte, zuerst einfach nicht glauben. Dass seine Nichte auf ihre Art mit allen Wassern gewaschen war, wusste er inzwischen. Aber dass sie ihn in ihrer Durchtriebenheit noch übertraf, überraschte und wurmte ihn gewaltig, obwohl es ihm auch eine gewisse Achtung abnötigte. Vielleicht war der König bereits seiner Vergiftung erlegen, und die Medica wagte es tatsächlich, an seiner statt einen Ersatzkönig zu installieren. Aber nein, das konnte nicht sein! Zugetraut hätte er ihr es, auf so einen infamen Gedanken konnte ja nur eine Hexe kommen. Doch auf Dauer ließe sich so etwas nicht durchführen, irgendjemand würde immer plaudern, und sei es nur aus Angabe, bei so einem ausgefallenen Schwindel mitgewirkt zu haben. Außerdem hatte Elisabeth von Bayern laut Pater Severin von einem Gedicht des Walther von der Vogelweide gesprochen, das sie vom König geschenkt bekommen hatte. Damit konnte nur der echte König gemeint gewesen sein, denn so eine Kostbarkeit konnte unmöglich im Besitz eines gewöhnlichen Menschen sein. Aber sollte der König, und das schien eher wahrscheinlich, in einem so elenden Zustand sein, dass er das Krankenlager nicht verlassen konnte, vielleicht für immer?

Jetzt auf einmal wusste Konrad von Hochstaden, wie er dieses ganze Lügengebäude auffliegen lassen konnte.

In diesem Moment hörte er das leise Quietschen der Pforte, die vom gräflichen Bereich im Palas auf die Empore der Burgkapelle ging. Anna von Hochstaden erschien auf der Empore, und hinter ihr waren zwei weitere Personen zu erkennen, die aber nicht nach unten kamen, sondern dort offensichtlich Posten bezogen. Wahrscheinlich Chassim, der junge Greifenklau, und dieser Mönch. Umso besser, jeder konnte hören, was er der Medica zu sagen hatte, die jetzt gemessenen Schrittes nach unten auf ihn zu kam. Er sah ihr entgegen. Aus dem Mädchen, der er zum ersten Mal im Kloster Heisterbach begegnet war, wo sie noch wie ein Junge aussah, weil sie als solcher unter dem Namen Marian als

Famulus des Infirmarius und Priors aufgewachsen war, um den Heilberuf zu erlernen, war eine junge, schöne und selbstbewusste Frau geworden. Als sie ihm schließlich von Angesicht zu Angesicht gegenüberstand, senkte sie nicht etwa unterwürfig ihre Augen, sondern blitzte ihn herausfordernd an. Jedes Mal, wenn er sie sah, faszinierten ihn ihre verschiedenfarbigen Augen, die sie von ihrer Mutter, seiner verstorbenen Schwägerin, geerbt hatte. Eindeutig ein Zeichen dafür, dass sie eine Hexe war. Aber das war nun zweitrangig. Jetzt ging es darum, den Boden für seine Pläne zu bereiten.

Sie fixierten sich lange, bis Anna das Schweigen brach. »Warum sagt Ihr nicht, senk den Blick – du bist mir nicht gleichgestellt und wirst es niemals sein?«

Der Erzbischof lächelte. »Warum so kampfeslustig? Ich würde es begrüßen, wenn wir als Nichte und Onkel miteinander sprechen.«

Anna zuckte mit den Schultern.

»Ihr seid hoch aufgestiegen«, sagte der Erzbischof. Er schnupperte. »Feinstes Rosenwasser. Wie es sich für eine Gräfin von Hochstaden geziemt.«

Anna konterte. »Bei unserem letzten Zusammentreffen unter vier Augen, das ich eher unerfreulich in Erinnerung habe, habt Ihr noch gesagt, ich verstecke darunter den Gestank meiner niederen Herkunft.«

»Nun, da kannte ich Eure wahre Herkunft noch nicht. Genauso wenig wie Ihr.«

Anna schnupperte nun ebenfalls. »Ich hingegen rieche Weihrauch und Myrrhe bei Euch. Was versteckt Ihr darunter? Euren Schwefelgeruch?«

Konrad von Hochstaden lachte lauthals. »Ihr gefallt mir. Wirklich. Das ist die Medica, wie sie leibt und lebt. Immer angriffslustig. Das Wort ›Zurückweichen‹ kennt Ihr wohl nicht mehr?«

»Nun – das habe ich mit Euch gemein. Neben dem Namen Hochstaden. Aber damit dürften die Gemeinsamkeiten zwischen uns beiden wohl ausgeschöpft sein.«

Der Erzbischof zog die Augenbrauen hoch und strich sich über den sorgfältig gestutzten Bart. »Ich denke, der Höflichkeiten hätten wir nun genug ausgetauscht. Kommen wir zur Sache.«

»Das ist ganz in meinem Sinn. Was wollt Ihr?«

»Euch ein Angebot machen.«

»Welcher Art?«

»Dass wir uns zusammentun.«

Jetzt wich Anna doch einen Schritt zurück und sah den Erzbischof mit skeptischem Blick an. »Ist das Euer Ernst?«

»Sehe ich so aus, als würde ich den Hofnarren geben wollen?«

»Nein.« Dann fügte sie spöttisch hinzu: »Ihr wollt Euch wirklich mit einer Hexe wie mir verbinden?«

»Wenn man den Feind nicht schlagen kann, dann muss man ihm ein Angebot machen, das er nicht ablehnen kann.«

»Und das wäre in meinem Fall?«

»Macht. Einfluss. Reichtum. Sucht es Euch aus. Oder greift zu und nehmt alles. Was sagt Ihr dazu?«

»Das ist es nicht, wonach mir der Sinn steht. Ich strebe nicht nach irdischen Gütern, Macht bedeutet mir nichts. Und ich habe bereits das Ohr des Königs.«

»Das ist offensichtlich. Wie kommt Ihr dazu, wenn ich fragen darf?«

»Ich stehe in seiner Gunst, das ist richtig. Schließlich habe ich ihn von einer Vergiftung geheilt; man hat versucht, ihn umzubringen …«

»Habt Ihr das? Ihn geheilt?«

»Ihr habt ihn gesehen. Sieht so ein todkranker Jüngling aus?«

»Fürwahr, fürwahr. Wenn Ihr so gut mit ihm steht, dann könnt Ihr ihm vielleicht auch eine Bitte vortragen? Eine Bitte von einem Fürsten an einen Fürsten?«

»Was ist es?«, fragte Anna, nun doch misstrauisch geworden.

»Nichts Großes. Es geht mir nur um eine Gefälligkeit, die er mir erweisen könnte. Um vor aller Welt zu beweisen, dass wir uns nichts mehr nachtragen. Nach der Bekanntgabe seiner Verlobung morgen früh, bevor wir alle abreisen. Es könnte zu einer Annäherung unserer beiden Lager beitragen.«

Anna war auf der Hut und antwortete ausweichend. »Ihr seid sehr gut informiert.«

»Das ist der Schlüssel aller Diplomatie. Tut Ihr mir den Gefallen?«

»Was ist Eure Gegenleistung?«

»Ich lasse Euch fortan in Frieden.«

»Das habt Ihr mir schon einmal versprochen.«

»Diesmal besiegle ich es mit meinem feierlichen Ehrenwort. Dem Ehrenwort eines Erzbischofs.«

»Um was soll ich den König bitten?«

»Dass er mir die Ehre erweist, ein Schachzabelspiel mit ihm austragen zu dürfen. Es ist eine der sieben ritterlichen Tugenden, es zu beherrschen. Es heißt, dass er ein ausgezeichneter Schachzabelspieler sein soll. Ich will ihn wenigstens auf diesem Gebiet herausfordern. Alle, die Zeugen davon sind, werden sagen, sieh an, das kirchliche und das weltliche Oberhaupt im Reich verstehen sich wieder. Wäre das nicht ein Zeichen der Versöhnung? Als Zeichen meines und seines guten Willens?«

»Ich werde sehen, was ich tun kann.«

»Gut. Dann darf ich Euch eine gute Nacht wünschen.«

Anna nickte knapp grüßend, drehte sich um und ging zur Treppe, die auf die Empore führte.

»Ach, eins noch«, sagte der Erzbischof. »Furcht kann man riechen. Benutzt Ihr das Rosenwasser, um Eure Furcht zu überdecken?«

Nun blieb Anna doch stehen und wandte sich ihm noch einmal zu. »Furcht ist die Strafe für unsere Begabung, Onkel. Eine Begabung, die uns von den meisten anderen Menschen unterscheidet. Diese Begabung ist unsere Vorstellungskraft. Sie ist bei mir sehr ausgeprägt. Insbesondere in Bezug auf Euch und Eure Pläne. Aber seit ich durch Euch beinahe auf dem Scheiterhaufen gelandet bin, habe ich jegliche Furcht abgelegt.«

»Was ist mit Eurer Furcht vor Gott?«

»Ich kann reinen Gewissens vor meinen Gott treten. Gott ist für mich Gnade, Friede, Nächstenliebe und Vergebung. Nicht Gewalt und Verbreitung von Angst und Schrecken.«

»Ich sehe schon, Ihr seid nach wie vor eine unverbesserliche Häretikerin.«

»Ich bin nur ein schwaches Weib, das sich nicht alles gefallen lässt. Gehabt Euch wohl.«

Der Erzbischof blickte ihr kurz nach, wie sie die Treppenstufen zur Empore, wo Chassim und der Mönch auf sie warteten, emporstieg und mit den beiden durch die Tür zum Palas verschwand. Sie konnte ihm den Wunsch nach einem Schachzabelspiel mit dem König kaum ausschlagen. Wenn es stimmte, was Pater Severin für ihn ausspioniert hatte, dann war der Stellvertreter des Königs Hütejunge. Der Erzbischof hatte noch nie von einem Hütejungen gehört, der Schachzabel spielen konnte.

Geschweige denn überhaupt wusste, was das war.

IX

Das schriftlich festgelegte, von langer Hand gründlich von Sendboten des Kaisers verhandelte und vorbereitete Heiratsversprechen zwischen Konrad IV. und der Herzogstochter des Wittelsbachers Otto II., Elisabeth von Bayern, war der feierliche Schlussakt des Hoftags und verlief zunächst reibungslos. Als Zeugen waren in der festlich geschmückten Empfangshalle anwesend der Herzog und seine Gemahlin, Graf und Gräfin von Landskron, Graf Chassim von Greifenklau, Anna von Hochstaden, Bruder Thomas und alle Fürsten. Eine Abordnung von Bürgern der Stadt Oppenheim wohnte der Zeremonie ebenfalls bei, die Graf Georg mit großer Routine und dem höfischen Protokoll gemäß vollzog. Auch der Erzbischof und seine Anhänger waren gekommen und verfolgten den Ablauf mit Argusaugen.

Elisabeth und ihr Zukünftiger saßen bleich und angespannt zur Linken und zur Rechten des Grafen Georg, ohne sich berühren zu können oder Blicke auszutauschen, sie starrten die ganze Zeit über nur auf die Tischplatte vor sich, als würde man über sie zu Gericht sitzen. Als der Graf die Urkunde verlesen hatte, unterschrieben die Zeugen und Otto II. für seine Tochter. Der König, seit seiner Amtseinführung 1237 auf einem Hoftag in Wien für mündig erklärt, musste selbst seine Unterschrift unter das mit zahlreichen Siegeln beurkundete Schriftstück setzen.

Jetzt war der Erzbischof mehr als gespannt, was geschehen würde, nahm er doch an, dass der Hütejunge weder des Schreibens noch des Lesens mächtig war. Aber eine krakelige Unterschrift konnten ihm seine Vasallen noch in der Früh zur Not irgendwie beigebracht haben, der Junge war ja nicht auf den Kopf gefallen, wie Konrad von Hochstaden gezwungenermaßen zugeben musste. Innerlich freute er sich schon über alle Maßen auf das Schachzabelspiel – das wenigstens konnte man einem unbedarften Jungen niemals in der Kürze der Zeit beibringen. Vor der Verlobungszeremonie hatte Pater Severin all die Fürsten noch gebeten, nach dem offiziellen Teil des Tages für eine Weile ihre Plätze nicht zu verlassen, weil es danach zu einer versöhnlichen Geste zwischen König und Erzbischof kommen sollte. Der Junge, der ungelenk auf dem Lehnstuhl des Königs thronte und gelegentlich hin- und herrutschte, als würde er auf einem Nagelkissen sitzen, konnte gar nicht anders, als einem Spiel zuzustimmen, zu sehr hatte Pater Severin den Druck auf ihn erhöht. Was dann geschehen würde, hatte sich Konrad von Hochstaden bereits ausgemalt. Wenn sich, wohl eher sehr schnell, herausstellte, dass der Hütejunge keinen Schimmer vom Schachzabelspiel hatte, würde der Erzbischof aufstehen und ihn des Hochverrats beschuldigen. Pater Severin hatte noch in der Nacht nach dem Leibmedicus des Königs, Ludolf von Aspelt, schicken lassen, der sich in Oppenheim aufhielt, für den Fall, dass ihn der kranke König doch noch rufen würde. Er kannte den König und seine körperlichen Merkmale persönlich. Er musste und konnte bestätigen, dass der junge Bursche oben auf dem Platz des Königs ein Betrüger war, ein Betrüger in des Königs Kleidern und an des Königs Stelle. Als Pater Severin gemeldet wurde, dass der Leibmedicus bereits auf der Burg angekommen sei, wähnte sich der Erzbischof innerlich auf der Siegesstraße. Endlich hatte er seine Gegner an die

Wand gedrängt und die Mittel in Reichweite, seinen Gegenkönig Wilhelm von Holland einzusetzen und dem Stauferspuk ein Ende zu bereiten. Er würde Tabula rasa machen und ausnehmend alle des Hochverrats anklagen. Zuvorderst seine hochmütige und anmaßende Nichte, die Hexe Anna von Hochstaden, Graf Chassim von Greifenklau, den Grafen von Landskron, diesen impertinenten Mönch sowieso – sie alle würden unweigerlich mit dem Kopf auf dem Richtblock enden, was für eine wunderbare, befriedigende Vorstellung! Zwar würde der Aufschrei im Reich und im ganzen übrigen Europa groß sein, aber er war im Recht! Ohne irgendwelche Zweifel – sogar der exkommunizierte Kaiser im fernen Pülle, wenn er sich nicht gerade in Sicilia oder Jerusalem bei seinem sarazenischen Freund herumtrieb, hatte keine Argumente und nichts in der Hand, um etwas gegen diese Strafaktion unternehmen zu können. Das würde auch Konrad IV., der todkrank im Bett dahinsiechte, den Rest geben, notfalls musste man da eben noch nachhelfen. Konrad von Hochstaden schloss für einen langen und tiefen Atemzug beseelt die Augen. So nah war er einem vollständigen Triumph noch nie gewesen. Er musste nur noch die Hand ausstrecken und die Figuren auf dem Spielbrett führen, dann saßen sie alle wie die Ratten in der Falle!

Konrad von Hochstaden war bemüht, mit dem nötigen Ernst bei der Sache zu bleiben und dem Sermon zuzuhören, den Graf Georg beim Vorlesen der Urkunde von sich gab. Bald mussten sie ihm, dem Erzbischof, bei einer Predigt zuhören, er würde ihnen schon die Leviten lesen, es würde eine gewaltige Strafpredigt werden. Oh, den Hütejungen hatte er ganz vergessen. Wie er da leichenblass an der Seite des Grafen saß und wacker vermied, zu Elisabeth hinüberzusehen. Vor lauter Aufregung konnte er kaum den Namen des Königs auf die Urkunde zittern. Es war eindeutig, der Junge musste des

Schreibens unkundig sein. Er würde natürlich auch hingerichtet werden, damit dem Recht Genüge getan wurde. Aber vorher konnte man ihm noch auf der Streckbank alle Namen aus der Nase ziehen, die in diese schändliche Verschwörung verwickelt waren!

Jetzt war es so weit. Die Braut und ihre Eltern zogen sich zurück, und der Tisch auf dem Podium wurde freigemacht für den Erzbischof und seinen Schachzabelgegner, während Graf Georg alle Anwesenden aufforderte, noch zu bleiben, und ganz offiziell zu einem Spiel des Friedens und der Versöhnung zwischen dem Erzbischof und dem König bat. Eine Demonstration des guten Willens auf beiden Seiten, was allgemeines Gemurmel, Zustimmung und höflich aufbrandenden Beifall hervorrief.

Konrad von Hochstaden betrat das Podium wie eine Bühne, er war souverän und seiner Sache absolut sicher. Er verneigte sich kurz, reichte seinem Kontrahenten den Bischofsring zum Kuss und setzte sich dem jungen Burschen gegenüber. Er sah ihn sich genau an, bemerkte seine Unsicherheit, die Schweißtropfen auf der Stirn, den flackernden Blick und fragte sich unwillkürlich, wie irgendjemand jemals auf dieses Kuckucksei hatte hereinfallen können. Bruder Thomas brachte das Spielbrett und setzte die Spielfiguren. Der Erzbischof gewann die Wahl und zog Weiß, er durfte also den ersten Zug machen. Jetzt war er gespannt auf die Reaktion seines Gegenübers.

Die ließ überraschenderweise nicht lange auf sich warten, und der Erzbischof wunderte sich ein wenig, denn es war der richtige Gegenzug. Doch er dachte nicht weiter darüber nach. Er war ein hervorragender Schachzabelspieler, aber er war ungeduldig und wollte seinen Gegner so schnell als möglich niedermachen. Zug um Zug führte er aus, und Zug um Zug fand sein Gegner eine passende Antwort. Jetzt ging er sogar zum Gegenangriff über. Erstmals beschlich den Erzbischof ein unangenehmes, leises Gefühl des Zweifels, irgendwie ging das hier nicht mit rechten Dingen zu. Er versuchte, den Blick seines Gegners einzufangen, bisher hatte er nur an sein Spiel gedacht, an seine Strategie, den Gegner vernichtend zu schlagen, wenn er sich schon zur Wehr setzte. Die Hände!, an den Händen konnte er doch sehen, ob es Bauernhände waren, aber die Hände seines Gegenübers steckten in weißen Seidenhandschuhen. Plötzlich und unerwartet begegneten sich ihre Blicke, und Konrad von Hochstaden erschrak. Er sah in eisgraue Augen, die ihm nicht sofort wieder auswichen, und ihm fuhr ein Schauder über den Rücken, als er erkannte, dass dies nicht die schüchternen Augen eines ungebildeten und gewöhnlichen Bauernjungen waren, sondern befehlsgewohnte, forschende Augen, die ihn förmlich festnagelten. Das konnte nicht sein – er studierte wieder das Spielbrett und entdeckte, dass er mit einem Zug den Sieg sicher hatte. Ohne groß zu überlegen, schlug er die schwarze Dame mit seinem Turm und bedrohte damit den gegnerischen König. Er lehnte sich zufrieden zurück. »Schach«, sagte er im Überschwang des Triumphes. Er wusste nicht warum, der Bursche mit den schwarzen Spielfiguren schien das Spiel zu beherrschen, doch jetzt war er verloren.

Aber was fiel diesem Hütejungen ein – er rieb sich die Hände und führte einen völlig unerwarteten Zug aus. »Das war ein Fehler, Euer Eminenz. Schachmatt in drei Zügen.«

Bevor der perplexe Erzbischof auch nur einen Ton herausbrachte, demonstrierte sein Gegner mit unglaublicher Geschicklichkeit, wie er ihn schachmatt setzen würde, und sah ihn an. »Seht Ihr, was Ihr für einen Fehler gemacht habt? Seht Ihr?«

Als der Erzbischof immer noch fassungslos auf das Spielbrett starrte, um die Züge des Königs nachzuvollziehen, fragte der König: »Revanche?«

Als die Antwort ausblieb, wiederholte er überfreundlich seine Frage. »Euer Eminenz, wollt Ihr vielleicht noch ein Spiel?«

Konrad von Hochstaden hob langsam seinen Kopf, als würde er aus einem üblen Traum erwachen, und starrte ihn an. »Wer seid Ihr?«, brachte er schließlich heraus. »Wer in Gottes Namen seid Ihr?«

»Aber Eminenz, das seht Ihr doch«, lachte der König herzlich. »Ich bin Konrad von Hohenstaufen, Euer König!«

»Ja, das muss wohl so sein«, murmelte der Erzbischof.

»Ist Euch nicht wohl?«, erkundigte sich der König besorgt.

»Nein, mir ist gar nicht wohl«, krächzte der Erzbischof mit rauer Stimme.

»Soll Euch die Medica einen Trank bereiten?« Konrad winkte Anna schon heran.

Abrupt schob der Erzbischof seinen Hocker zurück, was ein hässlich kratzendes Geräusch auf dem Boden verursachte, und stand auf, wobei der Hocker umfiel. Er hatte verloren. Das kleine, unbedeutende Schachzabelspiel und das große Spiel um die Macht. Er hatte dem wirklichen König gegenübergesessen, der anscheinend inzwischen von der Medica und Bruder Thomas so weit wiederhergestellt worden war, dass er die Zeremonie und das Spiel durchstehen konnte, auch wenn ihm jetzt die Anstrengung deutlich anzusehen war. Schweißtropfen standen auf seiner Stirn, seine Augenringe waren dunkel. Aber ein unverhohlenes, überlegenes Lächeln spielte um seinen Mund, und Konrad von Hochstaden hasste ihn dafür. Er wusste nicht wie, aber die Medica hatte ihn offensichtlich erneut hereingelegt.

Der König blieb sitzen, als er sich an ihn wandte. »Verzeiht, wenn ich Euch nicht nach draußen begleite, Euer Eminenz, aber ich bin noch nicht ganz von einer schweren Vergiftung genesen. Doch für ein nettes, kleines Spielchen reicht meine Kraft allemal. Ich stehe Euch jederzeit zur Verfügung, falls Ihr eines Tages doch eine Revanche wünscht, Euer Eminenz.«

Das Antlitz des Erzbischofs hatte die Farbe seiner Spielfiguren angenommen, es war weiß wie Elfenbein, als er, um sein Gesicht halbwegs zu wahren, mit gepresster Stimme sprach. »Ich danke für Euer Angebot, Majestät. Vielleicht ein andermal. Aber jetzt ist es wohl besser, wenn ich mich verabschiede.«

Er verneigte sich knapp, und dann schleppte er sich zum Ausgang, Pater Severin und seine Anhänger folgten ihm.

»Gute Reise, Euer Eminenz!«, rief der König ihm hinterher, und der Erzbischof zog den Kopf ein, als hätte er noch einen unsichtbaren Nackenschlag erhalten, bis die Wachen endlich die schwere Tür aufbekamen und ihn ins Freie entlassen konnten.

Der König wartete, bis die Tür von den Wachen wieder geschlossen worden war, dann erst stand er auf. Wer genau hinschaute, konnte sehen, dass er noch nicht sehr sicher auf seinen Beinen war. Er wandte sich an die Anwesenden. »Ich danke Euch allen, die Ihr gekommen seid und meinen Hoftag zu einem großen Erfolg gemacht habt. Auch im Namen meines Vaters, des Kaisers. Erlaubt mir, dass ich mich zurückziehe. Ich wünsche allen eine gute Heimreise und ein gesegnetes neues Jahr!«

Bruder Thomas eilte schon aufs Podium und half dem König herunter, indem er ihn fürsorglich stützte. Er war immer noch schwach und wackelig, aber er war bester Dinge und winkte den Anwesenden zu, die heftig applaudierten, bis er mit seinen Begleitern, der Medica, Chassim und Bruder Thomas, im Dunkel des Treppenturms verschwand.

X

Obwohl der König und Graf und Gräfin von Landskron die Medica, Chassim, Bruder Thomas und Ambros noch liebend gerne bei sich auf Burg Landskron gehabt hätten, zog es sie nach Hause, nach Burg Greifenklau. Der Abschied war für beide Seiten schmerzlich und herzlich zugleich, aber Konrad IV. hatte Verständnis dafür, dass es sie wieder in die Heimat zog.

Unter sechs Augen wagte er es, Anna und Chassim noch etwas zu fragen, was er die ganze Zeit schon hatte wissen wollen, sich aber nicht zu fragen getraut hatte. Für ihn und seine Zukünftige war der Hochzeitstermin offiziell festgelegt worden, er würde Elisabeth von Bayern in deren Heimatstadt Vohburg ehelichen, und zwar am 1. des Monats Scheiding in genau vier Jahren. Vier lange Jahre! Es fiel ihm schwer, daran zu denken, dass er sie bis dahin wahrscheinlich nicht sehen würde, aber sie hatten sich versprochen, sich so oft es ging zu schreiben. Jetzt wollte er wissen, wie das denn mit Anna und Chassim sei. Die beiden zierten sich ein wenig und verrieten, dass sie sich schon gegenseitig ein Heiratsversprechen gegeben hatten, durch die sich überschlagenden Ereignisse aber nicht dazu gekommen waren, noch einmal darüber zu reden.

»Was gibt es da noch zu reden?«, staunte der König. »Ihr beide habt das Privileg, den Menschen ehelichen zu können, den ihr liebt. Dieses Glück ist selten jemandem beschieden.«

»Außer Euch, Majestät«, sagte Anna diplomatisch.

»Ja«, sagte er seufzend. »Ich dachte schon, mein Vater bestimmt eine zwar einflussreiche, aber grottenhässliche Frau für mich. Da habe ich wirklich großes Glück gehabt.« Sie mussten alle drei lachen.

»Eines müsst ihr mir versprechen. Wenn es so weit ist, will ich gerne zur Hochzeit kommen«, sagte er. »Und damit ihr nicht vergesst, mich auch rechtzeitig einzuladen, nehmt das zur Erinnerung an mich und daran, dass wir auf ewig in eurer Schuld stehen. Wir, das sind das Reich, der Kaiser und ich.«

Er war jetzt nicht mehr an sein Bett gefesselt, sondern bewegte sich auf den Rat der Medica hin so viel wie möglich. In seinen königlichen Gewändern erinnerte er so gar nicht mehr an den sterbenskranken Jungen, den die Medica angetroffen hatte, als sie unter Lebensgefahr durch das Fenster in dessen Kammer geklettert war. Als Chassim diese Geschichte von Bruder Thomas hörte, Anna hatte sie ihm wohlweislich verschwiegen, wurde er beim bloßen Gedanken daran jetzt noch blass um die Nase. Der König war zu seiner Schmuckschatulle gegangen und hatte zwei kostbare Ringe herausgefischt. Er steckte Anna und Chassim jeweils einen an und umarmte und küsste sie. Die beiden gaben ihm das verlangte Versprechen, und dann holte er noch ein in ein Tuch eingehülltes Kästchen hervor, ein Geschenk für Ambros, das sie ihm aber erst überreichen sollten, wenn sie auf Burg Greifenklau angekommen waren.

Von Ambros und Bruder Thomas verabschiedete er sich ebenfalls einzeln, für jeden von ihnen hatte er ein wertvolles Schmuckstück, eine herzliche Umarmung und ebensolche Worte. Konrad wusste sehr wohl, was sie für ihn getan hatten und dass seine Worte nicht ausreichen konnten, ihnen den gebührenden Dank abzustatten.

Dann hatte er noch eine längere Unterredung mit Bruder

Thomas allein. Es ging darin um ein großzügiges Geschenk, das der König Anna machen wollte. Aber sie durfte vorerst nichts davon erfahren, es sollte eine Überraschung für sie sein. Bruder Thomas versprach, alles dafür Notwendige im Auftrag des Königs in die Wege zu leiten.

Der König hatte darauf bestanden, dass sie von einer Eskorte der königlichen Wachsoldaten begleitet wurden, es waren zehn Mann, die ihnen auf dem langen, winterlichen Heimweg Geleit gaben. Die ersten zwei Tage verliefen ohne besondere Vorkommnisse. Es gab keine unerwarteten Wetterkapriolen, es hatte aufgehört zu schneien, eine fahle Wintersonne stand kraftlos am grauen Himmel. So weit das Auge reichte, lag eine weiße, glitzernde Schneedecke über dem Land. Eine bleierne Stille hatte sich über die hügelige, zuweilen bewaldete Landschaft gestülpt, nur der hohe, schrille Greifvogelschrei eines kreisenden Falken am Firmament und das gelegentliche Schnauben eines ihrer Pferde waren neben dem Knirschen der Hufe im verkrusteten Schnee zu hören. Der Weg war zwar beschwerlich, immer wieder mussten sie hüfthohe Schneeverwehungen überwinden oder umreiten, aber das war weitaus weniger anstrengend, als wenn es getaut hätte und die Landstraßen schlammig und matschig gewesen wären. Da alle zu Pferd waren und sich nicht mit einem Wagen durch Schnee und Eis quälen mussten, kamen sie trotz der beißenden Kälte gut voran. Ein stetiger, steifer Ostwind blies unangenehm von der Seite, doch sie waren dick vermummt, hatten genügend Proviant dabei und nächtigten bei Bauern in der Scheune. Die Bauern boten der Gräfin und Chassim an, bei ihnen in der Stube zu schlafen, aber die beiden zogen es vor, wie alle anderen auch bei ihren Tieren zu bleiben. Sie wollten keine Sonderbehandlung, und genau das hatte sie schon immer ausgezeichnet und ihre Beliebtheit ausgemacht. Gesprochen wurde nur das Notwendigste, beim Reiten hatten sie alle ihr Gesicht mit Tüchern vor der Kälte geschützt, und am Abend waren sie viel zu müde, um noch lange wach zu bleiben, der Aufbruch erfolgte wie stets bei Morgengrauen. Die Vorfreude auf Burg Greifenklau, auf Chassims Vater, Graf Claus, und ein Gespräch am warmen Kaminfeuer wuchs mit jeder Meile, die sie zurücklegten, und bald konnten sie am Horizont die Anhöhe ausmachen, die von Burg Greifenklau gekrönt wurde.

Da hob Chassim, der an der Spitze des Trupps ritt, die rechte Hand, und alle hielten an. Anna, die hinter ihm ritt, folgte mit den Augen seiner ausgestreckten Hand, die nun in Richtung Nordosten wies, und für einen Moment fuhr ihr der Schreck durch alle Glieder. Sie fühlte sich mit einem Schlag an den letzten warmen Herbsttag erinnert, an dem sie mit Chassim auf dem vierrädrigen Wagen über Land gefahren war und in der Ferne die Rauchsäule erspäht hatte, die über einem brennenden Dorf namens Wesling aufgestiegen war. Und jetzt war so eine bedrohliche Rauchsäule auch über Burg Greifenklau zu sehen. Chassim wandte sich an seine Männer. »Burg Greifenklau steht in Flammen. Vorwärts – und haltet eure Waffen bereit!«, brüllte er und trieb sein Pferd an. Eine wilde Jagd begann, sie holten alles aus ihren Pferden heraus, und Burg Greifenklau kam schnell näher. In breiter Formation galoppierten sie auf die Anhöhe zu, dass der pulvrige Schnee nur so stob.

Als die Burg noch eine halbe Meile entfernt war, ließ Chassim wieder anhalten. Sie waren gerade aus einem Wald gekommen, der letzte Rest des Weges war freies, baumloses Gelände, ab hier konnten sie gesehen werden. Jetzt war genauer zu erkennen, woher die Rauchsäule kam. Sie stieg von der Wehrmauer aus Holzpfählen auf, anscheinend hatten

Angreifer dort an einer Stelle ein großes Feuer entfacht, die Flammen schlugen hoch, doch allem Anschein nach war es ihnen noch nicht gelungen, in die Burganlage einzudringen. Vereinzelte Brandpfeile, die von Männern außerhalb der Wehrmauer abgeschossen wurden, flogen in hohem Bogen in den Hof. Auf der Wehrmauer sah man Bogenschützen, die mit Pfeilen auf die Angreifer zurückschossen, die sich mit Schilden schützten. Geschrei wehte bis zum Reitertrupp herüber. »Die Plackerer sind zurückgekehrt«, stellte Chassim bestürzt fest.

Dann zögerte er nicht länger und zog sein Schwert. »Mit einem Angriff in ihrem Rücken rechnen sie nicht. Sie haben nichts zu verlieren und werden um ihr Leben kämpfen. Wir greifen sie an, je später sie uns bemerken, desto besser. Sobald uns die Burgbesatzung sieht, werden sie einen Ausfall machen, zusammen können wir sie schlagen. Anna, du bleibst mit Bruder Thomas und Ambros zurück. Ihr anderen – folgt mir!«

Er gab seinem Pferd die Sporen und preschte mit gezücktem Schwert voraus. Die Soldaten des Königs folgten. Bruder Thomas hielt sofort Annas Pferd am Zügel fest, weil die Medica Anstalten machte, Chassims Befehl zu ignorieren und ebenfalls loszureiten. »Du bleibst gefälligst hier, Anna!«, sagte er. »Oder willst du diese Mordbrenner mit bloßen Händen angreifen?« Auch Ambros zögerte zunächst, aber dann zog er seine Steinschleuder, die er an seinem Sattel hängen hatte, und ritt den anderen nach.

»Meinst du vielleicht, ich sehe tatenlos zu?«, schrie Anna Bruder Thomas an. »Lass mein Pferd los!« Bruder Thomas sah ihr wild entschlossenes Gesicht und gab nach. Auch ihn hatte – nach den langen und aufreibenden Tagen und Wochen der höfischen Intrigen und steifen Zeremonien – urplötzlich eine unbändige Kampfeslust gepackt. Anna hatte vollkommen recht. Sie konnten nicht stehen bleiben und einfach nur zusehen, wie die anderen auf Leben und Tod kämpften. Anna rief Bruder Thomas zu: »Wir kümmern uns darum, dass sie nicht an ihre Pferde kommen. Los!« Und schon ritt sie vorneweg, Bruder Thomas, der schlechteste Reiter von allen, hatte große Mühe, ihr zu folgen.

Auf Burg Greifenklau war trotz des Überfalls und der an einer Stelle lichterloh brennenden Palisadenwehrmauer nicht die helle Panik ausgebrochen. Zwar fluchte Graf Claus wie ein Fuhrknecht, dass er wegen seiner schlechten Augen nicht selbst befehligen oder eingreifen konnte, aber er stand hinter dem Burghauptmann auf dem Nordostturm, der das ganze Geschehen überragte, und strahlte trotz der angespannten Lage eine erstaunliche Ruhe und Gelassenheit aus. Der Burghauptmann musste die Übersicht behalten, Befehle zur Wehrmauer und in den Burghof hinunter schreien und gleichzeitig dem alten Grafen das Augenlicht ersetzen und ihn ständig auf dem Laufenden halten. Alle konnten sehen, dass ihr Graf den Angreifern und Plünderern die Stirn bot, was dem Verteidigungseifer der Burginsassen, von denen jeder seinen Platz eingenommen hatte, nur zugutekam. Auch die Angreifer sahen ihn, einige schossen mit Pfeilen und Armbrusten auf ihn, aber das war dem Grafen gleichgültig, er stand unbeirrbar da wie eine alte Eiche, die allen Stürmen trotzte, seinen angerosteten Helm auf dem Schädel und den alten Harnisch am Körper. Er schrie dem Burghauptmann ins Ohr: »Sagt mir, können unsere Leute die Feuer löschen, die von den Brandpfeilen verursacht werden?«

»Ja, Herr«, antwortete der Burghauptmann. »Bis jetzt schon.« Er sah hinunter auf den Hof, wo die Frauen Eimer mit Wasser heranschafften und an Männer weiterreichten, die auf dem Strohdach der großen Scheune standen und sofort löschten, wenn ein Pfeil dort einschlug. Glücklicherweise waren immer noch einige Männer in der Burg zugegen, die Chassim mitgebracht hatte. Zusammen mit den anderen Männern der Burgbesatzung waren sie schlagkräftig genug, um die Angreifer zunächst abzuwehren. Denen durfte nur nicht gelingen, eine Bresche in die Burg zu schlagen, denn in dem Fall waren sie verloren.

Die Plackerer hatten zwar das Überraschungsmoment auf ihrer Seite gehabt, aber es war nicht von so entscheidendem Erfolg gekrönt, wie sie gehofft hatten. Der Burghauptmann hatte seine Wachen gut gedrillt, und sie waren auf ihren Posten, als der Angriff erfolgte. Gerade noch rechtzeitig waren die Tore geschlossen worden. Die einzige Möglichkeit der Plackerer, die von Baldur von Veldern angeführt wurden – der Burghauptmann hatte ihn erkannt –, war, den Palisadenzaun an einer Stelle so zu beschädigen, dass sie durch diese Lücke hineinkamen. Mit einem Rammbock ging das nicht, dazu waren sie zu wenig Männer, und der Zufahrtsweg zum Tor war zu steil und serpentinenartig, also blieb nur das Feuerlegen an einer Stelle. Versuche, es von oben zu löschen, schlugen fehl, weil die Angreifer ihre Bogenschützen dorthin konzentrierten. Natürlich konnten und wollten die Plackerer es nicht auf eine längere Belagerung ankommen lassen, sie hatten bereits schlechte Karten, weil der Überraschungsangriff gescheitert war. Umso wütender verfolgten sie nun ihr Ziel, die Palisadenwehrmauer zu zerstören. Sie waren auf einen schnellen Erfolg aus, je länger sich die Burgbesatzung hielt, desto schlechter für die Angreifer – schließlich war strenger Winter, eine tage- oder wochenlange Belagerung schied von vorneherein aus. Entweder sie schafften den Durchbruch an einem Tag, oder sie waren zum Rückzug gezwungen. Aber jetzt jubelten sie – es war nur noch eine Frage von wenigen Augenblicken, bis der Palisadenwehrgang durch den Brand so zerstört war, dass er zusammenbrechen würde. Dann war die Burgbesatzung den Plackerern ausgeliefert. Denn Gnade war in ihrer Vorgehensweise nicht vorgesehen. Rauben, Plündern, Brandschatzen und Morden – das waren ihre einzigen Methoden, und darin waren sie Meister.

Der Burghauptmann sah es schon so weit kommen. Die brennenden Palisadenstämme sackten bereits einer nach dem anderen langsam und funkensprühend in sich zusammen. »Herr, die Palisaden halten nicht viel länger«, teilte er Graf Claus mit.

Der alte Graf nickte grimmig und griff nach seinem Schwert. »Schnell. Hilf mir in den Hof hinunter«, sagte er fest entschlossen. »Jetzt geht es Mann gegen Mann.«

Der Burghauptmann drehte sich noch einmal um und warf einen letzten Blick auf das freie Gelände am Fuß der Anhöhe. Zu seiner Überraschung entdeckte er etliche schwarze Punkte im Schnee, die schnell näher kamen. Reiter. Er hielt den Grafen auf und schrie ihm ins Ohr: »Herr – ich sehe Reiter von Südwesten herankommen! Ein Dutzend Reiter!«

»Was?«, schrie Graf Claus aufgeregt zurück. »Reiter? Ist das Verstärkung für die verdammten Plackerer?«

»Gut möglich … wartet … nein … es sieht nicht so aus. Einige führen Standarten mit sich.«

Der alte Graf packte seinen Burghauptmann an der Schulter. »Plackerer haben keine Standarten.«

Jetzt war der Burghauptmann, für gewöhnlich ein Mann mit stoischer Gelassenheit, auf einmal auch ganz aufgeregt. »Ich kann sie erkennen, Herr, ich kann sie erkennen. Es sind die Farben des Königs …«

»Des Königs?«, sagte Graf Claus und schloss kurz die Augen. »Dem Himmel sei Dank! Die Farben des Königs! Das kann nur mein Sohn sein.« Mit einem Schlag war er wieder die Ruhe selbst und murmelte: »Chassim, du kommst gerade noch zur rechten Zeit.« Dann wandte er sich mit lauter Stimme an den Burghauptmann. »Macht Euch bereit für einen Ausfall.«

Es war Chassim. Und er fuhr wie ein Berserker mit seinem Schwert zwischen die Reihen der Plackerer, die erst jetzt bemerkten, was in ihrem Rücken auf sie zukam, denn sie hatten sich alle schon an der Brandstelle versammelt und ihr Augenmerk nur darauf gerichtet, durch die Bresche in die Burg zu stürmen. Gleichzeitig schwangen die schweren Tore der Burg auf, und die Burginsassen stürzten sich brüllend und Waffen schwingend auf die Plackerer, die sich auch noch dem Wirbelsturm der heranpreschenden Reitersoldaten des Königs ausgesetzt sahen.

Die Schlacht wurde von beiden Seiten erbarmungslos geführt – die Plackerer hatten nichts zu verlieren – und war nach kurzer Zeit entschieden.

Zwei Plackerer suchten ihr Heil in der Flucht und rannten auf ihre Pferde zu, die außer Schussweite angepflockt waren. Aber da sahen sie sich einem Jungen und einem Mönch gegenüber, die schon auf sie gewartet hatten und mit Steinen bewaffnet waren, welche sie in einem wahren Hagel auf sie schleuderten. Einer wurde am Kopf getroffen und fiel um, der andere wollte umdrehen, aber er lief genau in die Arme von zwei wütenden Männern aus der Burg, die kurzen Prozess mit ihm machten.

Die Schlacht war endgültig geschlagen, die Plackerer bis auf den letzten Mann niedergemacht. Jedenfalls beinahe.

Denn einer war entkommen, was im Kampfgetümmel, den qualmenden Rauchschwaden und der allgemeinen Aufregung niemand bemerkt hatte. Baldur von Veldern, der Mann mit dem eingebrannten Kreuzesmal auf der Stirn. Er hatte sein Pferd an einer nicht einsehbaren Stelle versteckt, weil er wusste, dass dieser Angriff von Anfang an zum Scheitern verurteilt war. Aber er hatte ihn wider besseres Wissen trotzdem angeführt und bis zum Ende durchgezogen. Vielleicht gehörten das Scheitern und der Tod seiner Männer aber auch zu seinem Plan. Denn seine eigentliche Aufgabe war eine andere. Dazu brauchte er seine Männer nicht, im Gegenteil, sie waren ihm dabei nur ein Klotz am Bein.

Er machte den Zügel seines Pferdes von einem Busch los und wollte gerade aufsitzen, als er etwas Spitzes an seiner Kehle spürte und eine weibliche Stimme in seinem Rücken entschlossen sagen hörte: »Keine Bewegung, Baldur von Veldern. Oder Ihr seid des Todes!«

Er erstarrte, weil er die Stimme erkannte. Die Frau, zu der sie gehörte, war sein Verhängnis. Langsam hob er die Hände, drehte sich um und sah sich dem Augenpaar gegenüber, das er erwartet hatte. Das eine Auge war grün, das andere braun. Es war die Medica, wie es ihm diese Hexe Walburga geweissagt hatte.

»Nun denn – stoß zu!«, sagte er und lächelte, schließlich hatte er seit geraumer Zeit mit so etwas gerechnet. Dann schloss er die Augen, weil er gewillt war, sein Schicksal anzunehmen. »Tu, was du tun musst«, sagte er einfach und reckte seinen Kopf nach oben.

Anna zitterte. Ihr spitzer Dolch, den sie immer mit sich führte, hatte die Kehle des Ritters leicht angeritzt, sie sah seinen pochenden Hals und einen Blutstropfen und wusste, wenn sie nicht augenblicklich zustieß, würde sie der Plackerer ohne mit der Wimper zu zucken seinerseits töten, wenn es sein musste, mit den bloßen Händen, er war ihr körperlich haushoch überlegen.

»Was ist? Ich warte«, sagte Baldur, und sein Adamsapfel zuckte, als er schlucken musste.

Aber Anna konnte es nicht. Sie wich zwei Schritte zurück und ließ den Dolch sinken.

Baldur von Veldern schlug die Augen wieder auf, und sie sahen sich für einen langen Moment an. Anna kam es vor wie damals, als sie durch Zufall im Morgennebel dem Reh gegenübergestanden hatte, irgendetwas Übernatürliches, Magisches war zwischen ihnen.

Zwei weiße Atemwölkchen lang starrten sie sich bewegungslos so an. Die kleine, schmächtige Frau mit dem Dolch in der Hand und der löwenmähnige, bärtige Plackerer mit dem eingebrannten Kreuzesmal auf der Stirn.

»Danke, Anna. Leb wohl.«

Damit schwang Baldur sich auf sein Pferd und sprengte davon. Anna blickte ihm nach, wie er mit wehendem Mantel auf den Horizont zugaloppierte, als würde er geradewegs in den Schlund der Hölle reiten. Schließlich wurde er von Nebelschwaden verschluckt und war aus Annas Sicht und ihrem Leben verschwunden.

XI

Pater Severin betete allein auf den Knien vor dem Altar der Domkirche in Köln im ewigen Dämmerlicht von Hunderten wabernden Kerzen, die aber nur Licht spendeten, keinen Trost. Es war kurz nach Mitternacht.

Zum ersten Mal nach langer, langer Zeit betete Pater Severin mit einer heftigen und tief empfundenen Inbrunst, die er nicht mehr für möglich gehalten hätte. Aber diesmal war es auch nötig, Gott um Beistand anzuflehen. Was hatte Pater Severin in den Augen seines gestrengen Dienstherrn, des Erzbischofs, für kapitale Fehler begangen! Alles, aber auch alles, was schiefgehen konnte, war schiefgegangen. Die Medica und Bruder Thomas hatten den Giftanschlag überlebt. Statt den König zu vergiften und ganz auszuschalten, war dieser wie Phönix aus der Asche wieder auferstanden von den Toten, und das auch noch im falschen Augenblick. Was hatte diese Hexe Anna nur für Mittel eingesetzt? Das hätte er für sein Leben gern in Erfahrung gebracht!

Wenigstens den einzigen Zeugen hatte er ausgeschaltet. Aber das interessierte den Erzbischof nicht. Konrad von Hochstaden hatte sich wieder in das Kloster Heisterbach zurückgezogen und leckte seine Wunden. Es war nur eine Frage der Zeit, bis er aus seiner selbsterwählten Lethargie erwachte wie ein Drache nach langem Schlaf. Sein Zorn, der fürchterlich sein konnte, würde wie ein alles versengender Flammenstoß auf Pater Severin treffen. Zwar hatte er noch die letzte Anweisung seines Dienstherrn, kaum dass sie die unselige Stätte ihrer Niederlage, Burg Landskron, verlassen hatten, in die Tat umgesetzt, indem er Baldur von Veldern damit beauftragt hatte, Burg Greifenklau zu überfallen und dort auf die Medica und ihre Helfer zu warten und sie zu töten. Aber Pater Severin glaubte kaum, dass dieser prompt ausgeführte Befehl das Blatt noch zu seinen Gunsten wenden konnte.

Pater Severin merkte, dass er zitterte. Es war eiskalt, aber er zitterte nicht, weil ihn fror. Er schaffte es einfach nicht, sich auf sein Gebet zu konzentrieren. Doch ebenso wenig würde es nutzen, wenn er jetzt sein Schlafgemach aufsuchte. Er war in einem so desolaten Zustand, dass er bestimmt nicht einschlafen konnte. Hatte er nicht noch einen Schlaftrunk von diesem Giftmischer, dem er das Pulver, das für den König bestimmt war, abgekauft hatte? Dies schien ihm die einzige Möglichkeit zu sein, für ein paar Stunden Schlaf und damit Vergessen zu finden. Er bekreuzigte sich und stand auf, als er die Hauptpforte aufgehen und jemanden den Dom betreten hörte. Laute Stiefelgeräusche kamen auf dem Steinfußboden des Langschiffs näher. Langsam drehte Pater Severin sich um und sah der dick vermummten Gestalt entgegen, die mit mächtigen Schritten herankam, unaufhaltsam wie ein Todesengel und von gleichem Aussehen. Das schwarze Tuch seines wollenen Reitermantels flatterte, und als Pater Severin ihn erkannte, packte er sein silbernes Kreuz, das an einer Kette um seinen Hals hing, so fest, dass es in seinen Handballen einschnitt.

»Ritter Baldur von Veldern«, sprach er ihn an. »Habt Ihr Euren Auftrag ausgeführt, wie ich es Euch gesagt habe?«

Der geächtete Ritter war ihm so nahe gekommen, dass sie sich nun vor dem Altar von Angesicht zu Angesicht gegenüberstanden. Wobei man bei Ritter Baldur kaum von einem

Angesicht sprechen konnte, sein Antlitz war rußgeschwärzt, das eingebrannte Kreuzesmal auf seiner Stirn unübersehbar und Blut von einer Hiebwunde auf seiner Wange schwarz verkrustet. Sein Atem war ein Eishauch, und Pater Severin fragte abermals, wobei er sich über alle Maßen Mühe gab, das Zittern in seiner Stimme zu übertünchen: »Was ist? Habt Ihr?«

»Ja«, sagte Baldur von Veldern endlich. »Ja. Aber es ist alles anders gekommen.«

»Was ist anders gekommen?«

»Meine Männer sind alle tot.«

Trotz seiner Angst stieg Wut in Pater Severin hoch. Er konnte auch nicht ganz aus seiner Haut, der alte, unverschämte Ton schlich sich wieder ein. »Ihr habt versagt. Und da kommt Ihr zu mir, um Eure Belohnung einzufordern?«

»Nein«, sagte der Ritter. »Nein. Ich bin gekommen, um das zu tun, was ich tun muss.«

»Was ist das?«, fragte Pater Severin und spürte gleichzeitig, wie etwas entsetzlich Heißes in seinen Unterleib eindrang, heiß wie ein glühendes Eisen, und dann mit brutaler Kraft nach oben gerissen wurde. Es war ihm, als würde er mitten entzweigeschnitten. Ein kehliger Laut entfuhr seinem Mund, während er krampfhaft versuchte, sich am Altar festzuhalten, und dabei das Altartuch samt Kelch, Glöckchen, Bibel und Leuchter zu Boden riss, als er zusammenbrach. Ritter Baldur wartete kaltblütig, bis der silberne Kelch, der quer über den Steinfußboden kollerte, zur Ruhe kam, dann kniete er nieder, wischte das rasiermesserscharf geschliffene und spitze Stilett, das man in seinen Kreisen ›Gnadenbringer‹ nannte und mit dem er den Bauch von Pater Severin von unten bis oben zu den Rippen aufgeschlitzt hatte, an dessen schwarzer Soutane ab und steckte es wieder weg. Breitbeinig stand er über dem Sterbenden. »Ich bin gekommen, um Rache zu nehmen, Pater Severin. Rache für mich und für meinen Auftraggeber. Seine Eminenz, der Erzbischof, hat mich dafür bezahlt, das sollte ich Euch noch ausrichten. Damit Ihr auf dem Weg in die ewige Verdammnis etwas zum Nachdenken habt.«

Er spuckte verächtlich aus, dann bekreuzigte er sich vor dem Altar, bevor er den langen Gang zum Portal zurückging, den er hereingekommen war.

Unter Pater Severin, der sich nicht mehr bewegte, breitete sich eine Blutlache aus, die immer größer wurde.

Von Ritter Baldur von Veldern hörte man nie wieder etwas.

Die einen sagten, er habe sich in die Lombardei abgesetzt. Aber es gab andere, die Stein und Bein schworen, dass sie gesehen hätten, wie sich vor Ritter Baldur die Erde aufgetan habe und er direkt in den Höllenschlund eingefahren sei. Und dabei habe er laut gelacht …

XII

Der erste warme und strahlend schöne Frühlingstag im Monat Wonnemond im Jahre des Herrn 1243 war angebrochen. Der Winter war hart und streng gewesen, dann hatte es wochenlang geregnet, und alles war grün geworden. Die Natur war wieder zum Leben erwacht, die Bäume schlugen aus, das Gras auf den Weiden spross, die Blumen auf den Wiesen blühten und wetteiferten um die Gunst der Insekten. Es duftete nach Milch und Honig, wie nur der Frühling duften konnte, und Eis und Schnee waren endlich Vergangenheit.

Ambros lag in der Sonne, kaute gedankenverloren an einem Grashalm, sah seinen Schafen und Ziegen beim Grasen zu und streichelte seinem Hund über das warme Fell, der an seiner Seite hechelte und es sich wohlig gefallen ließ, obwohl er nebenher wachsam ein Auge auf seine Herde hatte. Wie sehr Ambros es genoss, wieder ein Hütejunge zu sein, nur den weiten Himmel über und Wolf neben sich, das konnte er niemandem sagen. Außer dem König, er hätte es verstanden und ihn darum beneidet, das wusste er ganz sicher. Ambros seufzte – wie sehr hatte er sich in manchen Momenten auf Burg Landskron nach diesem friedlichen Platz und dieser Ruhe gesehnt. Aber jetzt – jetzt dachte er nur noch an Adelheid, die blonde Schönheit, die ihm den Kopf verdreht und sein Herz mit einer bittersüßen Sehnsucht erfüllt hatte, die ihn ständig seufzen ließ, was ihm stets einen misstrauischen Blick von Wolf einbrachte. Seine reine, unbefleckte Seele – alles war mit einem Schlag dahin, seit er diesem Fräulein zu tief in die goldbraunen Augen gesehen und sie diesen Blick mit einem Augenaufschlag erwidert hatte, der jetzt noch in der Erinnerung sein Blut in Wallung geraten ließ. Er hatte keinerlei Erfahrung mit Mädchen, aber irgendwie hatte ihn dieser Blick bis ins Mark getroffen. Erneut seufzte er und putzte sein Geschenk zum wiederholten Mal mit einem Tuch ab, das er extra zu diesem Zweck bei Berbelin erbettelt hatte. Er hatte das Geschenk des Königs gern bei sich, wenn er allein war, weil er sonst deswegen gehänselt worden wäre. Es war immer in einem von Berbelin genähten Beutel an seiner Seite, seit er es, nachdem alles vorbei war, aus den Händen von Anna und Chassim mit allem Respekt überreicht bekommen hatte, dem es gebührte.

Er fand, dass sie nun genug glänzte, und setzte sie auf, die schlichte Krone des Königs. Konrad IV. hatte Anna und Chassim gesagt, Ambros hätte sie sich redlich verdient. Wolf bellte, als er ihn so sah. Er mochte es nicht, wenn Ambros die Krone aufhatte. Ambros lachte, strubbelte Wolf den Kopf und nahm sie wieder ab. Er fand nicht, dass sie wie für ihn gemacht war. Es war reiner Zufall, dass sie ihm passte. Er steckte sie wieder in den Beutel zurück, legte seinen Kopf ins Gras und träumte lieber von Adelheid und seinen Abenteuern auf Burg Landskron.

Anna und Chassim genossen den Frieden, der nun, nach dem Sieg über die Plackerer, in der Grafschaft herrschte. Die Medica und Bruder Thomas hatten nach der Schlacht eine Menge zu tun, um die zahlreichen Wunden und Verletzungen zu behandeln. Aber sie ruhten nicht eher, bis auch das letzte Wehwehchen bei Lisa, der Gänsemagd, versorgt war, die sich beim Wegrennen vor dem Feuer das Knie aufgeschlagen hatte. Der Überfall war, alles in allem, glimpflich abgelaufen, und es gab, welch ein Wunder, nur wenige Opfer bei den Burginsassen zu beklagen. Einer der königlichen Soldaten war an einem Schwertstreich gestorben und wurde ehrenvoll unter der Anteilnahme aller Beteiligter auf dem kleinen Friedhof der Burg zu Grabe getragen. Auch die Plackerer sollten ein christliches Begräbnis bekommen, darauf bestand der Burgherr, Graf Claus. Er selbst hatte ein Armbrustgeschoss in der Schulter stecken, das den Harnisch durchschlagen hatte. Im Eifer des Gefechts war es zunächst niemandem aufgefallen, bis der alte Graf, nachdem der letzte Plackerer überwältigt worden war, plötzlich in die Knie ging und Berbelin in die Arme fiel, die aus dem Herrenhaus angerannt kam, wo sie mit den Frauen und Kindern vor den Angreifern Schutz gesucht hatte.

Die Medica kümmerte sich sofort darum, und Graf Claus, der alte Kämpe, biss die Zähne zusammen und gab keinen Ton von sich, als sie das Geschoss mit einem spitzen Messer herausschnitt, seine Wunde mit Aqua vitae auswusch und anschließend nähte.

Der Schaden auf Burg Greifenklau hielt sich Gott sei Dank in Grenzen, der Palisadenwehrgang war schnell wieder instand gesetzt, die Plackerer begraben, der Vogt informiert, als Graf Claus, einigermaßen genesen, eines schönen Abends am wärmenden Kaminfeuer, an dem es sich auch Bruder Thomas mit einem vollen Krug Bier gemütlich gemacht hatte, endlich zur Sache kam und ein Thema ansprach, das ihm schon lange auf der Seele lag. Das Thema, das auch der König schon angesprochen hatte. Er wollte wissen, wann denn nun die Hochzeit von Anna und Chassim stattfinden sollte.

»Verzeiht einem alten Mann, aber ich würde das doch noch gerne erleben«, meinte er schmunzelnd. »Liebt ihr euch denn noch immer so wie am ersten Tag?«

Statt einer Antwort fassten sie sich an der Hand. Da das der Graf aber nicht sehen konnte, übernahm es Chassim, ihm zu antworten. »Ja, Vater. Das tun wir.«

Graf Claus brachte seine gesunde Hand hinter seine Ohrmuschel, als habe er nicht richtig verstanden. »Ich bin zwar blind, aber noch nicht ganz taub. Kann es sein, dass ich Anna gar nicht gehört habe?«

Anna lächelte, der alte Graf und seine Marotten änderten sich wohl nicht mehr. Nichts bereitete ihm mehr Vergnügen, als andere auf den Arm zu nehmen. Also sprach sie zu ihm: »Ja, Euer Gnaden, wir lieben uns.«

»Gut, sehr gut. Das ›Euer Gnaden‹ kannst du übrigens in Zukunft weglassen, jetzt, wo du zur Familie gehörst.« Er wollte sich erfreut die Hände reiben, wurde aber durch einen Stich in seiner Schulter schmerzlich daran erinnert, dass er erst kürzlich eine Schusswunde davongetragen hatte. »Liebe Anna, lieber Sohn, es ist nun so, dass mir zu Ohren gekommen ist, dass es höchst unschicklich sei, dass ihr beide unter meinem Dach wohnt wie Mann und Frau, obwohl ihr euch vor der Welt und vor Gott noch nicht vermählt habt. Das ist ein unchristlicher Zustand, der meinen bisher so tadellosen Ruf zu untergraben droht.« Er sah auffordernd zu Bruder Thomas hinüber in der Annahme, dass dieser, wie vorher ausgemacht, ihm gewichtig und mit dem nötigen Ernst beipflichten würde, was er auch tat. »Ja, Euer Gnaden. Das pfeifen schon die Spatzen von den Dächern.«

Graf Claus nickte, als ob dies wirklich eine sehr heikle Angelegenheit sei, und wandte sich dann wieder dem jungen Paar zu. »Was gedenkt ihr dagegen zu unternehmen?«

Anna wusste genau, dass es dem alten Grafen vollkommen

gleichgültig war, was andere über ihn dachten. Er wollte einfach nur wissen, wann sie und Chassim heiraten würden. Und Bruder Thomas würde sich nie in ihre Privatangelegenheiten mischen, es sei denn, er machte sich wirklich Sorgen um sie. Aber bevor sie antworten konnte, sprach der Graf schon weiter, er verfolgte irgendeinen Plan. Anna war gespannt, worauf er hinauswollte. »Nein, sagt jetzt nichts. Es ist an der Zeit, mein Sohn, dass du morgen mit Anna und Bruder Thomas einen kleinen Ausflug machst. Ihr beiden wisst schon, wohin und was ich meine.«

Chassim nickte und Bruder Thomas ebenfalls. »Ja, Euer Gnaden. Wir wissen Bescheid.«

Anna wurde misstrauisch. »Warum habe ich das Gefühl, dass hier eine Verschwörung gegen mich im Gange ist?«

Der alte Graf tätschelte ihr mit dem gesunden Arm beruhigend die Wange. »Du wirst schon noch sehen, meine Liebe, worum es geht. Du wirst schon sehen.«

So sehr Anna in der Nacht, die sie, seit sie wieder auf Burg Greifenklau waren, immer bei Chassim verbrachte, ihren Liebsten anbettelte, ihm zu verraten, was die drei vorhatten, kam kein Wort über seine Lippen. Aber in seinen Armen vergaß sie die Welt und die Fragen, die sie hatte. Sie würde sich eben überraschen lassen.

Am nächsten Morgen wartete Bruder Thomas schon auf dem Kutschbock des Wagens auf Anna und Chassim, die Ladung des Wagens war mit einer Plane bedeckt. Anna wollte einen Blick darunter werfen, aber Chassim hinderte sie daran. »Das gehört zur Überraschung«, meinte er nur, und dann fuhren sie los.

Als der Wagen das Stadttor von Wetzlar durchquerte, das etwa einen Tagesritt von Burg Greifenklau entfernt war, war Anna nur noch neugieriger geworden. Die beiden Männer neben ihr hatten entgegen ihrer sonstigen Art fast die ganze Fahrt über geschwiegen und sich immer nur wieder bedeutsame und verschwörerische Blicke zugeworfen. Normalerweise hätte Anna sich darüber nach geraumer Zeit aufgeregt, wenn sie sich nicht sicher gewesen wäre, dass die beiden sie nur necken wollten. Zielsicher lenkte Chassim den von zwei Pferden gezogenen Karren durch die engen Gassen der Stadt, bis sie vor einem dreistöckigen Fachwerkhaus mit überkragendem Obergeschoss und Spitzgiebel hielten, das etwas abseits stand und einen Hof mit einer hohen Ummauerung hatte. Bruder Thomas sprang vom Bock und machte die Torflügel zum Innenhof auf, so dass sie einfahren konnten.

Als die Torflügel wieder geschlossen waren und sie alle im Innenhof standen, sah Chassim sie an. »Na, was sagst du dazu?«

»Wozu?«, fragte Anna.

»Zu diesem Haus. Es gehört dir. Es ist das Hochzeitsgeschenk des Königs.«

Jetzt war Anna wirklich sprachlos.

»Nur um deine Frage vorab zu beantworten: Natürlich nur, wenn du mich heiratest.«

Bruder Thomas kümmerte sich inzwischen diskret um die beiden Pferde, er wusste, das Folgende ging nur Anna und Chassim etwas an.

»Warum zweifelst du daran?«, fragte Anna.

»Weil ich dich inzwischen recht gut kenne, liebe Anna«, sagte Chassim. »Ich hatte viel Zeit, um nachzudenken. Und mein Vater hat mir ebenfalls ins Gewissen geredet, er und Bruder Thomas.«

Anna wollte etwas sagen, aber Chassim verschloss ihr mit

seinem Finger die Lippen und bedeutete ihr, zu schweigen. »Die Anna, die ich kennenlernte, die möchte ich heiraten. Die Anna, deren Bestimmung es ist, andere Menschen zu heilen. Ich wollte dir sagen, dass ich dich nicht ändern möchte und von dir etwas verlange, was du nicht willst oder nicht sein kannst.«

»Du meinst, die Gräfin Anna?«

»Ja, genau, die meine ich. Ich liebe die Medica. Und wenn du weiterhin mit Bruder Thomas als Medica tätig sein willst – hier kannst du es. Bruder Thomas hat das Haus schon eingerichtet. Auf dem Wagen sind nur die restlichen Heilmittel und Instrumente, die ihr braucht, um ein Hospiz einzurichten und zu führen.«

Bruder Thomas war wieder näher getreten und sah stolz auf das prächtige Haus. Anna wandte sich zu ihm. »Ist das alles wahr, Thomas?«

»Jedes Wort«, antwortete Bruder Thomas.

Anna fiel Chassim um den Hals. »Ich weiß nicht, was ich sagen soll …«

»Damit ist schon alles gesagt. Ich will doch mit einer glücklichen Frau verheiratet sein. Und das kannst du nur sein, wenn du deiner Bestimmung folgst, das habe ich immer von dir gehört. Es hat nur ein bisschen gedauert, bis ich es auch begriffen habe. Bei der Verwirklichung deiner Pläne wirst du stets meine volle Unterstützung finden, das verspreche ich dir.«

Bruder Thomas schaute weg, als die beiden sich küssten. Aber er freute sich königlich.

Dann hielt es Anna nicht länger aus. Aufgeregt wie ein kleines Mädchen zog sie Chassim und Bruder Thomas zum Eingang. »Los, kommt schon, zeigt mir das Haus!«

Vor der Tür bekam auch noch Bruder Thomas einen dicken Kuss auf die Wange ab, was ihn ganz verlegen machte, so dass er lange mit einem großen Schlüssel im Schloss herumfummeln musste, bis er es endlich aufbekam und sie hineingehen konnten.

Anna wollte ihr Glück am liebsten mit der ganzen Welt teilen, bevor sie die Tür hinter sich schloss.

Aber morgen war ja auch noch ein Tag.

EPILOG

EINLADUNG

An Seine Majestät, König des Heiligen Römischen Reiches, Herzog von Schwaben und König von Jerusalem, Konrad IV. von Hohenstaufen

Verehrte, allergnädigste Majestät!

Es ist uns eine hohe Ehre, Euch einzuladen nach Burg Greifenklau am fünfzigsten Tag nach Ostern, zum heiligen Pfingstfest. An diesem Tage werden die liebreizende Braut Anna von Hochstaden und der ehrenwerte Bräutigam Chassim von Greifenklau vor Gott und seinem Stellvertreter auf Erden, Bruder Thomas, Hochzeit halten, und nichts wäre uns von ganzem Herzen willkommener und würde uns mit mehr Freude und Dankbarkeit erfüllen, als dass Ihr unser aller Ehrengast seid!

In unverbrüchlicher Treue, höchster Zuneigung und alter Verbundenheit, auch und insbesondere von Ambros, Eurem Bruder im Geiste, und in der Hoffnung aller, Euch wohl und bei bester Gesundheit wiederzusehen und in die Arme schließen zu können,

Anna von Hochstaden, genannt die Medica
Chassim von Greifenklau

Postscriptum: Bestimmt freut es Euch zu hören, dass E. v. B. uns ebenfalls mit ihrer Gegenwart beehren wird.

GLOSSAR

Ablass
von der Kirche geregelter Gnadenakt, bei dem zeitliche Sündenstrafen erlassen werden

Absolution
Vergebung einer Sünde nach der Beichte

Aderlass
seit der Antike angewendetes Heilverfahren; dabei wird dem Patienten eine (nicht unerhebliche) Menge Blut entnommen

Apsis
halbkreisförmiger Abschluss des Kirchenraums mit Kuppel; auf einer erhöhten Plattform befindet sich dort der Altar

Armageddon
Ort der endzeitlichen Entscheidungsschlacht in der Offenbarung des Johannes

Atlas
glatter Seidenstoff

Augustalen
Goldmünzen Kaiser Friedrich II.; die erste (schwere) Goldmünze, die im Abendland geprägt wurde

Barchent
Baumwollstoff, auf einer Seite aufgeraut

Bergfried
unbewohnter Hauptturm (Wehrturm) einer mittelalterlichen Burganlage

Berserker
laut mittelalterlichen Quellen aus Skandinavien ein wie im Rausch Kämpfender, der keine Schmerzen oder Wunden mehr wahrnimmt

Botanicus
Klosterbruder, der für die Herstellung von Medikamenten und die Aufzucht und Aufbewahrung von Heilkräutern zuständig ist

Buhlschaft
Liebesverhältnis

Cellerar
Kellermeister; Verwalter der Klostergüter

Chuzpe
Frechheit, Dreistigkeit (jiddisch)

Cilicium
Büßerhemd; unangenehm zu tragender Stoff

Credo
persönliches Glaubensbekenntnis (lat. »Ich glaube«)

Cui bono?
lat. »Wem nutzt es?«

Damast
kostbarer Stoff mit eingewebten Bildern

Dispens
Kirchenrecht: amtliche Befreiung von gesetzlichen Verboten oder Geboten

Dogma
grundlegende Lehrmeinung (insbes. der Kirche), deren Wahrheitsanspruch als unumstößlich gilt

Dominus vobiscum! Et cum spiritu tuo
Der Herr sei mit Euch! Und mit deinem Geiste

Dormitorium
Schlafsaal der Mönche

Domkapitel
leitendes Gremium des Doms; Domherren

Drakonisch
übertrieben harte Bestrafung (nach Drakon, einem griech. Gesetzesreformer, der als Erster Gesetze öffentlich bekanntmachen ließ)

Famulus
(weibl.: Famula) Gehilfe, Diener

Foliant
Buchformat (entspricht etwa DIN-A3)

Gregorianischer Choral
einstimmiger liturgischer Gesang in lateinischer Sprache; das

»gesungene Wort Gottes« ist wesentlicher Bestandteil der liturgischen Handlung

Gebende
mittelalt. Kopfbedeckung der Frau, die mit Tuchbändern fest um Kinn und Wangen gebunden wurde

Gloriole
Heiligenschein

Habit
Ordenstracht

Habitus
Verhalten, Auftreten und Benehmen eines Menschen

Häresie
Bezeichnung für eine Lehre, die im Widerspruch zur Lehre der röm.-kath. Kirche steht

Infirmarium
Krankensaal im Kloster

Infirmarius
Krankenpfleger in einem Kloster

Inkarnation
Menschwerdung (wörtlich: »Fleischwerdung«) einer Gottheit

In nomine Patris et Filii et Spiritus Sancti!
Im Namen des Vaters, des Sohnes und des Heiligen Geistes!

Inquisitor
Leiter und Vorsitzender eines kirchlichen Verfahrens zum Ziel der Verfolgung von Häresien

Introibo ad altare Dei
Zum Altare Gottes will ich treten

Investitur
kirchenrechtlich: Recht zur Einsetzung von Klerikern (»Investiturstreit«); säkular: Einsetzung eines Adligen in ein hohes Amt

Kakophonie
als hässlich empfundene Klangerscheinung

Kemenate
beheizbarer Wohnraum einer Burg

Ketzerei
Abweichung von der allgemein als gültig erklärten Kirchenmeinung oder Verhaltensnorm; ursprünglich synonym zur Häresie gebraucht

Kleriker
Angehöriger des geistlichen Standes

Konklave
streng abgeschlossener Versammlungsort der Kardinäle für die Papstwahl; in einem Konklave wählen die wahlberechtigten Kardinäle den neuen Papst, wenn das Oberhaupt der kath. Kirche gestorben (oder zurückgetreten) ist

Kontemplation
Versunkenheit in Werk und Wort Gottes

Konterkarieren
hintertreiben; durchkreuzen

Kukulle
Ausgehmantel eines Mönchs mit Kapuze

Laxieren
ein Abführmittel anwenden

Litanei
Wechselgebet zwischen einem Vorbeter und der Gemeinde

Novize (weibl.: Novizin)
Bezeichnung für eine Person, die neu (lat. novus) in einen Orden eingetreten ist und sich auf das Ordensgelübde vorbereitet

Ornat
festliche Amtstracht eines Geistlichen oder Herrschers

Palas
mehrstöckiges Herrenhaus in einer mittelalterlichen Burganlage mit großem, repräsentativem Saal

Palimpsest
mehrfach beschriebener Pergament, bei dem der ältere Text aus gründen der Sparsamkeit abgeschabt wurde

Pandämonium
Aufenthalt oder Gesamtheit aller Dämonen und bösen Geister

Parce mihi, Domine, qui es sueba sum!
Vergib mir, o Herr, dass ich ein Schwabe bin!

Philippika
Straf-, Kampfrede (nach den Kampfreden des Demosthenes gegen König Philipp von Mazedonien)

Phönix aus der Asche
myth. Vogel, der verbrennt, um aus seiner Asche neu zu erstehen; Sinnbild der Auferstehung

Pileolus
Scheitelkäppchen; bei Bischöfen violett, beim Papst weiß

Plackerer
Raubritter (der Begriff »Raubritter« kam erst im Zeitalter der Romantik auf)

Pönitent
Beichtender (lat. poenitens: bereuend)

Pontifikat
Amtszeit des Papstes

Primat
Vorrang; üblicherweise des Papsttums über das Kaisertum

Prior
Stellvertreter des Abtes im Kloster

Pülle
mittelalterliche deutsche Bezeichnung für Apulien

Purgatorium
Fegefeuer; Prozess der Läuterung, in dem die Seele eines Verstorbenen auf den Himmel vorbereitet wird

Purgierend
abführend

Refektorium
Speisesaal im Kloster

Rubikon
Fluss in Italien; als Cäsar ihn 49 v. Chr. im Bürgerkrieg mit seinen Truppen überschritten hatte, gab es sprichwörtlich kein Zurück mehr, was Cäsar mit dem berühmten Zitat »alea iacta est« (Der Würfel ist gefallen) zum Ausdruck brachte

Saget mir ieman …
Kann mir jemand sagen, was Minne ist?
Weiß ich auch etwas darüber, so wüsste ich gerne mehr.
Wer mehr davon versteht als ich,
der belehre mich, weshalb sie so schmerzt.
Minne ist Minne, wenn sie so wohltut.
Tut sie weh, dann nennt man sie zu Unrecht Minne.
In diesem Falle aber weiß ich nicht, wie man sie bezeichnen soll.

Schachzabel
mittelalterliche deutsche Bezeichnung für das Schachspiel

Sermon
eigentlich: Predigt; übergeordnete Bedeutung: Redeschwall, langweiliges Geschwätz

Status quo
Ist-Zustand

Stentorstimme
laute, dröhnende Stimme (nach dem gleichnamigen griech.

Helden in Homers *Ilias*, von dem gesagt wird, er sei »im Schreien so stark wie 50 Männer zusammen«)

Stigmata
auftretende Wundmale Christi bei Menschen (Einzahl: Stigma)

Sub specie aeternitatis
unter dem Gesichtspunkt der Ewigkeit

Suprematie
Vorherrschaft; Führungsanspruch eines religiösen oder politischen Führers

Tabula rasa machen
reinen Tisch machen, rücksichtslos Ordnung schaffen

Tonsur
Kopfhaarfrisur bei Klerikern, bei der nur ein Haarkranz übrigbleibt

Transsubstantiation
die Wandlung von Brot und Wein in den Leib und das Blut Christi in der heiligen Messe

Visitation
Besuch eines Oberen mit Aufsichtsbefugnis zum Zweck der Bestandsaufnahme und Normenkontrolle

Zingulum
Gürtel, den Geistliche um ihren Habit tragen

Zwinger
ein zwischen zwei Wehrmauern liegendes offenes Areal einer mittelalterlichen Burganlage